이현서,

나의 일곱 번째 이름

KB141105

이현서, 나의 일곱 번째 이름

1판 1쇄 인쇄 | 2023. 4. 24.
1판 1쇄 발행 | 2023. 5. 1.

지은이 | 이현서
옮긴이 | 장영재
발행인 | 남경범
발행처 | 실레북스

등록 | 2016년 12월 15일(제490호)
주소 | 경기도 용인시 수지구 성복2로 86 115-801
대표전화 | 070-8624-8351
팩스 | 0504-226-8351

ISBN 979-11-982810-0-5 03810

블로그 | blog.naver.com/sillebooks
페이스북 | facebook.com/sillebooks 이메일 | sillebooks@gmail.com

값은 뒤표지에 있습니다.
잘못된 책은 구매하신 서점에서 바꾸어 드립니다.

진리가 너희를 자유케 하리라 VERITAS VOS LIBERABIT

삶과 죽음을 가르는 국경을 건너면
나는 이름을 바꿔야 했다.

이현서,
나의 일곱 번째 이름

실레북스
SillyhookS

내 이름은 이현서.

그러나 이 이름은 부모가 지어 준 본명도,

많은 어려움을 겪으면서 써야 했던 가명도 아니다.

자유를 찾은 후 내 스스로 지은 이름이다.

'현'은 햇빛을, '서'는 행운을 의미한다.

밝고 따뜻한 곳에서 살면서

다시는 그늘로 돌아가지 않겠다는 생각에서

이 같은 이름을 선택했다.

들어가기 전

아직도 북한에 있는 친척과 친구들을 보호하기 위해 책에 등장하는 이름을 바꿨고,
몇몇 사건은 세부적으로 밝히지 못했다. 그 외의 모든 일은 기억나는 대로 또는 들은 대로 기록했다.

나는 대형 무대 옆 대기 공간에 서서 객석에 있는 2000여 명의
청중이 내는 소음을 듣고 있다. 한 여인이 화장용 브러시로
홍조 띤 얼굴을 만들어 준 후 가슴에 마이크를 달아 주었다.
내 심장 뛰는 소리가 마이크에 잡히지 않을까 걱정된다.
누군가가 준비되었는지 묻는다. 사실은 그렇지 않았지만
'준비되었다'고 대답한다. 그러자 스피커에서 아나운서의
목소리가 울려 퍼졌다. 누군가 내 이름을 말한다.
내가 소개되고 있는 것이다.
객석에서 파도와 같은 소음이 일어난다.
많은 사람이 손뼉을 친다. 온몸이 덜덜 떨리기 시작한다.
무대로 나선다. 갑자기 무중력 상태가 된 것 같다.
다리에 힘이 빠진다. 멀리서 태양처럼 빛나는 조명에 눈이 부시다.
청중의 얼굴을 하나도 알아볼 수가 없다.
영어 실력이 부족했던 나는 3일 동안 스피치 원본을
통째로 외우다시피 했다. 하지만 무대에 선 순간 현장의 분위기에
압도되어 머릿속이 마치 하얀 백짓장이 된 것마냥 아무 기억도
나지 않았다. 그 순간 내가 할 수 있는 방법은 단 하나였다.
하느님께 기도하는 거였다. "저들에게 이현서의 이야기가 아닌
북한 주민들의 메시지가 들릴 수 있도록 해 주세요."
가까스로 무대 중앙으로 나간다.
호흡을 진정시키려고 천천히 숨을 들이쉬고 크게 침을 삼킨다.

아직도 생소한 언어인 영어로 내 이야기를 하는 것은

이번이 처음이다. 이 순간까지 오는 길은 길고도 긴 여행이었다.

객석이 조용해진다.

이야기를 시작한다.

떨리는 내 목소리가 들린다.

나는 내 조국이 세계에서 가장 위대하다고 믿으며 자랐다고

이야기한다. 일곱 살 때 처음으로 공개 처형을 목격한 이야기도

청중에게 들려준다. 얼어붙은 강을 건너 국경을 넘던 밤과

다시는 가족이 있는 고향으로 돌아갈 수 없다는 사실을

너무 늦게 깨달았다는 것도 이야기한다. 그 밤 이후로 수년 동안

이어진 끔찍한 사건들을 설명한다. 두 차례 눈에 눈물이 고인다.

잠시 말을 멈추고 눈물을 참으려고 눈을 깜박인다.

내가 하는 말은 북한에서 태어나고 거기서 탈출한 사람들에게는

새로운 이야깃거리가 아니다. 그러나 강연장에 온 사람들은

내 이야기를 듣고 매우 놀라고 있다. 그들은 충격에 빠진다.

북한과 같은 나라가 아직도 지구상에 존재하는 이유를

자문하고 있는지도 모른다.

아마도 그들은 내가 여전히 내 나라를 사랑하고

몹시 그리워한다는 사실을 더욱 이해하기 어려울 것이다.

나는 겨울철 눈 덮인 산과 석유와 석탄이 타는 냄새를 그리워한다

거기서 보낸 어린 시절, 아버지의 아늑한 품속, 온돌방에서 잠자던

추억이 떠오른다. 내가 타던 자전거와 중국이 건너다보이던

강변 풍경도 그립다. 이제부터 시작될 새로운 삶은 안락하겠지만,

나는 여전히 가족과 함께 북한의 단골 식당에 가서

국수를 먹고 싶은 혜산 여자다.

북한을 벗어나는 것은 다른 어떤 나라를 떠나는 것과

아주 다른 일이다. 차라리 우주로 떠나는 게 더 쉬워 보인다.

내가 아무리 멀리 가더라도 그 중력에서 완전히 자유로울 수는

없을 것이다. 상상할 수도 없는 고통을 겪다가 지옥에서 탈출했지만

자유세계의 삶이 너무 벅차서 새로운 삶을 받아들이고

행복을 찾는 데 어려움을 겪는 사람들도 많다.

심지어 자유세계의 삶을 포기하고

어두운 삶으로 돌아가는 사람도 있다.

나도 여러 차례 그런 유혹에 빠진 적이 있었다.

그러나 돌아갈 수 없다는 것이 나의 현실이다.

북한에도 자유가 오는 날을 꿈꾸어 볼 수 있겠지만

건국한 지 70년이 지났음에도 그곳은 여전히 폐쇄되어 있고,

잔인한 국가로 남아 있다. 언젠가, 언젠가 안전하게 돌아갈 수 있는

날이 오더라도 아마 나는 모국에서 이방인이 되어 있겠지…….

내 글을 다시 읽으면서 나는 이것이 오래되고 힘든 시간을 거쳐

성년이 된 깨달음의 이야기라는 생각이 들었다.

이제는 내가 탈북자로서 세상의 이방인이라는 사실을

받아들이게 되었다. 추방된 사람······.

내가 아무리 적응하려고 기를 쓰더라도

완전한 남한 사람으로 받아들여지지는 않을 것이다.

나 스스로도 남한 사람으로서의 정체성을

완전히 수용할 수 있을 것 같지 않다.

정체성 문제를 간단하게 해결하는 방법은

북한 사람도 남한 사람도 아닌 '코리안'이라고 말하는 것이지만

이 세상에 그런 나라는 없다.

코리아라는 단일 국가는 존재하지 않는다.

나는 북한이라는 정체성을 벗어 버리고

그것이 남긴 표시도 지우고 싶다. 하지만 그럴 수는 없다.

이유는 확실치 않으나 북한에서 보낸 내 어린 시절이

행복했기 때문이 아닌가 싶다.

사람들은 보통 어린 시절을 보내며

더 큰 세계에 대한 인식이 발전하게 되고, 가족보다 더 큰 대상,

즉 국가에 대한 소속감을 느끼게 되는 듯하다.

세계 시민으로서 인류의 일원이라는

정체성을 갖게 되는 건 그 다음 단계이다.

그러나 내 경우에는 이 같은 발전이 가로막혀 있었다.

체제의 시각을 통해서 감지된 것 말고는

바깥세상에 대해 거의 아무것도 모른 채 성장했다.

북한을 떠난 후에야 비로소 내 나라가 모든 곳에서

악의 대명사로 통한다는 사실을 알게 되었다.

그러나 정체성이 형성되던 시기에 나는 이 같은 사실을 알지 못했고,

북한에서의 삶이 정상이라고 생각했다.

북한의 지도자들과 관습을 비정상으로 보게 된 것은

시간과 거리가 멀어진 후였다.

따라서 나는 정체성이 형성된 곳, 즉 북한이 내 나라라고

말해야 한다. 나는 북한을 사랑한다.

북한이 더 나은 나라가 되었으면 좋겠다.

내 나라는 내 가족이며, 그곳에서 함께 살았던 좋은 사람들을 뜻한다.

그들이 아직도 그곳에 있는 이상 어떻게 내가

애국자가 되지 않을 수 있겠는가?

이 책은 나에 대한 이야기이다.

독자들이 이 책을 통해 내가 탈출한 세계를 엿볼 수 있었으면 좋겠다.

또한 나처럼 전혀 상상하지 못했던 새로운 삶에 대처하려고

몸부림치는 사람들에게 격려가 되기를 바라 본다.

그리고 마침내 세계가 그들의 목소리를 듣고

행동을 시작하기를 소망한다.

2013년 2월 13일

캘리포니아주 롱비치Long Beach

목
차

어머니의 외침에 나는 잠에서 깨어났다.

어린 남동생 민호는 아직도 옆에서 잠들어 있있나.

아버지가 '일어나!'라고 소리치면서 방으로 뛰어들었다.

우리의 팔을 잡아끌어 방 밖으로 몰아냈다.

어머니는 비명을 지르며 아버지의 뒤를 따랐다.

어두워진 늦은 저녁이었다. 민호는 잠에 취해 멍한 상태였다.

거리로 뛰어나가다가 뒤돌아보니 기름이 타는 듯한 검은 연기가

부엌 창문에서 쏟아져 나왔고 화염이 맹렬하게 외벽으로 번지고 있었다.

놀랍게도 아버지는 다시 집으로 달려가고 있었다.

바람이 집 안으로 몰아치는 듯한 이상한 소리가

우리를 휩쓸고 지나갔다. '쿵'하는 소리도 들렸다.

지붕 한쪽의 기와가 무너지면서

밝은 오렌지색 국화 같은 화염이 하늘로 솟구쳐 올라 거리를 밝혔다.

이제 집의 반쪽은 완전히 불길에 휩싸였다.

다른 쪽 창문으로는 칠흑 같은 연기가 뿜어져 나왔다.

아버지는 어디에 계시는 걸까?

어느새 이웃 사람들이 우리 주위로 모여들었다.

맹렬한 불길을 잡아보려고 양동이로 물을 끼얹는 사람도 있었다.

나무가 비틀어지고 쪼개지는 소리가 들리더니

이제 지붕 전체가 불길에 휩싸였다.

나는 울지 않았다. 숨조차 쉬지 않았다.

아버지는 아직도 집 안에서 나오지 않았다.

십 몇 초 안에 일어난 일이겠지만 내게는 마치 몇 십 분처럼 느껴졌다.

다시 모습을 드러낸 아버지는 심하게 기침을 하면서 달려 나왔다.

기름 연기 때문에 얼굴이 검게 번쩍였다.

아버지의 양쪽 겨드랑이에는 평평하고 각진 물체가 안겨 있었다.

그것은 비싼 물건이나 모아둔 돈이 아니었다.

아버지는 초상화 두 개를 구했다.

열세 살이었던 나는 무엇이 중요한지 구별할 수 있는 나이였다.

나중에 어머니는 무슨 일이 있었는지 설명해 주었다.

얼마 전에 아버지는 군인들에게 항공유 한 통을 뇌물로 받았다고 했다.

연료통은 부엌의 연탄난로 옆에 두었는데

어머니가 통에 든 연료를 다른 용기로 옮기던 중에

손에서 미끄러지면서 석탄에 튀자 폭발적으로 불이 붙었던 것이다.

아마, 이웃 사람들은 어머니가 대체 무슨 음식을

만들고 있었는지 궁금했을 것이다.

화염이 내뿜는 강렬한 열기가 불어왔다.

민호가 흐느끼기 시작했다.

나는 어머니의 손을 잡고 있었다.

아버지는 초상화를 조심스럽게 내려놓고 우리 세 사람을 끌어안았다.

사람들 앞에서 이렇게 드러내 놓고

애정을 표현하는 일이 우리 부모로서는 드문 일이었다.

이웃 사람들은 부둥켜안은 채 불길 속에서

무너져 내리는 집을 바라보는 우리를 측은하게 생각했을 것이다.

아버지의 얼굴은 더러워졌고 새 인민복은 엉망이 되었다.

집안 가꾸기에 열심이었고 항상 옷을 잘 차려입으려 애쓰던 어머니는

가장 아끼는 그릇과 옷이 연기 속으로 사라지는 광경을

지켜보고 있었다.

그러나 가장 인상 깊었던 점은 아버지와 어머니 모두

그다지 상심한 모습을 보이지 않았다는 것이었다.

우리 집은 그저 국가가 제공한, 북한에서 흔히 볼 수 있는,

가구를 갖춘 방 두 개짜리 작은 단층집이었다.

지금 생각해 보면 잃었다고 해서 크게 아쉬워할 만한 집은 아니었다.

그러나 부모님의 대응은 나에게 깊은 인상을 남겼다.

우리 네 식구는 함께였고, 무사했다. 중요한 것은 그것뿐이었다.

그때 나는 우리가 거의 모든 것을 잃더라도

버틸 수 있다는 것을 깨달았다.

집, 심지어 나라까지 잃더라도.

그러나 이웃들, 그리고 가족이 없이는

결코 버텨나갈 수 없을 것이라는 것도 함께 깨달았다.

거리에 있던 모든 사람들이 아버지가 불길 속에서

초상화를 구해 내는 광경을 보았다.

공식적으로 표창 받을 만한 영웅적인 행동이었다.

그러나 그런 일은 일어나지 않았다.

우리는 알지 못했으나 아버지는 이미 감시를 받고 있었다.

2018년 2월 3일 백악관의 초대를 받아
트럼프 대통령과 면담.

North Korean refugees caught by the Chinese police

2013년 2월 미국에서 열린 TED 무대에서 '나의 탈북 스토리' 라는 주제로 강연. 빌 게이츠, 빌 클린턴,
제임스 캐머런, 앨 고어 등 세계 최고의 명사들이 연설하는 무대에 내가 서게 된 것은 2012년 TED 측이
최초로 도입한 '글로벌 오디션' 덕분이다.

2014년 4월 유엔안보리 회의장에서
북한 인권의 심각성에 대해 증언.

2016년 Google 뉴욕지사와 함께 진행된 《The Girl with Seven Names》 자서전 사인회에 찾아온 할리우드 전설 '로버트 드 니로'와의 기념사진.

1
부

**지구상에서
가장 위대한
국가**

1

산악 지방을
달리는
기차

1977년 늦여름의 어느 날 아침, 한 처녀가 혜산역 플랫폼에서 자매들에게 작별 인사를 하고 평양행 기차에 올랐다. 공식 여행 허가를 받고 평양에 있는 오빠를 만나러 가는 길이었다. 평양을 방문하는 것은 특별한 기회였다. 전날 밤에 그녀는 들뜬 마음에 거의 잠을 이루지 못했다. 혁명의 수도는 신비롭고 미래 지향적인 곳이었다.

아침 공기는 아직 선선했고 습도도 그렇게 높지 않았다. 창가에 앉은 그녀에게 가까운 공장에서 나는 신선한 목재 냄새가 풍겨 왔다. 기차는 낡은 혜산선을 따라 삐걱거리면서 소나무가 무성한 가파른 산과 그늘진 계곡을 통과하며 천천히 남쪽으로 향했다. 가끔씩 저 멀리 급류가 흐르는 강이 보이기도 했다. 그러나 시간이 좀 지나자 그녀는 풍경에서 다른 쪽으로 주의를 돌리게 되었다.

객차는 기세 좋게 평양으로 돌아가는 젊은 장교들로 가득했다. 처음에는 좀 성가셔 보였지만 어느새 그녀도 그들이 주고받는 농담을 들으면서 다른 승객들과 함께 웃고 있었다. 장교들은 승객들에게 낱말 게임이나 주사위 게임을 하며 긴 탑승 시간을 견뎌 보자고 말했다. 게임을 하다가 처녀가 걸리자 그들은 벌칙으로 노래를 한 곡 부르라고 했다.

객차가 조용해졌다. 바닥을 내려다보면서 용기를 낸 그녀는 짐을 올려놓는 선반을 붙들고 몸을 지탱하면서 일어섰다. 그녀의 나이는 스물두 살이었다. 여행을 위해 뒤로 묶고 머리핀을 찔러 넣은 검은 머리칼은 반짝반짝 빛났다. 빨간 꽃이 자그마하게 그려진 흰색 면 치마를 입고 있던 그녀는 그해에 인기를 얻었던 북한 영화 '장군 이야기'에 나온 노래를 불렀다. 고음으로 부른 노래는 아름답고 훌륭했다. 노래를 마치자 승객들의 박수갈채가 쏟아졌다.

처녀는 다시 창가 자리에 앉았다. 옆에는 어린 소녀가 앉아 있었고, 통로 쪽 자리에는 소녀의 할머니가 앉아 있었다. 갑자기 정회색 세복 차림의 젊은 장교가 다가오더니 할머니에게 정중하게 자기소개를 한 후 어린 소녀를 안아 올려 자기 무릎에 앉혔다.

"이름이 뭡니까?"

그의 첫마디였다.

어머니는 이렇게 아버지를 만났다. 그는 자신감이 넘쳐 보였고 평양 말씨도 썼다. 그래서 처녀는 자신이 쓰는 북쪽 혜산 지역 사투리가 투박하고 촌스럽게 느껴졌다. 그는 곧 처녀를 안심시켰다. 자신도 혜산 출신인데 평양에서 여러 해를 보내면서 고향 말씨를 잊게 된 것이 부끄럽다고 말했다. 눈을 내리깐 처녀는 잠깐씩 그의 얼굴을 훔쳐보곤 했다. 눈썹이 짙고 광대뼈가 튼튼하다 싶게 두드러져 있기에 통상적인 미남은 아니었지만 그녀는 그의 군인답고 자신 있는 태도에 끌렸다.

치마가 예쁘다는 말에 그녀는 수줍은 미소를 지었다. 처녀는 수수하고 평범한 자신의 용모를 옷이 보완해 준다고 생각했기 때문에 잘 차려입는 것을 좋아했다. 사실 그녀는 자신이 생각하는 것보다 예뻤다. 지루한 여행 시간은 빠르게 지나갔다. 처녀는 대화를 나누면서 다른 남자에게서는 경험한 적이 없었던 간절한 눈길로 그가 자신을 바라보곤 한다는 것을 알아차렸다. 얼굴이 붉어지고 열기가 올랐다.

그는 처녀의 나이를 물었다. 그러고는 매우 정중하게 말했다.

"당신에게 편지를 써도 괜찮겠습니까?"

그녀는 주소를 알려 주었다.

어머니는 정작 평양에서 만난 오빠에 대한 기억은 거의 없었다. 그녀의 마음은 기차에서 만난 장교, 소나무 사이로 어른거리며 객차 안을 비추던 햇빛의 이미지로만 가득했다.

편지는 오지 않았다. 시간이 지나면서 처녀는 그를 마음에서 지우려고 애썼다. 평양에 그의 여자 친구가 있을 것이라고 생각해 버렸다. 석 달쯤 지났을 때 그녀는 실망감을 극복하고 그에 대한 생각도 접었다.

6개월 후 어느 날 저녁, 혜산의 우리 집에 가족이 모여 있었다. 기온은 벌써 영하로 내려갔지만 가을에서 겨울로 넘어가는 아름다운 계절이라 몇 주 동안 청명한 날씨가 이어지고 있었다. 저녁 식사를 마쳐갈 때쯤, 군홧발 소리가 들려오더니 이어 누군가 단호하게 문을 두드렸다. 식탁에는 긴장감이 감돌았다. 그렇게 늦은 시간에 찾아올 사람은 없었다. 이모가 문을 열었다. 그리고 이내 어머니를 불렀다.

"언니, 손님이야."

도시는 정전 상태였다. 어머니는 촛불을 들고 문으로 나갔다. 군복 외투를 걸치고 모자를 팔에 낀 아버지가 문간에 서 있었다. 떨고 있었다. 인사를 한 그는 훈련 때문에 멀리 갔으며 편지를 쓰는 것이 허용되지 않았다고 어머니에게 사과했다. 부드러우면서도 약간 긴장한 듯한 미소를 짓는 그의 뒤로는 별빛이 빛나고 있었다.

어머니는 따뜻한 집 안으로 아버지를 안내했다. 두 사람의 연애가 시작된 것이었다.

한 번도 사랑에 빠진 적이 없었던 어머니는 그 후 열두 달 동안 꿈같은 나날을 보냈다. 아버지는 여전히 평양 인근 기지에서 근무했기 때문에 두 사람은 편지를 주고받았으며 가끔씩 만남을 가졌다. 어머니는 아버지가 근무하는 군 기지를 찾아갔고, 아버지는 어머니를 보려고 기차를 타고 혜산까지 왔다. 그렇게 어머니는 다음 만남까지 달콤한 몽상에 잠겨서 보냈다.

어머니는 나에게 그 시절에는 모든 것에서 광채가 났고 마치 마법에 빠진 듯했다고 말했다. 그 당시는 세계적으로 냉전이 최고조에 달해 있었지만 북한은 호시절을 누리고 있었다. 수년간 이어진 대풍년으로 식량도 풍족했고, 산업도 공산 국가 기준으로는 현대적이었다. 철천지원수 남한은 정치적 혼돈에 빠져 있었으며, 가증스러운 양키는 베트남에서 공산군과의 치열한 전쟁에서 패배한 직후였다. 자본주의 세계가 내리막을 걷는 것으로 보였고, 역사는 우리 편이라는 확신이 넘치던 때였다.

아버지는 봄이 오고 산의 눈이 녹을 때쯤 어머니에게 청혼하기 위해 혜산을 찾았다. 어머니는 눈물을 흘리며 청혼을 승낙했다. 그녀의 행복은 완벽했다. 더욱이 두 사람 모두 성분이 좋은 가족 출신이라 사회적 입지도 탄탄했다.

성분은 북한에서 시행되는 계급 제도이다. 1948년 북한이 건국된 무렵부터 모든 인민은 가족의 가장이 무엇을 했는가에 따라 핵심, 동요, 적대 계층으로 분류되었다. 할아버지가 노동자나 농민의 자손이고, 이후 한국 전쟁 중에 북한 편에서 싸웠다면 그 가족은 핵심 계층으로 분류된다. 그러나 조상 중에 지주가 있었거나 일제 강점기 때 관리로 일했거나, 한국 전쟁 중에 남한으로 탈출한 사람이 있다면 그 가족은 적대 계층으로 분류된다. 세 가지 대범주 밑에는 51단계로 세분된 신분 계급이 있었는데 통치자 김 씨 일가가 정점에 있고 석방될 가망이 없는 정치범들이 가장 밑바닥에 있었다. 신생 공산 국가가 봉건 왕조 시대보다도 더 복잡하고 계층화된 신분 제도를 창조했다는 것은 아이러니한 일이었다. 인구의 40퍼센트 정도를 차지하는 적대 계층은 아무런 꿈도 가질 수 없었다. 그들은 농장과 광산에 배치되어 육체노동에 종사했다. 그 다음으로 동요 계층은 하급 관리나 교사, 또는 권력의 중심에서 멀리 떨어진 계급의 군인이 될 수는 있었다. 오직 핵심 계층만이 평양에 거주할 수 있었고, 노동당에 입당할 수 있으며, 직업 선택의 자유가 있었다. 성분 체계에서 자신이 속한 성분을 정확하게 말해 주는 사람은 아무도 없었다. 그러나 내 생각에 51마리 양의 무리 속에서도 서열이 정확하게 갈리는 것처럼, 사람들 대부분은 직감적으로 자신과 주변 사람들의 성분을 알고 있었다. 성분 체계에서 방심할 수 없는 점은 위대한 지도자의 특별한 배려가 없는 이상 내려가기는 쉬워도 올라가기는 거의 불가능하다는 것이다. 자신보다 높은 성분과 결혼한다고 해도 마찬가지였다. 그런 만큼 인구의 10-15퍼센트를 차지하는 엘리트 계층들은 실수를 범하지 않으려고 매우 조심하며 살아간다.

우리 부모가 결혼하던 시절에는 가족의 성분이 더욱더 중요했다. 성분이 개인의 삶과 그 자식들의 삶을 결정했기 때문이다.

어머니 쪽 가계의 성분은 특히 우수했다. 외할아버지는 일제강점기 때 경찰에 위장 침투하여 지역의 빨치산에게 정보를 전달했고, 몇 명은 유치장에서 직접 구해 낸 업적으로 잘 알려진 인물이었다. 한국 전쟁이 끝난 후에는 훈장도 받았고 지역 사회에서는 크게 존경받았다. 외할아버지는 일본 경찰 제복을 입은 사진을 간직했고 자신의 이야기를 담은 기록을 남겼다. 그러나 어쩌면 오해를 불러서 가족에게 재앙을 초래할지도 모른다고 염려한 외할머니는 외할아버지가 돌아가시자 모든 기록을 불태워 버렸다.

외할머니는 대학생 시절에 열렬한 공산주의자가 되었다. 그녀는 1940년대에 일본에서 공부했으며 교양을 갖춘 소수 지식인 엘리트의 일원으로 귀국했다. 당시의 한국인 대부분이 초등학교조차 마치지 못하던 시절이니 외할머니의 경력은 매우 드문 일이었다. 그녀는 불과 19세의 나이로 공산당에 입당했다. 외할머니와 결혼한 외할아버지는 당시의 관습대로 신부를 자신의 지역으로 데려가는 대신 외할머니의 고향인 혜산으로 이주하여 지방 관청의 관리가 되었다. 한국 전쟁의 첫해인 1950년에 미군이 혜산으로 들어왔을 때, 외할아버지는 체포를 피하려고 깊은 산속으로 도주했다. 미군은 공산당원을 색출하기 위해 가택 수색을 벌였다. 당시 8명의 자식 중 하나를 등에 업은 외할머니는 당원증을 굴뚝 안 벽돌 틈에 숨겼다.

"미국인들이 그걸 찾아냈다면 우리는 총살당했을 거야." 외할머니는 내게 이런 말씀을 하곤 했다.

당원증을 안전하게 감춘 외할머니의 행동은 이후 우리 가족의 높은 성분을 보장하는 결과로 이어졌다. 한국 전쟁 중 미군에 점령당했을 때 당원증을 없애 버린 사람들은 나중에 의심의 대상이 되었고, 일부는 무자비한 숙청을 거쳐서 수용소로 보내졌다. 외할머니는 줄을 맨 당원증을 목에 걸어 옷 속에 감춘 채 평생을 보냈다.

아버지와 어머니는 12개월의 연애 끝에 당연히 결혼했어야 했다. 그러나 일은 그렇게 진행되지 않았다.

결혼을 허락하지 않았던 외할머니가 문제였다. 외할머니는 아버지의 공군 경력이나 장래성을 대단치 않게 여겼으며, 어머니가 더 나은 남자와 결혼하여 안락한 삶을 누릴 수 있다고 생각했다. 일본에서 받은 교육과 진보적 공산주의자로서의 경력에도 불구하고 외할머니는 적절한 결혼을 위해 사랑은 2차적인 문제라고 생각하는 세대에 속한 사람이었다. 경제적 안정이 우선이었으며, 운이 좋으면 정략적으로 결혼한 후에도 부부가 사랑에 빠질 수 있다고 외할머니는 생각했다. 최고의 신랑감을 찾아 주는 것을 자신의 의무로 여긴 외할머니의 뜻을 어머니는 거스를 수 없었다. 또한 당시에 부모를 거역한다는 것은 생각할 수도 없는 일이었다.

어머니의 더할 나위 없이 행복했던 시절이 악몽으로 바뀌기 시작했다. 외할머니는 당시 호황을 누리던 영화계의 멋진 여배우들을 인맥을 통해서 알고 있었다. 결국 두 사람은 평양의 외무성에서 근무하던 외교관이자 여배우의 형제였던 남자를 어머니에게 소개했다. 어머니는 자신에게 일어나고 있는 일을 믿을 수 없었다. 외교관은 싹싹한 사람이었지만 아무런 관심도 생기지 않았다. 어머니는 아버지를 사랑했다. 그러나 자신도 모르는 가운데 이미 결혼 준비가 진행되고 있었다.

어머니는 정신적 붕괴 상태에 빠졌으며 몇 주 동안 눈물로 밤을 지새워야 했다. 헤아릴 수 없는 고통이 그녀를 절망의 끝자락으로 몰아갔다. 아버지와의 관계를 끊어야 했다. 소식을 전하는 편지를 보냈을 때 아버지는 답장하지 않았다. 어머니는 자신이 그를 비탄에 빠뜨렸음을 깨달았다.

1979년 청명하고 쌀쌀했던 봄날, 어머니는 결국 평양에서 외교관과 결혼했다. 전통 결혼식이었다. 어머니는 화려하게 수놓은 붉은색 비단 치마저고리를 입었고, 신랑은 양복을 입었다. 결혼식이 끝난 후에는 관습대로 만수대에 있는 거대한 김일성 동상 밑에서 결혼사진을 찍었다. 이것은 부부가 아무리 서로 사랑하더라도 어버이 수령을 향한 사랑이 더 크다는 것을 보여 주기 위함이었다. 아무도 웃지 않았다.

신혼여행 중에 임신한 어머니는 1980년 1월에 혜산에서 나를 낳았다. 이름은 김지혜였다. 어머니와 나의 미래는 결정된 것처럼 보였다. 그러나 사랑은 외할머니의 철저한 계획 사이를 뚫고 스스로의 길을 찾아갔다.

어머니는 양강도의 도청 소재지인 혜산에서 태어나고 자랐다. 북한의 북동쪽에 있는 양강도는 가문비나무, 낙엽송, 소나무가 많은 산악 지역이다. 농사를 지을 수 있는 땅이 거의 없었으며 삶은 척박했다. 그런 만큼 혜산 사람들은 끈질기고 완고한 기질로 유명하다. 그들은 생존자들이다. 혜산 사람은 바다 한가운데에 빠져도 어떻게든 살아나올 것이라는 말도 있었다. 지나친 단순화일 수도 있지만 나는 어머니에게서 이 같은 강인한 기질을 보았다. 물론 나중에 동생인 민호와 나도 비슷한 기질을 보이게 된다. 특히 고집스러운 성격을.

나의 생물학적 아버지인 외교관과 같이 살 수 없었던 어머니는 나를 낳자마자 그를 떠났다. 출생한 지 1년이 지나야 한 살이 되는 다른 나라들과 다르게 한국식 나이는 태어나면서부터 한 살이 된다. 나는 한 살이었다.

곧 이혼이 뒤따랐다. 이제 밤잠을 못 이루는 것은 외할머니 차례였다. 딸이 이혼한 것만으로도 당시로선 충분히 부끄러운 일이었는데 등에 아기를 업은 이혼한 딸이 다른 남자를 만나 결혼하는 것은 거의 불가능했다. 할머니는 나를 입양시키려고 했다. 외삼촌 한 분이 입양을 원하는 젊은 부부를 찾아냈다. 평양에 사는 상류 계층 사람들이었다. 그들은 나를 데려가려고 멀리 혜산까지 찾아왔다. 가지고 온 상자에는 장난감과 좋은 옷이 들어 있었다.

그날 집에서는 끔찍한 광경이 벌어졌다. 어머니는 눈물을 흘리면서 나를 포기하지 않겠다고 외쳤다. 그녀는 나를 품에 안고 외할머니에게 내주려 하지 않았다. 나는 큰 소리로 울기 시작했다. 평양에서 온 부부는 외할머니가 어머니에게 터뜨리는 분노에 경악하며 말리다가 나중에는 자신들도 화가 나서 헛걸음을 시킨 가족들을 비난하며 가 버렸다.

얼마 후, 어머니는 아버지가 근무하던 군 기지로 찾아갔다. 감동적인 재회를 한 아버지는 즉각 어머니를 받아들였다. 한 치의 망설임 없이 나도 자신의 딸로 받아들였다.

　너무도 열렬한 두 사람의 사랑에 외할머니도 패배를 인정했고 아버지 또한 달리 보기 시작했다. 아버지에게는 누구나 느낄 수 있는 권위적인 분위기가 있었다. 하지만 온화하고 친절했다. 술을 입에 대지 않았으며 심하게 화를 내는 일도 없었다. 그러나 외할머니에게는 어머니와 아버지의 강렬한 사랑이 걱정거리였다. 부부의 사랑이 너무 강하면 평생을 가야 할 애정이 너무 짧은 기간에 압축되기에 한 사람이 일찍 죽게 된다는 미신을 믿고 있었기 때문이었다.

　어머니와 아버지는 마침내 결혼식을 올렸다. 그러나 이번에는 아버지의 부모가 문제였다. 어머니에게 이미 다른 남자의 자식이 있다는 사실을 알게 되면 두 사람의 결혼에 강력하게 반대할 것이 분명했기 때문에 부모님은 나의 존재를 비밀에 부치려 했다. 그러나 많은 사람이 서로 알고 지내는 혜산 같은 작은 도시에서 비밀이 지켜지기는 어려웠다. 말이 새어 나갔고 결혼식이 치러지기 불과 며칠 전에 조부모가 나의 존재를 알게 되었다. 그들은 결혼을 반대하기 시작했다. 어머니와의 결혼이 두 번째로 무산되는 것을 견딜 수 없었던 아버지는 간곡하게 부모를 설득했다.

　조부모는 마지못해서 결혼에 동의했지만 한 가지 조건을 달았다. 새로운 가족이 되었다는 징표로 내 이름을 완전히 바꾸라는 것이었다. 다른 곳과 마찬가지로 북한에서도 어머니가 재혼하면 자식의 성을 바꾸는 것이 보통이었다. 그러나 이름까지 바꾸는 것은 매우 이례적인 일이었다. 어머니에게는 선택의 여지가 없었다. 그래서 세 살이 된 나는 부모님이 결혼한 직후에 두 번째로 정체성이 바뀌게 되었다. 새 이름은 박민영이었다.

결혼식은 혜산에서 조용하게 치러졌다. 화려한 치마저고리는 없었다. 어머니는 깔끔한 예복을 입었고, 아버지는 제복 차림이었다. 물론 조부모는 어머니의 가족들에게 못마땅한 기색을 숨기지 않았다.

나는 이 같은 긴장감을 깨닫기에는 너무 어렸다. 친아버지에 관해서도 알지 못했다. 진실을 알게 된 것은 여러 해 뒤 초등학교에 다닐 때였다. 아직도 나는 끝까지 몰랐다면 어땠을까 하는 마음이 있다. 왜냐하면 내가 알게 된 진실은 그때까지 친아버지로 알고 있었던 친절하고 다정한 남자와 나에게 비통한 결과를 가져왔기 때문이었다.

2

세상의
가장자리에 있는
도시

나는 데이비서 4년 동안 삼촌과 이모들이 사는 양강도의 대가족 속에서 자랐다. 우리는 아버지의 근무지를 따라 전국의 여러 도시와 군 기지를 옮겨 다니며 유목민 같은 삶을 살게 되었지만 이 초기 시절의 혜산은 나에게 평생 남아 있는 정서적 애착을 주었다.

양강도는 한국에서 고도가 가장 높은 지역이다. 여름에는 초록의 산들이 장관을 이루고, 겨울에는 눈이 많이 내릴 뿐 아니라 몹시 춥다. 일제 강점기에 일본인들은 이곳에 철도를 부설하고 제재소를 세웠다. 그래서 어디를 가든 새로 자른 소나무 향을 쉽게 맡을 수 있다. 양강도에는 최고의 성분을 가진 사람들만 거주가 허용되는 신성한 혁명 성지이며 북한의 최고봉인 백두산도 있지만, 체제의 눈 밖에 난 사람들이 유배를 오는 궁핍한 유형지인 백암군도 있다.

내가 자라던 시절의 혜산은 매우 흥미로운 곳이었다. 볼거리가 많은 도시여서가 아니었다. 북한에서 극장, 식당, 또는 세련된 대중문화로 유명한 곳은 아무 데도 없었다. 혜산의 매력은 고대로부터 한국과 중국의 국경을 이룬 압록강과 가깝다는 것이었다. 북한처럼 폐쇄적인 국가에서 혜산은 세상의 가장자리에 있는 도시 같은 느낌을 주었다. 그 지역 사람들에게 혜산은 온갖 진귀한 외국 제품(합법적, 불법적, 그리고 매우 불법적인)이 들어오는 관문이었다. 따라서 혜산은 무역과 밀수의 중심지로 번창했으며 지역 주민들에게 많은 혜택을 안겨 주었다. 또한 강 건너편의 중국 상인과 수익성 있는 동업 관계를 형성하여 외화를 벌 기회도 많았다. 그래서 혜산은 정부의 철권통치가 그리 강력하게 미치지 않는 무법 지역처럼 보일 때도 있었다. 왜냐하면 지방 당의 간부는 물론이고 최말단의 국경 경비대원까지 거의 모든 사람이 자기 몫을 챙겼기 때문이다. 그러나 자주 평양의 지시에 의한 인정사정없는 집중 단속이 이루어지기도 했다.

혜산 출신 사람들은 장삿속이 밝았으며 형편도 북한의 다른 지역보다 나았다. 어른들은 내게 혜산에 사는 것은 행운이라고 말했다. 북한에서 평양 다음으로 좋은 도시라는 것이었다.

혜산에 대한 가장 오래된 기억이 거의 마지막 기억이 될 뻔했던 적도 있다. 신기하게도 그때 입었던 옷이 기억난다. 담청색의 예쁜 옷이었다. 나는 혼자서 집 앞을 돌아다니다가 어느새 기찻길 나무 침목 위에 앉아서 조약돌을 모으고 있었다. 그때 갑자기 대기를 찢고 산을 울리는 엄청난 굉음이 들려 왔다. 고개를 돌려 보니 굽은 철로 위로 집채만 한 검은 물체가 똑바로 내게로 달려오고 있었다. 나는 그것이 무엇인지 몰랐다.

그때 가지게 된 여러 가지 혼란스러운 이미지가 기억난다. 눈부신 전조등, 금속이 마찰하는 '끼익' 소리, 코를 찌르는 듯한 타는 냄새, 사람들이 외치는 소리. 다시 경적이 울렸다. 순식간에 다가온 검은 물체는 내 몸 위를 그냥 지나쳐 갔다. 나는 그 밑에 있었다. 굉음과 타는 냄새가 진동했다.

나중에 어머니에게 들은 바로는 철로의 곡선 구간을 지나자마자 약 100미터 앞에 있는 나를 기관사가 발견했다고 한다. 기차가 나를 치지 않도록 멈추기에는 너무 짧은 거리였다. 기관사는 심장이 멎는 것 같았다고 했다. 네 번째 객차 밑에서 기어 나온 나는 웬일인지 웃고 있었다. 많은 동네 사람들이 언덕 아래로 모여들었다. 그중에는 어머니도 있었다.

어머니는 내 팔을 잡아 일으키며 소리쳤다. "민영아, 몇 번을 말했니? 거기 가지 말라고!" 그러고는 나를 끌어안고 걷잡을 수 없는 울음을 터뜨렸다. 어떤 아주머니는 우리에게 다가와서 이런 일은 좋은 징조일 수도 있다고 말했다. 이렇게 어린 나이에 죽을 고비를 넘겼으니 이제는 죽지 않고 오래 살 것이란 뜻이었다.

어머니는 건전하고 상식적이었지만 그래도 미신을 믿었다. 여러 해 동안 어머니는 그 여자의 말을 되풀이했다. 나 또한 위험한 순간에 구원의 신화처럼 되어 버린 이 말을 기억하게 되었다.

* * *

어머니는 모두가 혜산 특유의 완고한 기질을 가진 8남매(딸 넷, 아들네) 중 한 명이었다. 이들 남매는 신기할 정도로 다양하고 이질적인 직업을 가지고 있었다. 한쪽 끝에는 '돈 삼촌'이 있었다. 돈이 많은 삼촌이라는 뜻이다. 그는 평양에 있는 무역 회사의 중역이었으며 호화로운 서양 제품을 구할 수도 있었다. 가족들은 그를 매우 자랑스러워했다. 반대쪽 끝에는 집단 농장 출신 여자와 결혼하여 성분 체계의 바닥으로 내려간 '가난한 삼촌'이 있었다. 그는 재능이 충분했기에 지도자들의 초상화를 그릴 수 있는 소수 엘리트 화가가 될 수도 있었다. 그러나 '경제 성장의 혁신 단계로 매진하자!'처럼 들에서 일하는 지친 농장 노동자들을 촉구하는 붉고 긴 선전 현수막을 그리며 살았다. 그리고 함흥에서 영화 관련 일을 하시는 '영화 삼촌'과 마약 거래업자인 '아편 삼촌'이 있었다. 아편 삼촌은 혜산에서 영향력이 매우 큰 인물이었다. 좋은 성분 덕분에 조사를 피해 갈 수 있었으며 지역의 경찰은 그의 뇌물을 기대했다. 아편 삼촌은 나를 무릎에 앉히고 산, 동물, 신화적 야수에 관한 신기한 이야기를 들려주곤 했다. 이제 와서 생각해 보면 아마도 삼촌은 약에 취한 상태였을 것이다.

어머니에게는 가족이 전부였다. 우리의 생활은 가족이라는 울타리 안에서 대부분 이루어졌으며 그런 만큼 어머니에게는 외부의 친구가 거의 없었다. 그런 점에서는 아버지도 마찬가지였다. 두 분 모두 비사교적이었다. 그뿐 아니라 두 사람이 손을 잡거나 부엌에서 포용하는 모습을 본 적이 없었다. 그런 식으로 애정을 표현하는 북한 사람은 거의 없다. 그러나 서로를 향한 두 분의 감정은 항상 분명했다. 어머니는 저녁 식탁에서 아버지에게 말하곤 했다. "당신을 만나서 너무나 행복해요." 그러면 아버지는 몸을 굽혀 내 귀에 대고 어머니에게 들릴 정도로 속삭였다. "있지, 트럭 열 대에 여자들을 싣고 와서 한 명을 고르라고 했더라도 모두 거절하고 엄마를 선택했을 거다." 이렇듯 결혼 생활 내내 두 분의 애정은 변함이 없었다. 어머니는 가끔 킥킥대며 말하곤 했다. "네 아빠의 귀는 정말 잘 생겼지!"

아버지가 타지로 출장을 가면 어머니와 나는 외할머니나 이모 집에서 지냈다. 가장 맏언니는 슬프고 외로웠던 '큰이모'였다. 나는 여러 해 뒤에야 결혼에 얽힌 그녀의 비극적인 사연을 알게 되었다. 막내 이모는 너그러운 '키다리 이모'였다. '예쁜이 이모'는 어머니의 자매 중 가장 예쁘고 재능이 많은 사람이었다. 예쁜이 이모는 소녀 시절에 피겨스케이터가 되고 싶었지만 빙판에서 미끄러져 이빨을 깨뜨린 후에 외할머니가 그녀의 꿈을 좌절시켰다. 예쁜이 이모는 사업 수완(어머니도 같은 재능이 있었나.)이 뛰어났으며, 중국에서 온 상품을 평양과 함흥에 공급하여 많은 돈을 벌었다. 그녀 또한 강인한 여성이었다. 한번은 정선이 되고 마취제도 충분치 않은 병원에서 촛불을 켜놓고 맹장 수술을 받은 적도 있었다.

"내 배를 째는 소리를 들을 수 있었지." 예쁜이 이모는 말했다.

나는 겁에 질린 채 물었다. "아프지 않았어요?"

"아팠지. 하지만 어쩌겠니?"

어머니는 타고난 사업가였다. 이 같은 기질은 성분이 좋은 여자로서는 이례적인 것이었다. 1980년대와 1990년대 초에 어머니처럼 성분이 좋은 여자들 대부분은 장사를 비도덕적이고 자신의 존엄성에 맞지 않는 일로 여겼다. 그러나 어머니는 혜산 출신이었으며 사업 감각이 있었다. 어머니는 여러 해 동안 수익성 있는 소규모 사업을 벌여서 이후에 닥칠 상상할 수 없는 최악의 시기를 헤쳐 나갈 수 있도록 했다. 내가 자라는 동안에는 장사와 시장이 여전히 금기시되는 단어였지만 불과 몇 해 지나지 않아 생존의 문제가 대두되면서 사람들의 생각이 근본적으로 바뀌게 된다.

어머니는 나에게 엄격했으며 나는 거기에 맞춰서 성장했다. 어머니는 모든 일에 높은 기준을 적용했다. 다른 사람과 부딪히는 것, 너무 큰 소리로 말하는 것, 밥을 너무 빨리 먹는 것, 먹으면서 입을 벌리는 것은 무례한 행동이라고 가르쳤다. 나는 다리를 벌리고 앉는 것이 상스러운 행동임을 배웠다. 일본식으로 다리를 모으고 자세를 똑바로 하여 무릎을 꿇고 앉는 방법을 배웠다. 아침에 어머니와 아버지에게 등교 인사를 할 때는 90도로 절을 하도록 배웠다.

우연히 우리 집에 들렀던 친구 하나가 내 모습을 보고 말했다.

"왜 그런 식으로 절을 하니?"

이 질문은 나를 놀라게 했다.

"너는 그렇게 하지 않니?"

친구는 배가 아플 정도로 웃어 댔다. 그 후에 아이들은 과장되게 절하는 흉내를 내면서 나를 놀렸다.

지저분한 것을 참지 못했던 어머니는 강박적일 정도로 집안을 정돈했다. 밖에 나갈 때는 항상 최상의 옷차림이었다. 어머니는 낡은 옷을 절대로 입지 않았으며 패션의 트렌드에 관한 안목이 있었다. 그리고 자신의 용모에 만족하는 일이 드물었다. 큰 눈, 타원형 입술, 둥근 얼굴을 가진 여자가 미인으로 여겨지는 사회에서 어머니는 종종 농담조로 자신의 가는 눈과 각진 얼굴을 한탄했다. 그러면서 "임신했을 때 네가 나를 닮을까 봐 얼마나 걱정했는지……."라고 말씀하곤 했다. 패션에 대한 나의 취향은 어머니에게 물려받은 것이었다.

* * *

나는 혜산에서 유치원을 다닐 예정이었지만 그렇게는 되지 않았다. 12월의 어느 날 저녁에 아버지는 함박웃음을 지으며 직장에서 집으로 돌아왔다. 밖에는 많은 눈이 내리고 있었으며 모자와 제복에 하얀 눈이 쌓여 있었다. 손뼉을 치면서 뜨거운 차를 청한 아버지는 우리에게 승진 소식을 알렸다. 그렇게 아버지의 전근에 따라 우리 가족은 북한의 서부 지역에 있는 해안 도시 안주로 가게 되었다.

3

벽 속에 있는
눈

1984년 초에 우리 세 가족은 안주에 도착했다. 내 나이 네 살 때였다. 새로운 도시를 본 어머니는 매우 낙담했다. 그 지역의 주요 산업은 탄광업이었으며 도시의 중심부를 가로질러 황해로 흐르는 청천강은 점토와 석탄으로 검은색을 띠고 있었다. 여름에는 악취가 나고 우기에는 홍수가 자주 일어난다는 말도 들었다. 북한의 다른 도시와 마찬가지로 안주의 많은 지역이 한국 전쟁 후에 재건되었다. 모두가 비슷하게 칙칙하고 색채가 없는 모습이었다. 중심가의 대로변에는 콘크리트 건물이 줄지어 있었다. 몇몇 소련식 건물과 김일성 동상이 필수적으로 서 있는 공원도 보였다. 도시의 나머지 지역은 지붕이 납작한 집들이 차지하고 있었다. 사실, 혜산도 별로 다르지는 않았다. 그러나 배경을 이루는 산과 다채로웠던 가족생활 때문에 혜산은 우리에게 마법과 같은 장소로 여겨졌다.

형제자매를 방문하기가 쉽지 않게 된 어머니는 혜산을 떠난 것을 크게 아쉬워했으나 동시에 우리가 특권층의 삶을 누리고 있다는 사실을 알게 되었다. 북한에서 대부분의 가족은 이사를 하지 않는다. 한 곳에서 평생을 살았으며 거주하는 군을 벗어나는 것조차 허가가 필요했다. 하지만 아버지는 보통 사람들이 접할 수 없는 물건도 쉽게 구해 왔다. 우리는 거의 끼니마다 생선이나 고기를 먹었다. 나는 나중에야 북한 사람들이 생선이나 고기 먹기가 힘들어서 먹은 날짜를 기억할 정도라는 사실을 알았다. 추가로 배급이 나오는 지도자들의 생일이 그런 날이었다.

우리는 아버지의 군 기지에 있는 새집이 마음에 들지 않았다. 집 벽에는 라디오와 스피커가 설치되어 있었다. 전원을 끌 수도 볼륨을 조절할 수도 없게 되어 있는 스피커에서는 시시때때로 우리가 사는 구역의 책임자인 반장이 정부의 지시나 공습 훈련 경보를 전달했다. 보통 50대의 여성이 반장직을 맡는데, 그들은 우리에게 정부의 지시를 전달하고, 밤에 외부인이 허가 없이 머무는지를 점검하며, 자신이 책임진 구역의 가족들을 감시했다. 우리가 이사 온 날 반장은 초상화 두 개를 전달했다. 우리는 첫 식사를 하기도 전에 서둘러 혜산 집에 있던 것과 같은 초상화를 벽에 걸었다.

먹고 어울리고 잠자는 가족생활 전체가 초상화 밑에서 진행되었다. 나 또한 그들의 시선 밑에서 자라났다. 초상화를 보살피는 것은 모든 가족에게 가장 중요한 일이었다. 실제로 그들은 부모보다도 현명하고 인자한 또 하나의 가족을 대표했다. 나라를 세운 위대한 지도자 김일성과 언젠가는 그를 계승할 경애하는 지도자 김정일의 초상화였다. 화사하게 대폭 수정된 듯한 그들의 얼굴은 우리 집뿐만 아니라 모든 가정에서 가장 눈에 잘 띄는 곳에 걸려 있었다. 내가 들어가 본 모든 건물에도 그들의 초상화가 성화처럼 걸려 있었다.

나는 어릴 적부터 어머니를 도와 초상화를 닦았다. 초상화를 닦을 때는 정부에서 제공한 특별한 천을 사용했으며, 이 천으로는 다른 물건을 닦을 수 없었다. 나는 걸음마를 배우던 시기부터 초상화가 집안의 다른 물건과는 다르다는 사실을 잘 알고 있었다. 한번은 손가락으로 초상화를 가리켰다가 어머니에게 큰 소리로 꾸중을 들은 적도 있었다. 그때 나는 손가락질이 대단히 무례한 행동이라는 것들 배웠다. 그들을 가리킬 필요가 있을 때 우리는 손바닥을 위로하여 정중하게 손짓을 했다. "이렇게." 어머니가 시범을 보여 주었다.

초상화는 방에서 가장 높은 곳에 조금도 기울지 않게 걸어야 했다. 같은 벽에는 그림이나 다른 물건을 거는 것이 허용되지 않았다. 공공건물이나 당 고위 간부의 집에는 젊은 나이로 사망한 항일 운동의 영웅 김정숙의 초상화를 추가로 걸어야 했다. 그녀는 김일성의 첫 번째 부인이었으며 김정일의 어머니로 성인처럼 추앙받는 여인이었다. 우리는 이들 성 삼위일체를 백두산의 세 장군이라 불렀다.

한 달에 한 번 정도 흰 장갑을 낀 관리들이 초상화를 점검하기 위해 구역에 있는 모든 가정을 방문했다. 초상화를 깨끗하게 관리하지 않은 것(한 점의 먼지라도 있는지 살피려고 손전등을 비스듬히 비춰보는 모습을 본 적도 있다.)으로 보고된 가족은 보위부 조사를 받기도 했다.

다만 여름철에 벽지에 곰팡이가 생길 정도의 습기로 인한 손상은 불가피한 것으로 인정받았다. 그러나 그 외의 어떤 이유로든 초상화가 손상되면 집주인은 심각한 곤경에 처했다. 해마다 초상화를 구한 영웅들의 이야기가 언론에 보도되었다. 나는 초상화를 머리 위로 치켜들고 홍수로 불어난 물을 헤쳐 나온 할아버지(초상화를 구하는 대신에 목숨을 잃었다.)를 찬양하는 라디오 방송을 듣거나, 엄청난 산사태가 일어났는데도 신성한 초상화를 부여잡고 오두막 지붕 위에서 위태롭게 앉아 있는 부부의 사진을 노동신문에서 보곤 했다. 언론은 모든 주민이 이들 같은 현실의 영웅들을 본받으라고 촉구했다.

나는 우리 가정에 대한 국가의 침범을 억압적이거나 부자연스럽다고 생각하지 않았다. 달력에 가장 크게 표시된 날짜인 김일성과 김정일의 생일에 우리 세 사람은 그들의 초상화 앞에 정렬하여 정중하게 절을 했다. 아버지가 퇴근해서 집에 돌아오면 끼니마다 먹는 밥, 국, 김치, 장아찌가 식탁에 차려지고, 어머니는 내가 '존경하는 김일성 어버이 수령님, 음식을 주셔서 고맙습니다.'라고 말하기를 기다렸다. 그러나 식사 중에 부모님은 개인사나 가족의 일만을 화제로 삼았다. 심각한 주제로 이야기하는 일은 결코 없었다. 나는 아이들이 도로에서 위험을 알아차리는 것처럼 심각한 이야기를 피하는 법을 배웠다. 이는 자신을 보호하기 위함이었으며, 그 점에서 우리는 다른 가족들과 다르지 않았다. 공적 생활이든 사적 생활이든 북한 사람들은 모두 당의 권위 밑에 있었으므로 거의 모든 대화 주제가 정치적이고 위험한 주제일 가능성이 있었다. 그렇기 때문에 부모님은 내가 오해를 부를 수 있는 부주의한 말을 하지 않도록 늘 생활화했다. 우리는 벽에서 내려다보고 있는 지도자들을 언급하는 일조차 거의 하지 않았다. 예를 들어 김일성의 이름을 말하면서 직함(위대한 지도자, 존경하는 어버이 수령 동지, 주석 또는 원수)을 빠뜨린 과오를 누군가가 보고하면 심각한 처벌을 받을 수 있었다.

문제가 없었던 것은 아니었다. 하지만 어머니는 문제 해결 재능이 뛰어난 사람이었다. 이 같은 재능은 부분적으로 성분이 좋은 여인의 자신 감에서 나왔다. 그뿐 아니라 어머니에게는 사람을 다루는 타고난 요령이 있었다. 그 덕분에 우리 가족을 여러 차례 재앙에서 구해 냈다. 어머니는 반장을 다루는 솜씨가 좋았는데 지역의 주례 회의 때는 반장과 친해지기 위해 작은 선물을 주곤 했다. 또한 어머니는 우리 집에서 보위부의 주의를 끌거나 다른 사람들의 시기심을 부를 수 있는 물건이 보이지 않도록 항상 주의를 기울였다.

어머니는 이성과 선의로 문제가 해결되지 않으면 돈으로 해결했다. 우리가 안주에 도착한 후 얼마 지나지 않아 붉은 완장을 찬 자경단원 다섯 명이 시내 중심가에서 어머니를 멈춰 세웠다. 이들은 북한의 잡다한 사회 규범 위반(북한은 청바지 착용, 남자의 장발, 목걸이를 착용하거나 외제 향수를 뿌리는 것 등을 모두 비사회주의적이며 퇴폐적 자본주의의 도덕적 타락을 상징한다고 말한다.)을 적발하려고 시내를 돌아다니는 사람들이었다. 열성적인 자경단원들은 공격적이고 거만했다. 가장 악랄한 수법은 출근 시간에 쫓겨서 북한의 모든 성인이 가슴에 착용해야 하는 위대한 지도자의 작고 둥근 배지를 집에 두고 나온 사람들을 적발하는 것이었다. 적발된 사람들은 곤혹스러운 문제에 직면하게 된다. 위대한 지도자를 깜빡 잊었다고 말할 수 있는 사람은 아무도 없었다.

그날 어머니의 위반 사항은 치마가 아닌 바지를 입고 나갔다는 것이었다. 북한 여성에게는 어울리지 않는다고 지도자들이 결정했기 때문에 공공장소에서 바지를 입는 것은 금지된 행동이었다. 도로 규찰대들은 어머니를 둘러싸고 바지를 입은 이유를 추궁했다. 어머니는 사람들의 구경거리가 되는 것을 피하려고 벌금을 내고, 통행 증명서에 위반 사실이 기록되지 않도록 규찰대원에게 뇌물을 건넸다.

어머니는 사람들을 매수할 때 거리낌이 없었다. 붙잡히지만 않는다면 이런 행동에 특이한 점은 전혀 없었다. 북한에서는 뇌물이 문제를 해결하거나, 가혹한 법률과 터무니없는 이데올로기를 피해 가는 유일한 수단일 때가 많다.

우리는 점차 군 기지의 생활에 익숙해졌다. 살아 보니 군인의 삶도 민간인과 크게 다르지 않다는 것을 알게 되었다. 모두가 서로 알고 지냈으며 보안은 거의 없었다. 아버지는 전국이 군 기지라는 농담을 하기도 했다. 하지만 당시에는 우리 중 누구도 쉽게 친구를 사귀지 못했다. 아버지와 마찬가지로 어머니도 사람들과 어울리는 것을 피했다. 어머니는 사람들과 거리를 두는 방법을 알았다. 사람을 많이 알수록 비판이나 비난을 받을 가능성도 커지는 나라에서 이 같은 신중함은 자신을 위해서도 바람직했다. 어머니는 내가 친구를 집에 데려오면 환영하기보다는 극히 친절한 태도로 맞이하곤 했다. 그러나 그런 태도가 어머니의 본 모습은 아니었다. 북한의 비극은 모든 사람이 가면을 쓰고 있으며, 가면을 벗으려면 위험을 무릅써야 한다는 데 있다. 어머니가 가족 외의 사람들을 대할 때 쓰는 가면은 성분이 좋고 허튼 행동을 하지 않는 강인한 여성이었다. 실제로 어머니의 가면 밑에는 유쾌한 기질과 타인에 대한 깊은 연민이 감추어져 있었다. 어머니는 사랑하는 사람들을 위해서라면 어떤 위험도 무릅쓸 사람이었다. 실제로 어머니는 정기적으로 형편이 좋지 않은 형제자매들에게 도움을 주었다. 특히 집단 농장에 있는 가난한 삼촌과 가족들에게 식량, 의복, 돈을 보내 주었다.

그 시절에 내 가장 가까운 친구는 작은 강아지였다. 어떤 종인지는 모르겠지만 다른 나라에선 옷도 입혀 주곤 하는 작고 귀여운 강아지였다. 그러나 나는 그렇게 할 수 없었다. 개에게 옷을 입히는 것은 자본주의적 퇴폐의 본보기였기 때문이었다. 유치원 때부터 교사들은 아이들에게 양키 이리떼들은 사람보다 개를 더 중요하게 여긴다고 가르쳤다. 양키들은 심지어 개에게 옷을 입히기까지 하는데 이는 자신들이 개와 같기 때문이라는 설명과 함께.

안주의 유치원에 입학했을 때 내 나이는 여섯 살이었다. 알아차리기에는 너무 어린 나이였지만 유치원 입학은 나와 부모의 관계에 미묘한 변화가 생긴 것을 의미했다. 어떤 의미로 나는 더 이상 부모 슬하에 있지 않았다. 내가 소속된 곳은 국가였다.

4

검은 옷의
여인

북한이 새 하기는 9월에 시작된다. 혹독한 겨울 추위에 난방이 어려워서 북한은 여름보다 겨울 방학이 길다. 내가 입학한 유치원에는 교실 한가운데에 장작을 때는 큰 난로가 있었고, 벽에는 체조하는 아이들, 제복 차림의 아이들, 양키와 일본군 그리고 남한군을 한꺼번에 총검으로 찌르는 북한 병사의 모습이 그려져 있었다.

첫날부터 사상 교육이 시작되었다.

교사들은 우리에게 식민지 시절에 일본과 싸운 어린 영웅들의 이야기와 김일성의 소년 시절에 관한 전설(유아기부터 자신의 식량과 신발을 가난한 아이들에게 나누어 줄 정도로 인민의 행복을 위해 고심했던)을 들려주었다.

지도자들을 언급할 때마다 교사들의 목소리는 마치 살아 있는 신의 이름을 말하기라도 하는 듯이 낮고 떨리는 목소리로 변했다. 벽에는 게릴라로 활동하던 청년 시절의 김일성, 고아들에게 둘러싸여 있는 김일성, 국가의 어버이로서 흰색 원수 제복을 입은 김일성의 사진이 걸려 있었다. 그는 키가 크고 매력적인 인물이었으며, 그와 함께 싸웠던 용감한 부인 김정숙은 전설에 나오는 여인 같았다. 당연히 그들을 숭배하는 일은 어렵지 않았다.

나는 그들의 아들인 경애하는 지도자 김정일의 출생에 관한 이야기를 듣고 소름이 돋았다. 그의 탄생은 백두산에 걸린 쌍무지개, 사람의 목소리로 찬양 노래를 한 제비들, 하늘에 나타난 밝고 새로운 별 같은 경이로운 천상의 징조로 예언되었다. 이런 이야기를 듣는 우리의 작은 몸에는 경외심의 전율이 흘렀다. 머리가 빙빙 도는 것 같았다. 순수한 마법이었다. 교사들은 우리에게 그가 태어난 오두막을 그리고 색을 칠하도록 했는데, 오두막 뒤로는 성스러운 산이 있고 하늘에는 새로운 별이 떠 있었다. 유치원에는 눈 내리는 작은 오두막 모형이 유리 케이스에 들어 있었다.

이 시기는 나에게 매우 행복했던 시절이었다. 우리는 김일성의 아이들이었으며, 따라서 지구상에서 가장 위대한 나라의 아이들이었다. 우리는 무용 동작을 하면서 김정일이 태어난 마을인 만경대에 관한 노래를 불렀는데, 만경대라는 가사가 나올 때마다 손을 하늘로 치켜 올렸다. 김일성의 생일인 4월 15일은 태양절이었으며, 그런 만큼 우리나라는 당연히 영원한 태양의 나라였다. 국경일인 지도자들의 생일에 아이들은 선물과 사탕을 받았다. 서양 아이들이 산타클로스를 생각하는 것처럼 우리는 어린 시절부터 위대한 지도자와 경애하는 지도자가 주는 선물을 고대했다.

이런 이야기가 진짜인지 의심하기에는 나는 너무 어렸다. 이들 영웅적인 가족이 조국을 구했다고 굳게 믿었다. 김일성은 우리나라의 모든 것을 창조했다. 그러므로 그 전에는 아무것도 없었다. 김일성은 우리 아버지의 아버지, 어머니의 아버지였다.

우리가 가지고 노는 장난감조차도 사상 교육에 이용되었다. 내가 블록으로 기차를 만들면 교사들은 그 기차를 몰고 가서 남한의 굶주린 아이들을 구할 수 있다고 말했다. 그 아이들을 존경하는 어버이 수령의 품으로 데려 오는 것이 나의 임무였다.

우리가 교실에서 부르는 노래 중에는 통일 조국에 관한 노래가 많았다. 남한의 아이들이 넝마를 걸치고 있다고 배웠기 때문에 통일은 가슴에 와 닿는 문제였다. 그들은 먹을 것을 찾아 쓰레기 더미를 뒤지며 산다고 믿었다. 심지어 사격 연습용 표적으로 쓰거나, 지프차로 깔아 비리거나, 구두를 닦도록 시키는 미군의 가학적 잔인성으로 남한의 아이들은 고통 받고 있었다. 교사들은 겨울에 맨발로 구걸에 나선 아이를 그린 만화를 보여 주었다. 나는 정말로 남한 아이들을 불쌍하게 생각했다. 그들을 구원할 수 있기를 간절히 원했다. 그래도 아이들은 국가의 미래이며 왕족처럼 대접해야 한다는 위대한 지도자의 반복된 교시에 따라 교사들은 우리에게 매우 친절했다. 학교에서는 체벌이 없었다. '우리는 행복하다'라는 노래를 부를 때는 가사 모두가 사실이라고 생각했다. 우리는 사랑 받고 있다고 느꼈고, 자신감이 넘쳤으며, 감사하는 마음을 가졌다.

부모님은 나나 민호 앞에서 감히 우리의 학교 교육을 비판하지 않았다. 그것은 위험한 행동이었다. 그들은 학교 교육에 대해 언급하지도, 우리가 배운 내용을 보충해 주지도 않았다. 그러나 어머니는 무엇이든 우리에게 생긴 좋은 일에 대해서는 위대한 지도자와 국가를 찬양하도록 나를 가르쳤다. 극도로 예민한 경계심에서 나온 가르침이었다. 그렇게 하지 않으면 정보원의 주의를 끌 수도 있었다. 우리가 사는 군 기지, 도시의 거리, 내가 다니는 유치원 등 어디에나 정보원이 있었다. 그들은 보안을 담당하는 부서인 보위부의 지역 분소에 보고했다. 보위부는 비밀경찰이었다. 그러나 비밀경찰 정도의 표현으로는 북한 사람들의 등골을 오싹하게 만드는 보위부라는 단어의 위력을 제대로 전달하지 못한다. 장진성 시인이 언급한 것처럼 보위부라는 말만으로도 우는 아이의 울음을 멈추게 할 수 있었다.

보위부는 길모퉁이나 자동차 안에서 지켜보지도 않았고 벽을 통해서 대화를 엿듣지도 않았다. 그럴 필요가 없었다. 그 모든 일을 주민들이 대신했다. 이웃끼리, 아이들끼리, 노동자들끼리 서로를 감시했으며, 지역 주민 단위의 책임자인 반장은 자기 구역의 모든 가족에 대한 조직화된 감시 체계를 유지했다. 당국에서 특정한 가족에 대한 밀착 감시를 지시하면 반장은 그 가족의 이웃을 동원했다. 그 대가로 정보원들은 식량 배급을 좀 더 받았다. 보위부는 북한에 만연했던 도둑질이나 부패처럼 사람들에게 진짜 피해를 주는 범죄에는 관심이 없었고 정치적 불충에만 관심이 있었다. 실제이든 가상이든 희미한 불충의 조짐만 보여도 가족 전체가 사라질 수도 있었다. 집에는 밧줄을 둘러쳐 출입을 차단하고, 트럭에 실려 밤에 떠난 가족은 다시 볼 수 없게 된다.

나는 부모님이 우리가 배우는 주제에 대해 침묵을 지킨다는 사실을 알아채지 못했다. 왜 그랬는지 그 이유를 깨닫게 된 것은 오랜 시간이 지난 후였다. 부모님의 충성심이나, 그들이 조국을 구해낸 김일성의 사심 없고 초인적인 업적을 믿는다는 것을 의심해 본 적도 없었다.

　유치원의 여름 방학 동안에 어머니는 나를 데리고 혜산의 가족들을 방문했다. 그 여행이 기억에 남아 있는 이유는 세상에 관한 철없는 아이디어를 갖도록 해 준 신화를 들었기 때문이다. 마약 상인이었던 아편 삼촌이 외할머니 집에서 들려준 이야기였다.

　북한에서 아편을 보는 것은 어렵지 않았다. 농촌에서는 1970년대부터 양귀비를 재배했고, 국립 연구소에서 생아편을 정제하여 고품질의 헤로인을 제조했다. 헤로인은 북한에서 생산되는 소수의 국제 기준 충족 제품 중 하나였으며 외화 벌이를 위해 외국으로 판매되었다. 따라서 주민들은 마약을 사용하거나 거래하는 것이 금지되었다. 그러나 북한과 같이 뇌물에 의존하는 경제 체제에서는 다량의 마약이 일반 주민에게 흘러 들어갈 수밖에 없었다. 삼촌은 혜산과 강 건너 중국에 불법적으로 마약을 팔고 있었다. 할머니는 일상적으로 마약을 사용했다. 진통제를 비롯한 약품을 구하기 어려웠던 시절에 많은 사람들이 마약을 사용했다.

　마약 삼촌의 눈은 엄청나게 빛났으며 다른 형제자매보다 훨씬 컸다. 나는 한참 후에야 삼촌의 눈이 왜 그렇게 크고 반짝였는지 깨달았다. 삼촌은 비가 올 때마다 하늘에서 내려오는 여인의 이야기를 나에게 들려주었다.

　"그 여인은 검은 옷을 입었지."

　삼촌은 거친 담뱃잎으로 만든 담배를 빨아들여 고리 모양의 노란 연기를 불어 내면서 신비로운 어조로 말했다.

"그녀의 치마를 잡으면 너를 데리고 하늘로 올라갈 거다."

안주로 돌아온 나는 며칠 동안 비가 내리기만을 기다렸다. 마침내 천둥소리가 들리자 집 밖으로 달려 나가 구름을 올려다보았다. 얼굴에 빗방울이 떨어지기 시작했다. 존경하는 어버이 수령 김일성이 동쪽과 서쪽에 동시에 나타나는 것이 가능하다면, 구름 사이로 검은 옷을 입은 여인이 날아다닌다는 것도 매우 그럴듯한 이야기가 될 수 있었다. 나는 그 여인이 사는 하늘 위 세계를 그려 보기 시작했다. 그 여인의 이야기는 나를 겁먹게도 했지만 호기심이 너무 강해서 찾으러 나가지 않을 수 없었다. 여인이 비처럼 빠르게 내려와 나를 채갈까 봐 계단의 난간을 꽉 붙잡고 있었다.

어머니는 곧 나의 마법을 망쳐놓았다.

"거기서 뭘 하니?" 어머니가 문에서 소리쳤다.

"검은 옷을 입은 여인을 기다리고 있어요."

"뭐라고?"

그리고 무언가를 기억해 낸 듯이 어머니의 표정이 변했다. 아편 삼촌에게 들었던 이야기를 언뜻 기억해 내고 내가 그 이야기에 완전히 빠졌다는 것을 깨달았음이 분명했다. 어머니는 갑자기 몸에 팔을 두르면서 큰 소리로 웃음을 터뜨렸다. 그러고는 나를 껴안은 어머니의 몸이 웃음을 참느라고 떨리는 것을 느낄 수 있었다. 몇 시간 후에 아버지가 집에 돌아왔을 때도 저녁밥을 짓던 어머니는 소매로 눈가를 누르면서 웃고 있었다.

나는 혼란에 빠졌다.

마법 같은 이야기 중에는 진심으로 믿을 만한, 추호도 의심할 수 없는 이야기가 있었다. 다른 이야기를 믿는 것에는 자신의 존엄성이라는 대가를 치러야 했다. 나는 정말로 검은 옷의 여인에 관한 이야기를 믿고 싶었다.

유치원 안의 세계는 명확했다. 교사들은 모든 좋은 것과 나쁜 것에 관한 분명한 대답을 주었다. 유치원 밖의 세계는 더 혼란스러웠다. 정상적인 대화를 나눌 기회가 있었다면 아편 삼촌이 그런 차이를 설명해 줄수 있었을 것이다.

한번은 삼촌 집의 탁자 위에서 금괴와 나란히 있었던 타르처럼 끈적끈적한 덩어리를 본 적이 있었다. 무엇인지 묻자 삼촌은 아편이라고 했다.

"연필 끝으로 조금 찍어 봐." 삼촌이 말했다.

"뭐하게요?"

삼촌은 웃음을 터뜨렸다.

"물론 먹는 거지."

그때 나는 감기에 걸려 몸이 좋지 않았었다. 감기 증상은 정말로 몇 분 만에 사라졌다.

안주는 지저분하고 황량한 도시였을지 몰라도 주변의 산들은 아름다웠다. 나는 야생화가 피어 있는 들로 소풍을 다니면서 3년 동안 목가적인 여름을 즐겼다. 하늘에 수많은 잠자리가 날아다니는 때도 있었다. 맴도는 잠자리는 보는 각도에 따라 색깔이 청색과 녹색으로 바뀌었다. 우리는 풀이 길게 자란 들판에서 잠자리들을 쫓아다녔다. 아이들 모두 그랬다. 주말에는 아버지도 동참했다. 잠자리의 머리를 떼어 내고 먹는 아이들도 있었다. 견과 맛이 난다고 했다.

가족이 소풍을 나가 키 큰 소나무 숲에 돗자리를 깐 적이 있었다. 어머니가 긴 나뭇가지로 소나무를 치자 솔방울이 우수수 떨어졌다. 나는 돌아다니면서 솔방울을 주워 자루에 담았다. 그때처럼 우리가 많이 웃어본 적이 없었다.

그 광경은 고통스러운 개인적 비극이 닥치기 직전, 순수한 행복을 느꼈던 순간으로 선명하게 내 마음속에 남아 있다. 집으로 돌아온 우리는 내 작은 강아지가 죽은 것을 알았다. 군 기지의 트럭에 치였던 것이다. 나는 한없이 울었다. 그러나 아버지는 다른 애완견을 데려오기 힘들다고 말했다. 강아지를 구하기가 너무 어려웠기 때문이었다.

그러나 안주에 관한 나의 기억에 그늘을 드리운 것은 이 사건이 아니었다. 훨씬 더 심각한 일이 기다리고 있었다.

5

다리 밑의
남자

내가 일곱 살이던 어느 무더운 오후, 어머니는 나를 시내로 심부름을
보냈다. 불쾌할 정도로 습도가 높은 날이었다. 강에선 악취가 풍겨오
고 파리가 여기저기서 들끓었다. 강둑을 따라 집으로 돌아오던 중에 사
람들이 모여 있는 모습을 보았다. 철교 밑 도로 위에 빽빽하게 모여 있
었다. 무언가 좋지 않은 일이라는 직감이 들었으나 호기심을 뿌리칠 수
없었다. 무슨 일인지 보려고 군중 사이를 헤치고 들어갔다. 사람들은 위
를 쳐다보고 있었다. 그들의 시선을 따라 올려다보니 목을 맨 남자가
보였다.

　그의 얼굴에는 더러운 자루가 씌워져 있었고 두 손은 등 뒤로 묶여
있었다. 공장 노동자가 입는 남색 작업복 차림이었다. 움직임은 없었으
나 철제 난간에 매인 다리 때문에 몸뚱이가 조금씩 흔들리고 있었다.
등에 총을 멘 군인 여러 명이 굳은 표정으로 둘러서 있었다. 지켜보는

사람들은 무슨 의식에라도 참석한 것처럼 조용했다. 밧줄이 삐걱대는 소리를 냈다. 남자들의 땀 냄새가 났다. 그 광경은 나를 혼란스럽게 했다. 쳐다보기만 할 뿐 매달린 남자를 땅으로 내려 주려는 사람이 아무도 없었기 때문이었다.

사소하고 세부적 기억들이 지금까지 내 마음속에 남아 있다. 불붙인 담배를 들고 옆에 서 있었던 남자의 웅크린 손바닥 안에 자욱하게 모여 있던 연기가 기억난다. 바람 한 점 불지 않았다. 갑자기 숨을 쉴 공기마저 없어진 것 같았다.

나는 거기서 나와야 했다. 무진 애를 쓴 끝에 겨우 빠져 나왔다.

이야기를 들은 어머니는 얼굴이 창백해졌다. 내게 등을 돌리고 다른 일로 바쁜 듯한 태도를 보였다. 그리고 나지막하게 말했다.

"다시는 그런 걸 보지 말거라."

그 후 며칠 동안 도시 곳곳에서 교수형이 이어져 어머니를 불안하게 만들었다. 희생자 중에는 어머니가 아는 백경설이라는 여자도 있었다. 그녀는 돈을 훔치기 위해 국립은행의 관리를 유혹했다는 혐의로 인민재판에서 사형 선고를 받았다. 어머니도 그곳에 있었다. 인민재판은 사실상 재판도 아니었다. 그저 죄상이 낭독된 후에 희생자가 현장에서 처형되었다. 피고인이 공포에 질려 기절하면 당국자들은 재판을 다른 날로 연기했다. 따라서 희생자는 최후의 순간이 오기 전까지는 판결이 어떻게 될지 알 수 없었다.

장마철이 다가오는 시기였던 안주의 하늘에는 오전 내내 천둥이 울려 어머니의 신경을 더욱 곤두서게 했다. 어머니는 민호를 임신하고 있었으며 몸 상태가 좋지 않았다.

경찰 호송차에서 내린 여인은 광장에 마련된 탁자에 앉은 여덟 명의 재판관 앞에 섰다. 그들을 둘러싼 경찰 저지선 밖에는 침묵하는 군중이 있었다. 그녀의 두 손은 등 뒤로 묶여 있었다. 구타를 당해 얼굴이 심하게 멍들고 부어 있었기에 어머니는 그녀를 알아보기가 어려웠다. 방향 감각을 잃은 그녀는 사로잡힌 동물처럼 공포에 어린 눈으로 사방을 둘러보았다.

잡음이 심한 스피커에서 그녀의 죄상이 울려 나왔다.

그녀는 무릎을 꿇고 자신이 한 짓이 정말로 죄송하고 부끄럽다고 말하면서 흐느끼기 시작했다. 어머니는 그녀의 아들이 경찰관이라는 것을 알고 있었다. 그녀는 아들의 연줄이 결국 자신을 구할 것이라고 믿었던 게 틀림없다.

"판결은 교수형입니다."

충격을 받은 여인은 고개를 쳐들었다. 호소라도 하듯이 주위의 군중을 둘러보았다. 경찰 호송차 뒤에는 올가미가 달린 긴 나무 기둥이 있었다. 그녀는 그때까지 이 기둥을 보지 못했다. 경찰은 판결이 내려지자마자 그녀를 잡아 양팔을 틀어쥐고 기둥으로 끌고 갔다. 그녀는 몸부림치고 발길질하면서 울부짖었지만 곧 올가미가 목에 걸렸다. 밧줄이 팽팽하게 당겨지고 그녀의 몸이 공중으로 올라갔다. 몇 초 동안 몸부림치고 경련하던 그녀는 축 늘어졌다.

어머니가 집에 돌아왔을 때는 굵은 빗줄기가 내리고 있었다. 눈에는 이상하고 공허한 빛이 있었다. 어머니는 사람을 죽이는 것이 동물을 죽이는 것만큼이나 쉽다는 사실을 그때까지 깨닫지 못했다고 했다. 여자의 시체는 트럭의 짐칸에 아무렇게나 던져졌다. 어머니는 재판을 진행한 관리에게 시신이 어디에 매장되는지 물었고, 쓰레기 구덩이에 던져지고 재로 덮을 것이라는 대답을 들었다.

어머니가 이상해진 것은 그 사건 이후였다. 자손이 돌볼 무덤이 없는 그녀의 혼령은 안식을 찾지 못하고 산 사람들에게 나타나게 될 것이란 말을 어머니는 자주 하기 시작했다.

그해 여름에 아버지는 전국의 군 기지로 출장을 다녀야 했다. 어머니는 교수형을 본 뒤로 위안이 될 남편도 없는 상태가 되자 밤잠을 이루지 못했다. 아침 식사 때는 눈이 움푹 들어간 채로 꿈에 희생자들의 유령을 보았다고 말했다. 어머니는 심한 두려움에 빠졌으며 안주를 벗어나고 싶어 했다. 어머니의 압박 때문이었는지 그저 놀라운 우연이었는지는 확실치 않지만, 아버지가 우리에게 북한 제2의 도시인 함흥으로 가게 되었다고 알렸을 때 어머니는 크게 안도했다.

우리는 안주를 떠났으나 곧장 함흥으로 가지는 않았다. 부모님은 새로 태어날 아기를 고향에서 낳아서 나머지 가족처럼 혜산에서 출생 신고하기를 원했다. 그래서 남동생은 혜산에서 태어났다. 북한에는 아이들의 이름 첫 글자를 같은 글자로 쓰는 전통적 관습이 있다. 따라서 내 이름은 민영, 동생은 민호가 되었다. 일곱 살이었던 나는 새로 태어난 아기가 받는 모든 관심과 사랑, 양팔 가득 선물을 안고 줄지어 축하하러 오는 친척들에게 짜증이 났지만 얼굴이 환하게 빛나던 어머니는 다시 가족과 오랜 이웃들에 둘러싸인 기쁨에 어쩔 줄을 몰라 했다.

그러나 어머니가 기대하지 않았던 가족 문제가 하나 있었다. 친할아버지가 새로 태어난 손자를 보고 싶어 했기 때문이었다. 나는 그때까지도 친아버지에 관한 진실을 알지 못했다. 이유는 잘 몰랐으나 친조부모라고 생각한 아버지의 부모님을 만나본 적도 없었다.

나는 친할아버지 댁이 마음에 들지 않았다. 어머니도 그런 것 같았다. 말수가 적은 할아버지가 무섭게 느껴졌다. 식사할 때도 할아버지는 우리와 떨어져 앉아 따로 밥상을 받았다. 할머니는 할아버지의 상을 먼저 차렸다. 공경의 표시였지만 다른 식구들과의 거리감이 느껴졌다. 평소에 침착하고 자신감이 있었던 아버지는 눈에 띄게 긴장돼 보였고 침묵을 메우기 위해 너무 많은 말을 했다. 외할머니, 외삼촌, 이모 집에서와 같은 편안한 담소는 없었다.

그 집에 도착한 순간부터 나는 조부모가 나보다 민호를 훨씬 더 좋아한다는 것을 느끼기 시작했다. 그들의 얼굴이 밝아지는 것은 민호를 안고 있을 때나 민호가 옹알이를 하거나 울 때뿐이었다. 그들은 민호에게 다정했다. 어머니와 나에게는 냉담하게 예의를 차리는 태도를 보였다. 나는 그들이 구식 어른이라 손녀보다 손자를 더 좋아하기 때문이라고 생각했다. 외아들인 민호는 가족 안에서 최고로 중요한 자리를 차지하고 있었다. 조부모는 그 후로도 우리가 방문할 때마다 민호에게 선물을 주곤 했으나 나를 위한 것은 없었다.

이제 생각하면 어머니는 그와 같은 상황을 예상했음이 분명하다. 내가 조르면 용돈과 과자를 주고 좋은 옷을 입히면서 이례적으로 너그러웠던 것은 그 때문이었다. 그리고 아홉 살 생일에 북한에서 받아 본 것 중에서 가장 기막힌 선물을 어머니가 내게 준 이유이기도 했다.

6

빨간
신

나는 동해안에 있는 함흥으로 이사하게 되어서 아주 좋았다. 당시의 함흥은 중요한 산업 도시였다. 함흥은 북한이 발명해 제복을 만드는 데 쓰이는 합성 섬유인 비닐론 생산의 중심지로도 유명했다. 비닐론의 발명은 애국적인 노래에 등장할 정도로 북한에서 자랑으로 여기는 업적이었다. 비닐론은 색이 잘 빠지고, 줄어들기 쉬웠으며, 뻣뻣해서 입기에도 불편했지만 난연성은 대단히 우수했다. 함흥은 또한 북한에서 가장 큰 극장과 많은 식당을 자랑으로 삼고 있었다.

나는 먼저 거리에 자동차와 자전거가 많아서 매우 놀랐다. 넓은 대로에는 트롤리버스가 머리 위의 케이블에 전기 스파크를 일으키면서 돌아다녔고 건물들도 그렇게 낡지 않았다. 그러나 대기 오염은 심했다. 함흥 암모니아 비료 공장 때문에 하늘이 노란 유황색을 띠었고, 화학 물질이 내는 악취가 나는 아침도 있었다. 이 비료 공장은 위대한 지도자가 여러 차례 몸소 방문하여 현지 지도를 한 곳이었다. 시내 곳곳의 붉은색 현수막, 글귀가 새겨진 석판, 동흥산 허리에 있는 2미터 높이의 글자 등 모든 곳에서 위대한 지도자의 말씀을 볼 수 있었다. 채색 유리에 그려진 벽화, 대리석과 청동으로 만든 동상, 건물 측면에 걸린 초상화(군인이나 과학자, 엄격한 이념의 지도자, 또는 아이들의 유쾌한 친구로 묘사된) 등 어디에나 그의 이미지가 있었다.

아버지는 공군에서 높은 계급으로 복무했는데도 우리에게 할당된 주택은 매우 소박했다. 이번에 우리가 살게 된 아파트는 6층짜리 단지에 있었는데 승강기가 없었다. 방은 세 개였고 수돗물은 찬물만 나왔다.

그때까지도 완전히 이해하지는 못했으나 우리는 대단히 운이 좋은 가족이었다. 높은 계급 덕분에 아버지는 보통 사람들이 접할 수 없는 물건을 얻을 수 있을 뿐만 아니라 많은 식량과 가정용품을 선물이나 뇌물로 받았다.

이론상으로는 정부가 공공 배급 체계를 통해서 모든 사람에게 필요한 것(식량, 연료, 주택, 의복 등)을 공급했다. 배급의 질과 양은 얼마나 중요한 일을 하는 사람인가에 따라 달라졌다. 직장에서는 한 달에 두 번씩 상품과 교환할 수 있는 배급 쿠폰을 지급했다. 몇 년 전까지도 당은 화폐의 폐지를 진지하게 고려했다. 새로운 시스템이 시범적으로 시행되었을 때 돈은 용돈 정도 아니면 미용실 같은 곳에서만 필요했다. 그러나 공산주의의 중앙 계획 시스템은 대부분 너무나 비효율적이어서 실패가 잦았다. 배급은 도둑질 때문에 줄어들거나 사라졌고 사람들은 필수품을 구하기 위해 외화가 통용되는 비공식 시장이나 뇌물에 의존하게 되었다.

일요일에는 아파트 단지 앞마당의 콘크리트 바닥에서 이웃 여자아이들과 어울려 놀았다. 우리는 줄넘기나 사방치기라는 땅따먹기 놀이를 하곤 했다. 일요일이 아닌 엿새 동안은 학교에 가거나 학교와 관련된 활동을 하느라 바빴다. 꽉 차 있는 것은 아이들의 시간표만이 아니었다. 공장 노동자, 당 간부, 군인, 부두 노동자, 농부, 교사, 가정주부, 은퇴한 사람, 내 부모님을 포함하여 모든 사람이 일과 후에 조직 회의, 사상 학습 모임이나 토의 같은 지루한 활동에 참여했다. 이 같은 모임에서는 흔히 위대한 지도자와 경애하는 지도자의 말씀을 암기하거나, 당 초창기의 혁명 역사에서부터 돼지 사육의 새로운 기법, 수력 발전, 김정일이 지은 시까지 모든 것에 대한 강의가 몇 시간씩 이어졌다. 이는 아무도 이기적이고 개인적인 삶으로 빠져나가지 못하게 하는 공산주의 방식의 일부임과 동시에 감시 체계였다. 끊임없는 집단적 활동의 참여는 하루 중에 누군가가 우리를 지켜보고 있지 않은 시간이 거의 없다는 의미였다.

안주에서 초등학교에 입학했지만 이제 함흥에서 새로운 학교를 다녀야 했던 내 마음은 불안으로 가득 찼다. 어머니는 등교 첫날 나를 학교 건물로 들여보내느라 애를 먹었다. 아이들은 거칠어 보였고 다른 말씨를 썼다. 안주의 학교처럼 동네 같은 분위기는 없었다. 복도에 걸린 '조국을 위해서 공부하자!', '김일성 원수를 위해 항상 준비하자!' 같은 현수막은 우리에게 중요한 일이 무엇인지를 분명하게 보여주었다.

외향적이었던 나는 새로운 급우들에게 호기심을 가졌다. 곧 여자아이들 중에서 좋은 친구를 몇 명 사귀게 되었다. 사랑하는 가족이 키워 준 자신감 덕분이었다.

내가 처음으로 '생활 정화 시간' 또는 '자아비판 회의'를 경험한 것은 함흥의 초등학교에서였다. 이 시간은 1974년에 김정일이 도입한 이래로 북한 주민들의 생활에서 기본적 요소가 되었으며 거의 모든 사람들이 두려워하는 시간이었다. 자아비판 회의는 초등학교 때 시작되어 평생 계속된다. 우리의 회의는 토요일에 열렸으며 급우 40명 전원이 참석했다. 담임교사가 회의를 주재했다. 모두가 차례로 일어서서 누군가를 비판하고 무언가를 고백했다. 수줍음 때문에 차례를 면제받는 아이는 아무도 없었다. 아무런 비판 거리가 없는 것도 허용되지 않았다.

많은 사람 앞에 일어서서 일과 관련되었거나 개인적인 문제를 들어 동료를 비판하는 것은 어른들에게도 굴욕적이고 고통스러운 일이었을 것이 틀림없다. 그러나 서로를 향한 어린 아이들의 비판 거리는 얼마든지 있었다. 교실의 분위기는 대단히 심각했다. 교사는 비판의 내용이 터무니없는 경우라도 약간의 풀어짐도 허용하지 않았다. 회의는 김일성이나 김정일의 교시를 낭독하고 차례로 일어서서 그들의 교시를 위반한 아이를 비판하는 식으로 진행되었다. 서로를 비판하고 손가락질하는 이 시간이 아이러니하게도 우리가 서로 '동무'라고 부르는 유일한 시간이었다.

이 같은 회의의 분위기는 아이들에게조차 매우 두렵고 고통스러웠다. 그러나 우리 모두가 태어날 때부터 가지고 있던 인간성 덕분으로 아이든 어른이든 비판을 통해서 독약을 삼키는 방법을 배웠다. 때로 누군가를 비판하는 것을 감당할 수 없을 때 자아비판을 하는 것은 허용되었다. 아니면 친구와 짜고 미리 꾸며 낸 혐의에 대해 이번 주에는 그 아이가 나를 비판하고 다음 주에는 내가 그 아이를 비판할 수도 있었다.

"우리의 존경하는 어버이 수령께서 아이들은 맑은 정신으로 공부에 전념해야 한다고 말씀하셨습니다."

그러고는 손가락으로 나를 가리켰다.

"나는 지난주에 박 동무가 수업 시간에 한눈을 파는 것을 보았습니다."

그러면 나는 부끄러운 듯이 고개를 숙이고 잘못을 뉘우치는 태도를 보였다. 그 다음 주는 내 차례였다. 이런 것이 우리가 친구로 남을 수 있었던 방법이었다. 어머니도 직장에서 동료들과 비슷한 약속을 했으며 나중에 학교에 가게 되는 민호도 마찬가지였다. 이 같은 회의는 생존을 위한 교훈을 가르쳐 주었다. 말과 행동에 신중하고 조심해야 하며 타인을 경계해야 했다. 나도 이미 어른들이 오랜 경험을 통해 쓰고 있는 가면을 만들고 있었다.

예상하지 못했던 비난을 받는 아이들도 있었다. 그러면 복수를 했다. 드물게는 치명적인 결과를 낳기도 했다. 고등학교를 마치던 해에 한번은 우리 반의 남자아이 하나가 다른 남자아이를 가리키면서 말했다.

"내가 동무네 집에 갔을 때 전에는 없던 물건이 많이 생겼던데 그걸 살 돈이 어디서 났습니까?"

교사가 아이의 비판을 교장에게 알렸고, 교장은 보위부에 보고했다. 조사 결과 그 가족에게는 탈북한 후에 남한에서 돈을 보내는 아들이 있다는 사실이 드러났고 가족이 반역자로 체포되었다.

나는 상존하는 정보원의 위험과 마찬가지로 자아비판 회의를 정상적인 삶의 일부로 받아들였다. 그러나 또한 이 같은 회의에 긍정적인 요소는 전혀 없고 전적으로 부정적인 요소만 가득하다고 생각했다.

내 어린 시절의 가장 큰 이정표는 함흥에서 학교에 다니던 아홉 살 때 세워졌다. 동년배의 아이들과 함께 북한의 청소년 공산주의 운동 단체인 '조선 소년단'에 입단하게 된 것이었다. 소년단 입단식은 큰 행사장에 부모와 교사들이 모인 가운데 북한 전역에서 같은 날에 거행되었다. 북한 사람들은 이날을 일생에서 가장 자랑스러운 날로 여겼다.

소년단 가입은 9-13세 아이들의 의무 사항이었으나 모두가 동시에 입단할 수는 없었다. 우선 엄청난 암기력을 요구하는 시험을 통과해야 했다. 소년단의 권리와 의무에 대해 배운 바를 암기하는 것을 보여 주어야 했다. 이제부터 나는 언제 어디서나 위대한 지도자와 경애하는 지도자의 명령에 복종하며 그들의 생각에 맞추어 생각하고 행동해야 했다. 누구든지 내가 그들의 뜻에서 벗어나는 행동을 하도록 부추기는 사람을 거부하고 고발해야 했다. 암기력이 뛰어났던 나는 어렵지 않게 시험을 통과했다. 그리고 학교 수업에서 가장 중요했던 김일성과 김정일의 혁명 역사 과목의 성적이 좋았기 때문에 1989년 김정일의 생일인 2월 16일에 치러진 그해 첫 번째 입단식에 참가하게 되었다.

그날 입단하지 못한 급우들은 김일성의 생일인 4월 15일 입단식을 기다려야 했다.

내가 친하게 지내던 여자아이 하나는 2월에 입단하지 못했고 학교에도 자주 결석했다. 이례적으로 우리 담임교사는 무슨 일이 생겼는지 알아보려고 가정 방문을 했다. 그녀는 그 아이의 친구 몇 명을 데리고 갔다. 여자아이가 사는 곳은 불량배들이 어슬렁거리는 황폐한 지역이었다. 집은 매우 지저분했다. 우리의 방문은 끔찍한 실수였다. 세간살이도 별로 없는 그 집에서는 오물 냄새가 났다. 그 아이는 틀림없이 자기 집의 가난을 숨기고 싶었을 것이다. 그러나 우리는 작은 방이 두 개뿐인 그 집의 한 방에 모여 서서 발끝을 내려다보고 있었고, 당황해서 얼굴이 붉어진 교사가 아이를 매일 학교에 출석시켜야 한다고 아이 어머니에게 말하는 것을 듣고 있었다.

이 같은 경험은 나를 깊은 혼란에 빠뜨렸다. 특권에는 차이가 있다는 사실을 알고 있었지만 우리는 모두 지상 최고의 국가에서 사는 평등한 주민이 아니었던가? 지도자들은 우리 모두를 위해서 헌신하고 있었다, 그렇지 않은가? 그런데 왜 이런 가난한 가정이 있는 것일까?

북한의 학교 교육은 무상이나 실제로는 부모들에게 학교 시설 유지를 위한 돈을 마련하기 위해 팔 수 있는 물품 기증을 끊임없이 요구한다. 그 친구는 부모가 할당량의 물품을 기증할 여유가 없었기 때문에 결석했던 것이다. 우리 중에 학교 교육이 실제로는 전혀 공짜가 아니라는 사실을 깨달을 정도로 냉소적인 아이는 아무도 없었다. 물품의 기부는 애국적인 행위였다. 토끼 가죽으로는 우리를 안전하게 지켜 주는 군인들의 모자와 장갑을, 고철로는 그들의 총을, 구리로는 탄환을 만들었다. 버섯과 딸기는 외화를 벌기 위한 수출품이었다. 때로 할당량을 채우지 못한 아이가 급우들 앞에서 교사의 질책을 받는 일도 있었다.

내가 열 살이 된 1990년 초에 아버지는 다시 혜산으로 이사하게 되었다고 알렸다. 어머니는 함흥의 공해와 단조로운 생활에 진력이 나 있었고, 혜산의 맑은 공기와 헤어진 가족을 그리워하고 있었던 참이었다. 또한 산업이 발전한 도시는 아직 아이였던 민호를 기르기에는 좋은 장소가 아니라고 생각했고 있었다. 다시 한 번 우리는 이사할 날을 고대했다. 부모님은 끊임없이 혜산과 그곳 사람들의 이야기를 했다.

민호와 나, 어머니는 기차 창문 밖의 아버지와 함흥에 손을 흔들어 작별 인사를 했다. 아버지는 며칠 뒤에 따로 올 예정이었다. 여행 중에 어머니와 나에게 오래도록 깊은 인상을 남긴 한 편의 드라마를 겪지 않았다면 고향으로 가던 길이 내 기억 속에 그토록 뚜렷하게 남지 않았을 것이다.

북쪽으로 가려면 동해안에 있는 길주라는 도시에서 기차를 갈아타야 했다. 북한의 기차역에서는 여행자의 증명 서류를 철저하게 조사하며, 경찰과 검표원의 차단선을 통과해야 하는 경우도 흔히 있다. 여행 허가 스탬프가 찍힌 신분증명서와 유효 기간이 4일에 불과한 차표가 없으면 그 누구도 기차를 탈 수 없다. 도착한 역에서도 다시 증명 서류를 전체적으로 점검한다. 어머니의 기차표를 조사한 여자 검표원은 퉁명스럽게 기한이 지난 차표라고 말했다. 북한 주민들에게는 매우 익숙한, 제복을 입은 위대한 지도자의 축소판 같은 관리였다. 그녀는 어머니의 신분증명 서류와 기차표를 가져가면서 기다리고 있으라고 했다.

어머니는 두 손에 얼굴을 파묻었다. 우리의 문제는 심각했다. 새 기차표를 사려면 함흥에서 다시 여행 허가를 받아야 했다. 그러려면 시간이 걸릴 뿐더러 어머니에게는 두 아이와 짐이 딸려 있었다. 우리는 오도 가도 못하는 처지가 되었다. 민호가 큰 소리로 울기 시작했다. 등에 업혔던 민호를 내려 안은 어머니와 나는 역 안의 벤치에 털썩 주저앉았다. 나는 어머니의 손을 잡았다. 우리의 모습이 어지간히 불쌍해 보였던 모양이었다. 국가 철도 모자와 제복을 입은 중년 남자가 미소를 지으며 다가와 무슨 일인지 물었다. 어머니의 설명을 들은 남자는 검표원 사무실로 갔다. 여자 검표원은 사무실에 없었으나 그 남자는 어머니의 기차 표와 신분증명서를 가져와 돌려주었다.

그는 낮은 목소리로 말했다.

"기차가 도착하면 재빨리 올라타세요. 그리고 검표원이 찾으러 오면 숨으시고."

어머니는 너무도 감사한 마음에서 나중에 무어라도 보낼 수 있도록 주소를 가르쳐 달라고 했다. 그 남자는 손을 흔들며 말했다.

"그럴 시간이 없습니다."

삐걱대며 역으로 들어오는 기차에서는 납땜한 강철과 변소 냄새가 풍겼다. 우리는 기차에 올랐다. 객차는 혼잡했다. 어머니는 승객들에게 우리의 곤경을 설명하고 그들 뒤에 웅크려 숨을 수 있게 해 달라고 부탁했다. 아니나 다를까 1분 뒤에 승강장에서 우리를 찾는 검표원의 목소리가 들려 왔다. 그러더니 그녀가 기차로 올라왔다.

"아기와 어린 계집아이를 데리고 있는 여자를 봤습니까?"

그녀가 소리쳤다.

"이 기차에 탔나요?"

"그래요."

우리 앞에 있던 승객 두 사람이 일제히 대답했다.

"저쪽으로 갔습니다."

검표원은 여전히 좌우를 살피며 기차에서 내렸다. 그녀가 승강장에서 다른 사람들에게 묻는 소리가 들렸다. 우리는 숨을 멈추고 있었다. 왜 기차가 움직이지 않을까? 1분이 지난 것 같은데. 마침내 날카로운 호각소리가 들렸다. 연결 장치들이 덜컹대는 소리를 내면서 기차가 바뀐 선로 위로 움직이기 시작했다. 어머니는 나를 내려다보면서 겨우 숨을 내쉬었다. 민호가 다시 울어 댈까 봐 두려움에 떨고 있었다.

북한에서 낯선 사람에게 친절을 베푸는 일은 매우 드물다. 타인을 돕는 데는 위험이 따른다. 훌륭한 시민이 되도록 강제함으로써 국가가 우리 모두를 비판자와 정보원으로 만든다는 것은 아이러니한 일이다. 이때의 일화는 너무나 이례적이어서 어머니는 두고두고 그 남자와 승객들이 얼마나 고마웠는지를 이야기하곤 했다. 우리는 몇 년 후에 북한이 가장 암울한 시기로 들어섰을 때 그 남자를 기억하게 되었다. 다른 사람을 자신보다 앞세우는 친절한 사람들이 가장 먼저 죽었다. 살아남는 자들은 무자비하고 이기적인 사람들이었다.

7

신흥
도시

다시 혜산에서 살게 된 집 역시 군부에서 제공했다. 이웃에도 군 장교와 가족들이 살았다. 북한의 기준으로는 좋은 주택이었다. 방이 두 개에 쪼그려 앉는 화장실이 있었다. 방바닥은 장판 밑의 접착제에서 버섯 냄새가 올라올 정도로 뜨거웠으나 단열 성능은 미흡했다. 더운 물로 목욕을 하려면 물을 끓여야 했다.

어머니는 여느 때처럼 벽지와 가구를 바꾸면서 집을 단장했다. 혜산으로 돌아와 가족과 지인들을 다시 만나서 신바람이 난 어머니는 다른 일은 개의치 않았다. 우리는 정착했다고 느꼈다.

혜산은 우리가 함흥에 있던 몇 년 동안 호황을 누리고 있었다. 중국 국경을 넘어오는 불법 무역의 규모가 그 어느 때보다 더 커진 듯했다. 어머니는 거기에 자신도 한 몫 끼고 싶어 했다. 지방 관청에서 일자리를 구했지만 국가에서 제공하는 직장이 모두 그렇듯이 봉급이 쥐꼬리만 했기에 어머니는 예쁜이 이모, 돈 삼촌, 아편 삼촌처럼 돈을 벌고 싶었다.

혜산에서는 고가의 술과 외제 향수부터 서구 브랜드의 의복과 일제 전자 제품까지 돈만 있으면 무엇이든 구할 수 있었다. 밀수업자들은 중국의 장백현에서 좁고 얕은 강을 건너거나, 지역 주민들이 북중 친선다리라고 부르는 '장백-혜산 친선다리'를 통해서 밀수품을 들여왔다. 다리를 통해서 불법 무역을 하려면 북한의 세관 관리를 매수해야 했고, 강을 건너 밀수를 하려면 국경 경비대원에게 뇌물을 주어야 했다. 밀수꾼들은 겨울에 강이 꽁꽁 얼면 살금살금 걸어서 강을 건넜고, 나머지 계절에는 야간에 걸어서 강물을 헤치며 건넜다. 중요한 지점에 있는 경비대원이 뇌물을 받고 눈을 감아줄 때는 환한 대낮에 강을 건너는 일도 있었다.

우리는 혜산의 번영을 실감할 수 있었다. 북한 주민들은 국가의 주의를 끌고 싶지 않았기 때문에 외부인에게는 이 같은 번영이 잘 드러나지 않았을 것이다. 중국 쪽에서 건너다봤다면 밤에는 정전으로 캄캄한 가운데 몇몇 창문에서 석유 등잔 불빛만이 깜박대는 도시, 낮에는 활기 없는 사람들이 자전거를 타고 출근하는 무채색의 칙칙한 도시가 보였을 것이다. 그러나 번영의 지표는 우리 주변에 널려 있었다. 호텔 매니저가 어머니의 친구였던 덕분에 가끔 접대를 받게 된 부모님이 나와 민호를 데리고 가서 하룻밤씩 머물렀던 외국인을 위한 특별 호텔은 항상 중국인 사업가들로 가득했다. 아침에는 그들과 식사를 같이 하곤 했으나 대화를 나눈 적은 한 번도 없었다. 정보원이나 보위부 요원이 엿들을 수도 있기 때문이었다. 다른 곳에서는 구할 수 없는 물건을 외화를 내고 사는 사람들로 붐볐다. 공공 배급 시스템을 통해서는 절대로 이 같은 물건들을 구할 수 없었다. 달러 상점에 가는 것은 마치 마법의 동굴로 들어가는 것 같았다. 유혹을 떨칠 수 없는 은색과 자주색 은박지로 싼 외제 과자와 초콜릿, 서양 문자가 인쇄된 투명한 병에 든 과일 주스 같은, 어딘가 멀리 있는 풍요한 나라에서 온 화려하게 포장된 상품들은 보고도 믿기지 않았다. 상점 밖에는 불법 환전상들이 파리 떼처럼 모여 있었다. 불법적으로 환전한 사람들이 나중에 불평하지 못할 것을 알기 때문에 환전상들은 자른 신문지 다발 위에 진짜 지폐 몇 장을 얹은 꾸러미로 사람들을 속인다고 어머니는 말하면서 그들을 상관하지 않고 똑바로 지나가곤 했다. 여자들이 머리를 파마하는(염색은 금지되어 있었다) 국영 미용실은 항상 예약이 차 있었으며, 국영 식당도 호황을 누리고 있었다. 이렇듯 야외 시장에서 비즈니스가 활발하고 바쁘게 이루어졌다는 것이 가장 중요한 점이었다.

북한 사회에서 시장은 애매한 위치를 차지하고 있다. 아버지를 대리하여 실질적으로 국가를 통치하게 된 김정일이 모든 반사회주의적 관행의 온상이 시장이라고 선언한 후 정부는 여러 차례 시장을 전면적으로 폐지하거나 개장 시간을 짧게 제한하려고 시도했다. (그의 생각은 옳았다.) 그러나 공공 배급 시스템의 실패가 계속되고 인민에게 필수품을 충분히 공급하지 못하게 되자 김정일은 시장을 폐지할 수 없었다. 때때로 평양에서 지시한 집중 단속 기간에는 시장이 문을 닫았지만, 며칠 후에는 튼튼하고 생명력이 강한 잡초처럼 다시 일어섰다. 시장 상인들을 규제하는 법은 바람만큼이나 자주 바뀌었다. 쌀은 신적인 지도자의 신성한 선물이었기 때문에 여러 해 동안 사고파는 것이 불법이었다. 그러나 내가 어머니와 함께 자주 갔던 시장에서는 고기, 야채, 주방 용품, 중국제 의류와 화장품, 그리고 파는 사람과 사는 사람 모두에게 매우 위험했기 때문에 돗자리 밑에 숨겨둔 외국의 팝 음악 카세트테이프와 함께 쌀도 팔았다. 일본 제품이 가장 품질이 좋다고 여겨졌다. 그 다음은 남한 제품 (철천지원수의 상표가 조심스럽게 제거된)이었고 중국제는 꼴찌였다.

어머니는 시간을 허비하지 않고 강 건너 장백현의 중국 상인과 접촉하여 북한에서 팔아 많은 수익을 올릴 수 있는 상품을 들여왔다. 어머니의 주요 거래 상대는 중국 조선족으로 강둑 옆에 집이 있었던 미스터 안과 미스터 장(어머니를 그들을 이렇게 불렀다.)이었다.

혜산으로 돌아온 다음 해에 어머니가 나를 점쟁이에게 데려간 일은 어머니의 번창하던 사업과 관련이 있었다.

아직 어두운 꼭두새벽에 우리는 일어났다. 아버지와 민호는 잠들어 있었다. 인적이 없고 지저분한 거리에도 생생하고 파란 새싹이 움트기 시작하던 봄날이었다. 우리는 점쟁이가 사는 마을인 대오천으로 가는 첫 통근 열차를 타려고 서둘러 기차역으로 갔다.

어머니는 점쟁이들을 많이 알고 있었으며, 그들에게 많은 돈을 썼다. 너무 일찍 일어나 짜증이 난 나에게 영계의 통로가 새벽에 가장 맑다고 말해 주었다.

"점쟁이의 점괘가 더 정확해질 거야."

어머니는 또한 대기하는 사람들을 앞지르고 싶어 했다. 어머니가 찾아가 보니 점쟁이가 출타하고 없었던 적도 있었다. 조심스러운 만남을 원했던 고위급 당 간부가 보낸 선팅된 벤츠를 타고 갔다고 이웃 사람이 말해 주었다. 북한은 무신론을 신봉하는 국가이다. 성서를 소지하고 있다가 적발된 사람은 처형되거나 여생을 수용소에서 보내게 된다. 김 씨 일가에 대한 숭배만이 영적 열정의 유일한 출구다. 무당과 점쟁이 역시 불법이었으나 체제의 고위층도 그들에게 자문을 구했다. 김정일 자신도 그들의 조언을 구한다고 들었다.

점쟁이가 사는 집은 단층의 목조 주택으로 벽에는 진흙을 바르고 초가지붕을 얹은 매우 오래된 집이었다. 그런 집이 아직도 남아 있을 줄은 몰랐다. 집은 기울어졌고 습기 찬 냄새가 났다. 점쟁이는 손녀딸을 키우던 나이 든 여자였는데 굵고 흐트러진 머리카락을 가지고 있었다.

"장사에 대해서 좀 봐 주세요."

어머니가 속삭이는 목소리로 말했다.

"중국의 동업자가 준비한 상품을 언제 받는 것이 좋을까요?"

달리 말하자면 어머니는 말썽 없는 밀수를 위해 길일이 언제인지를 알고 싶어 했다. 때로 이미 날짜가 정해진 경우에는 돈을 내고 악운을 몰아내는 의식을 치르기도 했다.

점쟁이는 쌀 한 줌을 탁자 위에 뿌리고 손톱으로 낟알들을 갈라놓았다. 쌀알이 흩어진 형태를 주의 깊게 살피던 그녀는 빠르게 말을 시작했다. 우리에게 하는 말인지 혼령들과 말하는 것인지 알 수 없었다. 점쟁이는 밀수품을 받기에 가장 유리한 날짜를 말해 주었다.

"그날 아침에 집을 나설 때 왼발부터 먼저 내디뎌야 하네. 그리고 주위에 소금을 뿌린 다음에 산신령에게 행운을 빌게."

만족한 어머니는 고개를 끄덕였다.

"얘는 제 딸입니다."

어머니는 점쟁이에게 내가 태어난 시간과 날짜를 말했다. 점쟁이는 나를 똑바로 바라보면서 불안하게 만들더니 극적인 표정으로 눈을 감았다.

"딸내미가 똑똑하군." 그녀가 말했다.

"이 아이는 나중에 음악과 관련된 일을 하게 될 거야. 외국 밥을 먹을 거고."

우리가 걸어서 기차역으로 돌아갈 때는 해가 솟아오르기 시작했으며 새벽 공기가 아주 맑고 신선하게 느껴졌다. 산꼭대기의 험준한 바위들이 하늘과 극명한 대조를 이루고 있었고 산허리의 소나무 숲에는 하얀 안개가 감돌고 있었다. 어머니는 내 손을 잡고 천천히 흙길을 걸으면서 점쟁이의 예언을 생각하고 있었다. 어머니는 '외국 밥'이라는 말을 외국에서 살게 된다는 뜻으로 해석했기 때문에 점쟁이에게 헛돈을 썼다며 한숨을 내쉬었다. 평범한 북한 사람들에게 해외 이민은 고사하고 해외여행조차 허용되지 않았다. 하지만 사람들은 점쟁이의 말 중에서 자기가 듣고 싶은 말만 선택한다. 나는 점쟁이가 알려 준 밀수 날짜의 택일에 대해서는 미심쩍게 생각했지만 나에 대한 말에는 솔깃했다. 나 역시 나의 미래에는 음악이 있을 것으로 생각했었다. 개인 교사에게 아코디언을 배우고 있었던 나는 연주 솜씨가 좋았다. 북한에서는 아코디언 연주의 인기가 높은데 이는 2차 세계 대전 말기에 한반도의 절반에 소비에트 군대가 진주했던 시절의 유산이다. 물론 당은 우리 문화에 미친 외국의 영향을 절대로 인정하지 않았지만. 나는 늙은 점쟁이의 예언이 내가 전문적 아코디언 연주자가 되고 멀리 떨어진 다른 지방 남자와 결혼한다는 뜻이라고 생각했다. 어쩌면 평양에서 살게 될지도 모른다. 그렇게 되면 꿈이 이루어지는 것이었다. 오직 특권 계층 사람들만 평양에서 살 수 있었다. 나의 백일몽이 깨지고 남은 유년 시절 내내 어두운 그림자가 드리워지는 사건이 일어날 때까지 몇 주 동안 나는 이 같은 행복한 상상에 빠져 있었다.

8

비밀
사진

점쟁이를 만난 지 몇 달 후 여름 방학이 되었을 때였다. 어머니는 민호를 데리고 외출하셨고, 나는 하루 종일 외할머니 집에 있었다. 할머니는 항상 재미있는 이야기를 들려주는 키가 크고 매력적인 여인이었다. 은빛 머리칼을 전통적 스타일로 쪽을 찌고 비녀를 찔렀다. 그러나 이날 할머니는 나에게 감당할 수 없는 충격적인 이야기를 들려주었다.

지금까지도 할머니가 왜 그랬는지 잘 모르겠다. 할머니는 장난삼아 말한 것이 아니었다. 비밀을 지켜야 한다는 것을 잊었을 정도로 판단력이 흐려졌을 리도 없다. 내가 유추할 수 있는 유일한 설명은 어릴 때 진실을 알아 두는 게 더 낫다고 할머니는 생각했다는 것이다. 나중에 성인이 되어 알게 되는 것보다 받아들이기가 더 쉽다고 생각했으리라. 그러나 정말로 그렇게 생각했다면 할머니는 끔찍한 오판을 한 셈이었다.

문과 창문을 열어 둔 따뜻한 토요일 아침이었다. 마당에서는 새들이 지저귀고 있었다. 나는 사발에 담긴 물을 마시고 있었다. 같이 탁자에 앉아 있는 동안에 할머니는 기묘하게 강렬한 시선으로 나를 쳐다보기 시작했다. 그리고 부드럽게 입을 열었다.

"그러니까, 네 아버지는 친아버지가 아니다."

나는 할머니가 무슨 말을 하는지 알 수 없었다.

할머니는 손을 뻗어 내 손을 꼭 쥐었다.

"너의 성씨는 박이 아니고 김이야."

한참 동안 침묵이 흘렀다. 갈피를 잡을 수 없었던 나는 어정쩡한 미소를 지었던 것 같다. 이건 할머니의 농담이겠지. 어머니처럼 할머니도 유머 감각이 뛰어났었기에 그렇게 생각했다. 혼란스러워하는 나를 보고 할머니가 말했다.

"사실이다."

할머니는 일어나서 가장 좋은 그릇과 접시를 넣어두는 유리장으로 갔다. 유리장 바닥에는 작은 서랍이 있었다. 할머니는 힘들게 몸을 굽혔다. 목 뒤로 당원증의 줄이 보였다. 할머니는 서랍에서 마분지 봉투를 꺼내서 나에게 내밀었다. 축축한 냄새가 났다.

"열어 봐라."

나는 봉투 속에 손을 넣어 흑백사진 한 장을 꺼냈다. 결혼식 사진이었다. 즉시 젊은 여자가 어머니라고 생각했다. 아름다운 치마저고리를 입고 중앙에 서 있는 신부는 어머니 같았다. 그러나 이 같은 장면은 말이 되지 않았다. 옆에 있는 신랑은 아버지가 아니었다. 그는 머리칼을 매끈하게 뒤로 넘기고 서양식 예복을 입은 키가 크고 잘 생긴 남자였다. 그들 뒤로는 교통 신호를 지시하는 것처럼 팔을 앞으로 뻗친 김일성의 거대한 청동상이 보였다.

할머니는 양복을 입은 신랑을 가리켰다.

"이 사람이 네 친아버지다. 그리고 이 여자는……."

할머니가 남자의 오른쪽에 있는 아름다운 여인을 가리켰다.

"아버지의 누이, 네 고모다. 평양의 영화배우지. 너는 고모를 많이 닮았어."

할머니는 한숨을 쉬었다.

"네 친아버지는 좋은 사람이었다. 너를 많이 사랑했고."

방안이 어둑해지는 것 같았다. 무엇이었든 나를 현실에 묶어 놓았던 끈이 방금 잘려 나갔다. 나는 비현실 속에 떠 있었고 깊은 혼란을 느꼈다. 할머니는 어머니가 지금의 아버지를 너무 사랑해서 나의 친아버지인 신랑과 같이 살 수 없었다고 설명했다.

아버지가 내 진짜 아버지가 아니다? 눈물이 흐르기 시작했다. 어떻게 할머니가 그런 말을? 나는 아무 말도 하지 않았다. 할머니는 내 마음에 떠오르는 다음 질문을 짐작한 듯했다. 나는 그 질문을 할 수 없었다. 입을 열면 내가 무너져 버릴 것 같았다.

"민호는 아버지가 다른 동생이다."

할머니는 고개를 끄덕이며 말했다. 자신을 응시하는 나에게 할머니는 말을 이었다.

"몇 년 전에 네 엄마가 평양에 있는 돈 삼촌을 만나러 갔을 때 길거리에서 우연히 네 아버지와 마주친 적이 있었지."

온몸에 냉기가 흘렀다. 할머니가 그 남자를 내 아버지로 부르는 것이 싫었다.

"엄마는 지갑에서 네 사진을 꺼내 보여 주었단다. 네 아버지는 아무 말도 하지 않고 그저 오랫동안 사진을 보고 있더니 말릴 사이도 없이 주머니에 집어넣고는 가 버렸다더구나. 아마 그는 지금도 네 사진을 갖고 있을 게다."

할머니는 창문으로 시선을 돌려 산을 바라보았다.

"그 후에 영화배우 누이에게 편지를 써서 그가 어떻게 되었는지 물었다. 이혼하고 얼마 지나지 않아 재혼해서 딸 쌍둥이를 낳았는데, 그중 한 아이에게 네 이름을 따서 지혜라고 지었다고 알려주더라."

지혜, 내 첫 이름.

할머니의 얼굴에 그늘이 지나갔다.

"그러지 말았어야 했는데……."

북한에서는 재혼해서 낳은 자식에게 이전 결혼에서 얻은 자식과 같은 이름을 붙이면 일찍 죽는다는 미신이 있었다.

"그 아이는 어려서 병을 앓다가 죽었어."

나는 멍한 상태로 할머니 집을 나섰다. 눈물이 흘렀고 속이 텅 빈 것 같았다. 할머니는 우리가 나눈 이야기를 비밀로 하라는 말을 하지는 않았지만, 나는 어머니나 아버지 또는 그 누구에게도 이 이야기를 하지 않을 것임을 알고 있었다. 털어놓고 이야기하는 것이 가장 적절한 행동이라는 것을 알기에는 너무 어린 나이였다. 대신에 나는 진실을 내면에 묻어 버렸고 그것이 내 마음을 갉아먹기 시작했다. 여전히 극도로 혼란스러웠다. 한 가지 이해가 된 것은 이 이야기가 나에게는 냉담하고 민호에게는 관대한 조부모의 태도를 설명한다는 사실이었다. 민호는 그들의 피를 이어받았고 나는 아니었다.

집에 와 보니 민호가 바닥에 앉아 크레파스로 그림을 그리고 있었다. 민호가 그린 그림에 어떤 충격을 받은 나는 다시 눈물이 솟았다. 그리고 분노 같은 게 치밀어 올랐다. 나, 민호, 어머니, 아버지가 빛나는 태양 아래에서 손을 잡고 서 있는 그림이었다. 그리고 태양 속에는 안경을 쓴 남자, 김일성의 얼굴이 있었다.

그때 민호는 다섯 살이었다. 성품이 착한 아이로 자랐으며 어머니를 돕는 것을 좋아했다. 민호의 미소는 정말 귀여웠다. 그러나 이제는 민호와 나 사이에 유리벽이 생긴 것처럼 느껴졌다. 민호는 아버지가 다른 동생이었다.

그때부터 우리의 관계는 변했다. 나는 동생을 자극하여 그가 절대로 이길 수 없는 싸움을 거는 심술궂은 누나가 되었다. 어머니는 말하곤 했다.

"너, 왜 그러니? 민호를 좀 닮을 수 없어?"

내가 할머니의 이야기를 성인으로서 이해하고 민호에게 손을 내민 것은 여러 해가 지난 후였다.

그날 저녁 식사 자리에서 나는 아무 말도 하지 않았다. 어머니는 예쁜이 이모의 새로운 사업에 관한 이야기를 했고, 민호는 젓가락을 공중에 쳐들고 있지 말라는 주의를 받았다. 아버지는 평소대로 아무것도 변하지 않은 것처럼 차분했다. 마침내 아버지가 말했다.

"무슨 일 있었니? 생쥐처럼 조용하구나."

나는 밥그릇을 내려다보았다. 아버지를 쳐다볼 수가 없었다.

북한에서는 가족이 전부다. 혈연이 전부다. 성분이 전부다. 이 사람은 내 아버지가 아니다.

나는 그를 밀어내고 멀어지기 시작했다. 그에 대한 사랑을 잃었다고 생각했다. 내가 느낀 고통이 그런 생각을 하도록 만들었다.

나는 아버지를 피하기 시작했다.

9

훌륭한
공산주의자
되기

1992년 9월에 혜산에서 중학교에 입학한 나는 매일 아침 8시에 행진을 했다. 우리가 행진하면서 부르는 노래들은 너무 익숙해서 자연스럽게 화음이 만들어졌다.

"우리 마음에 소중한 것은 불후의 명성에 빛나는 김일성 장군의 영광스러운 이름!"

이전에 그토록 동경했던 붉은 스카프는 이제 짜증스러운 물건이 되었다. 나는 어머니의 영향으로 외모에 특별한 관심을 두기 시작했다. 칙칙한 북한 옷을 입고 싶지 않았다. 남과 다르게 보이고 싶었다. 그리고 그해 봄에 있었던 사건 이후로 내 몸을 더 의식하게 되었다.

어머니가 나와 함께 점심을 먹으려고 학교에 왔다. 우리가 교사 밖, 압록강변 강둑에서 햇볕을 쬐면서 주먹밥을 먹고 있을 때 2층에 있는 교실 창문에서 한 사내아이가 소리쳤다. 목소리가 너무 커서 중국에까지 들릴 것 같았다.

"야, 민영아, 너희 엄마 못생겼다. 너랑 다르네."

뒤에서 다른 아이들이 웃어 댔다. 나는 겨우 열두 살이었으나 분노하여 얼굴이 주홍빛으로 물들었다. 어머니가 예쁘지 않다고 생각한 적은 한 번도 없었다. 나는 어머니보다 훨씬 더 큰 굴욕감을 느꼈다. 어머니는 웃으면서 나에게 진정하라고 했다. 그러고는 내 뺨을 꼬집으며 말했다.

"사내아이들이 네게 관심이 있구나."

우리는 국어, 수학, 음악, 미술, 그리고 '공산주의 윤리' 수업을 받았다. '공산주의 윤리'는 북한의 민족주의와 유교적 전통이 기묘하게 혼합된 수업인데 서양에서 이해하는 공산주의와는 별로 관련이 없다고 나는 생각한다. 나는 러시아어, 한자, 지리, 화학, 물리도 배웠다. 아버지는 한자가 중요하다면서 나의 한자 공부에 특히 엄격했다. 한국어와 일본어의 많은 단어가 고대 중국어에서 나왔으며 시간이 흐르면서 말은 달라졌지만, 이들 3국의 사람들은 종종 한자 필담을 통해서 의사소통할 수 있음을 알게 되었다. 그러나 옷이나 사내아이들 같은 관심거리가 많았던 나는 아버지의 생각에 별로 공감하지 않았다. 훗날, 한자를 공부하도록 독려했던 아버지에게 감사하면서 기도할 날이 올 줄 몰랐다. 그것은 아버지가 준 행운의 선물이었다. 한자는 나중에 내 목숨을 구하게 된다.

가장 중요하고 열심히 공부해야 하는 과목은 역시 위대한 지도자와 경애하는 지도자의 삶과 사상에 관한 것이었다. 김 씨 일가 숭배가 여러 과목을 차지하고 있었다. 김 부자의 초등학교 시절 '활동'은 중학교에서 중요한 과목이었다. 학교에는 김일성, 김정일, 그리고 김정일의 생모인 김정숙을 위한 '공부방'이 있었다. '공부방'은 학부모들의 의무적 기부금을 사용하여 최고의 건축 자재로 지은, 학교에서 가장 좋은 교실이었다. 평소에는 김 씨 일가의 사진에 먼지가 앉지 않도록 잠겨 있었다. 우리는 흰색 새 양말을 신었을 때만 문밖에 신을 벗어 두고 이 방에 들어갈 수 있었다.

역사 수업은 피상적이었다. 과거는 고정 불변이 아니었고 때때로 다시 쓰였다. 부모님은 학교에서 이순신 장군이 일본군의 대함대를 뛰어난 전술로 격파한 한국 역사상 가장 위대한 영웅의 한 사람이라고 배웠다. 내가 배울 때는 그의 영웅적 업적이 격하되었다. 이순신 장군이 최선을 다하기는 했으나 당시의 사회가 여전히 후진적이었으며, 인류 역사상 가장 위대한 군사 지휘관인 김일성이 나타나기 전까지 한국 역사에서 진정으로 위대한 인물이 나온 적이 없다고 배웠다.

가르치는 교사들은 확신에 차 있었다. 수업 시간에 질문하는 사람은 교사뿐이었다. 지명 받은 학생은 바른 자세로 일어서서 마치 연대 병력을 앞에 두고 연설하는 사람처럼 큰 목소리로 대답했다. 우리는 어떤 주제에 관해서든 독자적인 견해를 형성하거나 아이디어를 토의하고 해석하도록 요구받지 않았다. 거의 모든 숙제는 단순한 암기였다. 암기력이 좋았던 나는 종종 반에서 1등을 차지했다.

모든 과목에 선전이 스며들어 있었다. 지리 수업 때는 진흙이 쩍쩍 갈라질 정도로 바싹 마른 땅의 사진을 보여 주었다.

"남한의 농지는 보통 이렇다." 교사가 말했다. "남한의 농부들은 쌀농사를 지을 수 없다. 그래서 인민들이 고통을 겪는다."

수학 교과서에는 감성을 자극하는 문제가 있었다.

"위대한 조국 해방 전쟁 중에 용감한 인민군 삼촌 3명이 미 제국주의 놈들 30명을 쓸어 버렸다. 양쪽 병사의 비율은 얼마인가?"

우리가 미국인에 대해 배우는 것은 모두 부정적이었다. 만화에서는 으르렁거리는 이리 떼로 그려졌다. 선전 포스터에서는 젓가락처럼 마르고 매부리코에 노랑머리를 가진 사람으로 묘사되었다. 그들에게는 악취가 난다고 배웠다. 미국인들은 남한을 '지상의 지옥'으로 만들었으며 괴뢰 정부를 조종하고 있다고 했다. 교사들은 그들의 악행을 우리에게 상기시키는 기회를 놓치는 법이 없었다.

"거리에서 만난 양키 놈이 사탕을 주더라도 받지 마라!"

교사는 손가락을 흔들면서 우리에게 경고했다.

"사탕을 받으면 그놈은 북한 아이들이 거지라고 주장할 것이다. 그놈이 너희에게 무엇을 묻든 가장 순진해 보이는 질문이라도 조심해야 한다."

우리는 모두 서로를 쳐다보았다. 우리는 미국인을 본 적이 한 번도 없었다. 북한에는 미국인은 고사하고 다른 서양인도 거의 오지 않았다. 어쨌든 본 적도 없는 사람들에 대한 경고는 우리를 더욱더 오싹하게 만들었다.

교사는 우리의 공산주의 동맹국인 강 건너 중국인들도 조심하라고 했다. 그들은 우리를 시기하고 있으며 믿을 수 없는 사람들이라고 말했다. 시장에서 본 중국제 상품 중에 품질이 미심쩍은 것이 많았기 때문에 이런 말은 일리가 있다고 생각되었다. 혜산에서 돌고 있는 도시 괴담들도 교사의 말을 확인해 주는 것 같았다. 중국인들이 천을 염색하는

데 사람의 피를 사용한다는 말도 있었다. 나는 이런 이야기를 듣고 악몽을 꾸었다. 어머니도 이 같은 괴담의 영향을 받았다. 새로 사 온 내의 안감에 곤충 알이 슬어 있는 것을 본 어머니는 중국인 제조자가 일부러 집어넣은 것이 아닌지 의심했다.

* * *

첫 학기 초의 어느 날 담임교사가 중대한 발표를 했다. 매스게임을 위한 훈련과 연습이 곧 시작된다는 내용이었다. 그는 매스게임이 우리의 교육에 필수적이라고 말했다. 매스게임에 필요한 훈련, 조직, 규율이 우리를 훌륭한 공산주의자로 만들어 준다고 했다. 교사는 김정일의 말을 인용하여 설명했다. 단 한 사람의 실수가 수천 명이 참가하는 시연을 망칠 수 있기 때문에 아이들은 개인의 의지를 집단에 종속시키는 법을 배웠다. 달리 말하자면 그런 점을 이해하기에는 우리가 너무 어렸지만 매스게임은 개인의 생각을 억누르는 데 도움이 되는 수단이었다.

매스게임이 벌어지는 날은 달력에서 가장 신성한 날짜로 표시되었다. 우리는 날씨가 가장 추운 몇 주를 제외하고는 1년 내내 매스게임을 연습했다. 연습은 학교 운동장에서 했는데 무더운 여름날에는 특히 고된 일이었다. 최종 연습은 혜산운동장에서 했다. 그해의 하이라이트는 4월 15일, 김일성의 생일이었다. 나는 행진 대열에서 북을 쳤다. 그 후에는 6월 2일 어린이날에 체조와 행진이 있었고, 우리는 나부끼는 긴 깃발을 들고 거리를 행진했다. 그러고는 위대한 조국 해방 전쟁(한국 전쟁)의 승전 기념일인 7월 27일을 위한 훈련에 들어갔다. 그날이 되면 다른 학교 학생들과 함께 대규모 합창단을 조직했다. 얼마 후에는 8월 15일 해방절과 10월 10일의 노동당 창건 기념일에 매스게임이 있었다. 1년 내내 적절한 교육이나 개인적 활동을 위한 시간이 거의 없었다.

나는 이 같은 대규모 행사를 즐기지 않았다. 긴장되고 스트레스가 심한 일이었다. 하지만 불평하는 사람도 면제를 받든 사람도 없었다. 급우들도 마찬가지였다. 나는 혜산운동장에서 벌어진 매스게임에서 친구들과 함께 카드섹션에 참가했다. 카드섹션에서는 아이들 수천 명이 흠잡을 곳 없는 숙련된 솜씨로 색색의 카드를 음악, 무용, 체조, 또는 행진에 맞추어 뒤집어서 거대한 이미지를 만들었다. 아무도 입 밖에 내지는 않았지만 우리 모두 전체 시연을 망칠 수 있는 '단 한 사람의 실수'를 걱정했다. 나도 두려움에 빠졌다. 우리는 끝도 없이 완벽한 시연을 위해 연습했다. 각자에게는 순서대로 펼쳐 보일 카드가 모두 들어 있는 큰 꾸러미가 있었다. 우리는 앞에 서서 다음번 카드의 번호를 들고 있는 지휘자의 지시를 따랐다. 지휘자가 신호를 보내면 모두가 일치된 동작으로 카드를 들어 올렸다. 카드 섹션에서 마지막으로 만드는 이미지는 황금빛 화환 속에 있는 위대한 지도자의 거대한 얼굴이었다. 화환을 담당한 아이들은 눈부신 효과를 내기 위해 카드를 흔들었다. 우리는 우리가 만드는 이미지를 볼 수 없었다. 그러나 경기장을 가득 채운 수만 군중이 되풀이하여 김일성의 '장수'를 기원하는 외침 소리를 들을 수 있었다.

매해마다 6월 25일에 열리는 한국 전쟁 기념식은 나를 매우 감상적으로 만들었다. 운동장에서 거행된 기념식은 교장과 교사들의 연설로 시작되었다. 그들은 마이크에 입을 대고 엄숙하게 말했다.

"1950년 6월 25일 새벽 3시, 인민들이 잠들어 있을 때 남조선괴뢰도당이 우리나라를 공격하여 무고한 인민을 많이 죽였다."

국경을 넘어서는 탱크와 집에서 도살되는 인민들의 이미지가 우리 모두를 눈물의 홍수로 몰아넣었다. 남한 사람들은 우리를 희생물로 만들었다. 내 마음은 복수와 불의를 바로잡으려는 생각으로 불타올랐다. 아이들 모두가 같은 느낌을 받았다.

끝이 없고 고된 집단 활동 속에서도 나에게는 개인적 도피처가 한 군데 있었다. 책이었다. 독서는 어머니에게서 물려받은 습관이었다. 나는 동화, 신화, 설화 등의 그림책을 갖고 있었다. 좋아했던 이야기인 몽테크리스토 백작의 북한어판에는 검열관이 풀로 붙여 놓아 도저히 가를 수 없는 페이지들이 있었다. 억압에 맞서서 투쟁하는 영웅의 이야기는 북한의 혁명적 세계관에 맞는 한도 안에서만 허용되었으며 부적절한 세부 내용은 삭제되었다.

중학교 2학년이 된 나는 북한의 스파이를 다룬 스릴러 소설을 읽기 시작했다. 너무 재미있어서 촛불을 켜 놓고 밤을 새워 읽은 적도 있다. 그중 최고는 남한에서 활동하는 북한 특수 요원의 이야기였다. 그는 남한에서 결혼한 아내에게 자신의 정체를 절대로 알리지 않은 채 살았다. 그에게 지시를 내리는 비밀 첩보 작전의 책임자는 오랜 관계에도 불구하고 직접 대면한 적이 한 번도 없는 인물이었다. 소설의 클라이맥스는 그가 자신에게 지시를 내리는 사람이 바로 아내였음을 깨닫는 순간이었다.

* * *

　중학교 2학년이 시작된 어느 날 저녁에 집에 돌아온 나는 새로운 직장에서 첫날을 보낸 아버지를 위해 특별한 저녁 식사를 준비하는 어머니를 보았다. 공군을 떠난다는 것은 알고 있었지만 당시에는 대화도 많지 않았고 아버지가 하는 말에 관심도 없었다. 집에 돌아온 아버지가 민간인 복장을 한 것을 처음으로 보았다. 말쑥한 모습이었지만 이전과는 매우 달랐다. 나는 아버지의 청회색 제복에 너무 익숙해져 있었다. 이제 군에서 운영하는 무역 회사에서 일하게 된 아버지는 활짝 웃으면서 다음 주에 업무차 중국으로 건너간다고 했다. 새 여권도 보여 주었다. 나는 여권을 처음 보지만 관심 없는 척했다. 그러나 어머니는 신이 났다. 해외여행을 할 수 있는 남편을 둔 것은 정말로 자랑할 만한 일이었다. 우리는 세상의 상층부로 올라가고 있었다.

　저녁 식사 중에 나는 아버지에게 단 한 번, 그다지 공손하지 않은 말투로 새 직장에서 실제로 무슨 일을 하는지 물었다. 아버지는 구체적이 아닌 모호한 대답을 했다. 중요한 비밀임이 분명했다. 나는 눈을 치켜뜨고 식탁을 떠나는 바람에 어머니를 화나게 만들었다. 아버지는 침묵을 지켰다. 나는 아버지에게 상처를 주었다고 생각했으나 그 어느 때보다 아버지에게 화가 났다. 나에게 진실을 숨기고 있기 때문이었다. 친아버지에 관한 진실 때문에 느끼는 고통은 조금도 줄어들지 않았다. 나는 아버지가 자신이 하는 일을 말하지 않음으로써 나를 보호하려 했던 것을 깨닫지 못했다.

　아버지는 업무차 중국을 왕래하기 시작했으며 때로는 며칠씩 집을 비우기도 했다. 불이 난 저녁에 아버지가 어머니와 함께 집에 있었던 것은 매우 다행스러운 일이었다.

두 달쯤 뒤, 매스게임 연습 때문에 온몸이 쑤시고 녹초가 되어 일찍 잠자리에 든 나는 어머니의 외침에 눈을 떴을 때 민호는 옆에서 자고 있었다. 아버지의 뒤로는 오렌지색 불길이 보이고 항공유 타는 냄새가 코를 찔렀다. 우리는 지붕이 무너지기 직전에 아버지가 벽에서 떼어 낸 초상화와 입고 있던 옷 말고는 아무것도 가져나오지 못했다. 내 그림책, 소설책, 애지중지하던 아코디언과 기타도 사라졌다.

그러나 이런 것들 말고도 화재로 파괴된 물건 중에는 내가 아끼던 물건이 하나 있었다. 우리를 강제수용소로 보낼 수도 있을 정도로 위험한 물건이었다. 지금 생각하면 그때 불이 난 것이 큰 행운이라 할 수 있었다.

10

바위섬

불이 나기 몇 달 전에 가장 친했던 친구 한 명이 몇몇 가까운 친구들을 운동장 한구석으로 불러 모았다. 나는 배경이 비슷한 또래의 여자아이들과 친하게 지냈다. 이 친구의 아버지는 혜산의 경찰서장이었다. 친구는 남한의 대중음악이 담긴 불법 카세트테이프를 들었다. 매우 조심스럽게 이 같은 테이프를 파는 사람들이 있었다.

곧 이 불법적 최신 밀수품을 소유하게 된 우리는 북한에서 처음으로 남한의 히트곡을 듣는 사람들이 되었다.

주말에 우리 소그룹은 한 친구의 집에서 비밀리에 모이기 시작했다. 부모와 형제들이 집을 비우면 볼륨을 작게 줄이고 남한 가수 주현미와 현철의 노래를 따라 부르고, 빙빙 돌고 엉덩이를 흔들면서 춤을 추었다. 춤 동작은 스스로 만들어 냈다. 사실 우리는 대중음악에 맞추어 어떻게 춤을 추는지 거의 알지 못했다. 불구대천 원수의 음악을 즐겨서는 안

된다는 것은 알았지만, 혜산에서 남한 노래를 듣던 여자들이 강제수용소로 보내졌다는 이야기가 퍼질 때까지 우리의 범죄가 얼마나 심각한 것인지를 깨닫지 못했다. 그들 중 한 여자가 다른 사람들을 고발했다는 것이었다.

그 뒤로 나는 집에서 혼자 침대에 누워 테이프를 들었다. 가장 좋아했던 노래는 김원중이라는 가수가 부른 '바위섬'이었다. 바위섬이라는 제목은 사랑하는 여인을 뜻한다고 생각했는데 가사는 다음과 같았다.

"바위섬 너는 내가 미워도

나는 너를 사랑해

다시 태어나지 못해도

너를 사랑해"

나는 이 노래를 정말 좋아했다. 10대의 사랑을 표현한 이 노래는 내 마음을 갈망으로 채우면서 심금을 울렸다.(발표 당시는 아니지만 이후 '바위섬'은 5·18광주민주화운동 당시의 고립된 광주를 뜻한다고 김원중이 직접 밝혔다. 편집자 주) 내가 성숙하고 변화했다는 느낌이 들었다. 북한 음악을 듣고는 이런 느낌을 받은 적이 한 번도 없었다. 북한에도 대중음악이 있기는 했지만 '장군님의 품 안에서 우리는 행복하다' 또는 '젊은이여, 앞으로!' 같은 노래뿐이었다. 나는 그런 노래를 들으면서 민망스러울 뿐이었다.

나는 아코디언으로 '바위섬'을 연주하는 방법을 독학했다. 문과 창문을 닫고 작은 소리로 조심스럽게 연주했으나 어느 날 아침에 연습하던 나는 문을 두드리는 소리에 깜짝 놀라고 말았다. 나는 그 자리에서 얼어붙었다. 이웃 한 명이 문간에 서 있었다. 출근하던 길이었다. 그는 전에도 내 연주를 들었다고 했다. 마음속 깊은 곳에 차가운 공포의 웅덩이가 생겨났다. 나를 고발하려는 것일까, 아니면 그저 경고하는 것일까? 그러나 놀랍게도 그는 미소를 지으면서 그 노래를 들으면 감상적이 되고 에너지가 생긴다고 말했다. 그러고는 다시 자전거를 타고 가던 길을 갔다. 그의 말은 정말로 기묘했다. 지금도 나는 그 사람이 남한 노래임을 뻔히 알면서도 나에게 손을 내밀어 비밀 악수 같은 신호를 보낸 것이 아닌지 궁금하다.

몇 달 뒤에 불법 노래 테이프들이 불길과 함께 사라졌을 때 나는 이미 모든 노래를 외우고 있었다. 특히 바위섬의 선율과 가사는 후일 나에게 큰 위안이 되었다.

남한의 대중음악은 내가 북한 국경 밖에 있는 세계를 어렴풋이 인식하도록 해 주었다. 더 보편적인 인식이 있었다면 바깥세상에서 극적인 변화가 진행되고 있다는 단서를 발견했을지도 모른다. 당시 북한 체제는 이전에 경험해 보지 못한 스트레스를 받을 정도로 대대적인 변화가 진행되고 있었다. 나는 김정일의 표현대로 '총 한 방 쏘지 않고' 소련에서 인민들이 공산주의를 붕괴시켰다는 사실을 알지 못했다. 그러나 이 사건이 북한에 미친 영향은 정권 담당자들이 감추기가 불가능한 방식으로 다가오기 시작했다. 부모님의 직장과 사업 덕분에 우리 가족은 식량이 충분했다. 나는 공공 배급 시스템이 제공하는 기본적 필수 식량이 줄어들고 불규칙해진다는 사실을 알아차리지 못했다. 또한 1992년부터 정부가 세 끼를 먹는 것보다 두 끼를 먹는 것이 건강에 더 좋다고 하면서 '하루에 두 끼 먹기 운동'을 대대적으로 벌여도 별로 관심이 없었다.

스스로 돈을 벌 방법을 마련하지 못한 사람들은 여전히 국가에서 제공하는 필수품 배급에 의존할 수밖에 없었으며 고통 받기 시작했다.

공교롭게도 불이 난 후 우리 가족은 바깥세상과 가장 가까운 곳으로 이사하게 되었다. 마치 운명이 우리에게 바깥을 볼 수 있도록 작정이라도 한 듯이 말이다. 새집은 바로 압록강 강둑을 마주하고 있었다. 대문 앞에서 강 건너 중국으로 돌을 던질 수도 있을 정도로 가까웠다.

11

저주 받은
집

우리가 이사한 곳은 좁은 골목길로 구획된 단층 주택이었다. 지붕이 흰색 페인트로 칠해진 새집은 전에 살던 집들보다 컸고 하얀 콘크리트 담장으로 둘러싸여 있었다. 방이 세 개였는데 부엌을 통해서 거실로 들어가고 거기에서 다시 네 식구가 자는 침실로 들어가는 구조였다.

어머니는 이 집을 얻기 위해서 거액을 썼다. 북한에는 공식적인 사유재산이 없으므로 부동산 거래도 없지만 실제로는 인기가 있거나 위치가 편리한 집을 할당받은 사람들이 가격만 맞으면 집을 팔거나 교환하는 일이 흔했다.

이 집은 어머니의 불법적인 사업을 위한 완벽한 위치에 있었다. 엎어지면 코 닿을 거리에 있는 중국에서 강을 건너 우리 집 대문까지 밀수품이 운반되도록 할 수 있었다. 어머니는 극성스러운 도둑을 막기 위해 담장을 2미터 정도로 높이고 군에서 훈련받은 맹견을 사들였다. 입구는 튼튼한 자물쇠로 잠갔다. 집을 드나드는 데만 세 개의 문을 통과하고 다섯 개의 자물쇠를 열어야 했다. 우리 집 대문에서 1.5미터 앞에 있는 강둑길에서는 두 명씩 조를 이룬 경비대들이 순찰을 돌았다. 새집에 들른 아편 삼촌과 예쁜이 이모는 어머니를 축하했다. 더 바랄 나위가 없는 위치라고 했다.

민호는 새집에서 살게 돼서 매우 신이 났다. 계절은 따뜻하고 온화한 초가을이었다. 우리가 이사하던 날 민호는 어머니들이 강변에서 빨래하는 동안에 자기 또래의 아이들이 강에서 중국 아이들과 섞여서 놀고 있는 광경을 보았다. 북한 주민 대부분에게 국경은 통과할 수 없는 장벽이다. 북한은 이웃 국가들과 차단되어 있었다. 그런데 여기서는 어린 아이들이 북한과 중국 쪽 강둑 사이에서 첨벙거리고 떠들면서 놀고 있었다, 마치 물고기나 새들처럼.

어머니는 다음 날 인사차 이웃들을 찾았다. 그런데 이웃 사람들은 어머니에게 심장이 내려앉을 것 같은 이야기를 해 주었다. 화가 난 어머니는 창백해진 표정으로 집에 돌아왔다.

"이 집은 저주를 받았다."

어머니가 바닥에 털썩 주저앉아 두 손으로 얼굴을 감싸면서 말했다.

"내가 끔찍한 실수를 저질렀구나."

이웃 사람 하나가 전에 이 집에 살던 아이가 사고로 죽었다고 말했던 것이다. 어머니는 이 집을 찾게 되어 운이 좋았다고 생각했지만, 사실은 먼저 살던 사람들이 비극과 불운의 기억에서 벗어나려고 서둘러 팔았던 것이었다. 나는 어머니를 위로하려 했지만 고개를 흔드는 어머니는 매우 지쳐 보였다. 논리적으로 설득하기에는 어머니의 미신에 대한 믿음이 너무 깊었다. 나도 절반쯤은 미신을 믿었다. 어머니 믿음의 많은 부분이 내게도 영향을 미쳤다.

어머니는 여느 때와 다름없이 집을 단장하면서 빠르게 가구를 마련했다. 여유가 있는 사람들은 중국제 냉장고를 사기 시작했지만 어머니는 남의 시선을 끌까 봐 우려하며 주저했다. 그래서 매일같이 먹을거리를 장 봐야 했는데, 거의 언제나 공공 배급 체계가 아닌 준공영 상점에서 식료품을 샀다. 어머니가 일하는 관청의 상사는 최근에 뇌물로 받은 물건이 조사관에 의해 그의 집에서 적발되어 강제노동단련대로 보내졌다. 그래서 어머니도 특별한 주의를 기울였다. 우리는 쌀을 쌓아 두지 않았다. 집에 20-30킬로그램 이상의 쌀이 있는 경우가 드물었다.

우리가 사들인 한 가지 사치품은 도시바 컬러텔레비전이었다. 컬러텔레비전은 사회적 신분을 나타내는 물건이었다. 텔레비전은 민호와 나의 지평선을 극적으로 넓혀 주었다. 그것은 북한의 유일한 채널인 중앙TV가 위대한 지도자나 경애하는 지도자가 공장, 학교, 농장을 방문하여 질소 비료부터 여성용 신발까지 모든 것에 대해 현지 지도하는 모습을 끊임없이 되풀이해서 보여 주었기 때문은 아니었다. 오래된 북한 영화, 소년단의 음악 앙상블, 혁명과 당을 찬양하는 대규모 군 합창단의 공연 따위로 구성된 오락 프로 때문도 아니었다. 컬러텔레비전의 매력은 중국에서 방영하는 드라마와 매혹적인 상품을 선전하는 화려한 광고를 볼 수 있다는 데 있었다. 중국말을 알아듣지는 못했지만 화면을 보는 것만으로도 전혀 새로운 세계의 창문이 열리는 듯했다. 외국 TV를 시청하는 것은 불법이었으며 중대한 범죄였다. 어머니는 우리가 중국 TV를 시청하고 있으면 심하게 꾸짖었지만 나는 말을 듣지 않았다.

어머니가 외출하거나 잠드신 동안에 불빛이 밖으로 새어나가지 않도록 창문에 담요를 쳐 놓고 중국 TV를 보았다.

우리가 살게 된 곳은 정치적으로 민감한 지역이었다. 정부는 강변 지역의 주민들이 자본주의의 독소에 굴복하여 밀수품을 거래하고, 해로운 외국 TV 프로를 시청하며, 심지어 탈북까지 한다는 사실을 알고 있었다. 보위부는 이 지역에 사는 사람들의 사소한 불충 기미라도 찾아내기 위해 다른 지역보다 훨씬 더 면밀하게 감시했다. 지역의 보위부나 국경 경비 군인들은 의심을 받는 가족의 동향을 일상적으로 관찰하고 보고했다. 범법자를 잡으려고 속임수를 쓰는 일도 흔했다. 이사 온 지 얼마 지나지 않은 어느 날 아침에 어머니는 쾌활하고 친절해 보이는 남자가 우리 집 문을 두드리더니 한국 전쟁에서 전사한 미군 병사의 유골을 반환하면 양키들이 많은 돈을 준다는 이야기를 들었다고 했다. 그 남자는 전투가 벌어졌던 지역에서 발굴한 유골을 가지고 있다고 했으며, 어머니가 유골을 국경 너머로 반출하는 데 도움을 줄 수 있는지를 알고 싶어 했다.

어머니는 누군가 도움을 청하면 극도로 조심했다. 위장한 보위부 요원들이 흥미로운 제안을 하면서 방문하는 식으로 활동한다는 걸 알고 있었다. 우리는 유치원에 나타난 조사관이 밝은 어조로 "요새 제일 재미있게 본 영화가 뭐였지?"라고 묻자 한 아이가 불법 비디오로 본 남한의 영화를 열심히 설명하는 바람에 상류층에 속했던 아이의 가족이 심각한 곤경에 처했다는 이야기를 들은 적도 있었다. 그러나 이때는 어머니의 미신이 최선의 방어가 되었다. 미군 병사들의 혼령에 시달리기를 원치 않았던 어머니는 그 남자에게 도울 수 없다고 대답했다.

새집으로 이사한 몇 주 후인 11월 중순에 첫눈이 종일 싸락눈으로 내려서 얼굴을 따갑게 했다. 아버지가 집에 돌아왔을 때 우리는 코트를 입은 채로 따뜻한 바닥에 모여 앉아 있었다. 아버지는 중국에서 돌아올 때마다 보통 사람들이 접할 수 없는 소소한 사치품을 가져왔다. 고급 화장지를 가져올 때도 있었고, 북한에서는 보기 힘든 오렌지나 바나나를 가져오기도 했다. 이번에는 아버지가 거대한 꾸러미를 가지고 왔기 때문에 평소처럼 무관심한 척할 수가 없었다. 꾸러미에 뭐가 들었는지 너무 궁금했기 때문이었다. 꾸러미는 민호와 나를 위한 선물이었다. 내 선물은 금발에 푸른 눈, 창백한 얼굴을 가진 실물보다 큰 서양 소녀 인형이었다. 인형은 레이스로 장식된 매우 아름다운 체크무늬 면직 드레스를 입고 있었다. 너무 커서 옮기기도 힘들 정도였다. 나는 인형을 침대 옆 구석에 받쳐서 세워야 했다. 민호의 선물은 휴대용 게임기였다. 최신 제품이었다.

이제 그 인형을 생각할 때마다 엄청난 슬픔이 밀려온다. 인형을 가지고 놀기에는 조금 지난 나이였지만 그 인형은 매우 아름답고 너그러운 선물이었다. 나는 당시에 아버지가 나를 잃었다고 느꼈으며 어떻게든 다시 관계를 회복하려고 노력했음을 깨달았다. 아마 아버지는 우리의 관계가 그렇게 된 원인도 알아냈을 것이다. 하지만 그 인형은 아버지가 내게 준 마지막 선물이 되었다.

12

다리에서
일어난
비극

1994년 1월, 내가 한국식 나이로 열네 살이 되던 무렵이었다. 거의 어머니만큼 키가 자란 나는 건강했고 다양한 스포츠를 즐겼다. 아이스 스케이팅은 학교 대표 선수로 대회에 나갈 정도로 잘했고, 날씨가 추울 때는 실내에서 태권도를 수련했다. 달리기도 잘해서 혜산 하프 마라톤을 완주한 적도 있었다. 그러나 생일을 맞은 나는 끔찍한 한 해를 시작하게 되었다.

나는 오랫동안 외모에 위험한 과욕을 부리고 있었다. 교사들은 내가 교복을 입지 않았을 때도 별로 신경 쓰지 않았다. 그들은 현금이나 난방용 연료처럼 학교에서 필요로 하는 기부에 어머니가 크게 기여한다는 것을 알고 있었다. 그러나 나는 더 이상 아이가 아니었으며, 관행을 따르지 않는 행동이 점점 더 눈에 띄게 되었다.

마침내 피할 수 없는 일이 일어났다.

몇 달 전에 새로 부임해 온 담임 교사가 있었다. 그녀의 성씨는 강이었으며 물리를 가르쳤다. 체구가 작고 날카로운 눈매와 새된 목소리를 가진 젊은 여자 교사였다. 내 생일날 교실로 들어서며 아침 인사를 한 그녀는 즉시 내 모습에 주목했다. 중국제 핑크색 코트를 입고 머리는 파마했으며 유행하는 긴 부츠를 신은 내 모습은 급우들 중에서 하늘과 땅 차이만큼 두드러져 보였다.

그녀의 시선이 내가 신은 부츠에 고정되었고 나는 너무 지나쳤음을 깨닫고 있었다.

"왜 그런 신발을 신고 있니?"

그녀는 급우들 앞에서 나를 지적하면서 말했다.

"그리고 왜 다른 학생들처럼 교복을 입지 않았지?"

자신을 억제하지 못하고 말이 입 밖으로 나갔다.

"뭐가 문제죠? 우리 어머니는 아무 말도 안 하는데."

교실에 긴장감이 흘렀다.

"감히 말대답을 해!"

그녀는 소리치면서 내 책상으로 다가왔다.

"썩어빠진 자본주의자처럼 보이고 싶단 말이지? 좋아!"

그녀는 팔을 휘둘러 내 뺨을 세게 때렸다. 손을 뺨에 갖다 댔다. 분노로 몸이 떨렸다. 어머니는 나를 때린 적이 한 번도 없었다. 교실을 뛰쳐나온 나는 눈물을 흘리며 집으로 달려갔다.

그날 나는 오랜만에 처음으로 항상 아늑하고 안전했던 아버지의 품속이 그리웠다. 그러나 아버지는 업무차 중국에 가고 없었다. 아버지는 출장에서 돌아올 때마다 더 지치고 우울해 보였다. 어머니는 아버지가 잠을 못 이룬다고 했다. 무언가가 잘못되고 있었다. 아버지는 자신이 감시받고 있는 것 같다고 어머니에게 말했다.

이제 나는 그런 부츠를 신고 머리를 파마할 수 있었던 배짱이 단지 내가 느끼던 더 깊고 일반적인 환멸의 징표에 불과했다는 것을 깨닫는다. 나는 북한에서는 아무도 면제받을 수 없는 조직 생활과 집단 활동에 정나미가 떨어지고 있었다. 전에는 매스게임을 즐겼지만 열네 살이 된 나는 더 이상 소년단원이 아니었으며 사회주의 청년 동맹에 가입해야 했다. 또 하나의 중요한 이정표였다. 우리는 각자의 미래와 어떻게 조국에 봉사할 것인지를 생각해야 했다. 나의 유년 시절은 끝났다.

사회주의 청년 동맹의 멤버는 군사 훈련을 받아야 했다. 나는 군 전투복을 입고 혜산의 사격장에서 실탄 사격 훈련을 받았다. 이런 훈련이 너무 싫었다. 총을 가진 아이들에게 둘러싸여 사고가 날 것을 크게 염려했던(실제로 종종 사고가 났다) 어머니는 학교의 당국자를 돈으로 매수하여 나를 사격 훈련에서 면제시켜 주었다.

사상 교육도 강화되었다. 모범적인 청년 공산주의자로서 우리는 위대한 지도자와의 유대감 강화가 요구되었으며, 북한의 고립을 조장하는 주체사상을 배우기 시작했다.

백두산 견학을 다녀오고 며칠 후 학교에서 돌아오니 어머니가 매우 불안한 얼굴로 집 주변을 서성이고 있었다.

"네 아버지가 아직 돌아오지 않았다."

어머니가 팔짱을 꼈다가 풀기를 되풀이하면서 말했다. 아버지는 그 전날 중국 출장에서 돌아올 예정이었다. 이번에 떠나기 전에 아버지가 특히 불안해했다고 어머니는 말했다.

이틀이 지나도 아버지는 돌아오지 않았다.

사흘째가 되자 어머니는 절망 상태에 빠졌다. 잠을 자지도 식사를 하지도 가만히 앉아 있지도 못했다. 여러 차례 아버지가 일하는 무역 회사에 연락해 보았지만 그저 기다리라는 말 뿐이었다.

지옥 같은 하루가 또 지나갔다. 민호는 아버지가 어디 있는지 알아볼 사람이 없는지 끊임없이 물어 댔다.

마침내 아버지의 직장 동료가 우리 집을 찾아왔다.

좋지 않은 소식이었다.

아버지는 나흘 전에 국경을 넘어 북한으로 돌아오다가 북한쪽 친선 다리에서 체포되었다.

13

어두운
물 위의
햇살

평양에서 파견된 사람들이 다리에서 아버지를 기다리고 있었다. 군 보안사령부 요원들이었다. 보안사령부는 내무성의 보안 기관인 보위부와는 별개의 조직으로 군을 감시하는 비밀경찰이었다.

아무 소식도 없이 열흘이 지나갔다. 우리는 아버지가 구금되었으며 수행한 업무에 관해 조사가 진행되고 있다는 것밖에 몰랐다. 밖에서 어머니는 강인하고 허튼 짓을 하지 않는 가면을 쓰고 있었지만 집에 돌아오면 가면을 벗어던지고 눈물을 흘렸다. 어머니는 그러한 구금 상태에서 몸성히 돌아오는 것은 고사하고 돌아오기라도 한 사람조차 거의 보지 못했다. 나는 어머니의 이 같이 약해진 모습을 일찍이 본 적이 없었다.

내가 들어보지 못했던 가족 이야기를 어머니가 들려 준 것은 이렇게 불안한 시간을 보내던 때였다. 어머니의 맏언니인 큰이모의 결혼에 관한 이야기였다. 큰이모는 내가 태어나기 전에 결혼하여 내가 알지 못하는 자식 셋을 두었다. 이모의 남편은 1960년대 말에 중국에서 벌어진 문화대혁명을 피하여 공산주의자의 천국이라고 생각했던 북한으로 탈출한 한국계 중국인이었다. 어머니는 그가 친절하고 솔직 담백하며 정직한 사람이었다고 했다. 외할머니는 외국인이라는 이유로 결혼을 반대했지만, 큰이모는 그와 결혼하지 못한다면 차라리 죽겠다고 버텼다. 그래서 두 사람은 결혼했다.

몇 해 후에 북한의 선전에 염증을 느낀 그는 중국으로 돌아가고 싶어했다. 큰이모는 고향을 떠나기를 거부했고, 홀로 떠난 그는 국경에서 저지를 받았다. 국경 경비대에게 그저 중국에 있는 가족을 방문한 후에 북한으로 돌아오려 했다고 말했으면 가벼운 처벌에서 그쳤을 것이다. 그러나 정직함이 그를 파멸로 이끌었다. 심문관들에게 북한에 환멸을 느끼게 되었다고 말했던 것이다. 그들은 재판도 거치지 않고 그를 곧장 정치범 수용소로 보냈다. 가족을 보호하기 위해 나선 외할머니는 이모를 남편과 이혼시키고 세 자식은 입양 보내도록 했다. 이런 방법으로 어머니의 가족은 성분을 떨어뜨리고 자손 대대로 가문을 망칠 수 있는 상황을 피할 수 있었다. 이는 북한에서 배우자가 투옥되었을 때 흔히 볼 수 있는 일이었다.

세 자식은 모두 좋은 가정에 입양되었다. 그중 하나는 군 장교가 되었다. 먼훗날 큰이모는 장성한 아들을 만나 이야기를 들려주었다. 무릎을 꿇고 이모를 껴안은 그는 가족의 배경에 개의치 않을 것이며 그때부터 친어머니와 형제자매들을 가족으로 생각하겠다고 말했다.

이 아들은 아버지를 만나 보려고 강제 수용소를 찾아갔으나 정문에서 발길을 돌려야 했다. 강제 수용소에는 두 종류가 있다. 하나는 '노동을 통한 혁명 재교육'을 선고받은 사람들이 가는 곳이다. 거기서 형기를 치른 사람들은 사회로 복귀하며 여생 동안 면밀한 감시를 받는다. 또 하나는 죽을 때까지 강제 노동에 시달리면서 빠져나올 수 없는 수용소다. 그는 아버지가 있는 곳이 두 번째 유형의 수용소라는 점이 두려웠던 것이다.

이 이야기는 나를 몹시 괴롭혔다. 가끔 당국의 눈에서 벗어난 사람 이야기를 드물게 하게 되더라도 우리는 그에 대한 분석이나 판단 또는 처벌의 공정성에 대해서는 말하지 않았다. 그저 있는 그대로의 사실만을 이야기했다. 그것이 북한 사람들의 대화 방식이었다. 하지만 어머니는 수용소가 우리 가족에 어떤 영향을 미쳤는지 감정을 담아서 이야기하고 있었다.

공공연하게 수용소 이야기를 하는 사람은 아무도 없었다. 우리는 끔찍한 소문과 귓속말을 통해서만 수용소의 존재를 알고 있었다. 수용소가 어디에 있는지 어떤 상태인지는 몰랐다. 내가 아는 것은 혜산에서 가까운 백함군이 덜 극단적인 유형지라는 것뿐이었다. 우리는 위대한 지도자의 얼굴이 신문지 뒷면에 인쇄된 것을 모른 채 잘라내 담배를 말아 피운 아버지 때문에 평양에서 그곳으로 추방된 가족을 알고 있었다. 산으로 보내진 그들 가족은 '10.18 집단 농장'에서 등골이 휘도록 감자 캐는 삶을 이어나가야 했다.

나는 강제 수용소로 보내진 아버지의 모습을 그려 보았다. 머릿속에서 짙은 안개가 감돌았다. 아버지를 향했던 분노가 혼란스러운 감정으로 뒤죽박죽되었다.

소식을 기다리던 어느 날 저녁에 제복을 입은 군 장교 다섯 명이 대문을 두들겨 댔다. 군화도 벗지 않고 들이닥친 그들은 아버지가 숨겨 놓았다는 돈과 귀중품을 찾아 온 집안을 샅샅이 뒤졌다. 벽과 바닥을 뜯고 천장을 당겨 내렸다. 한 시간 뒤에 빈손으로 돌아간 그들이 남겨 놓은 잔해를 본 어머니와 나는 충격에 빠졌다. 우리 집은 완전히 폐허가 되었다.

아버지가 사라진 지 약 2주 후에야 어머니는 아버지가 갑자기 석방되어 혜산에 있는 병원에 입원했다는 소식을 들었다. 병원에서 아버지를 보고 엄청난 충격을 받은 어머니는 걷잡을 수 없는 울음을 터뜨렸다. 눈이 움푹 들어가고 초췌한 모습의 아버지는 어머니에게 웃음을 보이려 애썼다. 나이보다 훨씬 더 늙어 보였다.

아버지는 자신에 대한 조사가 아직도 진행 중이라고 했다. 뇌물 수수와 직권 남용 혐의로 고발되었지만 정치적 연줄을 잃었거나 고위 간부의 기분을 상하게 한 것이 이유였을 가능성이 더 컸다. 아버지는 여러 차례 심문을 받았으며 되풀이하여 자백서를 쓰도록 명령받았다. 심문관은 그때마다 아버지의 면전에서 자백서를 찢고 다시 쓰라고 했다.

어머니는 그들이 또 어떤 짓을 했는지 묻지 않았다. 아버지의 트라우마가 되풀이되는 것을 원치 않았기 때문이었다. 그러나 그들이 아버지를 심하게 때렸으며 잠도 재우지 않았다는 것을 알 수 있었다. 아버지는 병원에서 이불을 덮어쓴 채 며칠씩 잠을 잤다.

아버지는 많은 북한 남자들처럼 모든 감정을 억눌렀다. 북한의 남자들은 자신의 느낌을 이야기하거나 자신이 겪는 두려움과 스트레스를 말하지 못했다. 공휴일에 혜산에서 술에 취한 남자들이 요란한 싸움을 벌이곤 하는 것도 그런 이유에서였다. 술을 입에 댄 적이 없는 아버지는 자신의 감정을 내면으로 돌렸다. 아버지는 체중이 많이 줄고 매우 무기력한 사람이 되었다. 우리는 아버지가 북한에서는 인정되지 않는 질병인 심각한 우울증에 빠졌음을 알았다. 아버지는 혜산의 병원에서 약 6주를 보냈다.

어머니는 매일 같이 병원에 가서 몇 시간씩 아버지를 돌봤기 때문에 민호와 나를 챙길 수 없었다. 우리는 동해안에 있는 영화 삼촌의 집으로 보내져 삼촌, 숙모, 그들의 사촌들과 함께 지냈다.

어느 날 오후에 영화 삼촌이 일찍 집으로 돌아왔다. 민호와 나는 숙모와 사촌들과 함께 거실에 있었다. 집에 들어와 신발을 벗은 삼촌은 조심스럽게 문을 닫았다.

"민영, 민호야, 나쁜 소식을 말해야겠구나." 삼촌이 말했다.

우리는 삼촌의 무거운 표정에서 무언가 끔찍한 일이 일어났음을 알았다. 삼촌은 우리 어머니가 사무실로 전화를 걸어 왔다고 했다. 아버지가 병원에서 중태에 빠졌다가 돌아가셨다는 전화였다.

민호는 말로 할 수 없는 충격에 빠졌다. 침실로 달려간 민호는 안에서 문을 잠갔다.

나는 멍한 상태로 해변으로 나가 동해를 바라보았다. 구름 사이로 선명한 햇살이 어두운 물 위를 비추고 있었다. 멀리 수평선 위로 녹슨 화물선 몇 척이 보였다. 바다는 잔잔했다.

아버지를 향해 키워 온 나의 원망은 우리 사이에 높은 장벽을 만들었다. 왜 그런 짓을 했을까? 나는 가족과 혈연의 중요성을 이해하면서 자라났다. 아버지가 친아버지가 아니라는 사실에 충격을 받고 혼란에 빠졌다. 아버지를 밀어냈다. 내게 숨긴 비밀에 상처를 받았다.

나는 오래전 평양행 기차에서 아버지가 어머니를 만난 이야기를 생각했다. 아버지는 이혼녀이며 다른 남자의 자식을 거느린 어머니와 결혼할 정도로 어머니를 사랑했다. 많은 기억이 다시 떠올랐다. 안주의 들판에서 잠자리를 쫓던 행복한 시간들, 함흥에서 보낸 가족생활, 어머니가 냉면을 먹는 모습에 모두가 재미있어 하던 일. 그리고 소년단 입단식에 참석한 아버지를 얼마나 자랑스러워했으며, 아버지의 품이 얼마나 안전하게 느껴졌는지를 생각했다.

바다를 바라보면서 내가 저지른 엄청난 어리석음을 깨달았다. 아버지는 나를 친자식처럼 사랑으로 키웠다. 이기적인 감정에 사로잡혔던 나는 아버지가 나를 얼마나 사랑했는지를 알지 못했다. 나는 해변에 무릎을 꿇고 두 손으로 모래를 할퀴면서 비통한 눈물을 흘렸다.

몇 시간처럼 느껴진 시간이 지난 후 해가 질 무렵에 삼촌 집으로 돌아왔다. 나는 아버지에게 했던 행동을 평생토록 후회하게 될 것을 알았다. 내가 적대한다고 생각하면서 돌아가셨다는 사실이 두고두고 아버지와의 사별을 더욱 고통스럽게 했다.

* * *

아버지의 죽음은 그를 알았던 모든 사람들에게 충격을 주었다. 겨우 40대에 들어선, 아직 젊은 나이의 아버지였다. 아버지가 숨을 거둘 때 곁에는 아무도 없었다.

그러나 아버지의 죽음을 실감하기도 전에 어머니는 또 다른 청천벽

력 같은 소식을 들어야 했다. 병원의 사망 증명서에 따르면 아버지는 다량의 디아제팜 Diazepam을 복용해 자살했다. 이 약은 시장에서 손쉽게 구할 수 있었다. 아버지는 외출했을 때 스스로 약을 구했음이 분명했다.

북한에서 자살은 금기로 취급된다. 자살한 사람은 남은 가족을 부끄럽게 할 뿐만 아니라 자식들의 성분이 적대 계층으로 재분류되어 대학에 갈 수도 없고 좋은 직업을 얻을 기회도 사라지게 된다. 한국적 문화에서 자살은 대단히 감정적인 저항의 수단이다. 북한 정권은 자살을 일종의 변절로 간주했다. 남은 가족을 처벌함으로써 이 같은 궁극적 형태의 저항을 무력화시키려 했다.

어머니는 비탄 속에서도 정신을 차리고 즉시 우리 모두를 보호하기 위한 행동에 착수했다. 병원의 사망 증명서를 재빨리 바꿔야 했다. 미묘하고 힘든 일이었지만 우리의 미래가 달린 일이었다. 어머니의 요령과 외교 수완은 성공을 거두었다. 모아 놓은 돈을 거의 전부 써야 했으나 어머니는 그 일을 해냈다. 뇌물을 받은 병원 관계자들은 아버지의 사망 원인을 심장 마비로 바꿔 주었다. 혹시라도 안 좋은 소문이 돌까 봐 민호와 내가 동해안에서 돌아오기도 전에 아버지의 장례가 서둘러 치러졌다. 우리는 아버지에게 작별 인사를 할 기회조차 없었다. 게다가 아버지의 부모님은 장례식에서 어머니가 집안에 악운을 불러왔다고 심한 욕을 퍼붓기까지 했다.

아버지가 돌아가신 후에 나는 민호와 훨씬 더 가까워졌다. 마치 몇 년 만에 처음으로 맑은 시력으로 동생을 보는 것 같았다. 나를 아버지에게서 멀어지게 한 그동안의 어리석은 망상은 동생과의 친밀한 관계도 차단했었다. 나는 민호의 본모습을 보기 시작했다. 그도 나처럼 아버지를 여의고 비탄에 빠진 내 동생이었으니까.

강변에 있는 우리 집에 대해서도 더 이상 전과 같은 느낌을 가질 수 없었다. 이사한 지 얼마 지나지 않아서 가족은 비극을 겪었다. 그 집에 걸린 저주가 진짜이고 강력하다는 생각이 들기 시작했다.

우리가 여전히 아버지의 죽음을 받아들이려 애쓰던 중에 온 나라를 비탄의 도가니로 만든 사건이 또 일어났다. 온 국민이 울부짖으며 집단 히스테리를 일으키는 모습은 외국의 언론이 일찍이 본 적이 없는 광경이었다. 북한에서는 지금까지도 이 사건의 반향이 이어지고 있다.

14

위대한 심장이
박동을
멈추다

1994년 7월 8일 아침에 나는 평소처럼 학교에 갔다. 점심시간 직전에 수업 중이던 우리 교실에 다른 교사가 들어와서 휴교한다고 알렸다. 우리는 모두 집에 가서 텔레비전을 시청하라는 지시를 받았다. 주중에는 낮 시간에 텔레비전이 방영되지 않았기 때문에 기묘한 지시였다.

　나는 집으로 가는 대신에 친구와 함께 학교에서 가까운 그녀의 아파트로 갔다. 텔레비전을 켰다. 잠시 후 유명한 뉴스 앵커 리춘희가 검은 옷을 입고 나타났다. 눈은 울어서 붉어져 있었다. 그녀는 위대한 지도자, 조국의 아버지, 김일성이 사망했다는 믿을 수 없는 소식을 전했다. 라디오가 전한 소식도 마찬가지로 드라마틱했다.

　위대한 심장이 박동을 멈췄다.

　오열하기 시작한 친구는 울부짖음을 그치지 않았다. 친구의 울음은 내게도 약간 영향을 주었지만 움직인 것은 내 심장이 아니라 마음이었다. 어떻게 그가 죽을 수 있을까? 지금 생각하면 믿어지지 않는 이야기지만 나를 비롯하여 많은 북한 주민들은 날씨를 통제할 수 있을 정도로 강력한 힘을 가진 신격화된 군주가 죽을 수 있다는 사실을 상상도 하지 못했다. 김일성은 완벽하고 전능한 사람이었다. 내 마음 한구석에는 보통 사람보다 훨씬 높은 곳에 있었던 그가 현실의 인물이 아니라는 생각도 했었다. 우리는 심지어 김일성이 잠을 자거나 소변을 볼 필요도 없을 것이라고 생각했다. 그런데 그가 죽었다.

내 마음 속에서 문이 하나 열렸다.

나는 그가 82세 된 노인이라고 생각했다. 나이 들고 쇠약해졌다. 김일성 역시 사람이었다. 친구의 흐느낌을 들으며 앉아 있었지만 내 눈에는 눈물이 고이지 않았다. 위대한 지도자를 위해 눈물을 흘리기에는 아버지를 잃은 슬픔이 너무도 생생했다.

다음 날 아침 모든 학생이 학교 운동장에 모였다. 우리는 길게 대오를 맞추어 도열했다. 하늘은 유백색이었으며 불쾌할 정도로 기온이 오르고 있었다. 유선 방송으로 추모 음악이 흘러나오는 가운데 눈물로 목이 멘 교장과 교사들이 감동적인 연설을 했다. 몇 시간이 지나갔다. 처음에 슬픔을 느끼던 나도 뜨거운 태양 아래 세 시간 동안 서 있었더니 목이 마르고 지친 상태가 되었다.

우리에게 울라고 지시한 사람은 아무도 없었다. 울지 않으면 의심을 받게 된다는 힌트를 준 사람도 없었다. 그러나 우리는 눈물을 흘려야 한다는 것을 알았다. 사방에서 코를 훌쩍이는 소리, 흐느끼는 소리, 울부짖는 소리가 들렸다. 모두가 비탄에 빠져 정신이 나간 것 같았다. 생존 본능이 나를 일깨웠다. 나도 다른 학생들처럼 울지 않으면 곤경에 빠지게 될 것이다. 그래서 가장된 슬픔으로 얼굴을 문지르고 몰래 손가락 끝에 침을 묻혀 눈가에 발랐다. 그러고는 절망에 빠져 몸을 들썩이면서 운다고 생각해 주기를 바라면서 소리를 냈다.

이렇게 오랜 시간이 지난 후에 더 이상 서 있지 못하겠다고 느꼈다. 해는 이미 머리 위에 있었다. 무더운 날씨였다. 그래서 약간 비틀거리는 시늉을 했다. 졸도한다고 생각한 교사들은 나를 대기하던 구급차에 태웠다. 다행이었다.

다음 날에는 혜산의 모든 학교가 참가한 가운데 혜산공원의 보천보 승전 기념탑 앞에서 비슷한 행사가 벌어졌다. 이번에는 수천 명의 학생과 교사가 흐느낌과 울부짖음에 참여했다. 비탄은 시간이 갈수록 더 극단적으로 변해갔다. 도시 전체에 일종의 히스테리가 퍼지고 있었다. 학교는 휴교했다. 제철소, 제재소, 공장, 상점, 시장이 문을 닫았다. 주민 모두가 매일 같이 위로할 길 없는 슬픔을 보여 주기 위한 대중 집회에 참여해야 했다. 교사들은 날마다 혜산시에 있는 김일성 동상에 헌화하기 위한 야생화를 꺾으려고 우리를 인솔하여 산으로 갔다. 며칠 동안 꽃이란 꽃을 모두 꺾었지만 우리는 어디선가 또 꽃을 찾아내야 했다. 달랑 꽃 한 송이를 들고 나서는 것은 위대한 지도자에 대한 모욕이었다.

들에서 꽃을 따던 중에 잠자리 떼가 우리 주위로 몰려든 일이 있었다.

"봐라."

경이로움에 찬 목소리로 교사가 말했다.

"잠자리까지 위대한 지도자의 죽음을 슬퍼한다."

그녀는 진지하게 말했고 우리는 그 말을 무비판적으로 받아들였다.

애도 기간이 끝난 뒤에는 내가 걱정했던 대로 눈물을 적게 흘린 사람들에 대한 처벌이 기다리고 있었다. 학교 수업이 재개된 어느 날, 가짜 눈물을 흘린 혐의를 받은 한 소녀를 비판하기 위해 전체 학생이 운동장에 모였다. 겁에 질린 소녀는 이번에는 진짜로 눈물을 흘렸다. 나는 소녀가 가엽다고 생각했지만 안도하는 마음이 더 컸다. 나 자신도 가짜 울음을 운 사람으로서 그저 아무도 내 연기를 눈치 채지 못한 것이 기뻤다. 많은 어른들도 도시 전역에서 비슷한 고발을 받았으며 보위부의 체포가 이어졌다. 얼마 후에는 집단 공개 처형의 시간과 장소를 알리는 공고문이 나붙기 시작했다.

북한 주민들은 초등학교 시절부터 공개 처형에 의무적으로 참석해야 한다. 학생들의 참석을 위해서 수업이 취소되는 일도 흔했다. 많은 군중이 모이도록 공장에서는 노동자를 보내야 했다. 나는 항상 공개 처형의 참석을 피하려 애썼지만 그해 여름의 한 번은 예외였다. 처형되는 사람들 중 하나가 아는 사람이었기 때문이다. 그는 혜산에서 잘 알려진 인물이었다. 독자들은 아는 사람이 처형되는 모습을 절대로 보고 싶지 않은 거라고 생각할지도 모른다. 실제로 사람들은 모르는 사람이 처형될 때는 가지 않으려고 핑계거리를 찾았다. 그러나 아는 사람이 처형될 때는 장례식에 참석하는 것처럼 가야 한다는 의무감을 느꼈다.

그는 30대였으며 항상 돈이 많아 보였다. 여자들에게 인기가 있었으며 도시의 불량배들도 그를 따랐다. 그의 죄는 중국으로 탈출하는 사람들을 돕고 금지된 물품을 판매한 것이었다. 그러나 진짜 죄는 김일성의 죽음을 애도하는 기간에 불법적인 활동을 계속한 것이었다.

그를 포함한 세 사람은 공개 처형으로 익숙한 장소인 혜산비행장에서 총살될 예정이었다. 세 사람은 호송차에서 끌려 나와 이글거리는 태

115

양 아래에서 기다리는 대규모 군중 앞에 섰다. 내 주변의 사람들이 속삭이기 시작했다. 인기 있던 남자는 경찰에 팔을 잡힌 채로 구두 끝으로 땅바닥을 긁으면서 처형대로 끌려가야 했다. 이미 절반쯤 죽은 듯이 보였다.

세 사람의 머리, 가슴, 허리가 각자의 처형대에 묶였다. 그의 손과 발도 기둥 뒤로 묶여 있었다. 형식적인 인민재판이 시작되었고 죄수들이 모두 죄를 자백했다고 재판관이 말했다. 재판관은 그들에게 마지막으로 할 말이 있는지 물었다. 대답을 기대한 질문은 아니었다. 세 사람 모두 숨을 거두는 순간에 북한 체제를 저주하지 못하도록 입에 돌멩이를 밀어 넣고 재갈을 물린 상태였다.

그들 각각 앞에 제복을 입은 사수 세 명씩이 정렬하여 총을 조준했다. 사수들의 얼굴은 모두 붉었다. 사형 집행인들이 집행에 나서기 전에 술을 마신다는 것은 잘 알려진 사실이었다. 메마른 대기를 뚫고 세 발의 총성이 울렸다. 첫 발은 머리, 다음은 가슴, 마지막 발은 배에 맞았다. 인기 있던 남자의 머리는 총을 맞아 미세한 핑크빛 안개를 남기고 폭발했다. 그의 가족은 앞줄에서 이 광경을 지켜보아야 했다.

15

건달의
여자
친구

열다섯 살이 된 나는 여학생들만을 위한 뜨개질과 가사 수업에 참석하기 시작했다. 그런 수업에서는 마땅히 성에 관해서도 배웠어야 했다.

우리는 모두 남자에 대해, 그리고 임신과 출산에 대해서도 놀라울 정도로 무지했다. 우리 삶의 모든 측면을 적극적으로 간섭하면서도 당은 생명 그 자체가 어떻게 만들어지는지를 알려 주는 데는 놀라울 정도로 소극적이었다. 종종 임신한 10대 소녀들이 끔찍한 상황에 처하게 되는 데도 그랬다. 임신한 소녀가 곤경을 모면하려면 즉시 결혼해야 했다. 결혼이 여의치 않아도 낙태는 주선하기 어려운 일이었으며 사실 제안조차 되지도 않았을 것이다. 그 대신에 낳은 아이는 입양시키거나 고아원으로 보내야 했다.

나는 남자와 키스하거나 손을 잡기만 해도 임신한다고 믿었다. 친구들도 같은 생각이었다. 남자아이들도 마찬가지로 성에 대해 무지했다.

나는 혜산역 건너편에 있는 약국 근처 거리에서 10대 초반의 남자아이들이 콘돔을 풍선처럼 불어서 발로 차면서 노는 모습을 본 적이 있었다. 누군가가 그들이 가지고 노는 물건이 무엇인지 알려 주었다면 그들은 얼굴이 새빨개져서 달아났을 것이다.

그토록 성에 관한 인식이 부족했던 우리는 한창 피어나는 소녀들이었음에도 자신의 신체를 과시하거나, 학교에서 남학생들을 희롱하고 집적거리는 일이 없었다. 북한의 브래지어는 가슴을 강조하기보다 납작하게 만들기 위해 디자인되었다. 우리 반에 가슴이 큰 소녀가 있었다. 그녀는 다른 여학생들의 부러움이 아니라 놀림의 대상이었다.

마침내 나는 예상치 못했던 출처로부터 섹스에 대해 배우게 되었다. 어느 날 오후에 친구 한 명이 불법 비디오로 남한 드라마를 보자고 나를 자기 집으로 초대했다. 그러나 비디오를 튼 우리는 그 집의 어떤 어른이 다른 비디오테이프를 넣어 두었음을 알았다. 내가 무엇을 보고 있는지 깨닫는 데는 잠시 시간이 걸렸다. 화면에서는 팔다리가 뒤엉키고 은밀한 신체 부위가 보였으며 끙끙대는 소리와 신음 소리가 이어졌다. 친구는 나의 놀란 얼굴을 보고 깔깔대기 시작했다. 나는 북한 영화에서 키스하는 장면조차 본 적이 없었다. 당의 선전에 따르면 포르노물은 타락한 외국에서 만드는 사악한 물건이었다. 그러나 친구의 말에 따르면 이 비디오는 해외에 판매도 하고 당 고위 간부들 또한 돌려 보기 위해 평양에서 제작한 것이었다. 나는 비디오에 나온 배우들이 그토록 익숙한 말씨를 쓰지 않았다면 그 같은 이야기를 믿지 않았을 것이다. 그날 나는 순수함을 잃었다. 내 마음속의 내 나라도 마찬가지였다.

처음 생리를 시작했을 나는 친구들과 마찬가지로 충격, 당황, 완전한

118

공황 상태라는 세 가지 감정을 차례로 겪었다. 어찌할 바를 알아내기 위해 지혜를 짜내야 했다. 믿기 어렵겠지만 우리 대부분은 아무에게도 말하지 않았고, 심지어 어머니의 조언도 구하지 않은 채 생리를 처리했다. 내가 아는 가장 사려 깊은 여인인 어머니조차 할머니가 어머니에게 그랬듯이 나에게 아무런 도움도 주지 않았다.

첫 생리가 찾아와 공포가 절정에 달했을 때 같은 반의 친구가 학교 근처 공중 화장실에서 무서운 것을 보았다는 이야기를 했다. 나에게도 보여 주고 싶어 했다. 우리는 살금살금 공중 화장실로 들어갔다. 그곳은 어두웠으며 축축하고 악취가 났다. 쪼그려 앉는 변기 구멍 아래로 피 묻은 비닐봉지가 보였다. 그 속에는 자그마한 청분홍색 얼굴의 죽은 아기가 들어 있었다. 산모가 그곳에서 아기를 낳고 도망간 것이 분명했다. 탯줄과 태반이 비닐봉지 옆에 있었다. 엄청난 충격을 받은 나는 그날 밤잠을 이루지 못했다.

그해 1995년에 나는 첫 남자 친구와 데이트를 했다. 그는 나보다 네 살 위였고 건달이었다. 이름은 대철이었다. 키가 크고 호리호리했으며 혜산에서 가장 세련된 패션인 일제 캐주얼 재킷을 걸치고 있었다. 나는 그의 자만심을 드러내는 희미한 미소가 멋지다고 생각했다. 북한의 모든 도시에는 건달이 있다. 그들은 폭력적인 범죄자는 아니지만 청소년들이 따르고 싶어 하는 개성을 드러내며, 금지된 상품을 거래하는 일도 서슴없이 하는 사람들이었다. 정치적인 영역을 건드려 보위부의 주목을 받지만 않는다면 그들이 저지르고도 무사히 넘어갈 수 있는 가벼운 범죄는 많았다.

그는 돈이 많았다. 그리고 경찰학교에 다니면서 경찰이 되기 위한 훈련을 받고 있었다. 나는 그와 함께 걷는 것만으로도 설렘을 느꼈다. 사람들의 관심 어린 시선 때문이었다. 실제로 그가 몇 차례 교문 밖에서 나를 기다린 후로는 우리에 관한 소문이 퍼지기 시작했다. 이것은 심각한 문제였다. 데이트를 한다는 말이 나온 소녀는 다른 짝을 만나기가 쉽지 않기 때문이었다.

나는 이런 문제가 걱정되었지만 그가 좋았다. 자신을 원하는 많은 소녀들을 제쳐 두고 그가 나와 데이트를 하는 것이 자랑스러웠다. 우리는 그의 집에서 남한 음악 카세트를 듣고 함께 기타와 아코디언을 연주했다. 또래의 북한 청소년들과 마찬가지로 우리는 키스조차 나누지 않았다. 손을 잡는 것이 고작이었으며 그것도 조심스러웠다. 가족들은 우리의 만남을 알지 못했고 나는 그의 집에 가는 것이 부적절하다고 생각하지 않았다. 그가 내 남자 친구라는 사실을 어머니가 알았다면 뇌출혈을 일으켰을 것이다.

그해에 사회주의 청년 동맹원으로서 나의 의무는 그 어느 때보다도 무거워졌다. 봄에는 모내기를 도와야 했고, 여름에는 제초 및 비료 살포 작업을 했다. 가을 추수철이 되면 전국의 학생과 노동자들이 추수 작업을 거들었다. 붉은 깃발이 휘날리는 들에서 이루어지는 집단 작업은 공산주의적 이상의 전형이었다.

여름에는 학교 주위에 터널을 파라는 지시도 받았다. 전국적으로 주민들이 전시 체제에 동원되었다. 거의 매일 같이 사이렌이 울렸고, 공습 대피 훈련이 시작되면 사람들은 하던 일을 멈추고 황급히 대피했다. 미국과 남한이 핵 공격을 감행하려 한다는 이야기가 돌았다. 언제라도 전쟁이 터질 수 있었다. 나는 핵전쟁 때문에 두려움에 떨었다. 공포에 사로잡힌 어머니는 많은 물건을 처분했다. 우리의 남는 담요와 베개는 전부 집단 농장에 있는 가난한 삼촌과 가족에게 주었다.

남학생들은 삽을 들고 미친 듯이 땅을 팠고 여학생들은 흙을 날랐다. 나는 이 모든 일이 싫었다. 학교에 있는 동안에 전쟁이 시작되면 수백 명의 학생은 토끼 굴 같은 터널에 숨도록 되어 있었다. 나는 우리가 서툰 솜씨로 만든 터널에 산 채로 묻혀 버리는 참사가 일어나지 않을까 걱정되었다. 그리고 이 같은 터널이 핵 공격으로부터 우리를 보호해 줄 정도로 깊은 것인지도 의심스러웠다. 몇 해 뒤에 나는 선전의 일부가 사실이었음을 알게 되었다. 미국은 실제로 북한의 핵 시설에 대한 공습을 검토했다고 한다.

계속되는 지루한 터널 파기와 공습 대피 훈련으로 기진맥진한 어느 날 방과 후에 나는 친구 순이의 집으로 갔다. 순이는 내가 아주 가깝게 어울리는 친구 중 하나였지만 집에 가 본 것은 그날이 처음이었다. 보통은 순이가 우리 집에 오곤 했기 때문이다.

"뭐 좀 먹을까? 배고프다." 내가 말했다.

"집에 뭐가 있는지 모르겠는데." 순이의 말은 애매하게 들렸다.

"아무거나."

"우리 집에는 먹을 것이 많지 않아."

나는 짜증이 났다. 속으로 '너는 우리 집에서 늘 간식을 먹었잖아.'라는 생각을 했다.

"저녁밥을 먹자는 게 아니야." 내 말에 순이는 망설였고 당황하는 듯

보였다.

"그러면 이리 와 봐."

순이는 나를 부엌으로 데려갔다. 화덕 위에는 냄비 네 개가 있었다. 순이가 뚜껑 하나를 열었다.

"네게 이걸 줄 수는 없잖아."

냄비 속에는 짙은 푸른색의 굵은 물체가 있었다. 무엇인지는 몰랐으나 정상적인 음식이 아님은 알 수 있었다. 집으로 오면서 나는 그것이 옥수수 대 같았다는 생각이 들었다.

순이 어머니는 밥 대신 왜 그런 것을 삶고 있었을까?

16

네가
이 편지를
읽을 때쯤이면

직장 일을 마치고 집에 온 어머니는 지치고 심란해 보였다. 아버지가 돌아가신 후로 어머니는 잠을 잘 자지 못했으며 눈가와 입 주위에는 주름살이 늘었다. 몇 달 동안 어머니의 웃는 모습을 보지 못했다. 그러나 어머니는 최소한 작은 사업을 통해서 우리가 필요로 하는 것을 공급할 수 있었다. 우리에게는 식량과 돈이 있었다. 그리고 어머니처럼 지방 관청에서 일하는 사람들은 관청이 운영하는 농장의 생산물에 접근할 수 있었다. 이것은 어머니에게 다른 동료들과 마찬가지로 부당한 이득을 얻을 수 있는 기회를 주었다. 김일성이 사망한 지 얼마 지나지 않아서 정부는 봉급 지불을 중단했다. 직장에서 지급이 계속된 배급 쿠폰은 점차 쓸모없는 종잇조각이 되었다. 배급 쿠폰과 교환할 수 있는 물건도 점점 줄어들었다.

1995년 어느 날, 어머니는 직장 동료가 받은 편지를 가져왔다. 양강도 동쪽의 함경북도에 사는 언니가 보낸 편지였다. 어머니는 편지를 우리에게 보여 주고 싶어 했다.

"민호와 네가 알아야 할 게 있다. 인민들은 지금 어려운 시기를 보내고 있어. 너희들은 이런 저런 것을 찾으면서 없으면 불평하지. 우리에겐 있지만 모든 사람이 갖고 있지는 않다는 걸 알아야 해."

어머니는 편지를 내밀었다.

동생 보아라.

네가 이 편지를 읽을 때쯤이면 우리 가족 다섯은 이 세상에 없을 것이다. 우리는 몇 주 동안 제대로 먹지도 못했다. 쇠약해졌지만 몸은 부어올랐다. 죽음만을 기다리고 있다. 한 가지 소원은 죽기 전에 옥수수 빵을 먹어 보는 것이다.

내 첫 반응은 얼떨떨함이었다.

그들은 왜 몇 주 동안이나 먹지 못했을까? 이 나라는 세계에서 가장 번영한 나라에 속한다. 저녁마다 방영되는 뉴스는 풍부한 제품과 농산물을 생산하는 공장과 농장, 잘 먹은 사람들이 여가를 즐기는 모습, 그리고 상품으로 가득 찬 평양의 백화점을 보여 주었다. 그런데 왜 이 여인의 마지막 소원이 '가난한 사람의 음식'인 옥수수 빵이었을까? 마지막이라면 동생을 보고 싶어 했어야 하는 것이 아닌가?

깨달음은 천천히 찾아왔다.

나는 순이가 자기 집에서 간식을 주지 않아서 기분이 상했던 일을 떠올렸다. 몹시 당혹스러웠다. 순이의 가족은 먹을거리를 찾으려고 몸부림치고 있었으리라.

며칠 뒤에 나는 기근의 실상을 처음으로 목격했다.

혜산의 위연역 앞 큰길에서 아기를 팔에 안은 여자 하나가 모로 누워 있는 것을 보았다. 20대로 보이는 젊은 여자였다. 두 살쯤 되어 보이는 사내 아기는 엄마를 쳐다보고 있었다. 그들은 안색이 창백했고 뼈대만 남은 몸에 누더기를 걸치고 있었다. 여자의 얼굴에는 때가 덕지덕지했고 머리칼은 심하게 헝클어져 있었다. 아픈 것 같았다. 놀랍게도 사람들은 마치 여자와 아기가 보이지 않는 듯이 그냥 지나쳐 갔다.

나는 그냥 지나칠 수 없었다. 아기의 무릎에 100원짜리 지폐를 올려놓았다. 아기 엄마에게 주어야 소용이 없다고 생각했다. 그녀의 눈은 흐려지고 초점이 없어 보였다. 나를 쳐다보지도 않았다. 나는 그녀의 죽음이 멀지 않았다고 생각했다.

"오늘 한 아기를 구했어."

집에 돌아온 나는 어머니에게 말했다. 다른 사람들은 그냥 지나쳐 갔지만 나는 도움을 주었기에 어머니가 기특하게 여길 것으로 생각했다.

"무슨 소리야?"

나는 어머니에게 내가 한 일을 설명했다. 어머니는 하던 일을 멈추고 화가 난 표정으로 돌아서 나를 보았다.

"너 그렇게 명청하니? 아기가 어떻게 물건을 살 수 있겠니? 도둑놈이 그 돈을 금방 집어갔을 거다. 네가 먹을 것을 사서 주었어야지."

어머니의 말이 옳았다. 나는 자책감에 빠졌다.

그 일이 있은 후에 나는 자선에 대해 많은 생각을 했다. 우리의 소유물을 나누는 것은 훌륭한 공산주의자다운 행동이지만 동시에 실현 불가능한 일이었다. 사람들은 가진 것이 너무 없었고 무엇보다도 먼저 자신의 가족을 돌봐야 했다. 나는 아기와 엄마에게 준 100원짜리 지폐를 아껴 둘 수도 있었다. 그 돈이 그들의 문제를 겨우 하루 이틀 정도 해결해 줄 뿐이니까. 이 같은 생각은 나를 몹시 우울하게 했다.

혜산 전체에 그림자가 드리우기 시작했다. 도처에, 특히 시장 근처에 거지들이 나타났다. 이 나라에서 전에는 한 번도 보지 못한 광경이었다. 부랑아들도 있었다. 처음에는 둘씩 셋씩 보이더니 곧 수많은 부랑아들이 타 지역에서 혜산으로 왔다. 부랑아들은 부모가 굶주림으로 사망하고 친척도 없이 남겨져 스스로 생존해야 하는 아이들이었다. 아이들이 철새들처럼 떼 지어 모였기 때문에 사람들은 그들을 꽃제비라고 불렀다. 꽃제비의 생존 전략 중 하나는 한 명이 시장 상인의 주의를 다른 곳으로 돌리는 동안에 다른 한 명이 먹을 것을 훔쳐서 달아나는 방법이었다. 그들이 곡물, 과일 껍질, 뼈다귀를 찾아 쓰레기 더미를 뒤지는 모습을 일상적으로 보게 된 것은 끔찍하게 뒤틀린 아이러니였다. 바로 남한 아이들이 그렇게 산다고 들어 왔기 때문이었다. 부모가 자식을 먹이는 데 어려움을 겪는 가정의 아이들은 학교에 나오는 날이 줄어들다가 아예 나오지 않게 되었다. 우리 학급도 1/3이 줄었다. 교사 중에도 학교에 나오지 않는 사람이 생겼다. 그들은 생계를 위해 시장에서 장사를 했다.

공급이 부족한 것은 식량만이 아니었다. 농작물을 위한 비료도 없었다. 시골 아이들은 비료로 쓰기 위한 인분을 할당량만큼 학교로 가져와야 했다. 그들은 집에 조금 있는 인분이나마 누군가 훔쳐갈까 봐 변소 문을 잠갔다. 연료도 없었다. 제철소와 제재소는 놀고 있었다. 공장 굴 뚝에서는 연기가 나오지 않았고 도시의 거리는 대낮에도 텅 비어 조용했다. 산기슭을 아름답게 치장했던 낙엽송과 소나무가 사라지기 시작했다. 사람들은 겨울이 시작되어 차디찬 바람이 만주에서 불어 내려오자 땔감을 찾아다녔다. 전기를 거의 쓸 수 없을 정도로 단전이 잦아졌다. 어머니는 집에 불을 밝히기 위해 석유를 담은 단지와 무명천 심지로 등잔불을 만들었다. 석유 등잔불은 지저분한 연기가 많이 나기 때문에 민호와 나의 눈과 입 주위에는 동그란 검댕 자국이 묻기도 했다.

강이 얼어붙기 몇 주 전의 추운 겨울날 이른 아침에 강변길을 따라 산책을 나갔던 나는 누더기처럼 보이는 물체가 천천히 강물 속에서 흘러가는 것을 보았다. 누더기 속에서는 하늘을 향해 있는 사람 얼굴이 보였다. 눈을 뜨고 있었다. 나는 두려움 속에서 사람의 시체가 우리 집 앞을 지나서 하류로 흘러가는 광경을 지켜보았다. 해 뜨기 직전, 강 건너 중국 사람들이 보기 전에 국경 경비대원들이 강물에서 시신을 건져 내어 짚으로 덮어놓았다. 그런 시체들은 상류 쪽 어디선가 국경을 넘으려고 강을 건너다가 너무 쇠약해진 몸 때문에 실패한 사람들이었다.

열여섯 번째 생일이 얼마 지나지 않은 1996년 초, 나는 시 외곽에 있는 시장에서 한 중년 남자 주위에 사람들이 모여 있는 광경을 보았다. 중년 남자는 한국계 중국인의 말씨로 사람들에게 말했다. 배가 불쑥 나온 그는 고급 패딩 코트를 입고 있었다. 부유한 사람처럼 보였다. 나는 그가 친척을 방문하기 위해서 중국에서 왔다고 생각했다.

"왜 우리 동포들이 이런 고통을 받아야 합니까?" 그가 말했다. 그의 통통한 뺨에는 눈물이 흘러 내렸다.

"사람들이 굶주리고 죽어 갑니다. 우리나라에서 어떻게 이런 일이 생길 수 있습니까?"

그는 안주머니에 손을 넣어 파란색 10위안 지폐 다발을 꺼냈다. 즉시 군중 속에 긴장감이 감돌았다. 그는 지폐를 주위에 몰린 꽃제비들에게 나누어 주기 시작했다. 호루라기로 호출이라도 받은 양 누더기를 걸친 거지들(꽃제비)이 손을 내밀면서 모여 들었다. 사방팔방에서 내민 손에 둘러싸인 그 남자는 자신이 가진 지폐를 모두 나누어 주었다.

그의 질문은 내 마음에 날아와 박혔다.

도대체 무슨 일이 일어나고 있는가? 전쟁이 일어나지도 않았다. 터널을 파고 공습 대피 훈련을 하면서 그렇게 많은 시간을 보냈던 핵 공격에 대해서 모든 사람들은 까맣게 잊고 있었다. 기근은 전염병처럼 어디서 왔는지도 모르게 나타났다.

기근을 에둘러 부르는 이름인 '고난의 행군'에 대한 공식적인 설명은 양키가 배후에 있는 UN의 경제 제재 때문이라는 것이었다. 거기에 농사의 흉작과 이례적인 홍수가 상황을 더욱 악화시켰다. 이런 이야기를 들었을 때 나는 김정일이 끔찍한 상황에 처한 우리를 위해 최선을 다하고 있다고 믿었다. 그가 없었다면 인민들은 큰 절망에 빠졌을 것이라고 생각했다. 하지만 내가 먼 훗날에 가서야 알게 되었고, 북한 주민 중에는 아직도 아는 사람이 거의 없을 테지만, 대기근은 실상 소련이 붕괴하고 새로 들어선 러시아 정부가 북한에 대한 연료와 식량의 지속적인 보조를 거부했기 때문에 발생했다.

이제는 김정일이 나라를 통치하고 있었다. 우리는 텔레비전의 뉴스 앵커가 감동하여 떨리는 목소리로 경애하는 지도자가 인민과 고통을 함께하려고 어떻게 주먹밥과 감자로 단출한 식사를 하는지 설명했다. 그러나 화면에 보이는 김정일은 여전히 뚱뚱하고 잘 먹은 것처럼 보였다. 효과는 전혀 없어 보였지만 뉴스는 북한 주민들의 주의를 다른 곳으로 돌리기 위해 끊임없이 국가 방어 태세를 점검하고 군 기지를 시찰하는 김정일의 모습을 보여 주었다. 사람들은 통일을 위한 남한과의 전쟁만이 모든 문제를 해결해 준다고 생각하기도 했다.

나는 거지들 다수가 혜산 출신이 아님을 말씨로 알 수 있었다. 그들은 함경북도와 함경남도에서 온 사람들이었다. 그곳의 형편이 매우 나쁘다는 이야기가 들려 왔다. 그러나 나는 1996년 봄, 함흥에 사는 예쁜 이 이모를 방문하기 전까지는 상황이 얼마나 심각한지 몰랐다.

마치 지옥을 통과하는 듯한 여행이었다. 이전 해에 추수한 곡식이 떨어지고 새로 심은 곡식은 아직 자라지 않은 봄은 북한에서 가장 궁핍한 계절이다. 메마른 갈색의 토지는 황폐하고 저주받은 듯이 보였다. 산에 있던 나무는 모두 잘려 나갔고, 들판에는 살아 있는 시체처럼 무기력한 사람들이 없는 식량을 찾아서 배회하거나 아무 일도 하지 않고 아무것도 기다리지 않으면서 철길 옆에 앉아 있었다.

기근이 있기 전에는 신분 증명 서류에 스탬프가 찍히고 기차역에서 검사원들이 확인하는 여행 허가가 없이는 아무도 여행을 할 수 없었다. 이제 그런 통제는 없었다. 모든 곳에서 질서가 무너지고 있었다. 군인은 도둑이 되었다. 경찰은 강도로 변했다. 기차의 운행 시간은 지켜지지 않았다. 가차역마다 좌석이 없는 수백 명의 승객이 기다렸고 여행길은 끔찍했다. 한 역에서는 꽉 막힌 승강구를 피하여 창문으로 기차에 오르려는 사람들 때문에 깨진 창문 유리 파편에 내가 맞을 뻔한 일도 있었다. 객차에는 위험할 정도로 많은 사람이 들어찼다. 일자리를 잃고 굶주린 사람들이 뭔가를 팔아 식량을 구하려고 여행길에 올랐다. 기차에 탄 사람이 너무 많아서 마침내 함흥에 도착했을 때는 승강구로 가기 위해 사람들 머리 위를 기어야 했다.

플랫폼에서 되돌아보니 기차 지붕 위에도 수백 명의 사람들이 있었다. 밀수품을 운반하는 사람들은 지붕 위에 타는 쪽을 택했다. 생명의 위협을 무릅쓰고 지붕까지 올라와 조사하려는 관리는 없기 때문이었다.

비슷한 시기에 원산에 사는 영화 삼촌을 방문하기 위해 홀로 여행길에 올랐던 어머니는 경찰관이 기차 지붕 위에 있던 나이든 여자에게 내려오라고 명령하는 광경을 보았다. 그녀의 옷은 감춰 둔 밀수품으로 불룩했다. 경찰은 압수해서 자신이 팔 수 있는 밀수품에 항상 주의를 기울였다.

"제발, 봐주세요."

기차 위에서 여자가 애원했다.

"이게 내가 가진 전부예요."

"이 늙은이, 당장 내려오지 못해." 경찰이 소리쳤다.

여자는 이내 내려가게 도와달라고 했다. 경찰은 그녀에게 손을 뻗었다. 여자는 경찰의 손을 잡으면서 다른 팔을 치켜 올려 기차 위에 있는 전선을 움켜쥐었다. 두 사람은 감전돼 즉사했다. 그녀는 생각했을 것이다. 어차피 죽을 거라면 이 개자식과 같이 죽자.

시내로 들어갔을 때의 내 기억은 농간을 부리는 것처럼 느껴졌다. 소녀 시절 내가 살던 함흥은 수많은 공장 굴뚝에서 나오는 연기로 숨이 막힐 정도로 활발했던 산업의 중심지였다. 그러나 지금은 공기가 맑고 신선했다. 거대한 오염의 괴물이었던 함흥 암모니아 비료 공장도 더 이상 하늘을 화학 물질로 물들이지 못했다. 거리를 다니는 트롤리버스나 자동차도 거의 없었고, 무기력하게 배회하거나 굶주림에 따른 환청에 혼잣말을 하는 사람들이 앉아 있는 인도는 한산했다.

중국에서 수입한 의류를 혜산과 함흥에서 팔고, 바닷가에서 나는 해산물을 중국으로 보내면서 돈을 벌었던 예쁜이 이모는 수송 형편이 매우 나빠지자 새로운 사업을 찾아내려 애쓰고 있었다. 이모는 정부 당국이 나머지 지역을 구하기 위해 함경북도의 공공 배급 체계를 완전히 차단했다고 생각했다. 나는 왜 함경북도인지 물었다.

"성분이 가장 낮은 사람들이 많기 때문이지." 이모가 말했다.

사람들은 길거리에서 쓰러져 죽어 갔다. 굶주림은 사고방식의 급진적인 변화를 몰고 왔다. 나는 함흥에서 이 같은 변화를 직접 목격했다. 사람들은 평생 동안 배운 이데올로기를 버리고 인류가 수천 년 동안 종사했던 장사로 돌아가고 있었다.

높은 자유 시장 가격으로 식품을 판매하는 암시장이 가로변, 기차역, 가동을 멈춘 공장 등 곳곳에 생겨났다. 새로 떠오르는 사업가 계층에는 성분이 낮은 여성들이 압도적으로 많았다. 성분보다 돈을 벌고 식량을 구하는 능력이 더 중요해졌다.

많은 여자들은 인도 주변에 돗자리를 깔고 꽃제비의 도둑질을 경계하면서 장사를 했지만, UN 세계 식량 계획에서 원조한 쌀자루로 만든 차양 막과 가판대를 갖춘 영구적인 형태의 시장이 이미 생겨나고 있었다. 치명적 기근에 사로잡힌 도시에서는 믿기 힘든 일이었지만 안목이 있는 사람들에게는 사회적 신분 상승과 사업 성공의 기회로 여겨졌다. 함흥에 머무는 동안에 나는 사람들이 '함흥에는 굶주리는 사람, 구걸하는 사람, 장사하는 사람만이 있다.'는 말을 들었다. 혜산 출신으로서 나는 장사꾼 기질이 있는 사람들을 많이 알았지만 북한 제2의 도시인 함흥에서도 그 같은 말을 들으니 매우 새롭게 느껴졌다.

혜산으로 돌아오는 길은 갈 때와 마찬가지로 악몽 같은 여행이었다. 많은 사람이 기차 밑에 타거나 바깥에 매달려 있었다. 혜산역 바로 전인 위연역에 도착했을 때 나는 머리 윗부분이 심하게 깨지고 뇌수의 일부가 노출된 남자가 플랫폼에 누워 있는 것을 보았다. 아직 살아 있었던 그 남자는 떨리는 목소리로 자기가 괜찮은지 사람들에게 묻고 있었다. 잠시 후 그는 죽었다. 그 남자는 객차 밑에 타고 있다가 기차가 역으로 들어올 때 플랫폼 모서리에 머리를 부딪쳤던 것이다. 기근이 심하던 시절에 이 같은 사고는 흔한 일이었다.

그해 1996년에 북한의 문화는 눈에 띄게 변했다. 전에는 다른 집을 방문하면 '밥 먹었니?'라는 인사를 듣곤 했다. 이 말은 '안 먹었으면 같이 먹자.'라는 호의를 나타내는 인사였다. 그러나 식량이 부족해진 상황에서 그 누가 진심으로 옛날식 인사를 할 수 있겠는가? 머지않아 인사말은 '밥 먹었지, 그렇지?'로 바뀌었다.

자신이 굶주리고 있다는 사실을 인정하기가 너무 당혹스럽거나 자존심이 강해서 음식을 권해도 먹지 않는 사람도 많았다. 어머니는 민호에게 아코디언을 가르치려고 집에 드나들던 젊은 교사에게 점심을 먹었는지 묻곤 했다. 어머니에게는 옛날식 예절을 지킬 여유가 있었다. 그러면 그는 "먹었습니다. 감사합니다. 그저 물 한 그릇하고 된장이나 조금 주시면 좋겠습니다."라고 정중하게 고개를 숙이며 말하곤 했다. 어머니는 그의 말대로 해 주면서 이상하게 생각했다. 국을 끓이는 데 쓰는 된장을 먹으면서 물을 마시는 사람은 본 적이 없었기 때문이다. 교사는 매번 된장과 물을 순식간에 들이켰다. 한 달 쯤 아코디언 교습을 계속한 그는 다시 오지 않았다. 어머니는 그가 굶어 죽었다는 이야기를 듣고 충격을 받았다. 왜 어머니가 권하는 점심을 먹지 않았을까? 그는 자신의 품위를 목숨보다 더 소중하게 생각했던 것이다.

그해 여름의 어느 날 오후에 학교를 마치고 돌아온 민호와 나는 집에 들어온 도둑을 보았다. 도둑은 얽은 얼굴에 뼈만 앙상한 군인이었는데 기껏해야 열아홉 살 정도로 보였다. 그는 도시바 텔레비전 세트를 가져가려 했지만 팔 힘이 부족했다. 군인들은 혜산 전역에서 집을 털고 있었으며 붙잡히면 대개 경찰에 넘겨졌다. 그러나 어머니는 그에게 돈을 조금 주면서 음식을 사먹으라고 했다.

기근이 심해지면서 사람을 잡아먹었다는 소문도 퍼지기 시작했다. 정부는 엄중한 경고를 내렸다. 우리는 나이든 남자가 아이를 죽여서 고깃국을 끓였다는 이야기를 들었다. 그는 시장에 있는 식당에서 국을 팔았고 손님들은 맛있게 먹었다. 경찰이 아이의 뼈를 찾아내면서 범죄가 드러났다. 당시의 이 같은 살인자들은 사이코패스가 틀림없으며 평범한 사람들은 절대로 그런 범죄를 저지르지 않는다고 생각했었다. 하지만 이제는 확신할 수 없다. 그 시절에 죽음에 아주 가까이 갔던 사람들의 이야기를 들으면서 나는 굶주림이 사람을 미치게 할 수 있다는 사실을 깨달았다. 굶주림은 부모가 자식의 음식을 빼앗게 만들고, 죽은 사람의 시체를 먹게 하며, 가장 온순한 이웃이 살인을 저지르게 할 수도 있다.

전국적으로 여행 허가 시스템이 붕괴되었지만 평양의 출입은 여전히 엄격히 통제되고 있었다. 그해 여름에 나는 평양에 사는 돈 삼촌 내외를 방문하는 허가를 받았다. 평양 방문을 앞둔 나는 긴장했다. 실제로 나는 함흥에서 겪은 참상에 대한 마음의 준비를 하고 있었다. 그러나 놀랍게도 혁명의 수도에서는 모두가 정상이었다. 잘 먹은 사람들이 돌아다니며 볼일을 보았고 넓은 대로에는 여전히 전차와 자동차가 달리고 있었다. 거지나 떼를 지은 부랑아들은 보이지 않았다. 이곳에 사는 핵심 계층들은 여타 지역에서 벌어지고 있는 상황에서 차단된 것 같았다.

나 자신이 개미처럼 느껴질 정도로 거대한 만수대의 김일성 동상 발밑에 꽃을 바치고 절을 한 뒤에 삼촌과 숙모는 나를 데리고 북한에서 가장 유명한 냉면집인 옥류관으로 갔다. 식당은 만원이었고 사람들은 자리가 나기를 기다리고 있었다. 아무도 굶주릴 일이 없다는 것은 분명했다. 삼촌은 힘과 영향력이 있는 인물이었다. 우리는 기다리지 않고 곧장 줄 앞으로 가서 입장했다.

돈 삼촌은 일가 중에 가장 부유한 사람이라는 위치에 걸맞게 체구가 크고 성격이 호탕했다. 삼촌 집에는 전용 사우나가 있었다. 나는 살아오면서 그 같은 사치를 본 적이 없었다. 텔레비전도 다섯 대나 있었다. 그중에는 뇌물로 주기 위해 아직 포장을 뜯지 않은 것도 있었다. 한번은 저녁 식사 때 처음 보는 서양 음식이 나왔다. 일종의 파스타 요리였다.

그것은 제대로 된 음식처럼 보이지 않았다. 내 얼굴에 나타난 표정을 본 삼촌은 웃음을 터뜨렸다.

"사람들 대부분은 평생 가야 이런 음식을 먹어 볼 기회가 없다. 네가 지금 먹지 않으면 영원히 먹어 볼 수 없을 거야."

숙모는 너무 멋지게 옷을 입고 있어서 북한 사람처럼 보이지 않았다. 숙모는 뉴스에서 호화로운 상품으로 가득한 진열대를 보여 주곤 했던 평양의 1호 백화점에서 매니저로 일했다. 그러나 내가 백화점에 갔을 때 숙모는 진열대에 있는 상품이 단지 외국인 방문객에게 좋은 인상을 주기 위한 전시용이라고 했다. 백화점에는 팔린 물건을 보충할 재고가 없었던 것이다. 나는 숙모에게 유리 진열장 안에 있는 화장품 세트를 어머니에게 선물로 사 주고 싶다고 말했다. 숙모가 눈짓을 하자 점원이 그것을 꺼내 나에게 몰래 주었다.

나는 혜산으로 돌아오면서 평양 여행이 이상한 꿈같았다고 생각했다. 길거리에서 사람들이 죽어 가는 함흥이나 부랑아들이 떼를 지어 시장을 배회하는 혜산과 같은 나라 안에 평양이 있다는 사실이 믿어지지 않았다. 그러나 결국 평양도 끝까지 버틸 수는 없었다. 정권도 권력의 심장부로 다가오는 기근을 막을 수 없었다.

17

장백의
불빛

수녀은 큰 소리로 대답했다.

"저는 탱크 운전병이 되고 싶습니다."

교사는 흐뭇한 표정으로 웃음을 보냈다.

"왜 탱크 운전병이 되고 싶지?"

"양키 놈들로부터 조국을 지키려고요."

소년은 자리에 앉았다. 고등중학교의 마지막 해에 우리는 각자 장래 희망에 대한 질문을 받았다. 모든 순종적인 사회주의 청소년들과 마찬가지로 우리는 교사에게 그녀가 듣고 싶어 하는 대답을 했다. 우리는 기억할 수 있는 어린 시절부터 존경하는 어버이 수령이 인민의 대의를 위해 어떻게 전 생애를 바쳐 헌신했으며 적으로부터 우리나라를 지키기 위해서 얼마나 무거운 짐을 두 어깨에 짊어져야 했는지를 배웠다. 그런 만큼 유치원 아이라도 '팝스타가 되고 싶습니다.'라고 말하면 교사를 기쁘게 하지 못할 것이란 사실을 알았다.

학교 친구 간에는 장래 희망이 무엇이며 앞으로 어떤 인생을 살고 싶은지에 대해 그래도 솔직한 대화를 나누리라고 외부 세계의 사람들은 생각할 것이다. 실제로 어느 정도는 그랬다. 그러나 졸업이 다가오면서 우리는 장래 희망도 성분에 맞추어 정해야 한다는 것을 알게 되었다. 우리의 선택에는 한계가 있었다. 학급에서 성분이 좋은 소수는 대학 입학시험을 보거나 남학생인 경우에는 곧바로 입대했다. 가족의 연줄을 통해서 경찰이나 보위부의 좋은 일자리를 얻는 학생들도 있었다. 하지만 학급에서 절반 이상은 적대 계층, 동요 계층으로 분류된 학생들이었다. 그들의 명단은 혜산의 관청으로 보내졌고 관리들은 그들을 탄광과 농장에 배치했다. 여기에 속했던 여학생 하나는 대학 입학시험을 쳐서 합격했지만 입학이 거부되기도 했다.

다행히 성분이 좋았던 나는 나만의 계획을 세울 수 있었다. 이런 생각은 나를 흥분시켰다. 나는 겨울 방학이 끝나면 2년제 혜산경제전문학교 입학을 알아볼 계획이었다. 이 학교는 4년제 대학보다 들어가기가 어려웠다. 졸업생들은 불법적 개인 사업이 아니라 국가에서 운영하는 기업에서 일할 가능성이 컸다. 성적은 별로 중요하지 않았다. 돈과 영향력이 중요했다.

나는 열일곱 살이었다. 불과 몇 달 후인 1998년 1월에는 18세가 된다. 이 같은 생각을 하면 마음이 무거워졌다. 18세가 되면 성인이 되어 공식 신분증명서를 받게 된다. 아이들이라면 무사히 넘어갈 수 있는 장난과 비행이 18세를 넘기면 심각한 범죄가 된다. 그런 만큼 너무 늦기 전에 저지르고 싶은 유혹이 점점 커지는 장난이 하나 있었다.

1997년 겨울에 우리 집 가까이 사는 학교 친구 하나가 자기와 함께 강 건너 중국 장백현에 가 볼 생각이 있는지 물었다. 우리 어머니처럼 친구의 어머니도 그곳에 거래처가 있었다. 친구는 벌써 몇 차례 강을 건너 장백에 갔다 온 적이 있었으며 방법을 알고 있었다.

민호 또한 여러 차례 불법 도강을 한 적이 있었다. 어린 소년들은 흔히 그런 일을 했다. 민호는 건너편에 있는 중국 아이들과 같이 놀고 싶어 했다.

민호는 경비대원이 보지 않을 때 몰래 강을 건너 어머니의 거래처였던 미스터 장 부부나 미스터 안의 집을 찾아가곤 했다. 민호가 할 수 있다면 나라고 못 할 이유가 없지 않은가?

나는 집에서 강 건너 장백을 바라보면서 정전되는 일이 없는 그곳의 할로겐 불빛과 네온사인에 감탄했다. 나는 자라나면서 그곳에 관심을 둔 일이 별로 없었다. 학교에서 교사들은 항상 중국인들이 우리를 시기하며 우리보다 못산다고 했다. 시장에서 파는 중국 제품부터 멋지게 차려입고 혜산 거리를 활보하는 중국인 사업가들까지 도처에서 상반되는 증거를 찾아볼 수 있었지만 나는 여러 해 동안 교사들의 말을 믿었다. 결국 내 머리에 한 줄기 빛을 비춘 것은 예쁜이 이모가 한 말이었다. 이모는 국경 도시에는 언제나 먹을 것이 더 많기 때문에 굶주린 사람들이 혜산으로 온다고 했다. 나는 '그렇다면 식량이 중국에서 오기 때문일까? 중국에 식량이 더 많다는 말인가?'라는 생각을 하게 되었다.

기근이 진행되는 동안에 혜산은 저녁마다 캄캄했지만 장백 하늘에 뜬 구름은 수많은 가로등 불빛이 반사되어 호박색으로 빛났다. 녹색 제복이 멋져 보였던 강 건너 국경 경비대원들을 포함하여 내가 본 중국사람 중에 마르거나 배고파 보이는 사람이 아무도 없었음을 깨달았다. 그들이 우리보다 잘, 아니 훨씬 더 잘 살고 있음은 분명했다. 이 같은 깨달음은 오래도록 간직해 왔던 우리나라가 세계에서 최고라는 믿음을 몰아내기 시작했다.

나는 중국말을 전혀 하지 못했지만 텔레비전에서 나오는 자막을 부분적으로 이해할 수 있을 정도로 한자를 알았다. 불법이었지만 중국 TV를 시청한 것도 벌써 여러 해가 되었다. 나는 이해할 수 없는 프로그램을 볼 때조차 여전히 매혹된 적이 있었다.

남한의 팝스타들도 일상적으로 중국 TV에 출연했다. 서태지와 아이들, H.O.T. 같은 인기 절정의 가수들이 비명을 지르는 소녀들로 가득한 청중 앞에서 공연을 펼쳤다. 그런 광경은 경험한 적이 없었다. 한국말은 이해할 수 있었지만 그들이 도대체 무엇에 대해 노래하고 랩을 하는지 알 수 없었다. 그들의 의상, 머리, 댄스 동작도 흥미롭다기보다는 너무 이상한 외계인들처럼 보였다. 나는 그보다 중국 TV 드라마에 매혹되었다. 모든 등장인물이 아름다운 가구를 갖춘 집에서 가정부와 운전수를 두고 사는 것 같았다. 부엌에는 전자레인지와 세탁기 같은 사치스러운 전자 제품으로 가득했다. 반면에 어머니는 강에서 우리의 옷가지를 빨았다. 중국 사람들이 정말로 이렇게 살고 있을까? 점점 더 호기심이 강해졌다.

친구는 가능한 대로 빨리 나와 함께 강을 건너고 싶어서 안달이 났다.

마침내 강이 꽁꽁 얼어붙었다. 나는 순진하게도 어머니의 허락을 기대했다. 어머니는 언제나 내가 하는 일을 격려해 주었다. 그러나 내 말을 들은 어머니의 얼굴은 매우 엄격한 표정으로 변했다.

"절대로 안 돼."

나는 놀랐다.

"아무도 모를 텐데."

"절대로, 절대로 강을 건너면 안 된다. 그건 심각한 범죄야."

"민호는 가잖아."

"민호는 처벌받기에는 너무 어려. 어쨌든 민호는 사내아이고 사내아이들은 홀로 서는 법을 배울 필요가 있어. 너는 이제 성인이야. 다음 달에 열여덟 살이 되잖니."

내 마음은 내려앉았다. 나는 세계에서 유일하게 18세가 되고 싶지 않은 10대였을 것이다.

"아직은 열여덟 살이 아니야."

어머니는 상관없다고 말했다. 여자는 살아가면서 남자보다 모든 행동을 조심해야 한다고 어머니는 말했다. 굶주리는 부모만이 딸을 중국으로 보낸다고 생각하는 어머니를 설득하기는 불가능했다. 나에게는 그토록 위험한 행동을 할 이유나 변명거리가 없었다.

"언젠가는 갈 거야." 미련을 버리지 못한 내가 말했다.

"안 돼." 어머니는 고함에 가까운 목소리로 말했다. "우리나라를 떠나는 것은 절대로 안 돼. 알겠니?"

나를 달래려는 듯이 어머니는 며칠 뒤에 멋진 새 신발 한 켤레를 가지고 왔다.

"이 신발을 살 돈이면 쌀 70킬로를 살 수 있었다." 어머니는 말했다.

어머니는 내가 차분하게 감사하는 마음을 갖기를 원했지만 나의 엇나가는 생각을 막을 수는 없었다.

나는 어머니가 허락하지 않는 이유를 이해했으나 가고 싶은 갈망을 떨칠 수 없었다. 다른 세계를 보고 싶었던 나에게는 중국이 바로 그런 곳이었다. 무엇보다도 텔레비전에서 본 모습이 현실인지를 확인하고 싶었다.

안주에 있을 때 잠자리에 누워 비와 함께 내려오는 무시무시한 검은 옷의 여인을 보려고 폭풍우 속으로 달려 나가던 시절을 생각했다. 일곱 살 소녀가 절대로 보아서는 안 되었을, 한 남자의 목이 매달리는 광경을 보려고 다리 밑의 군중 사이를 헤치고 들어가던 날을 생각했다. 나는 언제나 두려움보다 호기심이 강했다. 마음 한쪽에서는 중국에 건너가는 것이 매우 위험한 일임을 잘 알고 있었다. 나 자신만이 아니라 우리 가족에게도 심각한 결과를 초래할 수 있었기 때문이다.

그러나 나는 아직 열일곱 살이었다. 그리고 몇 달 후에는 학교가 시작된다. 그러면 다시는 기회가 없을 것이다. 지금이 완벽한 기회였다.

18

얼음
위로

우리 집 앞의 압록강은 폭이 겨우 10미터였으며 깊이는 강 중간까지 가도 어른 허리 정도밖에 되지 않았다. 기근 때문에 사람들이 탈북을 시작하기 전에는 국경의 통제가 엄격하지 않았다. 그러나 내가 10대 후반이 되었을 때는 경비가 삼엄해졌다. 강에서의 삶은 모두 사라져 버렸다. 강둑에서 이루어지는 활동은 무엇이든 강한 의심을 받았다. 이제 아이들도 다른 곳에서 놀았다. 국경 경비대원들은 물을 긷거나 빨래를 하려고 강둑을 내려가는 여자들이 밀수품을 받거나 강을 건널 기회를 노리는지 아닌지 면밀히 주시했다. 실제로 밀수품을 거래하는 여자들은 경비대원들의 조심스러운 양해하에 대가를 지불했다.

  강변으로 이사 온 지 얼마 지나지 않아서 우리는 집 앞의 50미터 정도 구간을 담당하는 국경 군인과 친해졌다. 그는 잡담을 나누려고 일상적으로 우리 집에 들렀으며 그때마다 어머니는 먹을 것과 마실 것을 주곤 했다. 이름은 리창호였다. 나보다 여섯 살 위였으며 선전 포스터에 나오는 군인처럼 키가 크고 아주 잘 생긴 청년이었다. 실제로 국경 경비대의 대부분은 중국 쪽에서 오는 외국인들에게 우리나라를 대표하기 위해 선발된 성분이 우수한 사람들이었다. 그들의 성분은 핵심 계층이어야 했다. 이들은 특권을 가진 청년이었지만 보통 집과 멀리 떨어져 있었고 외로움을 느꼈다.

그는 착한 사람이었다. 군 복무는 그와 맞지 않았다. 그는 명령받는 것을 좋아하지 않았지만 이런저런 위반 행위에 대한 처벌 같은 자잘한 임무를 자주 부여받았다. 그는 비번일 때도 기지에 머물러야 했으나 살며시 빠져나와 우리 집에 오곤 했다. 그는 매력적인 청년이었지만 때로는 너무 단순하게 보이기도 했다. 한번은 내게 훈련 중에 본 무기에 관한 다큐멘터리 영화 이야기를 해 준 적이 있었다.

"민영아, 우리에게는 가장 놀라운 무기가 있어."

그는 어린아이처럼 들뜬 목소리로 말했다.

"우리는 남한을 이길 수 있어. 그리고 양키도. 하루라도 빨리 전쟁이 났으면 좋겠다. 전쟁은 순식간에 끝날 거야."

나는 창호를 믿을 수 있다고 생각했다. 일 년 전 봄밤에는 이런 일도 있었다. 그날은 매우 추웠는데 나는 자정 무렵에 친구 집에서 돌아오고 있었다. 여자애 혼자서 밖에 있기에는 늦은 시간이었다. 집에 가까이 갔을 때 길가에 앉아 있는 창호의 옆모습이 보였다.

"여기서 뭐 해요?" 나는 놀라서 물었다.

"기다리고 있었어." 그가 대답했다.

"뭘 기다려요?"

"너를. 걱정돼서."

그는 내게 없었던 큰오빠 같았다. 나에 대한 그의 관심을 깨닫기에 나는 너무 순진했다. 내가 곧 예쁜이 이모를 만나러 기차를 타고 함흥에 갈 것을 알고 있었던 그는 품속에서 편지를 꺼내면서 함흥에 있는 자기 어머니에게 전해달라고 했다.

그는 "열어보지 마."라며 기묘하고 사적인 미소를 지으며 말했다.

함흥에서 주소를 찾아간 나는 그의 어머니에게 편지를 전했다. 그 자리에서 편지를 읽은 그녀 역시 기묘한 미소를 지었다.

"편지 내용이 뭔지 아니?" 그녀가 말했다.

"사적인 편지라고 했어요."

그녀는 이 일을 재미있게 생각하는 것 같았고 달러 상점에서 산 간식과 주스를 주면서 나에게 다정하게 대했다. 창호의 어머니는 매력적인 여인이었다. 나는 창호가 누구를 닮았는지 알 수 있었다. 혜산으로 돌아온 나에게 창호는 환하게 웃으면서 편지에 쓴 내용을 말해 주었다. 편지에는 "어머니, 이 여자와 결혼하고 싶으니까 부디 잘 대해 주세요."라는 내용이 있었다고 했다.

나는 이런 말이 나오리라고는 전혀 예상하지 못했다. 충격을 받은 내가 노려보자 그는 고개를 떨어뜨렸다.

"나는 결혼하기에는 너무 어려요." 그에게서 한 걸음 물러나면서 단호하게 말했다

나는 즉시 그에게 미안함을 느꼈다. 그의 행동은 훨씬 더 섬세하게 처리할 수 있었던 사랑 고백이었다. 그가 나의 거절을 너그럽게 받아들

인 것은 크게 칭찬할 만했다. 우리는 친구로 남았으며 그는 계속해서 우리 집을 드나들었다.

다음 해에 내가 중국에 건너갈 계획을 세울 때도 그는 여전히 국경을 순찰하고 있었다. 학교 친구는 내가 어머니를 설득하는 데 시간을 끌자 기다리지 못하고 혼자서 건너갔다. 나는 실망했지만 혼자라도 가야겠다는 결심은 더욱 굳어졌다. 생각을 거듭할수록 계획이 점점 대담해졌다. 왜 겨우 몇 시간만 갔다 와야 하나? 선양에 있는 아버지의 친척을 방문하면 어떨까? 여행이 길어지겠지만 미스터 안이나 미스터 장이 나를 데려다 줄지도 모른다. 그래도 나흘이나 닷새 뒤에는 집에 돌아올 수 있다. 나는 미스터 안에게 물어보기로 했다. 그가 미스터 장보다 친절했다.

중국에 갈 준비를 시작했다. 저녁에 내가 집에 돌아오지 않으면 미스터 안 부부를 만나기 위해서 국경을 넘어간 줄 알라고 민호에게 말해두었다. 우리 쪽 강둑에서 보면 장백에 있는 나무 사이로 그들의 작은 집이 보였다. 내 말을 들은 민호는 입을 다물었다. 내 아이디어가 민호의 마음에 들지 않는다는 것을 느낄 수 있었다. 열 살이 된 민호는 누나를 보호해야 한다는 생각을 할 정도로 자란 아이였다.

내가 선택한 날짜는 12월 둘째 주였다. 저녁 식사 후에 떠나기로 결심했다. 가져갈 수 있는 물건은 별로 없었다. 내게는 중국 돈이 없었으며 갈아입을 옷을 담은 가방을 들고 나가는 모습을 어머니에게 보일 수도 없었다.

그날 저녁에 어머니는 평소보다 푸짐하게 저녁 식사를 준비했다.

"왜 이렇게 음식을 많이 만들어?" 내가 물었다.

어머니는 우리가 평소에 먹는 양보다 훨씬 많은 음식을 준비했다. 부엌은 따뜻했고 얼큰한 국과 양념하여 볶은 고기 때문에 좋은 냄새가 났다. 어머니는 심지어 스팀 냄비로 빵까지 만들었다. 어머니는 프라이팬을 휘저으면서 나에게 등을 돌리고 있었다.

"그저 너희들에게 멋진 저녁을 먹이려고."

나는 순간 주저했다. 어머니가 내가 하려는 일을 짐작한다고 생각되지는 않았지만 마치 작별 만찬처럼 들렸다. 그날 저녁 나는 먹을 수 있는 대로 많이 먹었다. 설거지가 끝난 후에 나는 방금 생각이 난 듯 코트를 걸쳤다.

"이 시간에 어딜 가니?" 어머니가 물었다.

"친구 집에," 나는 어머니를 보지 않고 대답했다. "몇 시간 뒤에 돌아올게."

어머니도 코트를 걸치고 대문 밖까지 따라 나왔다.

"너무 오래 있지 말고 빨리 와."

어머니는 내게 미소를 보였다.

그 후로 10여년 동안 마지막 헤어지던 순간에 본 어머니의 얼굴에 대한 기억을 떨칠 수 없었다. 나는 어머니의 눈에서 사랑을 보았다. 어머니의 얼굴은 나에 대한 전적인 신뢰를 보여 주고 있었다. 마음속으로 엄마에게 말했다. '꼭 돌아올게요.'

나는 죄책감을 느끼며 돌아섰다.

등 뒤에서 대문이 닫히는 소리가 들렸다. 이제 됐어. 심장이 뛰기 시작했다. 코가 시리고 내쉬는 숨이 하얀 증기로 바뀔 정도로 추운 밤이었다. 스카프를 단단히 두르고 패딩 코트의 지퍼를 턱 밑까지 끌어올렸다. 잠시 동안 선 채로 귀를 기울였다. 아무 소리도 들리지 않았다. 나뭇가지를 흔드는 바람 한 점 없는 밤이었다. 주변에는 아무도 보이지 않았다. 위를 보니 별빛이 비치고 있었다.

나는 걷기 시작했다. 발자국 소리가 아주 크게 느껴졌다. 마침내 약 10미터 앞에서 긴 코트를 입고 등에 총을 맨 채 강둑을 순찰하는 창호의 모습이 보였다. 다행스럽게도 그는 혼자였다.

주위를 분간할 수 있을 정도로 별빛이 밝았다. 내 옆에 있는 강은 마치 별빛을 흡수하는 듯 창백하고 반투명한 얼음길이었다.

목소리를 낮춰서 창호를 불렀다. 돌아선 그는 손을 흔들고 손전등을 켰다.

그가 말을 꺼내기 전에 내가 먼저 말했다.

"친척을 만나려고 강을 건널 거예요."

창호는 눈썹을 치켜 올렸다. 그에게 친척 이야기를 한 적은 한 번도 없었다. 생각하던 그는 천천히 고개를 저었다.

"안 돼. 너무 위험해."

창호가 단호하게 말했다. 그리고 나를 염려하는 말을 이었다.

"큰 문제가 생길 수도 있어. 그리고 친척이 사는 곳은 어떻게 찾아가려고? 중국말도 못 하고 너 혼자잖아."

"도와 줄 사람이 건너편에 살아요."

나는 미스터 안의 집 쪽으로 고개를 돌리며 말했다. 그는 몇 초 동안 나를 응시했다. 마치 다른 사람을 쳐다보는 것 같았다.

"좋아." 창호가 천천히 말했다. "네가 자신이 있다면." 그는 매우 주저했다. "하지만 몇 시간 이상은 안 돼."

"이런 차림으로는 오래 있을 수도 없잖아요?" 나는 발을 가리키면서 말했다. 창호가 손전등을 내 발에 비추자 비싼 새 신발이 반짝였다. 건너편에서 사람들 속에 섞여드는 데 도움이 될 것 같아서 신은 신발이었다.

갑자기 건너편 강둑에서 나뭇가지가 발에 밟혀 부러지는 소리가 들려와서 우리는 고개를 돌렸다. 건너편 강둑에 숨어서 상품을 교환하기 위해 사람을 기다리는 중국인 밀수꾼의 어두운 윤곽이 보였다.

"여보시오." 창호가 그를 소리쳐 불렀다. 달아나려던 그 사람은 창호의 다음 말에 놀랐을 것이 분명했다.

"이 여자애가 강을 건너려는데 좀 도와주고 원하는 곳까지 데려다 줄 수 있겠소?" 잠시 침묵이 흐르더니 희미한 목소리로 대답했다. "그러지요."

강을 건너는 것은 미끄러운 몇 발자국에 불과했다. 1분도 걸리지 않았다.

처음으로 두려움이 느껴졌다.

누구라도 다른 경비대원이 나를 보았다면 설사 그들이 넘어오지 못하게 규정되어 있다 하더라도 분명히 중국 쪽 강둑까지 달려와서 나를 끌고 갔을 것이다. 나는 태어나서 처음으로 명백한 불법적 범죄 행위를 저지르고 있었다.

죄의식을 느끼지는 않았다. 그저 다급하고 머리카락이 곤두서는 위험을 느꼈을 뿐이었다.

얼음 위로 새 신발 속에서 떨리고 미끄러지는 발걸음을 내디뎠다. 앞쪽에서는 나를 도우려는 중국 사람이 나무 그늘에서 나와 손을 내밀었다.

어머니는 괜찮을 거야. 나는 자신에게 말했다. 오늘 밤 늦게 민호가 어머니에게 내가 어디로 갔는지 말하겠지. 돌아갈 때쯤이면 어머니의 화도 풀려 있을 것이다. 그저 며칠 떠나 있는 것뿐이니까. 나는 확신한 나머지 돌아보지도 않았다.

그런데 그때 왜 내 인생이 영원히 바뀔지도 모른다는 느낌이 들었던 것일까?

2 부
———

**용의 심장으로
들어가다**

19

미스터 안의 집

열린 문틈으로 새어나온 노란 불빛이 얼어붙은 땅을 비췄다.

"안녕하셨어요, 안 선생님." 나는 머리 숙여 인사했다.

키가 큰 미스터 안의 몸이 출입구를 가득 채웠다. 그는 눈살을 찌푸렸다. 나를 알아보는데 잠시 시간이 걸렸다.

"그래." 그는 깜짝 놀랐다. "민영이구나, 그렇지?"

추워서 이가 마주치던 나는 유행하는 새 신발을 신은 것을 후회하고 있었다. 발가락은 이미 부어오르고 감각이 없었다. 미스터 안은 나를 집 안으로 인도했다. 벗어진 머리 꼭대기에 머리카락 몇 올이 남아 있고 엄청나게 튀어나온 눈을 가진 체구가 큰 남자였다. 민호는 뚱뚱한 물고기 같은 얼굴이라고 농담하곤 했다. 어머니는 아버지의 연줄을 통해서 그를 알게 되었다. 사람들은 그가 중국 상인 중에서 가장 착하고 믿을 수 있는 사람이라고 했다. 나는 어머니가 거래할 때마다 늘 불평불만이 많은 미스터 장보다 미스터 안을 더 좋아했다.

미스터 안의 집 내부는 따뜻하고 아늑했다. 그들 부부는 내 또래의 딸, 민호 또래의 아들과 함께 살았다. 그들은 한국계 중국인이었으며 말씨가 나보다 단조로웠다. 낮은 탁자에 둘러앉은 모습을 보니 그들이 똘똘 뭉쳐 살며 서로 사랑하는 가족임을 알 수 있었다. 미스터 안의 부인은 남편과 달리 체구가 아주 작고 말랐으며 몸놀림이 새처럼 빠르고 불안해 보였다. 그녀가 나에게 뜨거운 차를 건넨 뒤에 자신들이 좋아하는 민호의 소식을 물은 그들은 대답을 기대하며 나를 주시했다. 나는 대체 여기서 무엇을 하고 있는 것일까?

나는 선양에 있는 친척을 며칠간 방문하고 싶다고 설명했다.

"오늘 밤은 여기서 지내도 괜찮겠는지……, 그리고 내일 선양에 가도록 도와주실 수 있을까요. 저는 가진 돈이 없지만 친척이 비용을 치러주실 거예요. 친척에게 돈이 없으면 제가 돌아왔을 때 어머니가 내실 거고요."

나는 눈을 내리깔았다. 구체적으로 생각한 계획은 아니었다. 선양의 친척을 본 것은 여러 해 전이었다. 얼굴이 붉어지는 느낌이 들었다.

미스터 안은 다시 눈살을 찌푸리고 목 뒤를 긁었다. 내가 아무것도 모르면서 이야기하고 있다는 것을 알아챘음이 분명했다. 잠시 후에 그가 말했다.

"여기서 선양이 얼마나 먼지는 아니?"

내게는 선양에 대한 막연한 개념밖에 없었다. 버스로 한 시간 정도면 갈 수 있는 가까운 곳이라고 생각했다.

"여덟 시간이나 걸려."

내가 제대로 알아듣는지 살펴보면서 그가 말했다.

"게다가 버스는 위험해. 너는 신분증명서도 없고 중국말도 못하니까. 중간에 경찰 검문소들이 있거든."

붙잡힐 가능성은 내가 충분히 고려하지 못했던 또 하나의 심각한 문제였다. 불법적으로 중국에 체류하다가 발각된 북한 사람은 보위부로 인계된다.

그는 풀죽은 내 표정을 재미있어 했다. "괜찮다. 정말로 가고 싶다면 내가 데려다 주지. 하지만 택시를 타고 가야해."

지금에서야 나는 그때 미스터 안에게 얼마나 엄청난 부담을 안겨 주었는지, 그리고 그가 얼마나 큰 친절을 베풀었는지 깨닫는다. 감사하는 나에게 그는 손을 내저었다. 미스터 안은 여러 해 동안 어머니와 거래를 했다. 어머니의 사업 방식을 존중했고 어머니를 신뢰했다.

다음 날 아침 우리가 아침 식사를 마칠 때쯤 미스터 안의 부인은 거대한 솥에 누룽지를 만들기 시작했다.

"북한에서 오는 사람들을 위해서 만든단다." 그녀가 말했다.

"그들은 밤에 문을 두드려. 우리가 아는 사람도 있고 모르는 사람도 있지. 그런 일은 늘 있어. 누룽지를 만들어 놓으면 물만 부어서 끓이면 되거든."

그녀는 1년 전에 문을 두드린 낯선 두 사람의 이야기를 해 주었다. 수척한 모습의 그들은 매우 허약한 상태였다. 그들은 한 솥의 누룽지를 다 먹었다. 스무 사람이 먹을 만한 양이었다.

"지켜보는 것조차 끔찍했지. 먹이를 뺏길까 봐 겁내는 야생 동물 같았어. 너무 빨리 먹는다고 생각했지. 결국 밖으로 뛰어나가 먹은 것을 모두 토하고 말았어."

나는 미스터 안의 가족이 부자가 아니라는 것을 알 수 있었다. 그들의 집은 중국 TV 드라마에서 본 집들과 달랐다. 하인도 없었고 전자레인지나 황금 수도꼭지가 달린 욕실도 없었다.

미스터 안은 오전에 나에게 장백을 구경시켜 주었다. 강 건너에서 바라보기만 하던 건물들 사이로 걸어가려니 아주 기묘한 느낌이 들었다. 장백은 약국, 다양한 스타일의 여성용 신발을 진열해 놓은 가게, 화장품 가게 등이 있는 자그마한 도시였다.

미스터 안은 내가 따뜻한 겨울 부츠와 연두색의 중국 스타일 패딩코트 살 돈을 주었다. 이런 복장은 나를 더 중국인처럼 보이게 했다. 나는 이미 머리를 남자처럼 앞머리는 길고 뒷머리는 짧게 중국 소녀들의 유행 스타일로 잘랐었다.

우리는 다음 날 아침 날이 밝아올 무렵에 출발했다. 택시는 새 차였다. 미스터 안은 뒷좌석 내 옆자리에 앉았다. 택시를 탄다는 것 자체가 설레는 일이었다. 나는 민간인 차량에 타 본 일이 드물었다. 이 차는 라디오를 들을 수 있는 음향 시스템을 갖추고 있었다. 가는 길은 잠시 동안 국경인 강변을 따라 이어졌다. 나는 강 건너로 보이는 혜산의 모습에서 눈을 뗄 수 없었다. 밤새 눈이 많이 내려 지붕에 눈이 쌓인 집들이 하얀 버섯처럼 보였다. 공원에 있는 보천보 전투 기념탑과 눈에 덮여 가발을 쓴 것 같은 동상들, 그리고 내가 다니던 초등학교가 보였다. 혜산은 시간 속에 잊힌 도시 같았다. 건물은 모두 낡았고, 회색빛이었다. 새벽 어스름 속에 빛나는 눈 덮인 산들만이 새것처럼 보였다.

건너편 강둑길에는 긴 코트를 입은 북한 경비병 두 명이 순찰 중이었다. 그들은 추운 날씨에 패딩코트를 입고 머플러를 두른 여자들이 물통을 채우려고 강으로 내려가 얼음을 깨는 모습을 지켜보고 있었다.

그들 뒤로는 수백 채의 땅딸막한 집의 연탄난로 굴뚝에서 나오는 연기로 연무가 생기고 있었다. 나무 사이로 담장이 높은 우리 집이 흘깃 보였다. 대문은 닫혀 있었다. 아쉬운 마음이 들었다.

며칠 후에는 돌아갈 거니까.

아쉬움과 함께 마치 솟아오르는 거품처럼 의기양양한 감정이 고조되었다. 이제 무슨 일이든 할 수 있다는 자유와 기대가 느껴졌다. 어둠 속의 강을 건너며 위험을 감수했지만 이제 내가 와 있는 곳을 보라. 결국 해냈다. 나 자신이 용감하고 자랑스럽다고 생각했다.

잠시 동안은 담요처럼 쌓인 눈이 내 머릿속의 의구심을 잠재우는 것 같았다. 그러나 곧 마음속의 자아비판이 고개를 들었다. '민영 동무는 행복해 보이는군요. 다음에 무슨 일이 생길지 전혀 모르고 있다는 것을 상기시키고 싶네요.' 같은 소리가 들리는 듯했다.

그리고 '너무 늦지 마라.' 하면서 사랑과 신뢰를 담은 눈길로 쳐다보던 어머니의 얼굴이 떠올랐다. 내가 어디로 갔는지 더 일찍 말하지 않았다고 어머니가 민호를 꾸짖는 모습을 그려 보았다. 의기양양했던 기분이 가라앉았다. 죄책감, 이기심과 어리석음이 아프게 느껴졌다. 곧 돌아갈 거야.

길이 오른쪽으로 구부러지고 나무숲이 짙어지면서 혜산은 시야에서 사라졌다.

20

불편한
진실

구불구불한 도로는 장백산맥을 통과하고 있었다. 낮은 지붕을 얹은 땅
딸막한 집들이 모여 있는 마을이 드문드문 보였다. 북한에 있는 집들과
크게 다르지 않았다. 그러나 몇 시간 후에 나타난 마을들은 더 크고 번
창해 보였다. 점차 마을이 합쳐져 소도시가 되고 이어서 대도시의 외곽
지역으로 바뀌었다. 도로가 복잡해지고 붉은 후미등이 빛나는 자동차
들이 줄을 이었다. 우리는 개미처럼 기어가는 수천 대의 차량 행렬 속
에 있었다. 이제까지 본 적이 없었던 광경이었다. 지루하기는 고사하고
내 눈은 모든 처음 보는 광경을 살피느라 바빴다. 혜산에서 가장 흔히
볼 수 있는 짙은 녹색의 군용 차량은 한 대도 보이지 않았다.

  우리는 점심 식사를 위해서 고속 도로변에 있는 휴게소에 들렀다. 그
곳에는 먹음직스러운 요리 사진을 나열한 전광판이 있었다. 북한에는
고객을 유혹하거나 매출을 늘리려 애쓸 이유가 없는 국영 식당과 시장

158

이나 개인 가정에서 운영하는 반합법적 식당밖에 없었다. 그러나 이곳의 식당들은 고객이 멈춰서 들여다보도록 요란하게 광고하고 있었다. 여종업원은 계란 볶음밥을 주문한 나에게 얼마 지나지 않아 요리가 가득 담긴 거대한 접시를 갖다 주었다. 중국 사람들은 정말 많이 먹는구나. 내 표정을 보고 웃음을 참지 못하는 미스터 안을 쳐다보았다. 그는 중국의 모든 것에 대한 내 반응을 즐기고 있었다.

우리는 오후 늦게 8차선 고속 도로를 타고 선양에 접근했다. 처음으로 본 선양의 모습은 상상을 초월했다. 거리 양쪽에는 강철과 유리로 치장된 거대한 고층 건물이 늘어서 있었고 건물 꼭대기는 석양빛을 받아 빛나고 있었다. 교차로의 신호등이 빨간불로 바뀌자 택시가 멈춰 섰고, 수백 명이 횡단보도를 건너갔다. 그들이 입은 옷은 모두 달랐다. 제복을 입은 사람은 아무도 없었다. 위를 올려다보니 속옷 모델을 보여주는 대형 광고판이 보였다.

나는 랴오닝성의 성도인 선양이 중국에서 가장 큰 도시 중 하나라는 사실을 알지 못했다. 800만이 넘는 사람들이 그곳에 살았다. 평양은 선양에 비하면 후미진 시골 같은 곳이었다.

우리는 내 친척이 사는 지역에 도착하여 몇 차례 길을 물은 끝에 집을 찾았다. 대규모의 화려한 아파트 단지였다. 20층 아파트들이 늘어서 있었다. 현관 벨을 누른 나는 불안감으로 가슴이 뛰었다. 어떤 일이 일어날지 전혀 짐작이 가지 않았다.

문을 연 정길 삼촌이 나와 미스터 안, 그리고 택시 기사를 둘러보았다.

"삼촌, 저 민영이에요."

내 말을 이해하는 데 잠시 시간이 걸렸던 삼촌은 만화의 캐릭터처럼 입을 딱 벌렸다. 문으로 다가온 상희 숙모도 놀라기는 마찬가지였다.

사실 정길 삼촌은 아버지의 사촌이었다. 그러니까 정확하게 말하자면 오촌 당숙이 되겠지만 나는 그냥 삼촌이라고 불렀다. 삼촌네 가족은 한국 전쟁 중에 혜산을 떠났다. 삼촌은 몇 차례 혜산에 왔었지만 벌써 여러 해 전의 일이었다. 삼촌은 부유해 보였고 적당히 살이 찐 매우 외향적인 사람이었으며 올 때마다 선물을 한보따리씩 가져왔었다. 이제 삼촌은 40대 후반이 되어 있었다.

나는 미스터 안을 소개하고 대학이 시작되기 전 휴가 기간에 중국을 보고 싶었다고 설명했다. 삼촌은 거액의 택시 요금을 치르고 기사를 돌려보냈다. 미스터 안은 잠시 대화를 나눈 뒤에 쇼핑을 좀 하고 장백으로 돌아가겠다고 했다. 우리는 작별 인사를 했다.

삼촌과 숙모는 나를 몹시도 환영했다. 나는 가족이었다. 몇 년 동안이나 나를 보지 못했지만 두 분에게는 아무런 상관이 없는 듯이 보였다. 천장에 작고 우아한 조명등이 설치된 삼촌의 아파트는 현대적이고 널찍했다. TV에서 보았던 집과 비슷했다. 천장에서 바닥까지 내려오는 창문을 통해 같은 단지의 고층 아파트 건물 10여 동이 한눈에 들어왔다. 하늘은 짙은 오렌지색으로 바뀌었다. 불이 들어오기 시작한 고층 아파트 건물은 보석 상자처럼 보였다. 그 너머로는 지평선 끝까지 신축되었거나 건설 중인 고층 아파트들이 황혼 속에서 반짝였다.

삼촌은 숙모에게 아이스크림을 사 오라고 했다. 숙모는 가게에 있는 모든 종류의 아이스크림을 사왔다.

"이걸 먹어 봐라." 숙모가 말했다. "새로 나온 것도 있어."

우리는 포장을 모두 열었고 나는 전부 한 숟갈씩 맛을 보았다. 아이스크림은 그때까지 먹어 본 것 중에 가장 맛있었다. 마치 천국의 음식 같은 맛이 났다. 재스민 향, 녹차, 망고, 검은 참깨, 타로라 불리는 감미로운 후크시아, 빨간 콩이라 불리는 일제 아이스크림. 상상도 하지 못했던 맛이었다. 중국에 머물고 싶다는 마음이 간절해지는 맛이었다.

삼촌은 키가 컸고 내 기억보다 호리호리했다. 살찐 사람을 볼 수 없는 나라에서 자란 나는 삼촌이 뚱뚱해 보인다고 생각했지만 체구가 크고 뚱뚱한 중국 사람들과 비교해 보니 수십 년 동안 역경을 견뎌 온 흔적이 얼굴에 보였다. 삼촌이 부유해진 것은 최근이었다.

나는 여행길을 설명하고 아이스크림을 즐기느라 정신이 팔려서 가족 이야기는 꺼내지도 못했다. 삼촌이 아버지의 소식을 물었다.

나는 입으로 가져가던 숟가락을 멈췄다. 삼촌은 우리 아버지가 세상을 떠난 것을 모르고 있었다.

아버지가 당한 일을 설명하자 삼촌의 얼굴이 어두워졌다.

"어떻게 그놈들이 감히 그런 짓을." 삼촌이 중얼거렸다. 자세히 얘기해 보라고 했다. 아버지의 체포, 아버지가 받은 혐의, 심문 과정 등 모든 일을 알고 싶어 했다. 내가 이야기를 마치자 몇 분 동안 생각에 잠겼던 삼촌은 일어서더니 우리나라에 대한 비난을 퍼붓기 시작했다. 나는 깜짝 놀랄 수밖에 없었다. 오랫동안 억제했던 분노가 삼촌의 입에서 터져 나왔다.

"네가 학교에서 배운 역사가 모두 거짓말이라는 걸 아니?" 삼촌의 첫 마디였다. 삼촌은 내가 배운 거짓들을 차례대로 나열하기 시작했다.

2차 세계 대전 말기에 일본이 패배한 것은 김일성의 군사적 천재성 때문이 아니라고 말했다. 일본인들을 쫓아 낸 것은 김일성을 권력자로 내세운 소련의 적군이었다. '혁명'은 없었다.

나는 그때까지 우리나라를 비난하는 이야기를 들어 본 적이 없었다. 삼촌이 미친 것은 아닌지 의심하기도 했다.

"그리고 남한이 한국 전쟁을 시작했다고 배웠지, 안 그래? 네가 알아야 할 게 있다. 남한을 침략한 것은 북한이었고, 중국이 개입하여 돕지 않았다면 김일성은 양키들에게 대패했을 거다."

이제 나는 삼촌이 정말로 미쳤다고 생각했다.

"백두산에 있는 작은 통나무집을 본 적이 있지? 김정일이 태어났다는."

삼촌이 심하게 빈정대는 말투로 말했다.

"그것도 완전히 조작된 신화야. 김정일은 심지어 조선에서 태어나지도 않아. 아버지가 소련군에서 복무하던 시베리아에서 태어났다."

삼촌은 내 표정을 보고 내가 자신의 말을 한마디도 믿지 않는다고 생각했을 것이다. 마치 지구가 평평하다는 이야기를 듣듯이.

"김정일은 공산주의자도 아니야."

삼촌은 분노에 찬 목소리로 말했다.

"궁전 같은 집과 해변의 호화로운 콘도에서 기쁨조 여자들과 함께 살고 있다. 인민이 굶주리는 동안에도 고급 코냑을 마시고 스위스 치즈를 먹지. 그가 믿는 것은 권력뿐이야."

나는 삼촌의 이야기를 듣기가 불편했다. 집에서 우리는 지도자들의 사생활을 이야기한 적이 한 번도 없었다. 절대로. 그런 '뒷담화'는 대단히 위험했다.

삼촌의 이야기는 끝날 줄 몰랐다. 이제 삼촌은 방안을 서성대며 말했다.

"김일성이 어떻게 죽었는지 아니?" 삼촌이 나를 쳐다보면서 말했다.

"심장 마비요."

"그렇지. 그리고 아들이 심장 마비를 부채질했어."

나는 도움을 청하듯이 상희 숙모를 바라보았으나 숙모 역시 삼촌과 마찬가지로 진지한 표정이었다.

"김정일이 그를 죽였다. 인생 끝 무렵의 김일성은 신격화되었지만 실권이 없는 노인이었고 김정일이 나라를 통치했지. 김일성은 외교 문제를 제외하면 아무런 영향력이 없었어."

삼촌의 이야기는 이랬다. 김일성이 사망하기 직전에 전직 미국 대통령인 지미 카터가 현직 대통령 빌 클린턴과의 정상 회담을 주선하기 위해 북한을 방문했다. 김일성은 자신이 남길 유산으로 한반도를 비핵 지대로 만들려 했으며, 핵무기 프로그램을 포기할 용의가 있다고 카터에게 말했다. 이에 격분한 김정일은 정상 회담을 막으려 했다. 두 사람은 격렬한 말다툼을 벌였다. 김일성은 너무 흥분한 나머지 심장 마비를 일으켰다.

나는 이 같은 터무니없는 이야기를 믿을 수 없었다. 그러나 한편으로 일부는 진실처럼 들리기도 했다. 학교에서는 예쁜 소녀들이 경애하는 지도자의 기쁨조로 선발된다는 소문을 들었고, 대기근 때 그도 주먹밥으로 끼니를 때웠다고 했지만 전혀 그렇게 보이지 않는다는 걸 텔레비전 뉴스로 확인할 수 있었다. 사실을 말하자면 당시 나는 어느 쪽을 믿어야 할지 몰랐다. 그래서 마음속의 셔터를 내렸다. 열일곱 살 소녀로서 나의 반응은 그저 아이스크림을 즐길 뿐이었다. 우리나라에 대한 삼촌의 이야기는 우울하고 불편했다. 나는 알고 싶지 않았다.

정길 삼촌은 무역 회사를 운영했다. 남한에 의약품을 수출하면서 시작된 사업은 다양한 분야로 확장되고 번창했다. 삼촌은 신형 아우디를 몰았다. 상희 숙모는 약사였다. 삼촌 부부에게는 다른 성에서 사는 장성한 아들이 있었다. 두 분 모두 말수가 많고 외향적인 성격이었으며, 외식, 댄스, 사교 모임을 좋아했다. 처음으로 나를 데리고 선양 시내로 밤나들이를 나가기 전에 두 분은 내게 가명을 쓰라고 말했다. 나를 보호하기 위해서였다. 두 분이 지어낸 이름은 채미란이었다. 나는 그 이름이 마음에 들었다. 가명을 쓴다는 게 재미있게 느껴졌다. 삼촌 부부는 집에 들른 친구들에게 나를 미란이라고 소개했다. 한국어를 쓰고 중국말을 잘 하지 못하는 사람들이 많이 사는 연변에서 다니러 왔다고 말했다.

선양은 마치 신의 계시와도 같은 곳이었다. 북한의 밤거리는 어둡고 인적이 드물다, 여기서는 해가 지면서 도시가 깨어났다. 타이위안 거리의 인도는 쇼핑을 나온 사람들과 세련된 옷차림을 하고 함께 어울려 웃고 떠드는 소년 소녀들로 붐볐다. 자동차와 술집에서는 음악이 큰 소리로 울려 나왔다. 나는 마치 흑백의 세계에서 총천연색의 세계로 온 것 같은 일종의 초현실적인 느낌이 충만했다. 그것은 상점의 쇼윈도, 식당과 로비, 그리고 수많은 전나무에서 반짝이는 빛으로 강화된 마법적 환상이었다. 상희 숙모는 그게 중국에서 유행하게 된 서양 풍습인 크리스마스트리라고 했다. 우리는 저녁마다 새로운 곳에서 외식을 했다.

"오늘은 뭘 먹고 싶니?" 삼촌은 두 손을 마주치면서 내게 묻곤 했다. "중식, 한식, 일식, 유럽식? 아니면 다른 거?" 푸른 전기 조명이 비치는 수조에서 물고기가 헤엄치는 식당도 있었다. 거기서 먹고 싶은 고기를 골랐다. 압도당할 만큼 메뉴가 다양했다. 아이스크림은 저녁마다 먹었다.

상희 숙모는 아파트에 있는 노래방 기계를 작동하는 방법을 가르쳐 주었다. 처음에 나는 방문을 닫고 볼륨을 낮춘 채 남한 노래를 불렀다. 옆방에 있던 숙모가 소리쳤다. "볼륨을 올려라. 나도 그 노래 좋아해." 이 나라에서 비밀로 해야 할 음악은 없었다. 그 후에 삼촌 내외는 친구들과 함께 나를 시끄러운 노래방에 데려갔다. 또 하나의 새로운 경험이었다. 나 자신의 모습을 믿을 수가 없었다. 사람들 앞에서 내가 좋아하는 '바위섬'을 불렀고 박수갈채를 받았다. 그렇게 즐거웠던 밤은 일찍이 없었다.

나흘인가 닷새가 지난 후에 상희 숙모가 물었다.

"좀 더 있다 가도 괜찮지?" 반대할 이유가 없었다.

삼촌과 숙모가 출근하고 없는 낮에는 아파트에 혼자 있어야 했다. 하지만 그것조차도 매혹적인 일이었다. 커튼을 치거나 볼륨을 낮추고 이웃 사람을 걱정할 필요도 없이 텔레비전을 마음껏 볼 수 있었다. 완벽한 자유였다.

미처 깨닫기도 전에 한 달이 지나갔고 열여덟 번째 생일을 선양에서 축하받게 되었다. 더 이상 귀가를 미룰 수는 없었다. 삼촌은 나를 장백까지 차로 데려다 주겠다고 했다. 그동안 너무도 많고 새로운 경험을 하고 즐겁게 지냈던 나는 18세가 되었다는 의미를 별로 생각하지 않고 있었다.

떠나기 전날 부엌에 있는 전화기의 벨이 울렸다. 삼촌이 전화를 받았다. 긴장한 얼굴로 변한 삼촌은 아무 말 없이 나에게 전화기를 건넸다.

찍찍거리는 잡음이 나는 전화선을 통해서 희미한 목소리가 들렸다.

"민영아, 내 말 잘 들어!"

어머니였다.

"돌아오지 말거라. 문제가 생겼어."

21

구혼자

어머니가 어떻게 전화를 걸었는지 알 수 없었다. 우리 집에는 전화가 없었다. 보위부가 전화선을 감시하는 직장에서 전화했을 리도 없었다. 어디서든 중국으로 전화를 하는 것은 위험한 일이었다. 어머니는 빠르게 말을 이었다. 화를 내지도 않았고, 야단을 치거나 잡담을 할 시간도 없었다.

"네가 떠난 다음 날 다음 번 선거를 위한 인구 조사가 시작됐어." 어머니가 말했다.

나는 식은땀을 흘렸다.

당국은 누락된 사람과 이유를 조사하기 위해 수시로 선거인 등록 상황을 점검했다. 18세가 된 나도 항상 100퍼센트 찬성으로 김정일이 당선되는 북한의 선거에 참여할 투표권이 있었다.

"조사원들이 네가 어디에 있는지 물었어. 반장도 같이 왔지. 함흥의

예쁜이 이모 집에 다니러 갔다고 했다. 반장은 이 이야기가 거짓말이라
는 것을 몰랐지. 하지만 소문이 어떻게 퍼지는지 너도 알지? 네가 중국
에 있다는 말이 벌써 돌고 있어."

어머니에게 내가 어디로 갔는지 말해 준 사람은 국경 경비대원인 창
호였다.

"곧 돌아오겠죠." 그는 웃으며 말했다. 거의 졸도할 뻔했던 어머니는
며칠 동안 걱정으로 속을 끓였다. 어머니는 뭔가를 해야 한다고 생각했
다. 그래서 내가 함흥에 갔다고 조사원에게 말한 1주일 뒤에 어머니는
경찰에 실종 신고를 냈다.

"네가 갑자기 다시 나타나면 중국에 있었다는 소문을 무마시키기가
너무 어려워진다. 너는 젊어. 네 앞에는 미래가 있다. 그런 오점을 안고
평생을 살게 할 수는 없다."

이 말은 무슨 뜻인가? 내가 다시는 돌아갈 수 없다는 말인가?

어머니의 목소리는 긴장되고 급박했다.

"우리도 당분간 위험한 상황에 있을 거야. 연락하지 말거라. 이웃 사
람들이 주시하고 있어. 집을 팔고 이사할 거다. 어디로 갈지는 모르겠지
만. 무슨 말인지 알지?"

나는 알아들었다. 어머니와 민호는 이제 가족 중에 실종된 딸이 있다
는 이야기를 믿을 만한 낯선 곳으로 이사해야 할 것이다.

"그만 끊어야겠다." 어머니가 다급하게 말했다.

전화기를 내려놓는 소리가 들리고 전화가 끊어졌다. 어머니와의 통
화는 채 1분이 걸리지 않았다.

나는 멍한 상태로 수화기를 삼촌에게 넘겨주었다. 열심히 달리기를

한 사람처럼 숨을 몰아쉬고 있었다. 어머니가 작별 인사조차 없이 전화를 끊은 데는 무언가 절망적인 느낌이 있었다.

삼촌 내외에게 통화 내용을 이야기하자 그들은 서로를 쳐다보았다.

"그렇다면 중국에 머물러 있어야지." 숙모가 무거운 목소리로 말했다. 두 분은 몹시 놀랐으며 내가 아무 데도 갈 곳이 없다는 것을 알고 있었다.

짐이 되고 싶지 않다고 말했지만 두 분은 걱정 말라고 나를 안심시켰다. 하지만 숙모는 시선을 창밖으로 돌렸다. 삼촌 내외는 아직도 이 새로운 소식을 곱씹고 있었다.

혼자 내 방에서 처음 느낀 감정이 안도감이었다는 것을 지금도 인정하기가 부끄럽다. 나는 그저 돌아가지 않아도 된다는 사실이 기뻤다. 선양에서의 생활은 멋진 휴가 같았다.

그 후 몇 년 동안 참을 수 없는 외로움을 겪으면서 내가 어머니에게 얼마나 큰 어려움을 안겨 주었는지를 절실하게 깨달았을 때, 당시 느꼈던 안도감이 너무 죄스러워서 뜬눈으로 밤을 밝히곤 했다. 혹독한 현실이 기다리고 있고, 혜산에 있는 어머니, 민호, 삼촌, 이모들을 고통스러울 정도로 사무치게 그리워하게 될 줄 알았더라면 나는 어머니의 말을 거역하고 혜산으로 돌아갔을 것이다.

이제 기약 없이 중국에 머물게 된 나는 중국말을 배워야 했다. 하지만 나에게는 필요라는 최고의 교사가 있었다. 학교에서 몇 년씩 외국말을 배울 수도 있었겠지만 필요성만큼 외국어 학습에 도움이 되는 것은 없다. 이제 내가 중국말을 배울 필요성은 분명하고 긴급했다. 아파트가 나를 가둬놓는 감옥이 되지 않게 하려면 내 또래의 중국 소녀들처럼 중국말을 유창하게 할 수 있어야 했다. 삼촌은 낮에는 유치원 교재로 나혼자 공부하도록 하고, 밤에는 삼촌 내외와 중국말로 연습하도록 했다. 나는 곧 아동용 도서로 넘어갔다. 낮에는 몇 시간씩 텔레비전을 시청했다. 중국어가 제2의 언어인 다양한 민족이 살기 때문에 중국 TV의 드라마와 뉴스에는 한문 자막이 나왔다. 이런 식의 공부는 더 흥미로웠을 뿐만 아니라 학교에서 이미 기본적인 한자를 배운 덕분에 아동용 프로그램만 볼 필요도 없었다. 아버지에게 감사해야 했다. 학생 시절에는 배워서 무엇에 쓸지 몰랐지만 아버지는 한자 공부에 관해서는 요지부동이었다. 그래서 한자 과목 성적이 제일 좋았다.

나는 모든 잡념을 버리고 빠르게 기본적인 중국어를 습득했다. 자막에서 방금 공부한 한자를 알아볼 때마다 '저거야!'라는 만족감을 느꼈다.

6개월 동안 가끔 있던 산책 말고는 아무것도 하지 않는 나의 일상은 매우 단조로웠다. 아침마다 향수병이 점점 심해졌다. 비가 내리던 어느 날, 다른 아파트 건물들이 마치 미완성의 스케치처럼 구름 속으로 사라지는 광경을 내다보던 나는 마침내 깨달았다.

나는 영원히 고향에 가지 못할 것이다.

그 후 며칠 동안 이 같은 깨달음에 사로잡힌 나는 미칠 것만 같았다. 예상하지 못했던 재앙이었다. 어머니와 민호를 다시는 볼 수 없다니.

내 마음의 눈은 강변을 따라 택시를 타고 가던 때와 나무 사이로 우리 집이 보이던 마지막 순간을 끝없이 회상하고 있었다. 왜 택시 기사에게 차를 세워서 내려 달라고 하지 않았을까? 나는 영원히 가족의 따뜻한 품으로 돌아가지 못할 것이다. 어머니의 목소리는 절망적이었으며 우리는 작별 인사조차 나누지 못했다.

나는 아무런 신분도 없이 외국에 갇혔다. 숙모와 삼촌은 잘 대해 주었지만 나는 그들과 먼 인척이기 때문에 불편함을 느끼기 시작했다. 삼촌 내외의 친절에 무한정 기댈 수는 없었다. 두 분이 내가 떠나기를 바라는 날이 올 것이다.

지금 집으로 돌아가면 어떨까?

그럴 수는 없었다. 나는 너무 멀리 왔고 때가 너무 늦었다.

사촌이 집을 떠나면서 남겨놓은 기타가 있었다. 나는 북한에서 부르던 노래를 연주하기 시작했다. 그때마다 울었다. 날마다 너무 울어서 삼촌과 숙모에게 숨기기가 불가능할 정도였다. 삼촌 내외는 동정적인 태도로 대해 주었지만, 나에게 진저리를 치기 시작했다고 생각했다. 그들을 탓할 수는 없었다.

그 무렵에 처음으로 악몽을 꾸었다. 꿈에서 어머니는 보위부에 체포되어 정치범들만 간다는 돌아올 수 없는 강제 노동 수용소로 보내졌고 거기서 세상을 떠났다. 고아가 된 민호는 거지였다. 나는 꿈속에서 황량한 흙길을 홀로 걷고 있는 민호의 모습을 생생하게 보았다. 몸에는 누더기를 걸치고 맨발이었다. 얼굴이 많이 상한 민호는 마치 들개처럼 먹을 것을 탐했다. 죄책감으로 온몸이 마비될 것 같았다. 꿈은 다른 장면으로 이어졌다. 어머니는 세상을 떠나기 전에 내게 편지를 썼다. 이렇게 시작하는 편지였다. '사랑하는 딸 보아라, 내가 먼저 죽어서 민호를 돌보지 못하게 되어 정말 미안하구나.'

나는 숨을 헐떡이며 깨어났다. 꿈이라는 것을 깨닫자 흐느끼면서 히스테리를 일으키기 시작했다. 이 소리에 숙모가 잠을 깼다. 무슨 일인지 보려고 내 방에 들어온 숙모는 울고 있는 나를 얼싸안았다. 나는 꿈이 너무 생생해서 무언가 매우 좋지 않은 일이 일어났다고 확신했다. 알아볼 방법은 없었다. 다음 날에는 진정되었지만 어머니가 돌아가셨다는 느낌이 들었다.

다음 날 밤에 두 번째 악몽을 꾸었다. 나는 얼어붙은 강을 살그머니 건너서 인적이 끊긴 혜산 시내를 홀로 걷고 있었다. 밤이었는데 아무데도 불빛이 보이지 않았다. 마치 죽은 자들의 도시 같았다. 우리 집으로 향했다. 창문을 통해서 어머니와 민호가 부둥켜안고 있는 모습이 보였다. 어머니는 울고 민호가 위로하고 있었다. 그들에게는 돈도 먹을 것도 없었다. 모든 것이 내 잘못이었다. 그저 지켜볼 수밖에 없었다. 대문 안으로 들어가면 이웃 사람들이 나를 보고 신고할 것이다. 창호를 찾으러 강변으로 갔다. 나는 그에게도 죄책감을 느꼈다. 강둑을 순찰하는 창호의 모습이 보였지만 접근할 수 없었던 나는 좀 떨어진 나무 뒤에 숨어 지켜보았다. 갑자기 사방에서 보위부 요원들이 나타났다. 호각 소리와 경찰견이 뒤를 쫓는 가운데 죽을힘을 다해 얼어붙은 강 건너 중국으로 도망쳤다. 그러고는 꿈에서 깨어났다.

이 두 가지 꿈은 끝없이 되풀이되었다. 밤이면 밤마다 같은 장면이 수백 번 재연되었다.

내가 선양에서 흥분과 새로운 발견으로 가득 찬 자유로운 삶을 살고 있다는 느낌은 흔적도 없이 사라졌다. 1998년의 그 여름부터 나는 길고 외로운 골짜기로 들어섰다. 당연한 운명이었다. 스스로 자초한 일이었다.

기회가 오면 가야지. 나는 생각했다. 고향으로 돌아갈 거야.

그때쯤에는 나도 북한이 지구상에서 가장 위대한 나라가 아니라는 사실을 알게 되었다. 삼촌 내외의 한국계 중국인 친구들 중에서 북한을 좋게 말하는 사람은 단 한 사람도 없었고, 중국의 언론은 북한을 당혹스러운 과거의 유물로 치부했다. 선양의 신문들은 공공연하게 김정일을 풍자의 대상으로 삼았다.

나는 그런 것에 전혀 신경 쓰지 않았다. 내 나라는 어머니와 민호가 있는 곳이었다. 내 기억에 남아 있는 곳이었다. 그곳에서 나는 행복했다. 우리의 후진성을 보여 주는 지표라고 생각했던 것들이 가장 그리웠다. 연탄불, 석유 등잔, 심지어 소년단 악단의 아코디언 연주를 방영하는 북한의 중앙TV까지. 그러나 한 가지는 분명했다. 나는 그때까지도 진정한 불행이 무엇인지 알지 못했다는 사실이다.

어느 날 아침 삼촌 내외가 출근한 뒤에 나는 어머니에게 메시지를 전달해 줄 수 있을까하는 기대에서 장백의 미스터 안에게 전화를 걸었다. 그 전화번호는 불통이었다. 몇 차례 다시 시도했지만 신호가 가지 않았다. 할 수 없이 어머니의 또 다른 거래 상대이며 미스터 안의 이웃에 사는 미스터 장에게 전화를 걸었다.

그는 전화를 받고 몹시 화를 냈다.

"왜 전화했니?"

"어머니에게 전갈을 보내고 싶어요."

"무슨 소리를 하는 거야? 나는 너를 몰라."

"아니……."

"다시는 이 번호로 전화하지 마라."

그는 고함을 치며 전화를 끊었다. 그가 술에 취했을지도 모른다고 생각한 나는 다음 날 다시 전화를 걸었다. 이번에는 전화가 불통이었다. 혜산과 나를 연결하는 생명줄이 잘려나간 셈이었다.

상희 숙모는 심각한 걱정거리가 되고 있었던 나를 절망에서 끌어내려고 갖은 애를 썼다. 그녀는 내가 우울증에 빠졌다고 생각했다. 숙모는 나에 대한 해결책으로 생각한 계획을 꾸미기 시작했다.

어느 날 저녁에 현관 벨이 울릴 때까지 나는 숙모의 계획을 전혀 눈치 채지 못했다. 나는 평소처럼 내 방에서 기타를 치며 노래를 부르고 있었다. 방문을 가볍게 노크한 숙모는 나를 찾아온 손님이 있다고 했다.

내 마음은 펄쩍 뛰었다. 우울했던 마음은 온갖 비합리적인 상상을 만들어 냈다. 혜산에서 누군가가 찾아 왔을지도 모른다고 생각했다.

숙모를 따라 거실로 나갔다.

내가 알지 못하는 키 큰 청년이 핑크색 철쭉꽃 다발을 들고 양탄자 위에 서 있었다. 20대 중반으로 보이는 청년은 땀을 흘렸으며 정장과 넥타이가 불편해 보였다.

숙모는 환한 미소를 지었다.

"미란아." 내 가명을 불렀다. "이쪽은 근수야."

"만나 뵙게 되어 반갑습니다." 그가 정중한 인사를 건넸다. 절을 한 그는 내게 철쭉꽃 다발을 내밀었다. 그러나 그는 내 눈을 보지 않았다.

22

결혼의
함정

숙모는 근수가 한국계 중국인 사회의 멤버이며 친한 친구인 장 씨 아주머니의 아들이라고 설명했다. 그를 사람들 속에 섞여 있으면 찾아내기 힘들 정도로 특징이 없는 용모를 가지고 있었다. 그는 항상 실내에서 지내는 사람처럼 안색이 좋지 못했지만 그나마 피부는 젊은 사람의 광택이 났다.

소개가 끝나자 어색한 침묵이 흘렀다. 숙모를 쳐다보았다. 기대와는 다른 말이 숙모의 입에서 흘러나왔다. "이제 젊은 사람들끼리 나가서 아이스크림이라도 먹지 그러니?"

아파트 근처의 아이스크림 가게에서 근수는 나보다도 더 불편해 보였다. 딱딱한 분위기를 바꿔 보려고 내가 제일 좋아하는 자주색 타로 아이스크림 한 통을 나누어 먹자고 제안했다. 그는 긴장을 조금 푸는 듯했다. 자기는 스물두 살이며 누나가 두 명 있다고 했다. 그는 선양에서 대학을 졸업했지만 취업을 서두를 생각은 없어 보였다. 그의 집안은 잘 되는 식당을 운영했으며 부유했다. 그는 홀로된 어머니에 대해 젊은 남자로서는 기대 이상의 큰 존경심을 보이면서 이야기했다. 효심이 깊고 친절한 점은 마음에 들었다. 그는 대학 시절 친구들과 술을 마시며 밤 생활을 즐겼다고 했다. 그 말에 나는 그가 대담하고 재미있는 사람이 분명하다고 생각했다.

이것이 근수와의 첫 데이트였다. 그 후로 여러 차례 데이트가 이어졌다. 근수는 몇 달 동안 낮에는 나와 함께 북릉공원을 산책하거나 누들 바에 들렀고, 저녁에는 한국식 노래방에 나를 데려갔다. 그는 무난한 청년이었다. 그러나 곧 끌리는 면이 없다는 걸 느끼기 시작했다. 감정적 유대감도 생기지 않았다. 내가 아무리 열심히, 심지어 그를 도발할 정도까지 흥미 있는 토론을 제기해도 그는 그 어떤 문제에 대해서도 확실한 자기 의견을 말하지 못했다. 우리는 종종 데이트 중에 침묵을 시켰다. 근수가 나를 만나지 않을 때는 비디오게임을 하며 시간을 보낼 것이라는 생각이 들었다. 또한 어머니에 대한 그의 열렬한 헌신 때문에 그녀를 만나기가 두려워지기 시작했다. 그는 어머니가 자신을 위해 모든 것을 결정해 주는 데 만족했다.

근수는 내가 북한 사람이라는 것을 알았지만 내 이름이 채미란이라고 믿었다. 그에게 내 본명을 밝힐 이유는 없었다. 실제로 나는 미란이라는 이름에 너무 익숙해져서 민영이라는 이름을 허물처럼 벗어버린 것 같았다. 나는 근수와의 데이트를 계속했으며 가끔 그의 손을 잡기도 했다. 심각한 관계는 아니었지만 우리의 데이트는 삼촌 내외를 기쁘게 했다. 또한 다시 돌아온 나의 열아홉 번째 생일과 중국식 음력설을 외롭지 않게 보내게 했으며, 어머니와 민호를 마지막으로 본 지 1년이 훨씬 넘었다는 절망적인 생각을 몰아내는 데 도움이 되었다.

근수가 내 중국어 실력 향상을 강조하며 여러 가지 예의범절을 고쳐주기 시작했을 때 경고등이 켜졌다는 걸 알아챘어야 했다. 근수가 나를 그의 어머니에게 데려갔을 때 상황의 심각성이 느껴졌다. 근수 가족의 아파트는 삼촌네보다 훨씬 더 크고 호화로웠다. 장 씨 아주머니는 복도에서 나를 맞았다. 나는 그렇게 부유해 보이는 부인을 본 적이 없었다. 그녀는 매우 날씬하고 우아했다. 머리는 뒤로 틀어 올려 진주로 장식한 머리핀을 찔렀으며 목에는 헤르메스 스카프를 두르고 아름다운 일제 진주 목걸이를 걸고 있었다.

"환영한다, 미란아."

그녀가 말했다. 그러나 그녀의 미소는 미지근했다.

나는 그녀의 생각을 짐작할 수 있었다. 북한에서 온 여자는 자기 아들의 상대로는 부족했다. 그러나 나는 근수를 통해서 그녀가 많은 한국계 중국인들이 공유하는 중국인에 대한 문화적 편견에 따라 아들이 중국 여자와 데이트하는 것을 용인하지 않는다는 사실도 알고 있었다.

장 씨 아주머니는 현실적이고 계산적인 여자였다. 북한에서 온 여자라면 유순하고 순종적인 아내가 될 것이라는 생각에 일단 다른 불편함은 제쳐놓았다.

어쨌든 나는 불법 체류자였으며 불평할 처지가 못 되었다. 그녀는 또한 내가 어른을 공경하는 문화 속에서 성장했음을 알았다. 시어머니인 그녀에게 나는 순종하는 며느리가 되어야 한다고 생각했을 것이다. 대화는 매우 정중하게 진행되었지만 나는 그녀가 마치 가축을 검사하듯이 나를 위아래로 살펴본다고 생각했다.

그 후로 몇 달 동안 근수네 집에 갈 때마다 장 씨 아주머니는 자기 아들과 나의 미래에 대해 이야기했다. 근수와 내가 함께 운영할 새로운 식당을 열 것이라고도 했다. 그 같은 계획에 대해 내가 어떻게 생각하는지 아무도 묻지 않았지만 그녀는 얼마 후에 결혼 이야기를 꺼냈다. 결혼하기에는 다소 젊은 나이지만 자기 아들이 자신을 위해서 가능한 한 빨리 손자를 안겨 주고 싶어 한다고 말했다.

밀려오는 파도에 사로잡힌 느낌이 들었다. 근수는 아직 나에게 청혼도 하지 않았다. 실제로 그가 나를 어떻게 생각하는지조차도 확신할 수 없었다. 근수가 무엇에든 흥분하거나 열정적으로 행동하는 걸 상상하기 어려웠다. 아마도 밖에 나가 술을 마실 때는 더 활기가 넘쳤겠지만 자기 삶의 그 같은 측면을 나와 분리해 놓고 있는 것은 분명했다. 그는 어머니의 모든 계획에 수동적으로 따르고 있었다.

그와의 데이트가 숨이 막히는 느낌을 주기 시작했다. 근수는 내 중국어 실력을 향상시켜야 한다는 말을 되풀이 했으며 종종 틀린 말을 고쳐 주었다. 중국말을 실수하여 가족을 당혹스럽게 해서는 안 된다는 것이 주된 관심사 같았다. 나 자신이 동의한 적도 없는데 그들 가족의 일원이 되기 위한 훈련 프로그램에 등록된 것 같은 느낌이 들었다. 삼촌 내외가 내 문제에 대한 해결책이 결혼이라고 생각했기 때문에 상황은 더욱 난처해졌다. 닷새를 예정했던 나의 방문은 이미 거의 2년이 되어 가는 체류로 바뀌고 있었다.

1999년이 저물어가던 어느 날 오후, 내가 근수네 집에 있을 때 장 씨 아주머니가 백화점 쇼핑백 여러 개를 들고 돌아왔다. 그녀는 가벼운 어조로 내 생년월일과 생시를 점쟁이에게 말하여 내년 여름에 있을 결혼식 길일을 택일 받았다고 말했다. 그리고 가까운 곳에 우리가 살 아파트도 보아 두었다고 했다. 그녀는 곧 우리가 쓸 가구를 고를 예정이었다.

그날 밤 침대에 누운 나는 다른 선택지가 있는지를 정말로 절박하게 숙고해야 했다. 장 씨 아주머니처럼 계산적으로 생각해 보려 했다. 무기력한 근수에 대한 나의 감정과는 상관없이 이 결혼이 나에게 도움이 될지 함정이 될지를 자문했다. 나에게는 여성 사업가가 되고 여행을 하고 싶은 열망이 있었다. 그러나 지금 결혼하여 자식을 낳는다면 그 어떤 계획도 모두 보류해야 한다. 반면에 나의 처지는 매우 위태로웠다. 삼촌네 집에 더 이상 오래 머물 수는 없었다. 내게는 여성 사업가가 되는 것은 고사하고 다른 아무런 희망도 없었다. 결혼의 대안은 도망자의 삶이었다.

만약 잡힌다면?

체포, 본국 송환, 구타, 강제 수용소. 우리 가족의 성분 추락. 심각한 전율이 내 몸을 훑었다.

아무리 생각해도 선택의 여지가 없었다.

그래서 나는 스스로 확신을 가지려 애썼다. '근수는 괜찮은 사람이다. 훨씬 더 나쁜 처지에 빠지는 여자도 있고. 그와 결혼하면 중국인의 신분을 얻어서 두려움 없이 편하게 살 수 있겠지.' 침묵 속에서 자신과 언쟁하는 이 같은 생각으로 몇 주를 보냈다.

그러다 나는 단 한 가지 결론에 이르렀다. 이 모든 일을 내가 선택하지 않았다는 사실이었다. 모두 수동적으로 나에게 일어난 일이었다.

근수의 가족은 연줄을 동원해 나의 새로운 신분을 마련했다. 근수는 심지어 새 신분증을 보여 주고 만져 보게까지 했다. 사진은 알아볼 수 있었지만 이름은 내가 아니었다. 내가 선택하지 않은 또 하나의 새로운 이름이었다. 나는 장순향이라는 한국계 중국인이 될 것이었다. 결혼하기에는 나이가 너무 어렸기 때문에 (중국의 법정 결혼 연령은 20세다) 그들은 내 나이도 고쳤다.

"결혼식이 끝난 뒤에 받게 될 거야."

근수는 희죽 웃으면서 내 손에서 신분증을 빼앗아갔다. 그조차도 나의 불안함을 알았다. 새로운 이름이 '어른을 공경하고 남편의 말을 잘 듣고 따르며 좋은 아내가 될 여자'를 의미한다는 것을 알고 나서 나의 의구심은 더욱 커졌다.

새천년과 또 한 번의 생일이 지나갔다. 삼촌은 생일 선물로 모토롤라 휴대폰을 사주면서 원할 때면 언제나 근수와 통화하라고 말했다. 결혼 계획은 속도가 붙고 있었다.

장 씨 아주머니는 내가 그녀의 의지에 압박감을 느끼고 있음을 알아챘다. 나를 안심시키려고 애썼다.

"결혼한 뒤에는 우리가 너를 돌봐줄 거야."

그녀가 반지를 여러 개 낀 가는 손가락으로 내 손을 꼭 잡으며 말했다.

"아무것도 걱정할 필요 없어."

그녀의 친절한 말에 나는 묻고 싶었던 질문을 꺼낼 용기를 냈다. 왜 그녀의 허락을 받아야 한다고 생각했는지는 모르겠다.

"결혼하면 우리 가족을 방문해도 괜찮을까요?"

나는 새로운 중국인 신분이 합법적으로 북한을 방문할 수 있음을 의미한다고 생각했다.

우리는 부엌에 있는 식탁에 둘러앉아 있었다. 장 씨 아주머니와 근수의 두 누나가 공포에 사로잡힌 표정으로 나를 응시했다.

"오, 안 돼, 안 돼." 장 씨 아주머니가 마치 큰 오해가 있었다는 듯이 말했다.

"절대로 돌아갈 수 없어. 알겠니?" 그녀의 목소리에서 경고의 기미가 느껴졌다.

"그들이 네가 누군지를 알아 낼 수도 있어. 그러면 우리 모두에게 문제가 생길 거야. 너의 새 신분증을 얻기 위해 법을 어겨야 했어. 사실대로 말하자면 네 가족에게 다시 연락하는 것조차 너무 위험한 일이야."

내 얼굴에 나타난 충격을 본 그녀는 마치 갑자기 얼음이 깨지는 것 같은 얄팍하고 재빠른 미소를 보였다.

"결혼한 후에는 너에게 새로운 가족이 생기는 거야. 우리 가족의 일원이 되는 거지."

나는 자기 어머니의 말을 근수에게 전하면서 그래도 감정적인 반응을 기대했다. 그는 내가 얼마나 어머니와 민호를 다시 보고 싶어 하는지 알고 있었다. 이번에는 미래의 아내를 위로하고, 이해심을 보이면서, 어떻게든 방법을 찾아낼 테니 걱정하지 말라고 말해 줄 것을 기대했다. 그러나 그는 심드렁하게 말했다.

"어머니 말이 맞아. 그게 최선이야." 근수는 나를 쳐다보지도 않았다. 비디오게임을 하고 있었다.

나는 충격에 빠졌다. 근수와 미래의 시댁 식구들은 내가 가족을 다시 만날 수 있는 가능성을 차단하고 있었다. 어찌해서 가족과 연락이 되더라도 가장 가까운 사람들에게 비밀로 해야 할 것이다.

비디오게임 불빛에 반사된 근수의 얼굴을 보면서 나는 이 남자와는 결혼할 수 없다는 것을 깨달았다.

이후에 혼자 몸으로 무슨 일을 겪게 되든 상관없었다. 나는 새로운 삶으로 도망칠 방법을 찾을 것이다. 어떻게 할지는 아직 모르겠으나 기회를 엿볼 것이다.

삼촌 내외는 거의 식사 때마다 내 결혼을 열띤 화젯거리로 삼았다. 차마 내 결정을 말하거나 두 분이 실망하는 모습을 볼 용기가 나지 않았다.

또한 구겨진 체면에 대한 굴욕감으로 격분한 장 씨 아주머니가 당국에 나를 도망자로 신고할까 봐 두려웠다. 의논할 사람은 아무도 없었다. 오직 하나의 문만이 열려 있었다.

탈출.

2000년 여름이 되었다. 결혼식이 몇 주 앞으로 다가왔다. 나는 언제 도주를 결행할지 고심했다. 근수의 전화가 내 결심을 굳혀 주었다. 그는 어머니가 우리와 의논도 없이 신혼 여행지로 남중국해의 산야에 있는 호화로운 해변 리조트를 예약했다고 말했다.

이제는 됐다. 나는 즉각 떠날 것이다.

가방에 옷가지를 챙기고 삼촌 내외가 출근하기를 기다렸다. 승강기를 타고 로비로 내려온 나는 경비원에게 미소를 보냈다. 관자놀이로 피

가 몰려들었다. 압록강 얼음 위로 발걸음을 내딛던 기억이 떠올랐다. 태
연하게 아파트 건물을 나선 나는 휴대 전화의 칩을 꺼내 쓰레기통에 버
렸다.

23

선양
처녀

목적지를 들으려는 택시 기사의 눈이 백미러 속에서 나를 주시했다. 막막했다. 나에게는 계획이 없었다. 난생 처음으로 의지할 사람이 아무도 없었다.

선양은 거대한 도시다. 어디로든 갈 수 있었으나 직감적으로 시타 또는 웨스트 파고다라고 불리는 지역에서 멀어져야 한다는 생각이 들었다. 시타는 선양에 있는 한국계 주민 대부분이 거주하고 생업에 종사하는 코리아타운이었다. 누군가 나를 찾아 나선다면 그곳부터 뒤질 것이다. 나는 잘 알지는 못해도 어쨌든 아무도 나를 찾지 않을 것 같은 선양의 반대쪽 지구로 가자고 기사에게 말했다. 그곳에서는 중국말을 써야겠지만 2년 동안 공부한 나의 중국어 실력은 충분했다. 해낼 수 있다고 생각했다.

그러나 고속 도로에 들어서서 낯선 지구를 지나가게 되자 내 마음에 다시 의구심이 차오르기 시작했다. 왜냐하면 위험하더라도 일자리를 구하고 누군가 도와줄 사람을 찾기에 가장 좋은 곳은 한국인이 많은 시타라는 생각이 들었기 때문이었다. 나는 숙모와 함께 여러 번 시타에 갔었으며 일거리를 구하려는 사람들이 모여 있는 인력 시장을 본 기억이 있었다. 우선은 일자리를 구해야 했다. 그것도 빠른 시간 안에. 삼촌은 내게 적지 않은 용돈을 주었지만 모아 둔 돈으로는 이삼일 정도밖에 버틸 수 없었다. 기사에게 방향을 돌려 시타로 가자고 했다.

일자리를 구하려고 모인 사람들 속에 서 있었던 나는 절박하게 일자리가 필요한 것처럼 보여야 할지, 무심한 태도를 취해야 할지 알 수 없었다. 몇 분 지나지 않아서 한 여자가 다가와 중국어로 말을 걸었다.

"안녕." 그녀가 쾌활하게 말했다. "일자리를 찾아?"

중년의 나이였지만 젊은 여자처럼 화장을 했고 맨 어깨가 드러난 면직 드레스를 입고 있었다.

"네."

"나는 헤어 살롱의 매니저이고 스타일리스트가 한 명 필요한데, 관심 있어?" 목소리에도 소녀티가 났다. "교육은 시켜 주고 숙식도 무료야."

나는 이 같은 행운을 믿을 수가 없었다.

"살롱은 도시 외곽에 있어. 택시를 타야지. 30분쯤 걸려."

그녀의 이름은 미스 마였다. 그녀는 택시를 타고 가면서 많은 질문을 했다.

그녀가 나와 친해지려 한다고 생각했다. 나는 선양에 살며 아버지는 남한과 거래를 하는 무역 회사를 운영한다고 말했다. 그녀는 그런 가정의 소녀가 헤어살롱의 일자리를 원한다는 데 놀란 기색이었다. 나는 부모에게 반항적인 10대처럼 보이려고 애썼다.

시클라멘 보라색으로 칠한 미스 마의 손톱을 보고 그 나이에는 좀 지나치다고 생각했다. 그녀는 또한 발목에도 가느다란 금 사슬을 두르고 있었다.

우리는 상점과 아파트가 있는 단조로운 교외 지역에 도착했다. 선양이라기보다는 장백과 비슷한 곳이었다. 헤어 살롱은 내가 알던 미용실과는 전혀 달랐다. 살롱의 왼쪽에는 검은색 가죽 소파가 있었고 오른쪽에는 이발용 의자 여섯 개가 대형 거울을 마주하고 있었다. 그중 의자 두 개를 차지한 중년 남자들의 머리를 종업원이 샴푸로 감겨 주고 있었다.

나는 '남성 미용실인가?'라는 생각을 했다.

50살쯤 된 남자가 소파에 큰대자로 앉아 담배를 피우면서 신문을 보고 있었다. 그는 종이컵에 담뱃재를 떨었다. 셔츠 칼라 사이로 목에 새겨진 푸른 뱀 대가리 문신이 보였다. 미스 마의 인사를 받은 그가 웃음기 없는 눈길로 나를 주시했다. 누가 말해 주지 않아도 이 남자가 보스라는 것을 알 수 있었다.

미스 마는 나를 지하실로 데려가서 회색 유리문이 달린 테라피 룸 여섯 개를 보여 주었다. 내가 일할 곳이라고 했다. 이제 그녀의 말투에서 친근감이 덜 느껴졌다. 낡은 노란색 조명이 켜진 지하실은 눅눅하고 남자들의 땀 냄새가 났다. 그녀가 방 하나의 문을 열자 나는 숨이 턱 막혔다. 촛불만 켜놓은 방안에 노출이 심한 슬립을 걸친 젊은 여자가 이불 위에 배를 깔고 누운 남자 옆에 앉아 있었다. 알몸인 남자의 허리둘레로 흰색 수건이 덮여 있었다. 점잔을 빼는 게 몸에 밴 북한에서 온 나는 남자와 여자가 서로 접촉하는 것은 고사하고 이 같이 거의 알몸인 상태로 함께 있는 광경을 본 적이 없었다. 젊은 여자는 남자의 팔을 마사지하고 있었다.

‘여기는 대체 뭐 하는 곳인가?’

“거기, 다른 쪽 팔을 마사지하지 그래요?” 여자가 내게 말했다.

미스 마는 아무 말 없이 문을 닫고 나갔다.

나는 마사지하는 방법은 고사하고 그게 무엇인지도 몰랐다. 남자는 아주 뚱뚱했고 방금 사우나에서 나오기라도 한 듯 땀으로 번들거렸다. 흐릿한 불빛 속에서 보니 해변으로 쓸려와 부패하기 시작한 바다 동물 같았다. 나는 극도로 주저하면서 남자의 팔을 건드렸다. 그의 얼굴을 볼 수 없었다. 잠시 후에 남자가 말했다. “이건 누구야? 솜씨가 형편없네.”

“새로 왔어요.” 내 동료가 대답했다. “교육 중이에요.”

여자는 내가 자기에게 문제를 일으키고 있다는 듯이 애원하는 눈길을 보냈다. 내 나이 또래의 그녀는 작고 예뻤으나 눈에서는 망가진 모습이 보였다.

잠시 후에 일어나 앉은 남자는 나를 자세히 살펴보더니 모두 같이 가까운 곳에 있는 가라오케 바로 당장 가자고 했다.

“우리가 그런 곳에 갈 수 있어요?” 내가 여자에게 조용히 물었다.

“바보 같은 소리 말아.” 동료는 웃었다. “당연히 갈 수 있지.”

푸른 뱀 문신을 한 남자가 위층에서 우리를 위해 문을 열고 택시를 잡아 주었다.

그때까지 아무것도 먹지 않은 내 위장은 긴장으로 뒤틀리고 있었다. 가라오케 바에서 더욱 이상한 상황이 벌어지지 않을까 걱정했지만 뚱뚱한 남자는 내가 두 차례 알코올음료를 거절한 후에 나에 대한 흥미를 잃었다. 나의 거절이 두 여자와 같이 보낼 밤에 대해 그의 계획에 김을 뺀 것 같았다. 그러나 동료는 그와 함께 소주를 여러 잔 마셨다. 나는 중국 노래 몇 곡을 불렀다. 그도 노래했다. 우리가 택시를 타고 돌아왔을 때는 날이 어두워져 있었다.

동료는 미용실 뒤에 있는 건물로 나를 데려갔다. 좁은 계단으로 몇 층을 올라가니 자물쇠가 여러 개 달린 문이 나왔다. 그녀가 문을 열고 불을 켜자 내 평생 본 것 중에서 가장 지저분한 방의 모습이 나타났다. 구석에서는 쥐 같은 것이 허둥지둥 달아나 사라졌다. 좁은 공간을 빽빽이 채운 2단 침대 다섯 개가 있는 그 방에서 여자 열 명이 살고 있었다. 침대 사이에는 말라가는 팬티들이 걸려 있고 침상에는 옷가지가 흩어져 있었다. 화장실을 들여다본 나는 손으로 코와 입을 막아야 했다.

'이러려고 도망쳤단 말인가?'

바에서 안주를 조금 집어 먹은 것 외에는 아무것도 먹지 못한 나는 매우 지치고 힘이 없었다. 내가 말했다. "시간이 늦었으니까 괜찮다면 오늘밤은 여기서 잘게. 그러나 내일 아침에는 떠날 거야. 나는 이 일을 할 수 있을 것 같지 않아."

내가 그렇게 말했을 때, 그녀의 눈에 떠오른 표정을 나는 절대로 잊을 수 없을 것이다. 북한에서는 그런 표정을 여러 번 보았다. 그녀는 두려워하고 있었다.

"여기는 마음대로 떠날 수 있는 곳이 아니야." 그녀가 말했다.

"무슨 소리야?"

그녀의 목소리가 속삭임으로 변했다. "그들이 허락하지 않을 거야."

때 묻은 침상에서 뜬눈으로 밤을 새웠다. 잠이 들기에는 두려움이 너무 컸다. 방은 매우 습기 차고 환기 시설도 없었다. 이것이 불법 체류자인 나의 운명일까? 이런 곳에서 사는 것이? 그들이 나를 어떻게 강제로 머물게 할 수 있을까? 쇠사슬로 묶어 놓을 수는 없는 일이었다. 동료의 눈에 떠올랐던 두려움을 이해하려 애쓰던 나는 해답을 깨달았다. 떠나려 하면 그들이 나를 해칠 것이다.

나는 완전한 바보였다. 미스 마는 나를 보자마자 불법 체류자라고 짐작했다.

그녀는 나를 속여서 이곳까지 데려왔던 것이다. 이곳을 떠나려면 같은 전술이 필요했다. 나도 그녀를 속여 넘겨야 했다.

다음 날 아침에 다른 침대들은 여전히 비어 있었다. 빈 침대의 주인은 외박을 했다. 동료와 나는 미용실로 갔다. 푸른 뱀 문신을 한 남자가 보이지 않아서 안심이 되었다. 미스 마는 야한 차림으로 계산대 뒤에 앉아 있었다.

그녀에게 다가갔다. 연기를, 그것도 훌륭한 연기를 해야 했다.

"어제 가라오케에서는 굉장했어요." 내가 말했다. 숙취가 있는 듯이 손을 이마로 가져가면서 우스꽝스럽게 힘든 시늉을 했다.

"좋아." 그녀가 시큰둥한 미소를 지었다. "그게 바로 네가 여기서 할 일이야. 그 신사가 팁은 얼마나 주던?"

그는 내게 한 푼도 주지 않았었다. "돈은 숙소에 벗어놓은 청바지에 있어요." 내가 말했다. "어젯밤에는 얼만지 세어 볼 정신이 없었어요."

"절대로 돈을 거기 두지 마. 항상 여기로 가져와야 해."

"네. 미안해요. 다른 여자들은 언제 볼 수 있어요?"

"준비되면 나타날 거야."

나는 주먹을 꽉 쥐면서 행운을 빌었다. "바빠지기 전에 잠깐 시타로 가서 내 물건을 가져와야겠어요."

그녀의 눈길이 굳어졌다. 어제의 친밀했던 태도는 완전히 사라졌다. "뭐가 필요한데? 내가 줄게."

"오, 아니에요." 나는 웃었다. "기타를 사달랄 수는 없잖아요? 기타하고 사진 몇 장만 챙겨오면 돼요. 기타는 거치적거리지도 않을 거예요. 실제로 내 물건은 전부 침대 밑에 집어넣을 수 있어요."

그녀가 내 물건이 너무 많은 공간을 차지할지도 모른다고 생각할까 봐 염려하는 척했다.

"어딜 갔다 오면 첫 예약 시간에 늦을 거야."

그녀는 망설이고 있었다.

"나중에 초과 근무로 보충할게요. 그리고 택시비도 필요 없어요. 내 돈으로 버스를 타고 갔다 올게요. 열시까지는 돌아올 수 있어요." 그녀는 숨을 크게 내쉬고 짜증이 난 기색으로 창밖을 내다보았다. 푸른 뱀 문신을 한 남자를 찾을까 봐 걱정되었다. "빨리 갔다 와. 오늘 예약이 꽉 찼어."

"알았어요." 나는 마치 당신이 '보스요!'라고 하는 듯이 쾌활하게 거수경례를 붙이면서 말했다.

유리문 밖으로 나섰다.

모퉁이를 돌아 미용실이 보이지 않게 되자 어젯밤에 가라오케에서 돌아와 내렸던 택시 정류장 쪽으로 달리기 시작했다.

갑자기 발걸음이 멈춰졌다.

처음 눈에 띈 택시 기사는 차에 기댄 채 신문을 팔에 낀 푸른 뱀 문신을 한 남자와 이야기하고 있었다. 그가 나를 보지 못했기를 바라면서 발길을 돌려 오던 길을 되돌아갔다. 그러려면 미용실의 유리문 앞을 지나가야 했다. 미스 마가 보면 내가 버스정류장 쪽으로 가지 않았다는 것을 알게 된다. 나는 잠시 기다렸다가 다른 사람들과 섞여서 일행인 것처럼 지나가려 했다. 미용실을 절반쯤 지났을 때 안에서 그녀가 "야!"라고 외치는 소리를 들었다.

나는 이 거리 저 거리를 따라 계속 달렸다. 어디에 있는지도 알 수 없었다. 빈 택시의 호박 빛 불빛이 다가오자 미친 여자처럼 택시를 불러 세웠다.

택시에 올라탄 나는 뒷좌석에서 몸을 숙였다. 이번에는 아무런 망설임도 없었다. "시타로 가 주세요. 빨리요."

24

죄책감

36시간 동안 잠을 자지 못하고 먹은 것도 거의 없었던 나는 순전히 아드레날린으로 버티고 있었다. 가진 것도 없었다. 가방은 숙소에 있었다. 택시 안에서 지갑에 있는 마지막 현금을 세어 보았다. 택시비를 치르고 시장에 있는 매점에서 국수를 사 먹을 정도는 되었다. 그 후가 심각한 문제였다. 오늘 안에 일자리를 찾아야 했다.

코리아타운으로 돌아온 나는 임시 인력 시장보다 안전하다고 생각되는 식당에서 일자리를 찾아보기로 했다. 10여 군데 식당에 들어가 물어봤으나 일자리가 없다는 대답을 들은 나는 어느 창문에 비친 내 모습을 보았다. 눈이 움푹 들어가고 배고프고 절망적으로 보였다. 그런데 바로 코앞의 유리 안쪽에 한글 안내문이 붙어 있었다. 웨이트리스를 구한다고 적혀 있었다. 경회루라는 크고 붐비는 한국 식당이었다. 식당 안에는 테이블이 약 30개 있었고 전통적인 치마저고리를 입은 십여 명의 웨이트리스들 오가는 모습이 보였다. 바쁜 점심시간이 시작되었기에 주방 한쪽에서는 뜨거운 음식을 담은 쟁반이 연이어 나오고 다른 쪽으로는 빈 접시들이 들어가고 있었다. 나는 마음을 가라앉히고 안으로 들어갔다.

"웨이트리스 자리를 얻으려고요." 음료수 카운터에 있는 지배인처럼 보이는 여자에게 말했다. 그녀는 공식적인 근무복을 입고 있었다.

"방학 동안 아르바이트하려는 학생인가?"

"아니오, 풀타임으로 일하려고요."

그녀는 서류 한 장과 펜을 꺼냈다. "이름은?"

"장순향." 근수의 가족이 마련해 주려 했던 이름으로 대답했다. 그녀가 잠시 받아 적는 동안에 가슴이 철렁 내려앉았다.

"일자리를 주지. 필요한 사람에게는 공동 숙소도 제공하고 있어. 여기서 2분 거리야."

안도감이 온몸으로 퍼졌다. 세상의 어디라도 내가 방금 도망쳐 온 숙소보다 지저분한 곳은 없을 것이었다.

"언제 일을 시작할 수 있지?"

"오늘부터요." 나는 열의를 보이려고 카운터를 두드리면서 말했다.

여자는 이상하다는 듯이 나를 보았다. "뭐 다른 거 더 알고 싶은 건 없어?"

"신분증은 필요 없나요?"

"상관없어."

"그런데 월급에는 관심이 없니?"

필사적으로 생명줄을 찾으려던 나머지 나는 가장 기본적인 질문조차

하지 않았던 것이다.

"한 달에 350위안이야." 그녀가 말했다. 미국 달러로 40달러 정도였다. 북한에서라면 내가 여섯 달을 살 수 있는 돈이었다. 월급이 후하다고 생각했다.

여자는 미소를 지었다. "그리고 식사도 무료야."

경회루에서 웨이트리스로 일하기 시작한 첫날은 거의 재앙으로 끝날 뻔했다. 처음 응대한 테이블은 양복을 입은 한족(중국인) 사업가들이었다. 한 사람이 계산서와 껌을 가져오라고 했다.

그에게 계산서와 껌을 가져다주었다.

"이게 뭐야?" 그가 나를 올려다보았다.

나는 일명 '갑질'이 시작될 것임을 느꼈다. 중국의 식당에서는 이런 일이 흔하다는 것을 알고 있었다. 자기가 돈을 쓰는 입장이기 때문에 마음 내키는 대로 무례한 행동을 할 권리가 있다고 생각하는 사람들이 있었다.

"이걸 달라고 한 게 아니야."

"죄송합니다, 손님. 껌을 찾지 않으셨나요?"

"껌이 아니라 담배라고 했어." 그의 눈이 가늘어졌다.

그가 중국어로 '샹 옌xiang yan'(담배)이라고 말한 것이 분명했지만 나는 '커우 샹 탕kow xiang tang'(껌)으로 알아들었다. 지배인 여자가 다가왔다.

"뭐가 잘못 됐나요?"

"그럼." 남자가 동료들 앞에서 나를 손가락질하며 말했다. "이 여자는 북한에서 왔어."

내 얼굴에서 핏기가 빠져나갔다.

"이 처녀는 연변에서 왔어요." 지배인이 부드럽게 말했다. "그래서 손님의 말을 알아듣지 못했지요."

"헛소리 마시오. 요새 이 여자 나이의 연변 사람들은 중국어가 완벽해요. 이 여자는 내 말을 알아듣지 못했소. 북한 사람이야."

"이 처녀는 조선족입니다." 지배인이 굳은 미소를 지으며 말했다.

"실수를 사과드립니다. 그런 뜻에서 담배 한 값을 서비스로 드리겠습니다."

이 말에 진정된 듯한 그 남자는 더 이상 내 문제를 거론하지 않았다.

나중에 지배인은 뭔가를 공짜로 얻으려고 돼지처럼 행동하는 고객들이 있다고 말하며 걱정하지 말라고 했다.

웨이트리스 일은 일상이 되었다. 아침 8시 30분에 출근하여 테이블을 정돈하고 소금과 간장병을 채운 후에 밤 10시에 식당 문을 닫을 때까지 온종일 고객의 시중을 들었다. 식당은 매일같이 문을 열었고 웨이트리스가 쉬는 날은 한 달에 하루였다. 고된 일이었지만 상관없었다. 내가 처한 상황이 여전히 안전과는 거리가 멀었지만 혼자 힘으로 문제를 해결했다는 것이 자랑스러웠다. 평생 처음으로 독립감을 느꼈다. 약간의 돈도 모았다. 중국어 실력은 빠르게 향상되었다. 밤에 일을 끝내고 숙소에 돌아가면 너무 지쳐서 바로 곯아떨어졌다. 악몽에도 익숙해졌다. 악몽은 여전히 밤마다 끝없이 계속되고 있었다.

방을 같이 쓰는 웨이트리스 네 명은 다정하고 수다스러웠다. 그러나 나는 특히 연변에서 온 두 명에게 처음에는 말을 조심했다. 한마디 말

실수로도 그들이 나에 관한 진실을 추측할 수 있었다. 그렇지만 그들 중 한 명은 나의 관심을 끌었으며 우리는 친구가 되었다. 그녀의 이름은 지우였다. 지우는 선양의 동베이대학교 경영학과에 다니고 있었으며 웨이트리스 일로 학비를 벌고 있었다. 나는 그녀에게서 큰 감명을 받았다. 내가 중국에서 만난 젊은이 중에 고등 교육을 마친 사람은 근수뿐이었다. 그러나 그는 너무도 공부에 무관심해서 나는 근수가 무슨 분야를 공부했는지조차 알지 못했다. 지우는 재미있고 똑똑했으며 나처럼 패션에 관심이 많았다. 지우가 무엇을 배우는지 알고 싶었으나 그녀의 교과서는 너무 어려웠다. 나는 여러 차례 지우에게 내 비밀을 털어놓고 싶은 유혹을 느꼈지만 그때마다 머릿속의 목소리가 경고했다. '하지 마.'

나는 새 이름에 익숙해지고 있었다. 지혜, 민영, 미란은 과거가 되었다. 나의 새로운 이름은 새싹처럼 자라고 있는 순향이었다.

몇 달 동안 고객 테이블 시중을 드는 일을 한 끝에 계산대에서 일하게 되었다. 나는 돈을 계산하는 솜씨가 좋았다. 월급도 500위안(60달러)으로 올랐다. 내 목표는 장백에 갈 수 있을 정도의 돈을 모으는 것이었다. 거기서 어머니, 민호와 연락을 시도할 생각이었다.

나는 일이 즐거웠다. 식당에 오는 사람들에게 매혹되었다. 고객들의 사연을 추측하면서 살펴보는 버릇이 생겼다. 세상이 북한에서는 상상도 하지 못한 정도로 평범하지 않다는 사실을 깨닫기 시작했다. 복잡하고 다양한 사람들이 있었다. 여러 가지 라이프스타일과 선택이 가능했다.

생활이 안정되자 삼촌과 숙모에게서 도망쳐 나오던 기억이 나를 괴롭히기 시작했다. 두 분에게 쪽지 하나 남기지 않고 달아났었다. 삼촌 내외는 내게 친절했다. 어떻게 그토록 부끄러운 짓을 저지를 수 있었을까? 내 감정을 설명하는 쪽지라도 남겼어야 했다는 것을 깨달았지만 나는 그런 일에 익숙하지 않았다. 북한 사람들은 대부분 그랬다.

6개월쯤 지난 2000년 12월에 거리의 공중전화에서 삼촌 집으로 전화를 걸었다. 상희 숙모가 전화를 받았다. "미란이니?" 숙모가 숨이 막히는 목소리로 말했다. 그녀는 내 본명조차 잊어 버렸다. 충격에서 회복된 숙모의 목소리에서 안도감, 나에 대한 걱정, 그리고 상처받은 자존심의 갈등이 느껴졌다.

"너는 우리에게 수치를 안겼어." 숙모가 말했다. "너는 우리 가족이야. 그런 식으로 도망치는 바람에 우리 모두를 곤란하게 했다."

"정말 죄송해요. 견딜 수가 없었어요."

"근수가 어떻게 되었는지는 궁금하지 않니?"

"알고 싶지 않아요."

"그 가족에게 전화해서 사과해야 한다."

나는 며칠 동안 고심했지만 숙모의 말대로 해야 한다고 생각했다. 몇 차례 전화번호를 누르다가 번번이 마지막 순간에 용기를 잃었다. 결국 전화를 걸었다. 장 씨 아주머니가 받았다. 말이 나오지 않았다. 입이 마르기 시작했다. 그녀가 전화를 끊을 찰나에 내가 말했다. "저 미란이에요."

"세상에나." 오랜 침묵이 흘렀다. "지금 어디니?"

나는 그녀가 옆에 있는 딸들에게 '그 애야.'라며 격렬한 손짓을 하는 모습을 상상할 수 있었다.

나는 장 씨 아주머니가 분노를 터뜨릴 것이라고 예상했지만 그녀는 침착하고 억제된 목소리로 말했다. 나는 장 씨 아주머니의 말에 크게 놀랐다. "미란아, 제발 돌아와라. 내 아들을 위해서. 그 애는 예전 같지 않아. 네가 떠난 뒤로 매우 우울해 한다."

근수가 나 때문에 우울해한다고? "근수 씨와 통화할 수 있을까요?"

전화를 바꾼 근수는 울고 있었다. 술에 취한 듯 말을 제대로 하지 못했다.

"제발 돌아와 줘." 그가 말했다. "신혼여행 티켓도 아직 그대로 있어. 같이 떠나면 돼."

그에게서 처음으로 느껴 본 강렬한 감정이었다. 놀라움과 함께 매우 미안함이 느껴졌다. 나는 근수가 스스로 나에 대한 감정을 깨닫기 전에 그를 버려야 했다. 그러나 너무 늦었다. 돌아갈 수는 없었다. 내 마음 속의 가장 분명한 소망은 가족과 다시 연결되는 것이었다. 근수와 그의 어머니는 그것을 막는 장벽이 될 것이다.

되풀이하여 정말로 미안하다고 말했다. 나는 그에게 굴욕을 주고 그의 가족을 모욕했다.

전화 통화를 끝낸 나는 공중전화 옆의 벽에 몸을 기대고 두 손으로 얼굴을 감쌌다. 나는 근수에게 엄청난 불행을 안겨 주었다.

'우리의 존경하는 어버이 수령께서는 어른을 공경하고 가족의 자랑이 되라고 하셨습니다. 나는 미란 동무가 가장 가까운 사람들에게 상처를 입히는 일밖에는 아무것도 하지 않았다는 것에 주목합니다. 그녀는 자신이 나쁜 사람이라는 말에 동의할까요?'

그렇다. 나는 그런 사람이었다. 나쁜 사람.

나에게는 이야기할 사람도, 자신의 행복을 위한 선택 때문에 나쁜 사람이 되는 것은 아니라고 말해 줄 사람도 없었다.

대신에 통렬한 자기반성이 뿌리를 내렸고 마음 한구석이 차가워졌다. 삼촌의 아파트에서 어머니를 그리워하며 울 때 내 마음은 거기에 있었다. 그러나 이제는 나의 내면에서 무언가가 굳어지고 눈물이 멈췄다.

나 자신이 싫어졌다.

근수에게 해를 입힌 데 대해 속죄하겠다고 결심했다. 여러 주 동안 어떻게 속죄할지를 생각했다. 결국 영원히 결혼하지 않겠다는 다짐을 나의 처벌로 결정했다. 다른 사람과 결혼함으로써 근수에게 준 상처와 모욕을 더하지는 않겠다는 생각이었다.

사람들이 언제 결혼할 거냐고 물을 때마다 나는 대답했다. "절대로 안 해요. 결혼은 내게 중요하지 않아요."

25

남에서 온
사람들

2001년 1월, 호리호리한 청년 두 명이 점심시간에 식당으로 들어왔다. 나에게 선양에 관해 묻는 말투가 친밀했다. 그들의 치아는 들쭉날쭉하지 않고 완벽하게 고른 모습이었다.

그날은 일손이 부족해서 나도 고객 테이블의 시중을 들고 있었다. 그들의 테이블에 반찬 접시를 늘어놓던 나에게 한 사람이 낮은 목소리로 물었다. "혹시 알고 있는 북한 사람 없어요?"

나는 그들의 시선을 피했다. "왜 그러시는데요?"

그들은 명함을 테이블에 올려놓으면서 자신들이 남한의 주요 텔레비전 방송국의 기자라고 했다.

"우리는 다큐멘터리를 제작하고 있습니다." 한 사람이 말했다. "남한으로 가기를 원하는 탈북자를 찾고 싶습니다. 그 사람이 남한에 갈 수 있도록 브로커 수수료와 기타의 비용을 부담할 겁니다."

나는 깜짝 놀랐다. 북과 남은 철천지원수였다. 한국 전쟁은 1953년 평화 협정이 아닌 휴전으로 끝났으니 두 나라는 여전히 전쟁 중이었다.

"북한 사람이 어떻게 남한에 갈 수 있어요?" 내가 말했다.

"요즈음에는 많이 와요." 남자가 대답했다.

나는 그들에게 북한 사람을 수소문해 보겠다고 했다. 몹시 궁금해 하면서 테이블을 떠났다.

당신들이 찾는 사람이 나일까?

두 남자는 매일같이 점심을 먹으러 왔다. 그들에게 비밀을 털어놓을까 심각하게 고민했지만 나의 본능은 극도의 주의를 요구했다. 함정일 수도 있었다. 경솔하게 행동하기 전에 몇 가지 사실을 확인할 필요가 있었다. 숙소를 같이 쓰는 친구인 지우에게 가능한 한 지나가는 말처럼 들리도록 남한 사람들의 이야기를 들려주었다. 나는 그녀의 반응에 크게 놀랐다. 지우는 남한이 북한 사람 모두를 대한민국 국민으로 간주한다고 했다. 서울로 가는 데 성공한 사람은 남한 여권과 정착을 위한 상당한 액수의 지원금을 받는다고도 했다.

이 같은 말을 들은 나는 생각했다. 삼촌과 숙모로부터 남한은 당이 묘사하는 것처럼 '지구상의 지옥'이 아니라는 말을 들은 적이 있다. 사업차 남한을 방문한 적이 있는 삼촌은 남한이 중국보다도 부유하고 자유롭다고 했다. 나는 삼촌의 말이 과장이라고 생각했었다. 사실 남한에 대한 생각은 거의 하지 않았다. 중국어를 배우는 데 열중한 나머지 케이블 채널에서 방영하는 남한 드라마도 보지 않았다. 나는 또한 북한의 문제는 양키가 배후에 있는 UN의 경제 제재 때문이라고 여전히 믿고 있었다. 양키와 친한 남한으로 간다면 조국을 배반하는 것이 아닌가?

게다가 나는 북한으로 월북한 남한 사람들이 기자 회견을 열었던 장면을 기억했다. 내가 남한으로 간다면 수많은 마이크와 카메라 플래시 앞에서 같은 일을 당하지 않을까? 그러면 내 가족이 끔찍한 곤경에 빠지게 될 것이다.

나는 결정을 못 한 채 한 주를 보냈고 두 남한 사람은 식당에 발을 끊었다. 그들이 찾던 북한 사람을 찾아낸 것이 분명했다.

아편 삼촌은 사람의 일생에 세 번의 기회가 있다고 말해 준 적이 있었다. 나는 중요한 기회 하나를 날려 버렸다는 느낌을 떨칠 수 없었다.

그날 저녁에 숙소를 같이 쓰는 여자들과 함께 밤 나들이를 나갔다. 우리는 시장의 매점에서 양꼬치를 먹고 나서 거품 밀크티를 마시러 카페로 갔다. 여자들은 자신의 사생활, 가족의 근심거리, 남자 친구 문제를 가지고 수다를 떨었다. 그들 모두가 더 나은 삶을 원하고 있었다. 그 중에 연변에서 온 여자가 나를 돌아보며 말했다. "너는 네 이야기를 거의 하지 않는구나. 고아는 아니겠지?"

나는 몇 달 동안 사람들의 호기심을 두려워했지만 남조선 방송국 기자들과의 기회를 놓치고 난 후에는 전보다 정도가 덜해져 있었다. 기회를 놓친 것은 극도의 조심성 때문이었다. 그리고 거짓말을 하는 데도 신물이 나 있었다.

"고아는 아니야." 내가 말했다. 나는 말하기 전에 결과를 생각하느라 잠시 멈추는 버릇이 있었다. 이번에는 바로 말이 나왔다. "나는 북한에서 왔어."

여자들은 서로를 쳐다보았다. 가장 눈치가 빠른 지우도 전혀 짐작하

202

지 못했다고 했다. 그들은 갑자기 나에게 큰 관심을 보였다. 그래서 내 이야기를 들려주었다. 우리는 문을 닫는 시간까지 카페에 있었다.

처음으로 선양에 있는 다른 북한 출신 도망자에 관심을 두게 되었다. 당시 선양에는 숨어 있는 탈북자가 너무 많아서 몇 달마다 한 번씩 그들을 색출하여 북한으로 돌려보내기 위한 경찰의 대대적인 단속이 벌어졌다. 그러던 중 한 웨이트리스의 생일 파티에서 중국어가 몹시 서툰 여자를 보고 북한 사람이라고 짐작했다. 그녀에게 내 소개를 했다. 그리고 서서히 조심스럽게 나처럼 뻔히 보이는 곳에 숨어 있는 여러 명의 북한 여자들을 알게 되었다. 생일 파티에서 만난 여자의 이름은 수진였다. 그녀는 북한에서 대단한 미인으로 여겨지는 타원형 얼굴, 크고 둥근 눈, 활 모양의 붉은 입술을 가지고 있었다. 나는 한 주에 한두 번씩 전화로 수진과 수다를 즐겼다. 그녀 역시 웨이트리스였다. 수진은 선양에서 남한에서 온 남자 친구와 동거하고 있었다. 남한 남자 친구와 같이 살다니! 나는 수진이 그 말을 했을 때 아연실색하면서도 스릴을 느꼈다.

그러다가 몇 주 후에 그녀의 전화가 갑자기 중단되었다. 전화를 걸어 보니 없는 번호라는 신호가 들렸다. 나는 매우 좋지 않은 일이 생겼음을 감지했다.

여섯 달 뒤에 확실치는 않았지만 어두워진 거리에서 수진을 보았다고 생각했다. 이름을 부르자 마치 쓰레기 더미를 뒤지다가 들킨 짐승처럼 쫓기는 표정으로 나를 돌아보았다. 수진이었다. 용모가 수척하고 핼쑥해졌다. 티셔츠 속에서 튀어나온 그녀의 어깨뼈가 보였다.

수진은 나를 만나서 반가운 것보다는 미행당한다고 생각하는 사람처럼 사방을 두리번거렸다. 그녀는 경찰의 불시검문에 걸려서 자기 아파트에 와서 신분증을 요구했다고 했다. 수진에게는 신분증이 없었다. 경찰은 그녀를 체포하여 시타경찰서에서 심문한 후에 북한으로 강제 추방했다. 수진은 석 달 동안 보위부의 수용소에 갇혀 있었다. 위생 시설은 전무했고 매끼 식사는 옥수수 알갱이 몇 개였다. 새로 수용된 사람들이 형편없는 음식과 설사병 때문에 며칠 버티지 못하고 죽는 경우도 흔했다.

수진은 석방되면서 다시는 북한을 탈출하지 않겠다는 서약서에 서명했다. 다시 잡힌다면 처벌에서 살아남지 못한다는 것을 알고 있었다. 수진의 다리에는 발길에 차이고 매 맞은 상처가 생생하게 남아 있었다. 이제 중국은 자신에게 너무 위험하다고 했다. 그녀는 남한으로 가려는 결심을 굳히고 있었다.

수진은 필사적으로 사람들의 이목을 피하려 했다. 그녀는 우리가 선양에서 같이 알고 지냈던 춘희라는 북한 친구가 자신을 밀고했다고 확신했다. 정보원이 되는 대가로 자신은 중국 경찰의 체포를 면했을 것이라고 짐작했다.

수진은 내 손을 꼭 쥐었다. "순향아, 너도 조심해."

나는 떠나는 수진의 뒷모습을 지켜보았다. 그리고 다시는 그녀를 보지 못했다.

수진의 이야기를 들은 나는 두려움을 느끼며 정보원들을 걱정하게 되었다. '내가 북한 사람이라는 사실을 몇 명이나 알고 있을까?' 생각을 떨칠 수 없었다. '누구에게 이야기했었지?'

그러면서도 나는 재앙이 다가오고 있다는 것을 알지 못했다.

일주일 뒤 오전 10시쯤 식당의 종업원이 내 휴대폰으로 전화를 걸어 왔다. 쉬는 날이었던 나는 숙소에 있었다. 종업원은 들뜬 목소리로 잘 생긴 청년 두 명이 식당에 찾아왔다고 했다. "이름을 대면서 너를 찾았어."

심장이 요동쳤다. 내 이름을 물어본 고객은 아무도 없었다. 그러나 남한에서 온 기자 두 명에게는 이름을 알려 준 적이 있었다.

"잠깐 기다리라고 해 줘." 나는 말했다. "금방 갈 테니까."

대충 화장을 마치고 식당으로 달려갔다. 종업원이 테이블을 가리켰다. 모르는 남자 두 사람이 일어섰다.

"순향?" 한 남자가 말했다.

"네."

그들은 재킷을 열어 배지를 보여 주었다.

"경찰입니다. 같이 갑시다."

26

심문

두 명의 사복 경찰은 아무런 표식이 없는 아우디 차로 나를 데려갔다. 마치 나쁜 꿈을 꾸듯이 비현실적인 몽롱함이 느껴졌다. 그들은 내게 수갑을 채우지는 않았다. 이런 일이 일상인 듯이 여유가 있어 보였다. 한 사람은 영화배우처럼 아주 잘 생긴 청년이었다. 운전석에도 한 사람이 있었다. 나는 뒷좌석에서 두 사람 사이에 앉았다.

"어디로 가는 거죠?" 내가 말했다.

잘 생긴 남자가 대답했다. "시타경찰서."

자동차의 에어컨은 추울 정도였다. 이가 마주치기 시작했다. 이제는 끝이야. 나는 생각했다. 여기서 벗어날 방법은 없었다.

시타의 낯익은 거리를 달려가면서 내가 중국에 있었다는 사실을 보위부가 알게 되어 우리 가족이 겪게 될 끔찍한 곤경을 생각했다. 두려운 것은 나 자신이 아니라 어머니와 민호 때문이었다.

나는 이런 일을 당해도 싸다. 모두 내가 저지른 일이니까.

무릎 사이에 손을 모아 쥐고 난생 처음으로 기도했다. 세상의 모든 신에게 기도를 올렸다. 이것이 악몽이라면 빨리 깨어나게 해 주세요. 가능하다면 부디 지금 도와주세요.

자동차가 경찰서 앞에 멈췄다. 양쪽에 선 경찰은 나를 형광등이 켜진 로비로 데리고 들어갔다. 제복과 사복을 입은 사람들이 바쁘게 오가고 있었다. 왼쪽에는 천장에서 바닥까지 철창이 있는 임시 유치장 같은 곳이 보였다. 적어도 30명쯤 되는 사람들이 벽에 기대거나 바닥에 앉아 있었다. 남자나 여자나 말이 없고 체념한 표정이었다. 몇 명은 매우 수척했다. 그들은 나를 바라보았다. 북한 사람 같은 표시가 났다. 나는 그들에게 아무런 동정심도 느끼지 못했다. 사실 아무런 느낌도 없었다.

잠시 후면 나도 저들과 같은 처지가 된다.

우리는 담요에 싸인 생후 한두 달쯤 된 아기가 놓여 있는 데스크를 지났다. 돌보는 사람이 없는 아기는 울고 있었다.

지푸라기처럼 다리에 힘이 빠졌다. 두 경찰관은 나를 2층으로 데려 갔다.

우리는 2층에 있는 널찍하고 밝은 회의실로 들어갔다. 옅은 청색 셔츠를 입은 경찰 스무 명 정도가 벽에 기대어 서 있었다. 모두가 들어오는 나를 주시했다. 잘 생긴 경찰관이 정중하게 데스크 앞의 의자를 권하고는 다른 경찰관 두 사람 사이로 가서 앉았다. 꿈과도 같은, 초현실적인 광경으로 느껴졌다.

잘 생긴 경찰관은 수사관 슈라며 자신을 소개했다. 나를 심문할 사람이었다. 이곳에서 사람들에 둘러싸인 가운데 일어나고 있는 일은 현실이었다.

'집중해야 해. 나는 자신에게 말했다. 지금 내 앞에는 세 명의 경찰관밖엔 없는 거야. 뒤에 있는 모든 경찰들은 잊어 버려.'

질문은 슈 수사관만 하지는 않았다. 다른 두 사람도 차례대로 중국어로 나를 심문했다.

성씨는 무엇인가? 태어난 곳은 어딘가? 부모의 이름은 무엇인가? 그들의 직업은? 그들의 정확한 주소는? 형제자매 이름은?

나는 정길 삼촌과 상희 숙모의 딸이라고 말하고 그들에 관한 세부 사항을 설명했다. "가족의 집 전화번호를 대시오." 경찰관 한 사람이 말했다.

머릿속에서 경보가 울렸다. 그들이 삼촌 집으로 전화를 걸도록 할 수는 없었다.

"지금은 전화가 없습니다. 부모님이 당분간 남한에 머물게 되어 전화 설치를 하지 않았어요."

어느 초등학교를 다녔나? 교장 선생의 이름은? 내 마음은 근수와 그의 누나들과의 대화에서 들었던 선양의 학창 생활에 관한 정보의 조각들을 떠올리고 있었다.

중학교는? 어느 학교라고?

마음이 심하게 방망이질 쳤지만 침착성을 유지하려 애썼다. 내 몸은 일종의 긴급 작동 모드로 들어갔다. 마치 심문을 받고 있는 사람이 내가 아닌 다른 사람인 것 같았다.

'저들은 내가 거짓말을 하는지 지켜보고 있어. 들키면 안 돼. 분명하고 자신 있는 태도로 말해야 해.' 손가락의 움직임에서 초조함이 드러나는 것 같았다. 두 손을 깍지 껴서 무릎 위에서 올려놓았다. '저들이 눈치 챌 거야.' 나는 손가락을 고정시켰다.

다시 부모 얘기로 돌아갔다. 아버지의 생일은 언제인가? 어머니 생일은? 그리고는 마치 요일을 묻듯이 가벼운 말투로 김일성의 생일은 언제냐고 물었다.

4월 15일. 북한 사람이라면 생각할 것도 없이 대답할 수 있는 질문이었다.

"모르겠습니다." 나는 대답했다.

심문은 다음 단계로 넘어갔다. 슈 수사관은 내가 언제 결혼할 것인지를 물었다. "앞으로 10년 동안은 결혼하지 않을 생각입니다." 내가 말했다. "나는 너무 젊어요."

뒤에 있는 경찰관들은 침묵하면서 심문 광경을 지켜보았다. 방으로 들어오는 사람도 방에서 나가는 사람도 없었다.

슈 수사관은 손가락으로 펜을 돌리면서 나를 주시했다.

그러더니 선양매일신문을 건네면서 첫 번째 기사를 읽어 보라고 했다. 선다 고속 도로의 교통 체증에 관한 기사였다. 당시 나의 중국어는 이미 자연스러워진 상태였다. 북한 억양의 흔적 없이 말했다고 어느 정도 자신할 수 있었다. 일이 분 뒤에 그가 말했다. "됐어요."

나는 그들이 내 말을 컴퓨터에 입력하고 있지 않다는 걸 알아챘다.

'저들은 반신반의하고 있어. 내가 중국인일지도 모른다고 생각해.'

다음은 중국어 필기시험이었다. 심문관 한 사람이 내 뒤에 서서 신문 기사를 읽으면서 받아쓰게 했다.

받아쓰기를 마치자 한 사람이 물었다. "신분증은 어디 있지?"

"집에 있어요." 근수가 나를 위해 준비한 신분증을 보여 주었을 때 신분증 번호를 암기했었다. 그 번호를 말했다. 신분 증명 시스템은 아직 전산화되지 않았었다. 번호를 확인하려면 다른 경찰서에 전화를 걸어 서류철을 찾아보아야 했다.

저들이 내가 북한 사람이라고 생각한다면 지금 확인 절차를 시작하겠지. 그러면 모든 게 끝이다.

대신에 방 안의 분위기가 밝아졌다. 그들의 얼굴에서 의혹의 기미가 사라지고 있었다. 슈 수사관은 처음으로 미소를 지었다. "그래, 정말로 결혼은 언제 할 거요?"

나는 웃었다. "최고 신랑감이 나타나면요." 사실 이 질문도 분명 그들의 의도가 있었다고 생각한다. 무슨 의도로 물어본 건지는 모르지만.

수사관 한 사람이 수첩을 탁 덮었다. 그가 다른 수사관들에게 말했다. "허위 신고야."

그래, 누군가 나를 신고했구나.

슈 수사관이 일어섰다. "가도 좋습니다." 그가 손으로 문을 가리키며 말했다. "시간을 빼앗아서 미안합니다. 우리는 절차를 따라야 하니까."

나는 방안의 경찰 모두가 지켜보는 가운데 꿈을 꾸는 것처럼 멍한 상태로 문 쪽으로 걸어갔다. 언제라도 "아, 마지막으로 한 가지!"라는 말이 들려올 것만 같았다.

내 뒤로 문이 닫혔다. 황급히 계단을 내려가 로비와 유치장을 지나쳤다. 차마 거기 갇힌 사람들을 쳐다볼 수 없었다.

햇빛이 비치는 부산한 거리로 걸어 나갔다. 경찰서에서 몇 구획 떨어진 곳까지 가서야 걸음을 멈추고 1분 동안 인도에서 쉬었다. 맑고 따뜻한 오전 시간이었다. 시타의 모습은 평소와 다름없었다. 내 주위로 보행자들이 지나갔다. 하늘을 올려다보았다. 작은 물고기 같은 비행기 한 대가 푸른 하늘을 가로지르고 있었다.

'사랑하는 아버지, 진심으로 감사드려요. 학교 시절에 한자 공부를 그렇게 열심히 하도록 해 주셔서 감사합니다.'

한자를 배우는 데는 오랜 시간이 걸린다. 마지막 필기시험이 수사관들의 마음에 끝까지 남아 있었던 의심을 몰아냈다.

아버지가 나를 구했다.

이제 선양을 떠나야 할 시간이 다가왔다고 생각했다. 이대로 머물 수는 없었다. 너무 위험했다. 어디로 갈지 정할 때까지는 숨어 있어야 했다. 공동 숙소에서 나가야 한다. 하지만 어디로? 선양에서 경찰로부터 안전한 곳은 아무데도 없었다.

걸어가는 동안에 안도감이 우울한 느낌으로 바뀌기 시작했다. 이미 수많은 거짓말 뒤에 숨어 지내면서 나 자신이 누군지조차 모를 지경이 되었다. 방금 겪은 경험은 지극히 비인간적이었다. 경찰의 관료주의, 정확한 절차와 속임수가 숨어 있는 질문, 그리고 사람들을 북한으로 보내서 보위부의 고문 감방에 갇힌 채 쇠사슬로 매를 맞게 하는 것이 합리적이고 올바른 일이라고 생각하는 빳빳하게 다린 셔츠를 입은 수사관들.

두 손으로 머리를 감쌌다. 어떻게 모르는 사람에게 북한에서 왔다고 말할 정도로 어리석었을까? 이제 믿을 수 있는 사람은 아무도 없었다.

그런 생각이 든 순간에 아이디어가 떠올랐다. 탈북자를 잡기 위한 그물이 시타경찰서에서 펼쳐진다면 바로 그 옆으로 가면 어떨까? 탈북자가, 그것도 제일 위험한 시타경찰서 바로 옆에 산다고는 아무도 상상하지 못할 것이다. 등잔 밑이 가장 어두운 법이다.

며칠 뒤에 나는 시타경찰서 옆 건물의 원룸 아파트를 임대했다. 실제로 새 아파트 건물의 입구와 경찰서의 거리는 다섯 걸음 정도였다. 내 방 창문을 통해서 짙은 청색 제복을 입고 심문실을 드나드는 경찰관들을 볼 수 있었다. 가장 대대적인 단속이 벌어지더라도 그들이 여기까지 신경 쓰지는 않을 것이라고 생각했다.

이사한 지 2주 뒤에 식당에서 긴 일과를 마치고 집으로 돌아가고 있었다. 너무 지쳐서 계단을 오르기도 힘이 들었다. 핸드백에 손을 넣어 아파트 열쇠를 찾았다. 계단에는 조명이 없었다.

갑자기 어둠 속에서 내 왼쪽으로 빠르게 접근하는 인기척이 들렸다. 누군가가 나를 향해 돌진하는 것 같았다. 미처 반응하기도 전에 엄청난 타격이 뒷머리를 강타했다. 눈에서 불꽃이 튀고 두뇌가 마비되었다. 눈앞이 캄캄해진 나는 정신을 잃었다.

27

계획

확산되는 흰색 조명 속에서 눈을 떴다. 나는 침대에 모로 누워 있었다. 여자의 부드러운 목소리가 자기를 보라고 했다. 눈을 돌리니 녹색 수술 마스크를 쓴 여자가 보였다. 그녀는 내 머리의 심한 자상 때문에 열 바늘을 꿰맸다고 말했다. 마취제를 투여했으며 30분쯤 후에 마취가 풀린 다고 알려 주었다.

내가 깨어나지 않으면 아무도 내가 누군지 모르겠지? 나는 생각했다. 여러 이름을 가진 신분이 없는 여자.

눈이 감기기 시작했다.

며칠이 지나서야 무슨 일이 있었는지 알게 되었다. 같은 층에 사는 여자가 계단에서 들려오는 소리를 들었다. 그녀는 콘크리트 바닥에 쓰러져 있는 나를 발견했다. 뒷머리에서 흘러나온 피가 바닥에 퍼지고 있었다. 나를 공격한 사람은 1리터짜리 맥주병으로 내 머리를 강타하고 달아났다.

누군가가 치명적일 수도 있었던 타격을 가할 정도로 폭력적인 의도를 품고 어둠 속에서 나를 기다리고 있었던 것이다. 그가 누구였든 지갑을 가져가지도 않았고 내 손에 있던 열쇠로 아파트를 털지도 않았다.

나를 공격한 사람이 병의 맥주를 마시지 않았던 것이 큰 행운이었다고 병원 관계자가 말했다. 빈 병이었다면 유리 파편이 훨씬 더 심한 상처를 입혔을 것이었다. 그들은 가능한 한 빨리 경찰에 신고하라고 권했다. 나는 그러겠다고 했지만 경찰에 알릴 생각은 전혀 없었다.

공동 숙소에서 오래 같이 지낸 친구 지우는 공격의 배후에 내가 차버린 전 약혼자의 가족이 있지 않을까 추측했다. 결혼을 앞두고 근수에게 수치를 안긴 데 대해 장 씨 아주머니가 가족의 명예를 위해서 복수를 꾀했을 수도 있었다.

이 같은 생각은 나를 몹시 괴롭혔다. 그러나 생각하면 할수록 그런 가능성은 적었다. 공격한 방식과 무기의 선택(1리터짜리 맥주병!)은 그들 가족이 택할 것 같지 않게 비열했다. 나는 장 씨 아주머니를 그보다는 높이 평가했다.

경찰의 심문이 있은 지 불과 2주 뒤라는 타이밍으로 보아 내가 북한 사람이라고 경찰에 신고하고 이름과 직장을 알려 준 신고자와 관련이 있을 가능성이 더 컸다. 추측이지만 신고자가 허위 신고로 경찰에게 뭔가 안 좋은 일을 당했고 그에 대한 복수를 꾀했을 수도 있었다.

건강을 회복하고 식당으로 복귀한 나는 더 이상 일이 즐겁지 않았다.

일상의 편안함은 산산조각 나 있었다. 이제 모든 사람이 의심스러웠다. 고객이 말을 걸 때마다 신경이 곤두섰다.

그 어느 때보다도 가족이 그리웠다. 어머니의 애정이 그리웠다. 그런 일을 겪고 나니 어머니의 품 안에서 울고 싶어졌다. 민호가 옆에 있었다면 얼마나 좋았을까 생각했다. 하루 종일 가족 생각을 하지 않은 시간이 없었다. 경찰의 심문이 있기 전에는 선양에서 친구를 사귀기 시작했지만 이제 그것도 그만두었다. 다시 혼자가 되었다.

새로 이사 간 동네에서 같은 세탁소를 이용하는 사람 중에 경찰관도 몇 명 있었다. 잘 생긴 슈 수사관을 볼 때도 있었다. 그는 나를 알아보지 못했다. 세탁소에 단골로 오는 고객 중 한 사람인 조선족 경찰은 나를 볼 때마다 미소를 보냈다. 내가 심문 받을 때 그가 뒤에 있었는지 기억해 보려 했지만 확실치 않았고 물어볼 수도 없었다. 그는 좋은 사람 같았다. 이름은 신진서이고 계급은 경사였다. 나보다 몇 살 위였다. 잘 생기지는 않았지만 제복을 입은 모습은 그럴 듯해 보였다. 어느 날 저녁 세탁소에서 마주친 그는 저녁 식사를 같이 하지 않겠느냐고 물었다. 본능적인 대답은 미소를 지으며 거절하는 것이었지만 지난 몇 주 동안 겪은 일로 나는 두려우면서도 냉소적이 되어 있었다. 하지만 머릿속에서 목소리가 들렸다. '안될 게 뭐야?' 경찰이 내 편이라면 유리할 수도 있었다.

우리는 데이트를 시작했다. 2001년 가을이었다. 우리의 데이트는 특별하지 않았다. 그저 맥도날드나 KFC로 가곤 했다. 어느 날 저녁에 그는 피곤하면서도 기분이 좋아 보였다. "완전히 녹초가 됐어." 그가 말했다. "그리고 굶어 죽을 것 같아." 그는 입술에 묻은 기름기를 손으로 닦으면서 햄버거와 감자튀김을 입 속으로 밀어 넣었다.

"왜요?"

"새벽부터 탈북자 단속이 있었어." 입 안 가득 음식을 씹으면서 그가 말했다. "잡아들인 탈북자가 너무 많아서 점심을 건너뛰었지 뭐야."

그는 붙잡힌 탈북자들이 어떻게 울고 애원했는지를 설명하면서 내가 그런 이야기를 재미있어 하리라고 생각하는 듯했다. "제발 북송만은 하지 말아 주세요." 그는 카랑카랑한 북한 억양을 흉내 내며 말했다.

나는 얼굴에 분노가 나타나지 않도록 애써야 했다. '네가 지금 쳐다보고 있는 여자도 그중 한사람이다, 이 개자식아.'

나는 그에게 진정한 애정을 느끼지도 못하면서 그를 이용해 자신을 보호하고 있다는 걸 다시 깨달았다. 그러나 이것이 전혀 현명한 일이 아니며 오히려 위험을 부른다는 생각에 이르렀다.

경찰관 신진수와의 관계는 끝내야 했다.

그러나 그가 탈북자 단속에서 자신의 역할을 자랑하는 이야기를 들으며 앉아 있는 동안에 나는 마침내 북한 사람으로서 독자적인 나 자신의 계획을 찾았다는 만족감을 느꼈다.

어머니의 마지막 전화를 받은 뒤로 거의 4년이 지나갔다. 해마다 그날이 되면 내 마음의 밸브가 열려 슬픔을 가득 채웠다. 그러나 2001년 겨울에 네 번째로 그날이 다가오면서는 처음으로 희망을 품게 되었다. 4년 동안 절약하면서 살아온 끝에 혜산의 가족을 찾기 위해 브로커에게 지불할 만한 돈을 저축할 수 있었다. 나는 가족과 다시 만나지는 못하더라도 소식을 전할 수 있기를 간절히 원했다. 내가 살아 있으며 매일같이 그들을 생각한다고 말하고 싶었고, 안전하게 잘 있는지를 묻고, 정말로 사랑한다는 말을 해 주고 싶었다.

나에게는 장백에 가서 미스터 안이 아직도 거기 살기를 바라면서 집을 찾아가는 것밖에는 다른 방법이 없었다. 그들의 전화번호는 몇 년 동안 사용되지 않는 번호였다. 그래서 나는 플랜 B도 준비했다.

거의 매주 식당에 와서 저녁 식사를 하는 조선족 사업가가 있었는데 나와도 종종 대화를 나눴다. 관대하고 종업원들에게 인기 있는 고객이었다. 어느 날 저녁에 그는 내가 우울해 보인다고 했다. 나는 충동적으로 북한에 연락하고 싶은 친척이 있다고 말했다. "진작 말하지 그랬어?" 그가 말했다. "그런 일을 하는 사람들을 알거든."

그는 북한 사람들을 빼낸 경험이 있는 중국인 브로커를 조심스럽게 소개해 주었다. 소개받은 브로커는 작고 다부진 체구에 정직해 보이는 남자였다. 그는 내게 무엇을 원하는지 물었다. "어머니와 동생을 다시 만나고 싶어요." 내가 말했다. 나는 플랜 B가 가족과의 만남을 위한 성공 가능성을 높일 것으로 생각했다.

그러나 플랜 B는 참담한 실패로 끝나게 된다.

28

갱단

문을 열어 준 연약한 여자는 미스터 안의 부인이었다. 4년 만에 보는 그녀는 10년은 늙어 보였다. 나를 보고 놀라 손으로 입을 막았던 그녀는 현관을 들어서면서 미스터 안이 매우 아프다고 말했다. 병상에 누워 있으며 도움이 없이는 일어서지도 못한다고 했다.

미스터 안의 통통한 물고기 같았던 얼굴은 알아보지 못할 정도로 변해 있었다. 고통으로 일그러진 얼굴이었다. 말도 잘 못했다.

안 씨의 부인은 밀수품을 운반하던 그를 북한 국경 경비대원들이 혜산 쪽 강둑에서 붙잡아 자루를 씌우고 경비 초소로 끌고 갔다고 설명했다. 그들은 미스터 안이 탈북자들을 도와준 것을 안다면서 멍투성이가 되도록 두들겨 팼다. 경비대원들은 밀수업자인 그가 중국 경찰에 신고하지 못할 것을 알았다.

"그런 일을 겪은 후에 다시는 가지 말았어야 했어." 안 씨의 부인은 말했다. 그러나 다시 갔던 그는 경비대원들에게 발각되어 다시 한 번 붙잡힐 뻔했다. 경비대원들은 강 위로 도망쳐오는 그에게 총을 쏘아 팔에 총상을 입혔다. 그때 입은 부상 말고도 그는 심한 당뇨병을 앓고 있었다.

이 이야기만으로도 충분히 충격적이었는데 그녀가 이어서 들려 준 소식은 나를 몸서리치게 했다. 내가 전화했을 때 그토록 화를 냈던 이웃집의 미스터 장이 북한 여자들을 신붓감이나 매춘부로 중국인들에게 팔아넘긴 혐의로 체포되었다는 소식이었다. 그런 이야기를 들으니 내 전화에 대한 그의 반응이 이해되었다. 당시에 그는 중국 경찰의 조사를 받고 있었다. 미스터 장은 10년형을 선고받고 감옥에 가서 얼마 지나지 않아 죽었고 그의 아내는 미쳐 버렸다.

안 씨의 부인은 내 가족의 소식을 알지 못했다. 민호도 몇 년 동안 오지 않았다고 했다.

그녀는 2년 전인 1999년의 사건 이후로 강을 오고 가는 밀무역이 한동안 잠잠해졌다고 했다. 혜산의 당 서기가 김정일에게 혜산이 자본주의의 온상이 되고 있다고 보고한 후에 평양의 지시로 인정사정없는 단속이 있었다. 많은 밀수업자들이 체포되고 혜산 비행장에서 인민재판을 받아 처형되었다. 가슴이 철렁 내려앉았다. 어머니와 민호가 죽었을지도 모른다는 생각은 해 본 적이 없었다.

안 씨의 부인은 변함없이 친절했다. 밀수업자 한 사람에게 내 가족을 찾아보도록 하고 찾아내면 민호가 강을 건너 장백으로 와서 나를 만나도록 하겠다고 했다. 나는 밀수업자의 수수료를 지불하겠다고 말했다.

장백에 도착했을 때는 어두워진 시간이었고 다음 날 새벽에 일찍 떠날 때도 어두웠다. 강 건너 혜산은 보이지 않았으나 그쪽에 있는 것이 느껴졌다. 연탄을 때는 연기와 새로 자른 목재 냄새가 났다. 섬뜩한 고요함도 예전이나 다름없었다.

이제 선양으로 돌아가 일하면서 기다릴 수밖에 없었다.

몇 주 뒤 몹시 추운 토요일 아침에 안 씨의 부인이 내 핸드폰으로 전화를 걸어 왔다. 그녀는 밀수업자가 내 가족을 찾아냈으며 민호가 강을 건너왔다고 했다. 그녀의 다음 말에 나는 전화기에 대고 비명을 지를 뻔했다. "민호가 지금 여기 있어."

그녀가 전화기를 건네다가 떨어뜨리는 소리가 들렸다.

"여보세요." 목소리가 들렸다.

나는 숨을 멈췄다. 이건 누구지?

"누나, 나야." 민호의 목소리 같지 않았다. 뭔가가 잘못 됐다고 생각했다. 나는 창문을 바라보았다. 유리에 반사된 동생의 모습을 그려 보았다. 마지막으로 보았을 때 민호는 열 살 먹은 소년이었다. 이제는 열네 살이었다. "누나, 나 진짜 민호야." 전화 속의 목소리가 말했다. "내가 방학 때 몰래 여기 왔다가 강에 홍수가 나서 돌아가지 못했던 일 기억해?"

마침내 나는 멈췄던 숨을 내쉬었다. 정말 민호구나. 바보처럼 낄낄거리면서 동시에 울기 시작했다. 민호에 대한 사랑으로 가슴이 벅차올랐다.

"목소리가 정말 많이 변했다." 내가 겨우 내뱉은 말이었다.

"누나도."

*　*　*

기차역으로 가는 길에 저축한 돈을 모두 찾아서 미국 달러로 바꾸었다. 800달러 정도였다. 이 돈에서 안 씨의 부인이 수배한 밀수업자의 수수료를 주고 나머지는 동생과 어머니에 줄 생각이었다. 나는 선양에서 장춘까지 기차로, 그 다음에는 버스를 타고 장백으로 갔다. 그렇게 가면 교통비가 많이 들었지만 훨씬 빨랐다. 조용하고 빠른 기차를 타고 창밖으로 지나가는 산들을 보면서 민호를 만난다는 생각에 가슴이 부풀었을 때쯤 휴대폰 벨이 울렸다. 남자의 목소리가 들렸다. "내 부하들이 당신 가족을 찾았소." 중국인 브로커였다. 내 얼굴에서 미소가 사라졌다. 플랜 B는 거의 잊고 있었다. 두 채널이 모두 성공하여 이제 양쪽에 돈을 내야하는 게 어처구니없는 불운처럼 느껴졌다.

"언제 장백에 옵니까?"

"내일이요." 나는 거짓말을 했다.

미스터 안 부부의 집에 도착해 보니 젊은 남자 하나가 미스터 안이 누운 침대 가에 앉아있었다. 그는 나를 보고 일어섰다. 나는 민호를 생각할 때마다 매끈한 얼굴에 귀여운 미소를 짓는 남동생의 모습을 떠올렸었다. 이 남자는 전혀 다른 모습이었다. 그러나 키가 크고 살이 붙긴 했지만 얼굴에서는 어머니의 얼굴을 알아볼 수 있었다. 그는 호기심 어린 눈길로 나를 주시했다. 그러더니 '알았지? 이제 더 이상 아이가 아니야.'라고 말하는 듯이 내가 기억하는 활짝 웃음을 보여 주었다. 그에게는 꽉 끼는 청바지를 입고 머리를 갈색으로 염색한 내 모습이 매우 이

상하게 보였을 것이다. 북한에서는 정말로 외계인처럼 보이는 스타일이었다. 미스터 안의 거실에서 우리는 마치 몇 년을 건너뛴 후에 다시 만나 서로를 알아보려는 사람들처럼 마주 쳐다보고 있었다.

"정말 너구나." 내가 말했다.

"그래." 민호가 남자의 목소리로 대답했다.

우리는 동시에 웃음을 터뜨리며 서로에게 다가갔다.

미처 어머니의 소식을 묻기도 전에 현관문을 두드리는 소리가 들렸다.

안 씨의 부인이 문을 열었다. 밖에는 네 명의 남자가 서 있었다. 나는 그들을 보는 순간 문제가 생겼다고 직감했다.

검은 재킷과 청바지 차림의 사람들이었다. 한 사람은 얼굴에 피어싱을 했다. 그들은 장백에 사는 사람들이 아니었다. 갱단의 단원들이었다.

"당신이 민영?" 그중 한 사람이 안 씨의 부인 뒤에 있는 나를 보고 말했다. 그의 머리는 면도칼로 민 대머리였다. "우리가 당신 가족을 찾았소."

중국인 브로커가 이런 폭력배들을 고용했단 말인가?

그들을 응대하기 위해 밖으로 나서면서 목소리에서 불안감을 지우려 애썼다. "내일 당신들에게 연락할게요." 내가 말했다.

"아니, 지금 우리와 함께 가야 해." 머리를 삭발한 남자가 말했다.

"걱정할 것 없어. 아무 문제없을 테니까."

안 씨의 부인은 충격을 받은 것 같았다.

나는 휴대폰과 핸드백을 남겨두고 그들을 따라갔다. 민호가 같이 가고 싶어 했지만 남아 있으라고 말했다. 이 문제는 내가 처리해야 했다.

그들은 장백의 반대쪽 구역에 있는 텅 빈 아파트로 나를 데려갔다. 머리를 삭발한 남자가 빈방으로 나를 데리고 들어가 문을 닫았다. 그는 숨결이 느껴질 정도로 가깝게 다가와 내 얼굴에 대고 말했다.

"당신의 가족을 찾았소. 동생이 이미 당신을 만나러 안 씨 영감 집으로 갔다고 어머니가 말해 주더군. 당신에게 도움이 되었든 아니든 내게는 상관없어. 우린 할 일은 했으니까. 이제 돈을 내시오."

"얼마지요?"

"7만 위안."

피가 얼어붙었다. 거의 8500달러에 해당하는, 내가 가진 돈의 열 배가 넘는 금액이었다.

"내게는 그런 돈이 없어요."

"선양에 있는 당신의 돈 많은 사업가 친구가 지불할 거요." 그가 말했다. "브로커가 분명히 그렇게 말했소." 그는 내게 휴대폰을 건넸다. "그 사업가에게 전화해서 돈을 송금하라고 하시오."

심장이 가라앉는 듯했다. 오해가 있었더라도 이렇게 큰 오해가 있을 수는 없었다.

"이 일은 그 사업가와 아무 관계가 없어요." 내가 말했다. "돈을 낼 사람은 나예요. 그 사람은 그저 도와주었을 뿐이고요. 그를 잘 알지도 못해요. 돈을 내라고 할 수는 없어요."

"그렇다면 문제가 생기는군."

"무슨 문제요?"

"이렇게 말하지. 돈을 내지 않으면 당신을 자루 속에 넣어서 북한쪽으로 던져버리겠어."

29

위안을 주는
달빛

내가 중국에서 만났던 사람들은 때로 김 씨 왕조의 폭정이 60년 가까이 계속되고 있는 북한의 현실에 대한 당혹감을 나타내곤 했다. 그들은 보통 "그러고도 어떻게 김 씨 일가가 무사할 수 있지?"라고 묻곤 했다. 억압당하는 사람들이 어떻게 계속해서 견디고 있는지도 마찬가지로 이해할 수 없는 일이리라. 사실을 말하자면 무자비한 지도자와 억압받는 주민을 구분하는 경계선은 존재하지 않는다. 김 씨 일가는 최상층부터 최하층까지 모든 사람을 잔혹한 시스템에 연루시켜서 공범자가 되도록 하고, 기본적인 도덕성을 흐려 놓아서 비난받지 않을 사람이 아무도 없게 만드는 방식으로 통치한다. 두려움에 빠진 당 간부는 부하들을 공포로 몰아넣고, 이 같은 일이 위계의 사슬을 따라 내려가면서 되풀이된다. 처벌이 두려워 친구가 친구를 고발한다. 착하게 자라난 소년이 중국으로 탈출하려다 붙잡힌 소녀에게 죽도록 발길질을 하는 경비대원이 된다. 그런 소녀는 성분이 바닥으로 추락했고 국가의 눈으로 볼 때 무가치하고 적대적인 존재이기 때문이다. 평범한 사람들이 박해자, 고발자, 도둑이 된다. 그들은 위에서 아래로 흘러내리는 두려움으로 이익을 얻거나 살아남기 위해 이용한다. 비록 북한 사람이 아니고 중국인이었지만, 나는 바로 내 앞에 서 있는 범죄자에게서 그런 이용 방법의 대표적인 예를 보았다. 그는 사람들을 구하여 영웅이 될 수도 있는 힘이 있었지만, 대신에 북한 정권이 초래하는 공포를 자신의 이익을 위해서 이용하고 다른 사람들의 불행을 가중시키고 있었다. 그는 나를 절벽 가장자리로 몰았다. 돈을 내지 않으면 밀어 버리겠다는 태세다.

나는 다시 말했다. "내게는 그런 돈이 없어요. 수수료를 깎아 주면 어떻게든 해 보겠지만 그렇지 않으면 나도 어쩔 수 없어요."

완전히 자포자기한 느낌이었다. 내 눈에서 그런 기미를 분명히 보았는지 그는 나를 남겨두고 방을 나가 동료들과 의논하기 시작했다. 아파트 벽은 값싼 석고였다. 옆방에서 나는 말소리를 거의 다 들을 수 있었다.

"돈을 받으려면 그 여자애를 건드리면 안 돼." 그들 중 한 명이 말했다. 머리를 삭발한 남자가 방으로 돌아왔다. 그는 내가 해결책을 찾을 때까지 여기 있어야 한다고 말했다. 내 핸드백을 가져오도록 미스터 안 부부의 집으로 사람을 보내겠다고 했다.

나는 극심한 공포가 얼굴에 드러나지 않으려 애썼다. 그가 내 돈에 손을 대지 못하게 만들어야 했다. 그렇게 되면 민호와 어머니에게 줄 돈, 그리고 밀수업자의 수고비로 안 씨의 부인에게 줄 돈이 없어지게 된다.

삭발한 남자에게 그의 휴대폰을 쓰게 해 달라고 말했다. 그는 통화 내용을 들을 수 있도록 자기 앞에서 전화하라고 했다.

내 휴대폰으로 전화를 걸었지만 안 씨의 집에서는 아무도 전화를 받지 않았다.

제발. 누구라도 받아.

나중에 들어 보니 민호와 안 씨의 부인은 전화벨 소리를 들었지만 전화를 받으려면 어디를 눌러야 하는지 전혀 몰랐다고 했다. 두 사람 모두 그때까지 휴대폰을 본 적이 없었다. 결국 그들은 방법을 찾아냈다. 민호가 전화를 받았다.

나는 낮고 다급한 목소리로 핸드백에 있는 돈을 모두 꺼내서 안 씨의 부인에게 밀수업자 수수료로 주고 남은 돈을 가지고 강 건너 혜산으로 최대한 빨리 돌아가라고 말했다.

갱 단원 한 사람이 내 핸드백을 가지고 돌아왔다. 민호는 내가 시킨 대로 했다.

삭발한 남자는 갱단의 수수료를 6만 위안으로 낮춰 주는 대신에 그 돈을 내기 전에 떠나는 것은 꿈도 꾸지 말라고 했다.

나를 가둔 방에는 잠금 장치가 없었기 때문에 그들은 출입문으로 통하는 방에서 자면서 교대로 한 사람씩 문밖에서 나를 감시했다. 탈출은 불가능했다.

그날 저녁 한 사람이 저녁 식사로 양꼬치와 만두를 사 왔다. 계속 버티면 그들이 수수료를 더 낮춰 줄 거라고 생각했다. 내게 남은 마지막 카드로 선양의 삼촌 내외에게 전화하기에는 너무 부끄러웠다. 차라리 북한으로 송환되는 운명을 택하겠다고 생각했다. 삼촌 내외에게 그토록 무례한 짓을 저지른 내가 어떻게 범죄 갱단에게 거액을 치러 달라고 부탁할 수 있었겠는가?

나는 시간을 벌기 위해 돈을 빌리려고 사람들에게 메시지를 보내고 여러 경로로 알아보고 있다고 삭발한 남자에게 말했다. 사흘째 저녁이 되자 배달 음식에 싫증이 난 그들은 동네 식당으로 나를 데려갔다. 나는 두 사람 사이에 끼여 앉아 식사를 했다. 다른 손님들이 이런 폭력배들과 같이 있는 나를 어떻게 생각할지 알 수 없었다. 갱들은 나 같은 불법 체류자가 타인에게 도움을 청하는 것 같은 어리석은 행동은 하지 않으리라고 확신하는 듯했다. 왜냐하면 그럴 경우 내가 더욱 심한 곤경에 빠지게 되기 때문이었다.

말씨로 미루어 봤을 때 얼굴에 피어싱한 남자가 한족 중국인이었다. 그가 제일 무서웠다. 그 남자의 몸에서는 폭력이 정전기처럼 소리를 내는 것 같았다. 그와는 눈도 마주치고 싶지 않았다. 그 남자는 발가벗겨진 느낌이 들게 하는 눈길로 나를 계속 지켜보았다. 유일하게 한 명만 조선족 남자였다. 그들의 외모는 좀 더 정상적이었다. 그들은 연길에 있는 갱단 소속이었다. 그들은 가짜 가죽 제품과 암페타민 같은 각성제를 거래하고 있었다. 모두가 삭발한 남자에게 복종했다. 삭발한 남자의 말씨는 구별할 수 없었다. 단둥 쪽일 거란 생각도 들었다.

그날 밤 그들은 나를 빈방에 가두고 문을 닫은 후에 맥주를 따고 술잔을 부딪치기 시작했다. 라이터 소리가 계속 들리는 것으로 보아 아마도 마약을 피우는 듯했다.

그것이 뭐였든 간에 그들을 진정시키지는 못했다. 대화가 점점 격렬하고 공격적이 되더니 곧 불길한 느낌이 들 정도로 거칠어졌다. 내 위장이 뒤틀리기 시작했다.

얼굴에 피어싱한 남자가 옆방에 스물한 살 먹은 여자가 있다는 사실을 상기시켰다. "어떻게 할까?"

'제발, 안 돼.'

그 순간까지 나는 시타경찰서에서 심문받을 때 마치 그곳에 있는 사람이 내가 아닌 듯이 두려움을 억제했던 것처럼 이상할 정도로 침착한 긴급 상황 모드를 유지하고 있었다. 그러나 이제 그 같은 침착성이 사라지고 있었다. 숨이 가빠지기 시작했다. 떨리기 시작한 몸은 멈추지 않았다. 그들이 방으로 들어온다면 나는 곧 비명을 지를 것 같았다.

그들이 바닥에서 일어서는 것 같은 움직임이 들렸다. 나는 방 한구석에 웅크려 앉았다. 그들에게 간청하고 애원해야 하리라.

얼굴에 피어싱 한 남자가 문을 열고 들어오는 순간 조선족 남자가 그의 앞을 막았다. "그 여자는 우리 고객이나 마찬가지야. 네가 그 여자를 엉망으로 만들면 돈을 받지 못할 수도 있어."

삭발한 남자는 말이 없었다. 그들은 다시 술잔을 부딪쳤다. 얼굴에 피이싱한 남자가 물러선 것 같았다. 대화는 계속되었다. 그들의 앞을 가로막은 조선족 남자에게 말할 수 없는 고마움을 느꼈다.

나는 밤새도록 구석에 웅크린 채 두 팔로 무릎을 감싸고 감히 움직일 엄두도 못 내면서 유리 창문을 가로지르는 달을 지켜보았다. 구름에 가려져 누에고치처럼 보이는 희미한 은빛 달이었다. 어머니와 민호도 보고 있을 수 있는 달이었다. 나는 이 달빛 속에 있는 한 안전할 것이라고 자신에게 말했다.

안전. 나는 선양의 경찰 남자 친구 신진서 경사를 생각했다. 그에게 사실을 털어놓고 도움을 청하면 어떻게 될까 궁금했다. 그의 충격 받은 얼굴을 생각하니 어이없게도 웃음이 나올 뻔했다.

날이 밝자마자 선양에 있는 삼촌에게 전화를 걸었다. 아파트에서 도망쳐 나온 후 처음으로 삼촌과 이야기하는 것이었다. 내 목소리는 두려움과 부끄러움으로 가냘팠다. 삼촌에게 도와달라고 했다. 평생을 바쳐서라도 심촌의 돈을 갚겠다고 말했다.

"바로 그렇게 할게." 삼촌은 갱의 계좌로 돈을 송금하겠다고 했다.

감사하다고 말하려 했으나 목이 메어 말이 나오지 않았다. 아버지의 혈연인 삼촌은 아버지가 내게 그랬던 것과 같은 사랑과 너그러움을 보여 주었다.

그들의 포로가 된 지 거의 1주일 만에 갱들은 장백에 있는 은행으로 나를 데려가 돈을 찾도록 했다.

봉투에 든 붉은색 100위안 지폐 다발을 본 피어싱한 남자의 눈이 빛났다. 다른 갱들의 어깨를 두드리고 끌어당기면서 말했다. "오, 잘했어."

삭발한 남자가 나를 기차역으로 데려갔다. 그는 떠나기 전에 손을 내밀며 말했다. "빌어먹을 전화도 내놔."

나는 휴대폰을 그에게 주었다.

그가 가버린 뒤에 나는 긴 겨울 코트 안감 속의 주머니에 숨긴 돈을 꺼냈다. 그 돈으로 선양행 버스표를 샀다. 돌아오는 버스에서 차가운 창문에 머리를 기댄 나는 텅 빈 흰색의 세상을 내다보았다. 식당의 10년치 월급에 해당하는 6만 위안과 강간의 위협을 받으면서 1주일 동안 갇혀 있었던 대가로 내가 얻은 것은 민호와 단 3분간의 재회였다.

그러나 나는 가족과 연락하는 데 성공했다. 그들이 살아 있고 감옥에 가지 않았다는 것도 알았다. 그들 또한 내가 살아있으며 그럭저럭 잘 있다는 것을 알게 되었다.

갚으려면 수십 년이 걸릴 빚에 대한 걱정은 말할 것도 없고 며칠 동안 겪은 시련의 스트레스로 아파트에 돌아오자마자 병이 났다. 입안에 생긴 궤양이 너무 고통스러워서 먹고 마시기도 힘들었다. 초조하고 불안했다. 선양을 떠나고 싶었다. 그것도 빨리. 어디로 갈지 생각한 바가 있었지만 어머니가 하던 일을 떠올린 나는 행운을 묻기 위해서 점쟁이를 찾아갔다.

"움직인다면……." 여자는 효과를 높이려고 말을 멈췄다. "따뜻한 남쪽으로 가야 해."

"상하이 같은 곳이요?" 나는 원하는 대답을 들으려고 그녀를 부추겼다. 그녀는 마치 내 말을 듣지도 못한 것처럼 심원한 지혜가 담긴 듯한 어조로 말을 이었다. "너에게 가장 좋은 곳은 상하이일 거야."

확인하고 싶었던 것은 그 말뿐이었다.

나는 아파트에서 나간다고 통보했다. 식당 일도 그만두었다. 신진수 경사를 마지막으로 만나서 우리 관계가 끝났다고 말하려고 전화를 걸려다가 그만두었다. 머지않아 스스로 알게 될 테니까.

2002년 1월 초에 나는 가진 것 모두를 작은 가방 두 개에 꾸려 넣고 편도 차표를 사서 상하이행 고속 열차에 탑승했다.

30

아시아에서
가장 크고
요란한 도시

하얼빈에서 태어난 이언이라는 여자애와 함께 기차를 탔다. 전에 한두 번 만난 적이 있는 웨이트리스였던 그녀 역시 상하이로 옮겨가는 참이었다. 나는 그녀가 자신의 과거 이야기를 하고 싶어 하지 않는다는 것을 알아차렸다. 내게도 좋은 일이었다. 나도 그녀에게 내 과거에 대해 아무것도 말하지 않았다. 그녀도 나처럼 무언가로부터 도망치고 있다고 짐작했다. 그녀는 착했지만 무뚝뚝했고 목소리는 기차 화통을 삶아 먹은 것처럼 컸다. 하지만 나는 그녀가 좋았다. 우리는 상하이에서 어떻게 지낼지를 이야기하다가 동시에 같은 생각을 했다. 아파트를 같이 쓰자는 생각이었다. 그녀와 아파트를 같이 쓰기로 합의하는 순간에 몇 주 동안 사로잡혔던 긴장과 걱정이 풀리기 시작했다. 이언과 같이 산다면 다시 처음부터 모든 일을 혼자서 견뎌내지 않아도 된다는 것을 뜻했다. 우리 모두 거의 무일푼이었지만 이제는 새로 시작한다는 사실이 그렇게 벅찬 일로 느껴지지 않았다.

우리는 일자리를 구할 때까지 라면만 먹자는 이야기를 하면서 웃고 있을 때 초록색 제복을 입고 모자를 쓴 경찰이 긴 객차의 한쪽 끝으로 들어섰다. 사람들은 저고리에 손을 뻗어 지갑을 꺼내기 시작했다.

그들은 신분증을 준비하고 있었다. 차가운 구슬땀이 이마에 맺혔다.

나는 버스나 기차에서 종종 이 같은 점검을 한다는 것을 알고 있었지만 그때까지는 운이 좋았다.

경찰관은 승객들의 신분증을 조사하고 고개를 끄덕이면서 우리 쪽으로 다가왔다.

15미터 정도까지 가까워졌다. 어떻게 할까? 마치 가슴 속이 뜨거운 양털로 채워진 것 같았다. 극심한 공포가 느껴졌다. 이언이 뭐라고 말했다. 물속에서 들려오는 소리 같았다.

"순향아, 너 괜찮아?"

"차멀미가 나나 봐." 나는 다급하게 자리에서 일어섰다.

화장실 문을 잠그고 기차가 긴 터널로 들어서면서 내는 바람소리와 날카로운 소음을 들으며 기다렸다. 거의 한 시간이 지난 후에 화장실에서 나온 나는 객차 안을 이리저리 살펴보았다. 경찰은 보이지 않았다.

이언은 잠들어 있었다. 나는 상하이에 도착할 때까지 불안감으로 졸아든 가슴을 안고 주위를 살피며 똑바로 앉아 있었다.

기차는 새벽녘에 상하이역으로 접근했다. 깃털 구름이 깔린 복숭앗빛 하늘을 배경으로 푸동의 스카이라인이 된 500미터짜리 고층 건물들의 희미한 윤곽선이 얼핏 보였다. 객차 안에서 상하이 말을 비롯한

다양한 지방어가 들려와서 그랬겠지만 심지어 내가 더 이상 중국에 있지 않은 듯이 느껴졌다.

큰 여행 가방을 끌거나 배낭을 메고 내리는 많은 승객은 이언과 나 같은 사람들이었다. 매주 수천 명의 젊은 이주자들이 새로운 삶을 시작하려고, 성공한 사람이 되려고, 돈을 벌려고, 새로운 신분을 얻으려고, 또는 숨으려고 이 아시아에서 가장 크고 요란한 도시로 몰려들었다. 선양에 있을 때는 종종 내가 특별하고 비밀스러운 방문객이라는 느낌이 들었다. 그러나 여기서 나는 전혀 보잘것없는 존재였다. 이 같은 깨달음은 소외감과 동시에 흥분으로 이어졌다. '여기라면 무엇이든 내가 되고 싶은 사람이 될 수 있을지도 모른다.'

내가 도착한 해에 이 거대한 도시에는 약 1700만 명의 사람이 살고 있었는데 한국계 인구는 8만 명 정도였다. 그중 약 1/3은 중국에 거주하는 남한 사람이었고, 나머지는 한국계 중국인이었다.

이언과 나는 곧바로 작지만 번창하고 있는 코리아타운, 롱바이 지구로 갔다. 날이 저물기 전에 보증금이 필요 없고 월세가 적당한 수준의 방 두 개짜리 아파트를 찾아낸 것은 큰 행운이었다. 작은 가스레인지와 물이 새는 싱크대가 있었고, 창밖으로는 밤새도록 드릴과 망치질 소리가 들려오는 건설 현장이 보이는 아파트였다.

우리는 상관하지 않았다. 새로운 기회가 주어졌다고 느꼈다.

나의 계획은 더 나은 일자리를 구하기 전까지 식당에서 일하는 것이었다. 다시 한 번 모든 일이 한꺼번에 일어나는 듯했다. 상하이에서 멈춰 있는 것은 아무것도 없었다. 하루 만에 이언과 나는 가까운 식당에서 일자리를 얻었다. 나는 계산대를 맡고 이언은 고객 테이블 시중을 들게 되었다.

새롭게 출발한다는 뜻에서 다시 한 번 이름을 바꿨다. 이번에는 스스로 채인희라는 이름을 지었다. 다섯 번째 이름이었다. 나는 선양에서 너무 많은 사람들에게 스스로 북한 사람이라고 이야기를 했었다. 이제 순향이라는 이름은 묻어 버려야 했다.

이언은 믿을 수 없다는 표정을 지었다. "어? 왜? 순향이 어때서?"

"점쟁이가 이 이름이 행운을 부른다고 했어."

나는 나를 가깝게 생각하는 사람에게조차도 능숙하게 거짓말을 하는 사람이 되었다.

상하이에 온 지 얼마 지나지 않은 어느 날 저녁, 화이하이로에 있는 유명한 쇼핑가로 아이쇼핑을 나가 황금빛으로 반짝이는 보석류와 유럽의 유명 브랜드 시계를 구경하면서 걸어 다녔다. 나는 단순히 다른 나라에 와 있는 것이 아님을 깨달았다. 내가 자란 곳과는 다른 세계였다. 여기서 사람들이 가장 집착하는 것은 돈이었으며, 또한 유명인이 되고 명성을 얻는 것이었다. 내 과거에 대한 타인의 호기심을 두려워하며 살아왔지만 상하이에서는 불법 체류자만 아니라면 누구든 어디에서 왔든 아무도 신경 쓰지 않았다. 이 도시는 배짱, 야망, 재능을 갖춘 사람에게 문을 열어 주었다. 그러나 이곳에 있을 권리가 없는 사람들에게는 무심하고 잔인했다.

웨이트리스 일에서 벗어나려면 이 도시의 모든 불법 체류자가 갈망하는 합법적 신분증이 필요했다. 이 조그맣고 중요한 물건이 없다는 사실이 많은 기회를 가로막았다. 신분증이 없이는 보수가 더 좋고 의미 있는 일자리를 얻을 가망이 없었다.

가장 안전하려면 누군가에게 진짜 신분증을 사야 했다. 그러려면 브로커가 필요했다.

한 웨이트리스의 소개로 처음 만난 브로커는 1만 6000달러를 요구했다. 나는 됐다고 했다. 두 번째 브로커는 더 높은 금액을 불렀다. 장백의 갱들이 떠올랐다. 내가 불법 체류자임을 아는 사람은 누구나 이를 이용하려 했다. 바가지를 씌워 최대한으로 돈을 뜯어내려 했지 도와주려는 생각은 전혀 없었다.

갱스터를 피하려면 더 나은 전술이 필요했다. 그럴듯한 이야기를 꾸며내야 했다.

내가 상하이로 온 첫해의 온화하고 신선한 봄이 지나가고 무기력해지는 여름이 왔다. 일을 마치고 아이스크림 가게에서 더위를 식히고 있었던 이언과 나에게 옆 테이블에 앉은 남자가 말을 붙이려 했다. 코리아타운에 자기 가게가 있는 30대의 조선족 남자였다. 술기운이 약간 있어 보였다. 어쩌다 보니 대화 중에 그의 이모 이야기가 나왔다.

"우리 이모는 남한 남자와 결혼하려는 여자들을 돕는 결혼 브로커야." 그가 말했다. "믿어져?"

나는 본능적으로 가능성을 감지했다. "남한에서 공부하고 싶어요." 내가 말했다. 이언은 마치 머리가 하나 더 달린 사람 보듯이 나를 돌아보면서 의아해했다. "그런데 학생 비자를 얻기에는 나이가 너무 많아요. 어떻게든 나이를 몇 살 낮춰야 해요."

"새 신분증이 있으면 되지." 그가 내 생각을 마무리하며 말했다.

"이모에게 물어볼게. 뭐라 할지 보자고……."

그는 내 전화번호를 받아 적었다.

몇 주가 지나 9월까지 맹위를 떨치던 여름이 따뜻하고 상쾌한 가을로 바뀔 무렵이었다. 이미 시간이 많이 지났기에 나는 아이스크림 가게에서 만났던 남자의 일을 잊어버리고 있었다. 그런데 상하이로 온 지거의 1년이 다 되어가던 11월에 모르는 번호로 전화가 걸려 왔다. 전화를 건 여자가 무슨 이야기를 하는지 알아차리는 데 1분 정도 걸렸다. 아이스크림 가게에서 만났던 남자의 이모였다.

그녀는 새 신분증을 마련해 주겠으니 자기를 만나러 하얼빈으로 오라고 했다.

"감사합니다." 내가 말했다. '그런데 하얼빈, 그게 어디지?

"상하이에서 북동쪽으로 1600킬로미터 떨어진 곳이야." 내 물음에 이언이 대답하면서 웃음을 터뜨렸다.

나는 식당의 지배인에게 어머니가 병으로 입원해서 가 봐야 한다고 거짓말을 했다. 하얼빈행 기차표를 샀다. 북동쪽으로 가는 여행은 거의 이틀이 걸렸다. 온화한 상하이의 겨울에 맞춰 입었던 나의 복장은 눈이 쌓이고 기온이 영하로 내려간 북동부의 추운 날씨를 견디기에는 너무 얇았다. 나는 하얼빈에 겨우 두 시간 동안 머물렀다. 모피로 몸을 단단히 감싸서 마치 숲에 사는 동물처럼 보였던 자그마한 여자를 만나서 이야기하고, 신분증용 사진을 찍은 후에 돌아오는 기차를 타기에 충분한 시간이었다.

한 달 뒤에 봉투 하나가 우편으로 도착했다. 봉투를 열어 신분증을 꺼냈다. 새로운 이름은 박선자였다.

선자. 나는 한숨을 쉬었다. 여섯 번째 이름.

하얼빈에서 만난 여자는 이 신분증이 정신병을 앓고 있는 한국계 중국인 소녀의 것이라고 말해 주었다. 소녀의 부모는 신분증을 팔아서 딸의 치료비에 보태려 했다. 상하이에서 저축한 돈이 모두 들어갔지만 이제 나는 합법적인, 적어도 발각될 두려움이 거의 없이 합법적으로 행세할 수 있는 신분이 생겼다.

마치 나의 새로운 신분을 감지라도 한 듯이 상하이는 얼마 후 내게 훨씬 더 밝은 삶 쪽으로 통하는 문을 열어 주었다.

31

커리어 우먼

새 신분증을 받은 지 1주일쯤 지나서 월급이 웨이트리스에 비해 거의 네 배나 많은 일자리를 구했다. 나는 CD와 LED 조명을 생산하는 남한의 첨단 기술 기업에 통역 겸 비서로 취직했다. 사무실은 코리아타운에 있었다. 나의 상사인 임원은 남한 사람이었는데 내 임무 중 하나는 그와 함께 고객이나 생산 공장을 방문하는 일이었다. 이 일을 하면서 나는 중국인들이 남한 사람들을 우러러보고 정중하게 대우한다는 사실을 깨달았다. 내가 알기로 중국인 대부분은 북한 사람들을 깔보았다.

모든 일이 너무 빠르게 일어났다. 웨이트리스였던 내가 하룻밤 사이에 회의실에 앉아서 협상 과정의 대화를 통역하고, 현대식 기업의 운영 방식과 비즈니스가 이루어지는 문화를 배우는 사람이 되었다. 타이완과 말레이시아에서 온 고객과 바이어들을 만나고 남한인 동료들과 어울렸다. 웨이트리스 시절의 친구들은 나를 인희로 알고 있었다. 새 직장에서는 신분증과 서류에 있는 선자라는 이름을 썼다. 두 세계가 절대로 충돌하지 않도록 조심해야 했다.

이 회사의 제품은 상하이의 기준으로 보아도 매우 현대적인 공장에서 먼지를 완벽하게 차단한 공정으로 생산되었다. 옷에 묻은 오염 물질을 제거하는 특별한 설비를 통과해야만 공장으로 들어갈 수 있었다.

남한 사람들은 나에게 친절했다. 자신들을 철천지원수로 대하는 나라의 품에서 내가 자라났다는 사실을 알게 되면 그들이 어떤 반응을 보일지 상상이 가지 않았다. 때로는 초현실적인 느낌이 들기도 했다. 우리는 모두 같은 언어와 문화를 공유하는 한국인이었다. 그런데도 엄밀하게 말하자면 아직도 전쟁 중이었다.

* * *

나는 긴장을 풀고 조금씩 삶을 즐기기 시작했다. 매달 삼촌에게 갚아나가는 엄청난 빚이 남아 있었지만 재정적으로도 안정감을 느꼈다. 형편이 허락하는 한 좋은 옷을 차려입기 시작했다. 난징로를 활보하는 직장 여성들의 의상과 세련된 액세서리를 눈여겨보았다. 운전면허도 취득했다. 이언이 부담하기에는 아파트의 월세가 너무 높아지자 그녀는 이사를 갔고 나는 혼자서 아파트를 쓰게 되었다.

나는 더욱 자신감을 느꼈다. 더 이상 그늘 속에서 사는 여자가 아니었다.

나의 하늘에 드리운 구름은 가족의 부재뿐이었다. 어머니의 마지막 전화를 받은 후로 5년이 넘는 시간이 흘렀다. 내가 느끼는 그리움의 고통은 줄어들지 않았다. 갱단의 수난을 겪은 뒤로는 장백으로 돌아가기가 두려웠다. 아무런 계획도 없었다. 깊은 체념이 마음에 스며들기 시작했다. 어머니와 동생에게 이어지는 길은 시간이 가면서 점점 어둡고 희미해지고 있었다. 그 길을 다시 찾을 수 있을지조차 확신할 수 없었다. 나는 스물두 살이었다. 북한에 남아 있었다면 혜산경제전문학교를 졸업했을 나이였다. 아마도 어머니처럼 혜산의 관청에서 일하고 강변에 있는 집에 살면서, 중국과의 거래 네트워크를 외삼촌이나 이모들과 공유했을 것이다.

'그게 그렇게 나쁜 삶이었을까?'

나는 이런 생각들을 마음에서 밀어냈다.

그때 당시 상하이에는 북한에서 운영하는 식당이 두 곳이나 있었다. 이제 나는 그런 곳에 드나들기에도 안전한 신분이 되었다. 한 곳은 코리아타운의 내 집에서 가까운 모란각이었고, 자주 갔던 다른 한 곳은 중심가의 건국호텔에 있는 평양 옥경원이었다. 평양에 있는 중앙당의 어느 부서에서 운영하는지는 모르나 이들 식당은 외화를 버는 곳이었다. 여종업원들은 충성심, 성분, 그리고 미모에 따라 선발되었다. 그들은 남한 사람들에게도 인기가 있었기 때문에 해외의 한인 사회를 염탐하는 보위부 보조 역할도 하지 않을까 하는 생각이 들었다.

처음으로 평양 옥경원에 걸어 들어가 앉았을 때 고향으로 돌아온 듯한 느낌을 받았다. 여종업원들은 내게 익숙하고 강한 억양의 북한말을 썼고, 한국 전쟁 이래로 거의 변함이 없는 보수적인 북한식 머리를 했다. 그들은 예의 발랐지만 고객을 응대할 때 거리를 두었다. 그들은 동료들끼리 서로 감시하고 있음을 알고 있었으며 고객과의 친밀한 관계 형성은 금지되어 있었다. 나는 그들이 밤에 숙소에만 머물고 외출이 허용되지 않는다고 짐작했다.

자주 내 시중을 들었던 여종업원 하나는 규칙을 어기고 나와 매우 친한 사이가 되었다. 한번은 그녀가 상하이에서 가슴 성형 수술을 받고 싶다는 말을 해서 나를 깜짝 놀라게 했다.

"성형 수술 받으려고 자리를 비울 수 있어?"

그녀는 목소리를 낮췄다. "아직 물어보지는 않았지만 가능할 거야." 나는 그녀의 말에 놀랐다. 때로 위반할 수 있는 규칙도 있었지만 이런 일이 가능하리라고는 생각지 못했다. 그 말을 듣자마자 그녀의 얼굴을 자세히 살펴보았다.

"눈도 수술했구나." 나는 탄성을 올렸다.

그녀는 한국 여자들이 수술 받는 쌍꺼풀눈을 가지고 있었다.

"그래."

"여기서?"

"평양에서."

나는 들고 있던 유리잔을 떨어뜨릴 뻔했다. '평양의 엘리트들은 성형 수술도 받을 수 있어?' 주민 대부분이 빈곤과 굶주림에 시달리고 있음을 생각하면 가당찮은 이야기로 들렸다.

남한에서 회사를 방문한 고객들이 북한 식당에 데려다 달라고 청하는 경우가 종종 있었는데 그들 중 일부 남자들의 행동은 나를 불편하게 했다. 한국에는 '남남북녀'라는 오래된 속설이 있다. 최고의 미남은 한반도의 남쪽에 있고 최고의 미녀는 북쪽에 있다는 뜻이다. 여종업원들의 미모는 이런 속설을 입증하는 것 같았으며, 그들에게 접근할 수 없다는 사실이 일부 남자들을 로맨틱한 바보로 만들었다. 여종업원들의 미모에 빠진 남자들은 밤이면 밤마다 자기가 반한 여자를 보려고 식당을 찾았다. 그들은 백화점에서 파는 값비싼 목걸이를 선물로 건네기도 했다. 놀랍게도 여종업원들은 수줍은 미소를 보이면서 선물을 받았다. 나는 식당에서 선물을 받는 것은 허용하지만 나중에 국가의 재산으로 압수한다고 알고 있었다. 이런 남자들은 자신도 모르는 사이에 귀중품을 평양에 헌납할 뿐만 아니라 선물을 받은 여자를 부끄럽게 하고, 잠재적으로 위험한 상황에 빠뜨리고 있었다. 나는 그들 중 누구도 북한 여자가 자신이 정말로 원하는 것을 얻게 될 때 어떤 위험에 빠질 수 있는지를 이해하지 못한다고 생각했다. 그러나 알게 된 사람도 있었다.

상하이로 온 지 2년째 되던 어느 날 저녁에 평양 옥경원에 가 보니 문이 닫혀 있었다. 다음 날 아침에는 옥경원의 여종업원 하나가 내 상사 임원의 친구와 함께 달아났다는 소문이 사무실에 돌았다. 그 남자는 어리석게도 여자를 자신의 아파트에 숨겼다. 북한 사람들의 신고를 받은 상하이 경찰은 종업원들을 심문하여 어렵지 않게 고객의 신원을 파악하고 곧장 그 남자의 아파트로 갔다. 두 사람 모두 추방되었다. 남자는 남한으로, 여자는 북한에서 기다리는 운명으로. 그 여종업원이 누구였는지 확인할 수는 없었지만 가슴 성형을 원했고 나와 친했던 여자였지 않을까하는 생각이 들었다. 몇 개월 후 식당이 다시 문을 열었을 때는 종업원 전원이 교체되어 있었다.

상하이에서 2년째를 보내면서 때로 내가 북한 사람이라는 사실을 잊은 적도 있었다. 친구들은 모두 조선족이거나 직장의 남한 사람들이었다. 나는 그중의 한 사람인 양 그들과 어울렸다. 조선족의 억양이 들어간 나의 중국말은 유창했다. 신분증도 내가 조선족임을 말해 주고 있었다. 나는 직장 일을 즐겼으며 마침내 인생의 상승 곡선에 올라탔다고 생각했다. 상하이에서 내 진짜 신분을 아는 사람은 아무도 없었다.

그러나 나는 예기치 못했던 만남 때문에 이 같은 태평함에서 깨어났다. 늘 붐비는 점심시간 때 코리아타운의 거리에서였다. 뒤에서 어떤 남자가 큰 소리로 나를 불렀다. "순향?"

그 자리에 얼어붙었다. 그러나 나를 부른 사람이 누구인지 돌아볼 수밖에 없었다. 즉시 그를 알아보았다. 선양의 식당에서 알게 되어 나를 중국인 브로커와 연결해 준 친절한 사업가였다. 내가 북한에서 왔다는 사실을 잘 알고 있을 사람이었다.

그는 내가 자기를 알아보기를 기다리며 미소를 지었다.

"다른 사람과 혼동하셨나 봐요." 나는 그렇게 말하고 그 자리를 떠났다.

차가운 밤공기 같은 두려움이 밀려왔다. 이 일은 내게 현실에 안주하지 말라는 경고로 들렸다. 나는 과거로부터 그다지 안전하지 않았다. 과거는 언제라도 내 발목을 잡을 수 있었다. 그 일이 있고 나서 며칠 동안은 점심시간에 코리아타운을 피했다.

불과 몇 주 후에 훨씬 더 심각한 상황에서 나를 알아보는 사람이 나타났다.

직장의 여자 동료에게 이끌려 참석하게 된 파티 자리에서였다. 그녀가 최근에 알게 된 선양에서 온 매력 있는 남자의 생일 축하파티라고 했다. 그 남자의 아파트에 도착해 보니 음악이 흐르는 가운데 술잔이 돌아가고 있었다. 우리는 붐비는 거실을 지나 주인에게 안내되었다. 그를 본 내 얼굴은 창백해졌다. 아는 사람이었다. 선양에서 식당을 운영하던 사람이었다. 여러 차례 만났었고 그를 포함한 여러 사람과 밤 나들이를 나간 적도 있었다. 돌아서서 떠날 변명거리를 찾으려 했다. 그러나 너무 늦었다. 그는 이미 나를 보았다.

"순향." 그가 말했다. 그는 매우 놀라 눈을 크게 떴다. "믿을 수가 없군." 나를 다시 만나서 정말로 반가운 것 같았다. "여기서 뭘 하는 거요?"

직장 동료는 어리둥절한 표정으로 나를 보았다.

"순향? 아니에요." 나는 웃으면서 말했다. "순향은 아니지만 만나 뵙게 되어 반갑습니다." 그는 내가 자기를 놀린다고 생각했다. 내가 순향이라는 사람이 아니라고 그를 설득하는 데 몇 분이 걸렸다. 직장 동료는 옆에서 모든 대화를 듣고 있었다.

그는 결국 머리를 긁으며 사람들이 만드는 소음 속에서 말했다. "아무튼 선양에서 당신과 똑같이 생긴 여자를 알았다는 말을 해야겠군요. 쌍둥이가 틀림없습니다. 당신 어머니만 아는 비밀일지도 모르죠."

내가 막 떠나려는 순간에 새로운 손님들이 도착했다.

"순향!"

한 여자가 방 건너편에서 손을 흔들더니 사람들 사이를 지나쳐 내게 다가왔다.

그렇게 공개적으로 노출된 느낌은 기묘했다. 위장이 고통스럽게 수축하는 것과 일종의 쾌감이 혼합된 느낌이었다.

"순향! 믿을 수가 없네. 정말 오랜만이다." 그녀는 내가 방금 거짓말을 한 남자 앞에서 나를 포옹했다. "네가 올 줄은 몰랐어."

그녀는 선양에서 알고 지냈던 또 다른 지인으로 여러 차례 만난 적이 있었다. 그토록 명백하게 내가 누구인지를 아는 사람에게 거짓말을 되풀이할 수는 없었다. 그녀의 어깨 너머로 직장 동료가 어디에 있는지 살폈다. 다른 사람과 대화 중이었던 그녀는 파티의 소음 때문에 이 같은 드라마를 듣지 못했다. 그러나 선양에서 온 파티의 주인공 남자는 당혹스러운 눈길로 나를 주시했다. 그의 눈이 말하고 있었다. 왜 그런 거짓말을 했지?

그에게 무슨 말이라도 해야 했다.

"미안합니다." 나는 고개를 숙이며 말했다. "제발 아무에게도 말하지 말아 주세요." 내 이름에 대해서 거짓말한 이유를 밝히고 싶었지만 그럴 수 없었다. 나는 자기혐오로 가득 찬 마음을 안고 집으로 돌아왔다. 어디를 가든, 심지어 이렇게 큰 나라에서도 진실이 나를 쫓아오는구나. 내가 할 수 있는 일은 거짓말과 속임수로 그 진실에 한 걸음 앞서는 것뿐이었다. 그날 밤 침대에서 오랜만에 울었다. 나에게 가장 필요했던 사람은 진실을 털어놓을 수 있는 북한 친구였다. 내가 왜 그런 행동을 했는지를 이해하고, 그것이 내 잘못이 아니며 자기라도 똑같이 행동했을 것이라고 말해 줄 사람이었다.

기도에 응답이라도 하듯이 행운의 여신은 내게 친구 하나를 보내 주었다.

선양에서 잠시 알았던 그녀의 이름은 옥희였다. 그녀 역시 웨이트리스였으며, 내가 사귀기 시작했던 소수의 북한 출신 친구 중 하나였다. 그녀를 알게 된 시기는 경찰의 심문을 받았던 무렵이었다. 그 뒤로 나는 주목을 받지 않으려 애썼고 사람들, 특히 북한 사람들을 피했다.

사실 상하이의 코리아타운에 있는 화장품 가게 밖에서 그녀를 먼저 발견한 사람은 나였다. 그녀는 나를 보고 크게 놀랐다. 그녀는 날씬한 체격에 말수가 적은 여자였으며, 대화 중에는 머리를 기울이고 머리카락을 매만지는 버릇이 있었다. 함께 버블밀크티를 마시면서 그녀는 자신의 신분증이 가짜라고 했다. 옥희는 서투른 중국말 때문에 실수를 저질러 신분이 노출될 것을 가장 두려워했다. 그녀 역시 선양에서 당국을 피해 도망친 여자였다.

옥희는 중국에서 나의 좋은 친구가 되었다.

32

혜산과의
연결

옥희를 만나 지 얼마 지나지 않아 느닷없이 민호의 전화를 받았다. 민호가 한 말은 내 인생을 변화시켰다.

　민호의 전화를 받고 깜짝 놀란 이유는 가족과 다시 대화를 나눌 수 있다는 희망을 잃어 가고 있었을 뿐만 아니라, 항상 먼저 연락할 사람은 나라고 생각했기 때문이었다. 민호도 연락할 수 있다는 생각은 해 보지 못했다. 민호는 장백 안 씨의 부인 집에서 전화했다.

　전화를 받고 들떴던 마음은 민호가 전화한 이유를 들으면서 가라앉기 시작했다. 민호는 어머니와 자신에게 돈 문제가 있다고 말했다. 내가 장백에서 준 돈을 다 써 버렸다고 말했다.

　"다 썼다고?" 나는 말문이 막혔다.

　"그래. 누나가 좀 더 보내 줄 수 있어?"

　나는 그때 민호에게 5000위안을 주었다. 중국의 농부는 보통 1년에

2000-3000위안을 번다. 그 돈이면 설사 아무 일도 하지 않아도 어머니와 민호가 상당한 기간을 버틸 수 있을 것으로 생각했었다. 나는 중국에서 여러 해 동안 일하면서 돈에 대한 애착을 갖게 되었다. 내가 번 돈은 내가 오랜 시간 힘들인 결과이며, 나의 저축은 미뤄놓은 안락함의 대가였다. 북한 사람들은 이런 상황을 이해할 길이 없다. 그들은 바깥세상에서는 누구에게나 돈이 넘쳐난다고 믿었다. 민호는 내가 그저 돈 상점에 가서 집어오면 된다고 생각하는 듯했다. 최근에 신분증을 얻기 위해서 큰돈을 썼으며, 집세도 비싸고, 갱들로부터 곤경을 치른 후에 삼촌에게 갚아야 할 엄청난 빚이 생겼다는 이야기를 민호에게 해 보았자 소용이 없어 보였다.

나는 한숨을 쉬며 말했다. "어떻게 해 볼게."

민호는 돈을 어디에 썼는지 확실하게 말하지 않았다. 나는 어머니가 뇌물을 주는 데 썼으리라 짐작했다. 나중에 가서야 어머니가 외삼촌과 이모들을 도와주었다는 말을 듣게 되었다.

통화가 끝날 무렵에 민호는 거의 덧붙이듯이 또 하나의 충격적인 말을 전했다. 이 말은 내 모든 삶을 바꿔 놓았다.

"아, 그리고 휴대폰 하나 보내 줄 수 있어?"

민호는 국경에 사는 주민들이 중국에 전화하기 위해 중국 통신망을 이용한 휴대폰을 사용하기 시작했다고 말했다. 물론 매우 불법적인 일이었다.

민호의 말을 충분히 이해하는 데는 잠시 시간이 걸렸다.

다음 날 노키아 휴대폰과 칩을 사서 현금 1000위안과 함께 민호가 받을 수 있도록 안 씨의 부인 집으로 보냈다.

처음으로 휴대폰에 전화를 하자 민호가 받았다. 행복한 꿈속에서나 일어날 수 있는 일이었다. 민호가 전화기를 어머니에게 건넸다.

"민영아?" 오랫동안 불린 적이 없는 이름이었다. "정말 너니?"

마치 다른 세계에서 들려오는 듯한 어머니의 말이 들려왔다.

"엄마." 나는 친근하게 한국식 호칭으로 어머니를 불렀다.

"응?"

"정말 엄마야?"

전화로 민호의 목소리를 들었을 때와 마찬가지로 이 사람이 어머니가 아니며 이것이 일종의 함정일 수도 있다는 의심이 내 마음을 스쳤다. "엄마가 나를 마지막으로 본 게 몇 시였는지 말할 수 있어?"

어머니는 웃었다. 귀에 익은 따뜻한 웃음 소리였다.

"너는 저녁을 먹자마자 집을 나갔어. 1997년 12월 14일 저녁 일곱시에. 그 유행하던 요란한 신발을 신고 갔지."

이번에는 내가 웃었다. "어떻게 그렇게 정확히 기억해?"

"내 어린 딸이 떠난 날을 어떻게 잊을 수 있겠니?"

어머니는 정확한 날짜와 시간을 기억하고 있다. 덩어리 같은 것이 목구멍으로 치밀었다. 참담한 죄책감이 들었다.

이번에는 어머니 차례였다. 어머니 역시 내가 사기꾼이 아닌지 의심했다. 내 말투는 더 이상 북한 말씨가 아니었다. 어머니는 나만이 대답을 알 수 있는 질문 몇 개를 했다. 내가 마지막 질문에 답한 후에 어머니는 무언가 말을 하려 했지만 목이 메었는지 말을 잇지 못했다. 우리는 서로 목이 메어 울기 시작했다. 뺨을 흘러내린 뜨거운 눈물방울이 무릎에 떨어졌다. 우리는 1600킬로미터 떨어진 곳에서 전화기를 귀에 댄 채로 몇 분 동안 아무런 말도 못하고 있었다.

지금도 나는 내가 어머니에게 안겨 준 고통의 깊이를 완전히 이해하지 못한다. 혹시 내가 자식을 낳은 후라면 어머니의 절망을 부분적으로나마 이해하게 될지 모르겠지만 절대로 완전하게 이해할 수는 없을 듯하다.

어머니의 목소리는 마치 배를 매 놓은 밧줄이 팽팽하게 당겨지는 것처럼 나를 다시 원래의 진실로 끌어당겼다. 몇 년 동안 정체성에 대한 나의 느낌은 이리저리 표류했었다. 선양에서는 때로 나 자신이 조선족이라 생각했고, 상하이에서는 심지어 내가 남한 사람이라고 생각할 때도 있었다. 어머니의 목소리는 내면에 강하게 남아 있던 정체성을 다시 일깨워 주었다. 주위를 둘러쌌던 모든 거짓말이 떨어져 나갔다. 나는 백두산이 가까운 압록강변 혜산에서 태어나고 자란 여자다. 그것이 바로 나였다.

어머니는 내가 떠나고 없는 동안에 여러 차례 점쟁이를 찾아갔다고 했다. "내 딸이 어디 있는지는 모르지만 보고 싶어요." 어머니는 내가 중국에 있다는 말을 할 수 없었다.

"그 아이는 이 나라에 없어." 점쟁이들은 한결같이 그렇게 말했다.

점쟁이 하나는 "그 아이는 산허리에 있는 바위틈에서 자라는 나무와 같아. 살아남기 힘든 곳이지. 그 애는 강하고 똑똑해. 하지만 외로워."라고 했다고 한다.

"잘 있으니 걱정할 것 없어." 다른 점쟁이는 말했다. "중국에서 귀족 부인처럼 살고 있어."

어머니는 심지어 무당을 집으로 불러 중국에 있는 나의 행운과 안전을 기원하는 전통적 의식까지 치렀다고 했다. 어머니는 이렇게 반신반의하는 가운데 잠시의 위안을 얻으면서 나에게 손을 내밀고 있었다.

"내 딸." 어머니가 말했다.

우리는 주말마다 통화했다. 전화 요금 때문에 어머니가 먼저 전화를 걸면 내가 다시 전화를 거는 식이었다. 우리는 한두 시간씩 대화를 나눴다. 이야기가 너무 길어져 통화 중에 잠이 들 때도 있었다. 어머니의 목소리를 듣는 것은 너무도 큰 위안이었다. 통화 요금이 한 달에 150위안 정도 나왔고, 한 번 통화에 300위안이 나올 때도 있었다. 너무 오랫동안 떠나 있었던 내가 혜산에서 일어난 모든 일을 따라잡는 데는 몇 주가 걸렸다.

내가 실종되었다는 신고를 받은 경찰은 매우 의심스러워했다. 어머니는 그들에게 뇌물을 주어야 했다. 그 후로는 내가 두려워했던 일이 이어졌다. 어머니와 민호는 반장, 이웃 사람들, 그리고 지역 경찰의 엄중한 감시를 받게 되었다. 두 사람은 혜산에서 아는 사람들이 없는 지역으로 집을 옮겼다. 어머니는 직장에서 승진했다. 호의의 표시가 아니라 당국자들과 더 가까운 위치에 두고 엄중하게 감시하기 위해서였다. 하루는 동료 한 사람이 지난 3년 동안 어머니에 관해 매주 보고하도록 지시를 받았었다고 조심스럽게 털어놓았다. 그러면서 조심하라고 당부했다. 그 후에 어머니는 관청의 일을 그만두고 예쁜이 이모와 같은 사업을 하게 되었다. 판매할 중국 상품을 기차 편으로 평양과 함흥으로 보내는 일이었다.

어머니는 당과 체제에 대해 부정적인 생각을 갖기 시작했다고 말했다. 그러나 그런 말을 할 때는 고도로 암호화된 표현을 사용했다. 어머니는 보위부가 우리의 모든 대화를 엿들을 수도 있다고 생각했다. 북한의 비밀경찰은 휴대폰 사용자를 색출하려 애쓰고 있었지만, 아직 신호를 탐지할 기술을 갖추지는 못하고 있었다.

사실 어머니는 이미 보위부의 방문을 받은 적이 있었다. 나는 이런 이야기가 특히 불안하게 느껴졌다.

어머니가 직장에서 집에 돌아와 보니 사복을 입은 보위부 요원 두 명이 민호와 함께 기다리고 있었다. 상급자로 보이는 남자가 나에 대한 질문을 시작했다.

"그 남자는 아주 정중했다." 어머니가 말했다. "그래서 더 으스스했어."

내 사진을 보자는 그에게 어머니는 가족사진 앨범을 보여 주었다. 앨범을 찬찬히 살펴보던 그는 "따님이 아주 예쁘네요."라고 하더니, "따님이 어떻게 실종되었는지 다시 한 번 설명해 주시겠습니까?"라고 말했다.

어머니는 처음에 경찰에 신고했던 이야기를 들려주었다.

그러자 그는 놀라운 제안을 했다. 만약 내가 실제로 중국에 있었더라도 5만 위안(6000달러가 넘는 돈이다.)만 내면 북한으로 돌아와 옛 삶을 다시 찾을 수도 있고 조사도 받지 않을 수 있다는 제안이었다. 그의 말은 매우 타협적으로 들렸지만 어머니는 공개적으로 딸이 어디에 있었는지를 인정하게 되는 게 전혀 내키지 않았다. 함정처럼 느껴졌다. 어머니는 내가 실종되었다는 이야기를 고수했다.

어머니는 내가 아무 문제없이 돌아오도록 할 수 있다고 확신했으며, 또한 내가 집으로 돌아오기를 간절히 원했다. 이미 내가 돌아오면 어떻게 될지를 친한 당국자와 의논하기까지 했었다.

"그들은 네가 떠날 때 성인이 아니었기 때문에 범죄를 저지른 것이 아니라고 했어."

"그렇지만 내가 몇 년 동안 실종되었다는 기록이 남게 되잖아?"

"돈을 주면 기록을 바꿀 수 있어. 애야, 이제 너도 결혼을 생각할 나이가 됐어. 결혼은 여기서 해야 해."

"돌아가면 안전할까?"

"내가 안전하도록 만들게." 어머니는 요지부동이었다.

우리는 여러 차례 이 같은 대화를 나눴다. 혜산으로 돌아가 어머니, 동생, 삼촌, 이모들과 함께 살게 된다는 건 꿈같은 일이었다. 그러나 내가 돌아가서 떠날 때는 아이였기 때문에 죄를 범하지 않았다고 당국에 정말로 말할 수 있을까? 생각하면 할수록 고향으로 돌아가 내게 합당한 삶을 살고 싶다는 유혹이 커졌다. 그러나 머릿속에서 들리는 나직하면서도 집요한 목소리가 나를 말렸다. 마음 한구석으로는 어머니와 내가 스스로를 속이고 있다는 사실을 알았다. 그렇게 오래 떠나 있다가 지금 돌아간다는 것은 미친 짓이나 다름없는 위험한 일이었다.

한번은 전화를 걸어온 어머니가 놀라운 질문을 했다. 우리는 보통 주말에 통화를 했는데 그날은 직장에 있었던 나에게 주중에 전화했다.

어머니는 들뜬 목소리로 말했다. "얼음이 몇 킬로 있는데."

"뭐라고?" 나는 동료들이 들을까 봐 앉은 자리에서 몸을 숙였다.

어머니는 내가 아는 중국인 중에 그것을 팔아 줄 만한 사람이 있는지 알고 싶어 했다.

얼음, 또는 결정 메타암페타민(필로폰)은 오래전부터 헤로인을 대체하여 북한의 외화벌이 수단이 되었다. 필로폰은 아편이나 헤로인처럼 농작물에서 채취하지 않고 국가가 운영하는 실험실에서 높은 순도로 제조하는 합성 마약이었다. 중국의 마약 중독자 대부분이 북한에서 제조한 필로폰을 사용하고 있었다. 북한에서는 과거에 아편이 그랬던 것처럼 필로폰이 대체 통화의 역할을 하게 되었으며 선물과 뇌물로도 사용되고 있었다.

"엄마." 나는 성난 목소리로 속삭였다. "그게 뭔지 알아? 대단히 불법적인 마약이야."

"불법적인 거야 많지."

어머니의 세계에서는 법이 거꾸로 되어 있었다. 사람들은 살기 위해 법을 어겨야 했다.

대부분의 나라에서 사회를 보호하기 위해 무거운 범죄로 취급하며 금지하는 마약 거래에 대한 북한 사람들의 생각은 달랐다. 마약 거래는 주차 금지 구역에 주차하는 위반 정도로 여겼다. 발각되지만 않는다면 무엇이 문제인가? 북한에서 정말로 중요하고, 위반했을 때 가혹한 처벌을 받게 되는 법은 김 씨 왕조에 대한 충성심에 위배되는 행동에 대한 것뿐이었다. 북한 주민 모두가 이 같은 사실을 잘 알고 있었다. 어머니에게 얼음의 불법성은 하찮은 문제에 불과했다. 그저 거래할 수 있는 상품의 하나일 뿐이었다.

어머니는 혜산 지역에서 대규모로 마약을 거래하는 지인이 내가 중국에 있는 것을 알고 집으로 가져왔다고 했다.

"그 사람에게 다시 돌려줘. 절대로 마약에 얽혀 들지 마. 마약상들은 나쁜 사람들이고 엄마가 붙잡히더라도 전혀 신경 쓰지 않을 거야."

어머니는 다시는 그런 얘기를 꺼내지 않았다.

어머니나 민호가 2-3주씩 전화를 하지 않을 때도 있었다. 그럴 때면 아무 일에도 집중할 수가 없었다. 그들이 보위부 감옥에 갇혀 있는 게 아닐까 생각하곤 했다. 나는 하염없이 전화기를 바라보며 벨이 울리기를 기다렸다. 어머니와 민호의 전화에는 특별한 벨소리를 정해 두었다. '쿵쿵따 쿵쿵따'로 시작하는 한국의 코미디 랩이었다. 그 벨소리를 꿈속에서, 심지어 깨어있을 때도 상상 속에서 듣곤 했다. 그러다가 몇 주 후에 벨이 울렸다. 그때의 안도감은 말로 표현할 수 없을 정도였다.

"정전 때문에." 어머니가 말했다. "전화기를 충전할 수 없었어."

이런 일이 한두 번은 아니었지만 매번 엄습하는 두려움과 피해망상을 억누를 수 없었다.

2004년 봄의 어느 주말 저녁에 편한 자세로 어머니와의 긴 통화를 즐기고 있었다. 여느 때처럼 볼륨을 낮춘 텔레비전을 켜놓은 상태였다. 통화를 하던 중에 어떤 뉴스가 시선을 사로잡았다. 내 아파트에 같이 있었던 옥희도 화면에 주목했다.

"엄마, 나중에 다시 전화할게." 내가 말했다.

리모컨을 찾아 볼륨을 올렸다. 영상이 느린 그림으로 되풀이되었다. 한 무리의 남자, 여자, 아이들이 중국 경비대원들의 제지를 뚫고 필사적으로 정문을 통과하려 애쓰고 있었다. 베이징에 있는 남한 대사관이었다. 처음에 주의가 분산되었던 경찰들이 이제 그들에게 달려들어 붙잡으면서 남한의 외교 지역으로 들어가지 못하게 방해하고 있었다. 한두 명은 성공했지만 경비대원 하나가 한 여자의 코트를 붙잡아 땅바닥으로 내동댕이치는 모습이 보였다. 경비대원이 가하는 폭력은 충격적이었다. 그는 여자의 허리를 붙잡아 일으켜 세운 후에 끌고 갔다. 그녀의 신발 한 짝이 땅바닥에 남아 있었다.

뉴스 앵커는 이들이 정치적 망명을 시도한 북한 사람들이라고 말했다.

망명이라고?

옥희와 나는 서로를 쳐다보았다.

33

곰 인형과의
대화

그 후 몇 달 동안 TV 뉴스에서는 베이징에 있는 다른 나라 대사관과 심지어 일본인 학교 앞에서 일어난 비슷한 사건들이 보도되었다. 단 한 명의 북한 사람도 정문을 통과하지 못하고 경찰과 사복 요원들에게 끌려갈 때도 있었다. 그들의 얼굴에서 보이는 절망적인 울부짖음은 나를 깊은 충격에 빠뜨렸다. 망명을 위한 그들의 필사적인 시도는 망명 신청자로 대우하기를 거부하는 중국 당국의 비인도적 처사를 강조하기 위해 인권 단체가 촬영한 영상이었다.

6년 전, 선양에 있는 삼촌의 아파트에 도착했을 때 삼촌이 북한에 대해 비난을 퍼붓던 일, 한국 전쟁과 김정일의 사생활에 관해서 들려준 기이한 이야기들이 생각났다. 그때는 삼촌의 말을 믿지 않으려 했었다. 그 후로도 나는 북한 체제에 관해서는 마음의 문을 닫고 살아왔다. 내 가족에게 직접적인 영향이 없는 한 알고 싶은 마음이 전혀 없었다. 사람들이 북한을 탈출하는 이유가 굶주림 혹은 나처럼 경솔한 호기심 때문이라고 생각했었다. 사람들이 정치적인 이유로 탈출하리라는 생각은 해 본 적이 없었다. 선양에서 만났던 남한 방송국 기자 두 명이 기억났다. 그들은 남한으로 가려는 탈북자를 위해서 브로커 수수료를 부담하겠다고 했다. 나는 남한으로 가면 북에서 온 색다른 사람 취급을 받고 기자 회견을 하게 될까 봐 두려워했었다. 그때까지도 매년 수천 명이 북한 탈출을 시도하며 그들 대부분이 중국이 아닌 남한에서 살기를 원한다는 사실을 전혀 몰랐다.

휴대폰은 나를 가족과 연결해 주어 내 인생을 바꿔 놓았다. 이제 인터넷이 북한에 대해 세계가 어떤 이야기를 하는지 알게 해 주기 시작했다. 나는 조심스럽게 온라인 카페를 검색하기 시작했다. 내 검색 범위는 처음부터 좁았다. 처음으로 알게 된 흥미로운 사실은 매우 많은 북한 사람이 남한으로 가기 때문에 근래 몇 년 동안에 기자 회견을 하는 탈북자는 없다는 것이었다.

이제 내가 상하이에서 지낸 지도 2년이 넘었다. 그동안 동료들을 통해 남한에 대한 많은 사실을 알게 되었다. 나는 일상적으로 남한 TV 드라마를 시청했다. 그중에는 옥희와 내가 매트에 누워 같이 보려고 집으로 달려가곤 할 정도로 중독성이 강한 드라마도 있었다. 그러나 필사적으로 대사관 정문으로 돌진하는 사람들을 보기 전까지 내가 남한에 간다는 생각을 해 본 적은 없었다. 그들은 목숨을 걸고 있었다. 그만한 가치가 있는 일임이 분명했다.

생각하면 할수록 남한 사람들 틈에서 산다는 생각이 나를 들뜨게 했다. 나나 그들이나 같은 한국인이었다. 나의 중국어가 아무리 유창하고 신분증이 아무리 공식적인 효력이 있을지라도 중국에 있는 내 마음은 항상 외국인으로 남아 있을 수밖에 없었다. 이런 이야기는 머지않아 옥희와 나의 중요한 대화 주제가 되었다. 옥희 역시 남한으로 간다는 생각에 강하게 끌리고 있었다. 우리가 함께 남한으로 갈 수 있을까?

나는 영웅적으로 대사관 정문을 돌파하는 방식이 나에게는 가당치 않다고 생각했다. 중국 신분증이 있으니 손쉽게 비자를 신청하고 서울로 날아갈 수 있다고 생각했다. 그러나 인터넷 검색을 해 보니 비자를 얻기란 결코 쉽지 않았다. 내가 불법으로 체류하지 않고 중국으로 돌아간다는 확신을 남한 사람들에게 주어야 비자가 나왔다.

옥희는 상하이에 숨어서 살고 있는 다른 북한 사람들을 알았다. (하지만 그녀는 상하이에서 내가 아는 유일한 북한 사람이었다.) 브로커도 그녀가 찾아냈다. 그 남자의 제안은 단순했다. 옥희와 나에게 여권을 분실한 남한 사람 행세를 하라고 했다. 경찰에 분실 신고를 한 뒤에 베이징에 있는 남한 대사관에 가서 새 여권을 신청하면 된다고 했다. 브로커는 필요한 서류를 준비해 주겠다고 했다. 그는 우리 각자에게 1만 위안(약 1400달러)의 선금을 요구했다. 옥희와 나는 롱바이에 있는 카페에서 멜론콩 밀크티 한 잔을 앞에 놓고 오랜 시간 의논한 끝에 이 방법을 시도해 보기로 했다. 그날 밤 나는 다가오는 운명을 느끼면서 잠자리에 들었다.

그러나 다음 날 우리가 브로커에게 줄 돈을 인출하기 위해 은행에 가서 줄을 섰을 때 옥희는 평소보다 말이 없었고 끊임없이 머리칼을 매만졌다. 안절부절못하고 있었다.

"이 방법이 잘 될지 모르겠어." 그녀가 말했다. "이번에는 내가 이 나라를 떠날 운명이 아니라고 점쟁이가 말했어."

"잘 되겠지." 내가 말했다. 나는 확신을 느꼈다.

"가능성은 반반인 것 같아. 성공할 수도 실패할 수도 있어."

그녀는 브로커가 돈만 받고 사라지거나 준비해 준 서류가 지나치게 가짜 티가 나서 사용하기에 너무 위험하게 되지 않을까 우려했다.

나는 옥희에게 지나친 걱정을 한다고 말했다. 우리가 성공할 가능성이 크다고 생각했다. 모든 일이 잘 되면 우리는 머지않아 새로운 삶을 시작하게 된다. 여전히 중국의 통신망을 통해서 가족에게 전화할 수 있으며, 심지어 남한 여권을 가지고 장백으로 갈 수도 있다고 생각했다. 나는 순진하게도 남한이 우리 마음에 들지 않으면 궁극적으로 고향으로 돌아가는 길이 여전히 남아 있다고 생각했다. 나는 아직 젊었고, 어머니는 여전히 내가 북한으로 돌아오길 바랐다.

사실상 옥희의 두려움과 미신에는 충분한 근거가 있었다. 결국 이 시도에는 행운의 여신이 미소를 보내지 않았다.

상하이 생활을 정리하고 소유물을 처분하기 시작했다. 이것이 마지막이라는 불안감과 함께 깊은 죄책감이 느껴졌다. 내가 남한으로 간다고 하면 어머니는 반대할 게 분명했다.

한동안 이 같은 생각 때문에 기분이 가라앉아 있던 나를 깊은 우울증에 빠뜨린 것은 정기 건강 검진 결과였다. 혈당 수치가 위험할 정도로 높게 나왔다. 낙담한 마음은 더욱더 심해져서 나는 곧 죽는다는 확신까지 하게 되었다. 당시 나는 혈당이 높아지면 모두 죽는 줄 알았다. 괴한의 공격을 받고 선양의 병원에 있었을 때처럼 지금 아파트에서 홀로 세상을 떠난다면 내가 누구인지 알 사람은 아무도 없을 것이라는 생각이 들었다. 어머니는 나를 찾으려 애쓰며 남은 생을 보내겠지. 은행에 조금 있는 내 돈도 어머니에게 전달되지는 못할 것이다.

나는 남한행에 대한 생각을 그만두었다. 거의 아무것도 먹지 않았다. 밤에는 잠들지 못하고 침대에 누워서 아파트에서 불과 5미터 거리에 새로 건축된 오피스 건물의 형광등 불빛을 바라보고 있었다. 자살 충동도 느꼈다. 아무에게도, 심지어 옥희에게도 이런 말을 할 수 없었다.

나는 위안을 삼기 위해 작은 곰 인형을 샀다. 밥 먹는 도중에 졸도하여 죽을 것을 염려하여 곰 인형이 나를 지켜볼 수 있도록 식탁에 앉혀 두었다. 처음에는 대화를 나누지 않았다. 그러나 어느 날 저녁에 직장에서 돌아온 나는 마치 아기의 옹알이를 상대하듯이 곰 인형에게 말을 걸기 시작했다. 나는 아파트의 외로움을 몰아내기 위해 귀가하기 삼십 분 전에 텔레비전이 켜지도록 타이머를 설정했다. 전기 요금을 낭비하는 자신을 자책하다가도 이내 무시하게 되었다. 나는 그달 내내 가족에게 작별 인사도 못한 채 머지않아 홀로 죽을 것이라고 확신하면서 완전히 망가졌다.

비싼 옷을 사는 데 돈을 써 버리기로 했다. 단 한 번만이라도 멋지게 살아 보자. 나는 생각했다. 어머니에게는 내가 아프다는 말을 할 수 없었다. 어머니의 고통을 더한다고 해서 나의 고통이 없어지지는 않기 때문이었다. 최후의 순간까지 어머니와의 통화는 계속할 작정이었다. 내가 죽은 후에 오게 될 침묵을 어떻게 설명할지 오래 고심한 끝에 다른 나라로 가게 되어 북한으로 전화를 할 수 없게 되었다고 말하기로 했다.

이런 식으로 지낸 지 한 달이 넘어가자 나를 크게 걱정한 옥희와 친구들은 다시 혈액 검사를 받아 보라고 강권했다. 어이없게도 이번 검사 결과는 정상이었다. 지난번 검사에서 나온 높은 혈당 수치는 검진 전날 한잠도 자지 못했기 때문인 듯했다. 건강 상태가 정상이라는 판정을 받은 나에게 남은 것은 비싼 옷 몇 벌 뿐이었다.

나는 혜산에서 온 충격적인 소식을 듣고 정신을 차릴 때까지 몇 주 동안을 자기 연민과 낙담에 사로잡혀 있었다.

34

민호의
수난

나는 상하이를 떠날 준비를 하면서 약간의 돈과 소유물 거의 전부를 장백에 있는 미스터 안의 집으로 보냈다. 발송한 짐이 도착한 후에는 나도 장백으로 갔다. 갱들에게 곤경을 겪은 이후로 첫 방문이었다.

2004년 10월 초의 어느 맑은 날 밤에 도착한 나는 강둑에 있는 나무 밑에 서서 북한 땅을 넘겨다보았다. 산들은 별자리를 배경으로 검게 보였다. 혜산은 완전히 캄캄했다. 도시가 아니라 숲을 보는 듯했다. 하늘밖에 없는 것처럼 도시는 자취가 보이지 않았다.

내 나라는 조용히 침묵을 지키고 있었다. 나는 그 같은 침묵에 큰 슬픔을 느꼈다. 타고 남은 재처럼 생명이 없어 보였다. 그러더니 멀리서 작은 불씨처럼 거리를 달려가는 외로운 트럭의 전조등이 보였다.

안 씨의 부인은 미스터 안이 세상을 떠났다는 소식으로 나를 맞았다. 그는 부상과 심한 당뇨병에서 회복하려고 고투했었다. 이 소식은 나에게 생각보다 더 심한 충격을 주었다. 안 씨의 부인을 따라 집 안으로 들어간 나는 그의 지팡이를 보고 눈물이 솟구쳤다. 나는 어머니가 신뢰하던 친절한 사람의 집 강 건너에서 자라났다. 그는 중국에서 나의 생명선이 되어 주었다. 내 가족과 내 과거, 진정한 자아로의 유일한 연결선이었다.

안 씨의 부인은 강 건너로 보낼 물품의 정리를 도와주었다. 일상 용품이었지만 북한에서는 구하기 어렵고 가치가 큰 물건들이었다. 다리미, 헤어드라이어, 장신구, 비타민, 약, 샤넬 향수, 기타 잡동사니를 큰 청색 자루 두 개와 작은 흰색 자루 하나에 담았다. 미국 달러와 중국 위안 지폐는 말아서 흰색 자루에 넣었다. 나는 민호에게 전화해서 언제 짐을 보낼지 물었다.

"내일 낮에 보내."

"훤한 대낮에?"

"걱정 마. 경비대원들과 이야기를 끝냈어."

안 씨의 부인은 자루를 강 건너로 운반할 밀수업자 두 사람을 고용했다. 돌아온 그들은 민호가 기다리고 있었다고 했다. 모든 일이 순조롭게 진행된 것 같았다. 나는 안도의 한숨을 내쉬고 그들에게 돈을 치른 후에 민호의 전화를 기다렸다.

전화는 오지 않았다.

민호는 다음 날에도 전화하지 않았다. 나는 혜산을 바라보면서 강둑을 걸었다. 오래전에 떠난 이후로 내가 살던 집을 찬찬히 살펴보기는 이번이 처음이었다. 갱들에게 잡혀 있을 때는 혜산을 제대로 보지도 못했었다. 보이는 것은 군용 지프 몇 대와 소달구지 하나가 전부였다. 내가 살았을 때는 혜산의 거리에서 소달구지를 본 적이 없었다. 멀리 보이는 건물 측면에서 웃고 있는 김일성 초상화가 유일한 색채였다. 모든 것이 낡고 가난한 티가 났다. 아무런 변화도 없었다. 반면에 중국에는 그대로 남아 있는 것이 없었다. 모든 곳에서 광적인 신축 및 재건축이 진행되면서 1년만 지나도 도시의 옛 모습을 알아보기가 어려웠다.

나는 가만히 있을 수가 없었다. 시간이 지날수록 절망감이 깊어갔다. 무언가 잘못된 것이 분명했다. 장백에 도착했던 늦은 밤에 유일하게 문을 열었던 싸구려 호텔에서 이틀을 더 머물렀다. 걱정으로 잠을 이룰 수 없었다. 호텔 방의 벽이 너무 얇아서 옆방에 있는 사람들의 말소리가 들려왔다. 강한 북한 억양이었다. 보위부 요원인지 아니면 밀수업자인지는 알 수 없었지만 그들의 목소리는 내가 느끼던 두려움과 임박한 재앙의 예감을 더욱 증폭시켰다. 나흘째 되던 날 나는 여전히 민호로부터 아무런 연락을 받지 못한 채 상하이로 돌아갔다.

1주일 뒤에 막 직장 일을 마치고 집으로 가려 할 때 휴대폰이 울렸다. 민호였다.

"누나, 누나가 보낸 게 뭐야?"

민호는 인사도 없이 퉁명스럽게 물었다.

"다리미, 헤어드라이어, 비타민 약, 그런 것들이지." 내가 대답했다.

나는 돈 이야기는 하지 않고 왜 전화하지 않았느냐고 물었다. 민호는 내 질문을 무시하고 내가 자루에 무엇을 넣었는지 다시 물었다.

"방금 말했잖아."

민호가 전화를 끊었다. 무슨 영문인지 알 수 없었다.

다음 날 다시 휴대폰이 울렸다. 모르는 남자였다.

"나는 당신 어머니의 친굽니다." 그가 말했다. 깊고 신뢰감을 주는 목소리였다. 혜산 말씨가 아니었다. "당신이 보낸 물건 때문에 작은 문제가 생겼습니다. 어머니를 위해서 문제를 해결해 주고 싶은데 그러려면 자루에 돈이 얼마나 있었는지 알아야 합니다."

가장 무고하고 호의적인 사람들에게도 편집증적인 의심을 가졌던 내가 막상 전화기에서 달콤하게 들려오는 진짜 위험에 대해서는 한 치도 의심하지 않았다는 것은 얄궂은 운명의 장난이었다.

"어머니를 도와주셔서 감사합니다." 무심결에 말했다. 나는 종종 어머니가 다른 남자를 만나지 않았을까 궁금했었다. 어머니는 아직 50살도 되지 않았다. 이 사람이 남자 친구일지도 모른다고 생각했다.

"천만에요. 당신은 헤어드라이어를 보냈지요?"

"예."

"그리고 다리미도?"

"그렇습니다." 그는 내가 보낸 물품의 목록을 나열했다.

"돈은요? 자루에 얼마나 넣었지요?"

"지금은 얼마였는지 기억나지 않아요. 어머니가 알 테니까 물어보세요. 도와주셔서 정말 감사합니다."

"천만에요." 그는 전화를 끊었다.

1주일 뒤에 민호가 다시 전화했다. 나는 코리아타운의 슈퍼마켓에서 찬거리를 고르고 있었다.

"잘했어, 누나." 민호가 말했다.

"무슨 소리니?"

"지난 주 우리 전화 통화는 녹음되고 있었어."

나는 아티초크와 배추가 진열된 통로에서 멈춰 섰다.

"누나와 통화한 남자는 계급이 높은 육군 지휘관이었어. 그는 회의실에서 전화했고 전화가 스피커에 연결되어 다른 사람들도 들을 수 있었지."

다른 사람들?

민호는 그날 오후 두 시에 짐을 운반하기 위해 자동차를 빌렸다고 했다. 국경 경비대원들과는 이야기가 끝난 상태였다. 그러나 멀리서 자전거를 타고 나타난 군 간부 한 사람이 민호가 자루를 자동차에 싣는 광경을 보고 고함을 치기 시작했다. 경비대원들은 달아났고 민호도 급히 차를 몰아 도망쳤다.

그날 밤 군인 7-8명이 우리 집에 들이닥쳤다. 그들은 집안을 수색하여 청색 자루 두 개를 찾아냈지만 민호가 집 밖에 숨겨둔 흰색 자루는 찾지 못했다. 민호와 어머니는 체포되어 혜산에 있는 인민군 막사로 끌려갔다. 민호는 심문 과정에서 받은 건 모두 청색 자루 두 개에 들었다고 주장했다. 고위 장교가 자루 세 개를 분명히 보았다고 했지만 민호는 흰색 자루를 모른다고 했다. 그들은 민호를 감방에 가두었다. 잠시 후에 군복을 입은 취조관 두 명이 들어오더니 고무를 씌운 곤봉으로 민호의 머리를 때리고 발길질을 했다. 그래도 민호는 모든 것을 부인했다. 내가 말해 주었기 때문에 흰색 자루에 돈이 얼마나 들었는지를 알았던 민호는 그 개자식들에 빼앗기느니 차라리 죽으려 했다고 말했다.

'아, 민호야…….'

부모와 같이 슈퍼마켓에 온 아이들이 나를 밀치고 지나가는데도 나는 민호의 이야기를 들으며 장바구니를 발밑에 내려놓고 그 자리에서 얼어붙었다.

다른 감방에 갇혔던 어머니는 매 맞는 민호의 비명 소리를 들었다. 빨리 자백하기를 바랐지만 민호는 계속 버텼다. 견딜 수가 없어서 감방의 철문을 있는 힘껏 두드리면서 그들이 원하는 것을 말해 주겠다고 소리쳤던 어머니는 즉시 작은 흰색 자루를 어디에 숨겼는지 털어놓았다.

군인들은 자루에 든 돈의 액수에 깜짝 놀랐다. 보고를 받은 상급 지휘관은 그렇게 많은 돈이 국경을 넘어온 적이 없었다고 했다. 그는 이 돈이 남한 스파이가 보낸 자금이며 내가 남한의 정보기관인 안기부 요원일지도 모른다고 생각했다. 그래서 그들은 민호가 나에게 전화하라고 시켰던 것이다. 내 목소리를 들은 그들은 의혹에 찬 시선을 서로 교환했다. 내 말씨가 더 이상 북한 말씨가 아니었다는 것도 좋지 않은 징후였다. 내가 남한의 요원이라는 의심이 더욱 커졌다.

물론 나는 그 상급 지휘관이 전화했을 때 무슨 영문인지를 몰랐다. 나의 편안한 응답과 태도 때문에 그가 이번 일은 그저 개인적으로 가족에게 물품과 돈을 보내려 했던 행동이었다고 믿게 된 게 그나마 다행이었다. 군인들은 민호와 어머니에게 거래를 제안했다. 여느 때 같으면 두 사람이 강제 수용소로 가야한다고 말했다. 그러나 이 일을 입 밖에 내지 않는다면 풀어 주겠다고 했다. 어머니와 민호는 동의했다. 그들은 어머니에게 헤어드라이어와 비타민 몇 알을 남긴 약병을 주고 내가 힘들게 저축했던 돈을 포함한 나머지 모두를 빼앗아 갔다.

옥희와 나에게 '분실한 남한 여권'을 재발급받기 위한 서류를 준비해 주기로 했던 브로커의 소식을 듣지 못한 채 몇 달이 지나갔다. 우리는 혜산에서 일어난 두려운 사건과 계속되는 지연 때문에 점점 더 불안해졌다. 그 다음에 일어난 일로 나는 우리의 행운이 매우 나쁜 방향으로 흘러가고 있음을 확신하게 되었다.

짧고 다급한 전화 통화에서 어머니는 민호와 함께 혜산을 떠나 함흥에 있는 예쁜이 이모 집으로 간다고 말했다. 그러면 당분간 나에게 연락할 수도 없게 된다.

어머니와 민호가 군에서 풀려난 지 며칠 되지 않아서 평양에서 부패와 자본주의에 대한 정기적인 단속을 지시했다. 그에 따라 보위부 특별 조사팀이 혜산에 도착했다. 이웃 사람들은 어머니에게 뭔가 문제가 있었다는 사실을 알았다. 무장한 군인들이 우리 집을 수색했다. 이웃 사람들의 고발에 따라 출두 명령을 받고 혜산에 있는 보위부 사령부로 간 어머니는 일단 기다리라는 지시를 받았다. 그곳에 들어간 사람은 다시 나오지 못할 때도 있었기 때문에 어머니는 화장실에 가겠다고 말하고는 작은 창문을 통해서 벽 너머로 뛰어내려 거리로 달아났다. 여느 때처럼 뇌물과 설득으로 해결하기에는 상황이 너무 심각했다. 그러나 어머니는 이 같은 평양의 지시가 어떻게 진행되는지도 알고 있었다. 조사가 진행되는 동안에만 눈에 띄지 않으면 단속이 종료된 후에 대개는 별 탈 없이 돌아갈 수 있었다. 어머니는 집 문을 잠그면서 함흥으로 떠난다는 전화를 내게 한 것이었다.

그것으로 충분했다. 모든 일에 그 같은 불운이 따르자 나는 두려워졌다. 남한 여권을 얻기 위해 서류를 위조한다는 방법은 최악의 아이디어라고 느껴졌다. 옥희와 내가 북한으로 강제 송환되는 재앙으로 이어질 것이 거의 확실했다. 옥희도 같은 생각이었다.

어머니가 혜산으로 다시 돌아가도 안전하겠다고 판단한 것은 석 달이 지나서였다. 어머니는 조사팀 책임자에게 새 중국제 냉장고와 적지 않은 돈을 건네면서 혐의자 명부에서 이름을 삭제하고서야 혜산 집으로 돌아갔다. 어머니를 고발했던 이웃 사람들은 마치 유령을 보듯이 어머니를 쳐다보았다. 어머니는 이들 정직한 이웃에게 인사하면서 마치 모든 일이 악의 없는 오해였다는 듯이 미소를 지어야 했다. "강제 수용소로 보내졌다는 소문을 들었는데?" 이웃 사람들은 말했다. 그들은 언제라도 당국자들이 나타나 어머니 집을 접수할 것으로 생각했었다. 집 안으로 들어가 대문을 걸어 잠그고 바닥에 털썩 주저앉은 어머니는 머지않아 다시 새로운 이웃이 있는 곳으로 이사해야겠다고 마음먹었다.

35

사랑의
충격

상하이에서 또 한 해가 지나갔다. 나는 재일교포가 운영하는 무역회사에서 보수가 좋은 새 일자리를 얻었다. 중국어와 한국어를 잘 못하는 일본인 사주의 통역이었다.

롱바이에 있는 새 아파트로 이사했다. 나는 이곳의 플라타너스 나무 그늘이 드리워진 거리를 좋아했다. 중국인 가족들이 모두 가까운 곳에 모여 사는 동네였다. 상하이에서 흔히 볼 수 있는 빈민가의 흔적이 희미하게 남아 있지만 그래도 발전하는 지역이었다. 그래서 마오쩌둥 시대의 패딩 재킷을 입은 연금 생활자들이 프라다를 걸치고 출근하는 여자들은 아랑곳하지도 않고 거리에서 마작을 하는 풍경을 심심치 않게 볼 수 있었다.

이제 옥희를 제외하고 내가 교류하는 친구 대부분은 남한인 거주자들이었다. 우리는 자주 외식을 했고, 주말에는 여행도 다녔다. 내 나이

스물다섯 살이었다. 삶은 만족스러웠다. 오직 옥희만이 내 가슴 속 깊은 곳의 공허를 이해했다.

2006년 초의 어느 날 저녁에 친구들이 와이탄에 있는 고급 호텔의 스카이바에 가 보자고 했다. 그곳에는 황푸강 건너 푸동 스카이라인의 장관을 보여 주기 위해 경쟁하는 바가 여러 개 몰려 있었다. 그런데 일행 중에는 내가 만난 적이 없는 남자가 있었다. 우리는 서로 소개를 받았다. 나는 마치 전기 충격을 받은 것처럼 그와의 즉각적이고 강렬한 운명을 느꼈다. 내가 그때까지 만나 본 사람 중에서 가장 완벽한 남자였다. 빛나는 검은 머리를 빗어 넘겼고, 알맞게 자리 잡은 우뚝한 코와 아름답게 조화를 이룬 얼굴을 가지고 있었다. 맞춤 양복과 커프스단추까지, 그는 김 씨였고 사업차 서울에서 왔다고 했다. 우리는 창가에 앉아 대화를 시작했다.

우리는 거의 동시에 바에 우리 둘만 있다는 착각에 빠졌다. 옆에서 이야기하는 친구들을 잊어 버렸다. 조명이 핑크빛에서 금빛으로 흐려지자 구름을 비추는 강변의 야경이 반짝이기 시작했다. 그는 자신에 관해서 많은 말을 하는 것을 꺼리는 듯했고 단어를 조심스럽게 선택했다. 나는 그의 신중한 성격에 호감을 느꼈다.

나는 대화에 끼어든 친구 하나가 그가 모델로 일한 적이 있다고 말해 주었을 때도 놀라지 않았다. 그의 태도가 마음에 들었다. 나에게 집적거리거나 깊은 인상을 주려 애쓰지는 않았지만 나를 매우 좋아한다는 느낌을 눈에서 읽을 수 있었다. 지위와 돈이 주는 자신감에 따른 오만함의 분위기도 약간 있었다. 그런 것조차도 싫지 않았다. 나를 지상에 붙

들어 맸던 무언가가 끊어져 나갔다. 나는 공기 중에 떠 있었다. 몇 분밖에 지나지 않은 것 같은데 누군가가 바의 문을 닫는다고 했다. 우리는 그곳에서 네 시간을 넘게 있었다. 시간이 그토록 빨리 간 적은 일찍이 없었다.

그는 다음 날 전화해서 저녁 식사를 같이 하자고 말했다. 상하이에서 서울로 돌아가기 전에 하루가 남았다고 했다. 그가 가 버리면 분명히 찾아올 고통을 예감할 정도로 이미 강렬한 감정을 느꼈던 나는 거절했다. 상처를 받을까 봐 두려웠다.

그날 밤 후회로 잠을 이루지 못했다. 바보. 이제 다시는 그를 보지 못할 텐데.

다음 날 아침, 그에게 전화를 걸었다. 비행기를 타기 전에 커피 한잔 할 시간이 있는지 물었다. 롱바이의 카페로 들어서는 나를 보고 일어서 인사하는 그의 주변에서 광채가 나는 듯했다. 나는 그의 귀국을 연기할 수 없는지 물었다. 그는 어딘가로 전화를 하더니 며칠 더 머물겠다고 내게 말했다.

나는 기도했다. '이 남자가 나의 상대가 아니라는 것은 압니다. 우리는 서로 다른 세상에서 왔지요. 하지만 단 며칠만이라도 이 남자와 데이트하게 해 주세요.' 극단적인 상황에서만 하던 나의 행동이었다.

꿈을 꾸듯이 일주일이 지나갔다. 그때까지 나는 로맨스의 가능성을 생각해 본 적이 없었다. 언제나 어머니와 동생을 그리워하는 감정이 다른 모든 감정을 가렸다. 나는 항상 내면에 존재함을 알고 있었던 성적인 존재를 깊숙이 숨겨놓았었다. 실제로 남자와 키스를 해 본 경험조차 거의 없었다. 며칠 더 머물려던 김의 상하이 체류는 한 달이 되었다. 그한 달은 2년으로 바뀌게 된다. 얼마 후에 그는 롱바이의 내 아파트에서 도보로 몇 분 거리에 있는 아파트를 임대했다. 우리는 거의 만난 순간부터 진지한 관계로 들어갔다.

김은 서울에서 대학을 나왔으며, 상하이에 있는 소규모의 부동산 투자 포트폴리오를 관리하면서 부모를 위해서 일하고 있었다. 그는 나에게 이전에 흘깃 보기만 했었던 세계로 통하는 문을 열어 주었다. 그에게 돈이 문제가 된 적은 한 번도 없었다.

임대율과 수익률이라든지, 기획 담당 공무원을 대상으로 한 프레젠테이션 같은 문제와 관련된 그의 삶은 수월해 보였다. 그는 다른 사람들이 자신을 대하는 정중함을 의식하지 못하는 것 같았다. 다른 식으로 대우받은 경험이 없었기 때문이었다. 그는 와이탄에 있는 근사한 프랑스 식당에 어렵지 않게 예약했다. 중국 안에서 사업차 비행기를 탈 때면 나를 데려가곤 했다. 나는 그에게 내재해 있는 무모한 성향이라는 어두운 면도 알게 되었다. 부모가 기대한 일만 하면서 자신만의 선택을 해 보지 못한 삶을 살아왔기 때문이 아닌가 생각되었다.

선전에 갔을 때 그는 열대 식물로 조경을 하고 번쩍이는 리무진과 스포츠카들이 주차해 있는 컨트리클럽으로 나를 데려갔다. 늦게까지 문을 연 바에서는 유방 확대 수술을 받은 것 같은 여자들이 테이블 위에서 춤을 추었다. 나는 충격을 받았지만 김은 약간 지루해했다. 바에서 샴페인 한 병을 서비스로 제공했다. 나는 술을 마시지 않기 때문에 김이 다 마셨다. 이런 모습은 가끔씩만 볼 수 있었다. 대부분의 시간에 그는 세심하고 다정하고 조용했다. 비밀주의자로 보일 정도로 신중한 남자였다. 그는 내가 비밀을 털어놓고 싶을 정도로 신뢰하는 사람이 되었다. 내가 결혼할 남자가 그라는 생각이 점점 더 확실해졌다. 이는 남한이 다시 나의 고려 대상이 되었다는 뜻이었다.

처음으로 어머니에게 남한에 가고 싶다고 말했다. 어머니는 내 말을 반기지 않았다.

"적국에 가고 싶은 이유가 뭐니?" 어머니가 말했다. "그러면 우리에게 더 큰 문제가 생길 수도 있어."

그러나 어머니의 목소리에는 체념이 묻어났다. 어머니는 민호나 나나 똑같다고 말했다. 무모하고, 말 안 듣고, 고집불통이라고 했다. 민호는 군 감방에서 두들겨 맞을 때조차도 꿈쩍하지 않았다. 어머니는 내안에 있는 혜산 사람의 완고한 기질이 결국 이길 것임을 알았다.

"나는 중국에 뿌리가 없어. 고향도 아니고. 남한은 최소한 한국이잖아."

"하지만 곧 결혼도 해야 할 텐데……."

해가 바뀔 때마다 미혼인 나에 대한 어머니의 걱정은 커져 갔다. 내남편감으로 성분이 좋고 돈을 잘 벌며 가족이 우리의 비밀을 지켜 줄 수 있는 남자를 찾고 있다고 했다. 혜산에서 나 대신 물색하기 시작한 남편감 후보 이야기도 했다. 어머니는 여전히 관리들에게 뇌물을 주고 서류를 고쳐 가면서 내가 처벌받지 않고 돌아오게 할 수 있다고 굳게 믿었다. 사랑하는 남한 남자와 결혼하기 위해서 남한으로 가려한다는 말을 차마 할 수 없었다.

김을 만난 지 1년쯤 뒤에 나는 직장을 그만두고 당분간 저축한 돈으로 살게 되었다. 남는 시간을 이용해 본격적으로 서울에 갈 방법을 조사하기 시작했다. 탈북자들이 만든 남한 웹사이트에 올라온 글들을 보니 많은 사람이 나와 같은 질문을 하고 있었다. "중국에 불법 체류 중입니다. 어떻게 하면 서울로 갈 수 있나요?" 남한으로 가는 데 성공한 탈북자들의 조언도 있었다. 나는 단순히 2004년에 갑자기 남한으로 가려는 사람들이 늘어났다고 생각했었다. 2007년이 된 지금 탈북자의 수는 그 어느 때보다도 많았다.

'탈북자 동지회' 사무실로 상하이에서 국제전화를 걸었다. 호의적인 태도로 전화를 받은 여자가 브로커의 전화번호를 알려 주었다.

브로커는 나에게 세 가지 옵션을 자세하게 설명했다. 그는 내가 중국 신분증을 가지고 있으므로 중국 여권을 받을 수 있다고 했다. 그러나 남한 당국자들은 독신인 내가 중국으로 돌아가지 않을 가능성이 많기 때문에 비자를 얻기가 어렵다고 말했다. 따라서 가장 손쉬운 방법은 남한에 친척이 있는 중국 남자와 결혼하여 방문 초청을 받는 것이라고 했다. 나는 즉석에서 그 같은 방법을 일축했지만 두 번째 옵션도 마음에 안 들기는 마찬가지였다.

두 번째 옵션은 위조된 비자를 사서 곧바로 서울로 날아가는 방법이었다. 그러려면 1만 달러 정도가 필요했다. 비쌀 뿐더러 대단히 위험한 방법이라고 느껴졌다. 가짜 비자가 발각되면 중국으로 송환되어 경찰의 조사를 받다가 내 신분 전체가 가짜라는 사실이 드러날 수도 있었다.

세 번째 옵션은 국경을 넘어온 북한 사람에게 망명자 지위를 부여하고 남한으로 가도록 허용하는 몽골, 태국, 베트남, 캄보디아 같은 제3국으로 가는 방법이었다. 그런 루트에는 3000달러 정도가 필요했다. 그러나 망명자 신분을 심사받는 동안에 오랜 시간을 기다려야 할 수도 있었다.

통화를 끝낸 나는 우울감이 파도처럼 밀려오는 느낌이 들었다. 세 가지 옵션 어느 것도 마음에 들지 않았다. 아무런 진전이 없었다. 그러나 이제 와서 포기할 수는 없었다. 중국에서 거의 10년을 보낸 나는 더 이상 불안정한 신분을 견딜 수 없었다. 해결책을 찾고 싶었다. 그리고 김과 결혼하고 싶었다.

며칠 뒤 어느 날 밤 김과 나는 친구들과 외식을 했다. 나는 배가 고프지도 않았고 다른 사람들과 어울릴 기분도 아니었다. 여전히 브로커가 제시한 조건에 대해 생각하고 있었다.

웨이터들이 엄청난 크기의 찐 게 요리를 날라 왔다. 우리는 손가락으로 산호 핑크빛 껍질 속에 있는 흰 게살을 파먹었다. 내 그릇이 치워지자 그 밑에 있던 종이 깔개에 상하이가 중심에 위치해 있는 세계 지도가 보였다. 지도의 위와 아래쪽에는 중국의 붉은 용이 꿈틀대고 있었다. 브로커가 말한 나라들인 태국, 몽골, 베트남, 캄보디아를 찾아보았다. 나는 그런 나라들이 어디에 있는지조차도 알지 못했다. 찾아내는 데 몇 분이 걸렸다. 이들 나라 모두 아시아에 있기는 했지만 중국이 너무 넓어서 상하이에서 가까운 나라는 하나도 없었다.

김이 말했다. "괜찮아?"

나는 그저 피곤할 뿐이라고 대답했다. 종이 깔개를 접어서 핸드백에 집어넣었다.

다음 날 아침 새벽 일찍 눈을 떴다. 그 지도에 관한 무언가가 마음을 떠나지 않고 있었다. 핸드백에서 지도를 꺼내 탁자 위에 펼치고 브로커가 말한 나라들을 유심히 살펴보았다. 갑작스러운 깨달음으로 얼얼한 감각이 두피에서 퍼져나갔다.

가짜 비자는 필요 없어. 멀리 있는 외국에서 망명을 신청할 필요도 없고, 중국 남자와 결혼할 필요도 없어. 인천공항까지만 가면 되잖아.

나는 옥희에게 전화했다. 그녀는 잠에 취한 목소리로 전화를 받았다.

"방법을 찾은 것 같아." 내가 말했다.

나는 중국 여권이 있으므로 태국 비자를 얻을 수 있게 된다. 서울의 인천국제공항을 경유하여 방콕으로 가는 항공편을 예약할 수 있다면, 서울을 통과할 때 내가 북한 사람이라고 밝히고 망명을 신청하면 될 듯싶었다. 그런데 비자는 정상적인 여행자를 위한 것이었다. 나는 정상적인 여행자가 아니었다. 탈북자였다. 그래서 상하이에서 출국할 때 의심을 피하려면 왕복 항공권을 예약하면 된다.

김과 내가 다시 남한 친구들과 외식을 나갔을 때 한 친구에게 그 같은 루트가 가능한지(이유는 말하지 않고) 물었다. 그 친구는 대답했다. "너 바보니? 누가 그런 식으로 비행기를 타?"

친구의 말에도 일리가 있었다.

내 항공권에 표시될 '상하이-인천-방콕-인천-상하이'는 전혀 논리에 맞지 않는 경로이다. 남한 비자도 없이 중간에 공항을 통과할 뿐인 내가 북동쪽에 있는 인천을 경유하여 3200킬로미터를 우회하는 경로로 남서쪽에 있는 방콕으로 가는 이유를 상하이의 출입국 관리에게 어떻게 설명해야 할까?

그럴듯한 이야기가 필요했다.

나는 이런 생각을 하면서 중국 여권을 신청했다. 여권은 예상보다 빨리 되었다.

그러고 나서 태국 비자를 신청했다. 여행사 직원이 베이징에 있는 태국 영사관으로 보낸 여권은 1주일 뒤에 비자와 함께 돌아왔다. 왕복 항공권을 구입할 준비가 거의 끝났다.

반면에 옥희는 가짜 신분증으로 중국 여권을 신청할 수 없었다. 실패할 것이 확실했다. 그래서 브로커에게 돈을 주고 가짜 남한 여권을 샀다. 그 여권으로 최소한 남한의 출입국 관리소까지는 갈 수 있을 것이다. 그녀는 페리를 타고 칭다오에서 인천으로 가는 경로를 선택했다. 한마디로 '밀항'이었다.

한 가지 할 일이 남아 있었다. 더 이상 미룰 수 없는 문제였다. 김에게 나에 관한 진실을 털어놓아야 했다.

36

목적지
서울

12월의 어느 맑고 추운 날 김은 자기 아파트에서 우리 두 사람을 위한 점심을 준비하고 있었다. 나는 서울에서 살고 싶다는 말로 이야기를 시작했다.

"왜?" 그는 가스 불을 켜고 팬을 흔들면서 대나무 주걱으로 다진 셀러리를 저으며 얼굴을 찡그렸다. "남한에서 조선족은 사회적 지위가 낮아." 그가 셀러리를 볶으며 말했다. "당신도 알잖아."

"알아."

입 밖으로 말하게 되지 않기를 바랐지만 이유 중 하나는 내가 남한에 가야 우리가 결혼할 수 있다는 것이었다.

나는 그가 오징어와 버섯을 팬에 넣고 소금과 후추를 치는 모습을 지켜보았다.

"여기에 좋은 삶이 있잖아. 서울에서 사는 것보다 나은. 너는 중국인

이야. 여기가 너의 나라라고."

이야기가 잘 풀리지 않았다. 약간의 사케와 간장으로 점심이 준비되었다. 맛있었지만 먹으면서 아무 말도 하지 않았다.

"요새 네가 고민 중인 문제가 이거였어?" 그가 뜨거운 음식을 한 입가득 물고 말했다. 그의 말은 내가 조선족이기 때문에 남한에서는 절반은 외국인 취급을 받는다는 뜻이었다. "정말이지 남한 사람들은 다른 곳에서 온 한국인을 잘 대해 주지 않아. 미국계 한국인을 외국인 취급하고 중국인은 깔보지."

"내게는 특별한 이유가 있어."

"뭔데?"

심호흡을 했다. "나는 중국인이 아니야."

"무슨 소리야?" 그는 입에 음식을 더 넣으려고 그릇을 들고 있었다.

"나는 중국 시민이 아니야. 내 신분증은 가짜고. 심지어 조선족도 아니야."

"무슨 말인지 모르겠군."

"나는 북한 사람이야."

그는 마치 내가 역겨운 농담이라도 뱉은 듯이 오랫동안 나를 응시했다. "뭐라고?"

"나는 북한에서 왔어. 그게 남한으로 가고 싶은 이유야. 나는 북한의 양강도에 있는 혜산에서 태어나고 자랐어. 고향으로 돌아갈 수는 없으니까 다른 쪽 한국으로 가고 싶어."

그는 젓가락을 식탁에 떨어뜨리고 의자에서 물러앉았다. 영원히 계속될 것처럼 느껴진 침묵 뒤에 그가 말했다. "전혀 예상치 못했던 일이

군. 네가 가족과 통화하는 걸 수백 번은 들었는데. 가족은 선양에 있지 않아?"

"아니, 북한과 중국의 국경 지역인 혜산에 있어."

그는 믿을 수 없다는 표정을 지었다.

"어떻게 2년 동안이나 내게 숨길 수 있었지?" 마음이 상한 그의 말에는 긴장감이 돌았다. "그렇게 오랫동안 내 면전에 대고 거짓말을 했단 말이야?" 그는 내가 적국에서 왔다는 사실보다 자신을 속였다는 것에 훨씬 더 화를 냈다.

"제발 이해해 줘." 나는 침착한 목소리를 유지하려 애쓰며 말했다. "선양에 있을 때 나는 사람들에게 진실을 말했기 때문에 북한으로 송환될 뻔했어. 나를 아는 사람이 없기 때문에 상하이로 왔고. 북한 친구 한 명만 진실을 알고 있어. 이제 당신도 아니까 두 명이지."

그는 다시 새로운 눈길로 나를 쳐다보면서 오래도록 침묵을 지켰다.

겨울 햇살이 방으로 들어와 그의 얼굴에 뚜렷한 음영을 만들었다. 그가 그렇게 아름다워 보인 적이 없었다고 생각했다. 그의 눈에서 서서히 상처받은 마음이 사라지고 호기심이 그 자리를 차지했다.

나는 그에게 얼어붙은 압록강을 건너던 일과 중국에서의 삶을 이야기해 주었다. 이야기를 마치자 그는 식탁위로 손을 뻗어 내 손을 잡았다. 그러고는 웃음을 지어 나를 놀라게 했다. 편안하고 온화하면서도 믿을 수 없다고 말하는 듯한 웃음이었다. "그렇다면 반드시 남한으로 가야지. 여기서 신년을 보내고 남한으로 가자."

그 순간에 나는 어느 때보다도 더 그를 사랑하는 마음을 느꼈다.

나는 2008년 1월에 출발하는 항공권을 예약했다.

여전히 절대 반대였던 어머니는 내 마음을 바꿀 수 없다는 걸 깨닫고 수그러들었다. 이제 내 삶에서 김은 너무도 중요한 사람이었지만 나는 아직도 그의 이야기를 어머니에게 할 용기를 내지 못했다. 어머니는 여전히 내가 언젠가는 혜산으로 돌아오기를 바라고 있었다.

혜산에서 온 사람을 찾을 수 있을까 싶어서 '탈북자 동지회'라는 탈북자 사이트에 나에 관한 정보를 올렸다. 마지막으로 다닌 학교의 이름과 졸업 연도를 입력하고 이메일 주소를 남겨두었다. 하루 만에 같은 학교를 다니지는 않았지만 혜산에서 왔다는 여자의 메시지를 받았다. 우리는 채팅 프로그램을 통해서 대화를 나눴다. 그녀가 자신이 하얼빈에 있다고 했을 때 나는 상하이에 있다고 했다. 그 이상을 밝히는 것은 망설여졌다. 어쩌면 그녀가 남자이고 중국에서 활동하는 보위부 요원일 수도 있다는 의심이 들었다.

"화상카메라 있어요?" 그녀가 말했다. 내가 자신을 의심한다고 생각한 게 분명했다. "비디오 채팅 프로그램을 켜서 내가 여자이고 스파이가 아니라는 것을 보여줄게요. 좋지요?"

영상이 들어왔다. 흐릿한 핑크빛 조명 속에서 내 나이 또래의 여자가 미소 짓고 있었다. 그러나 놀랍게도 어깨와 가슴이 알몸이었다. 옆에 있던 김이 화면을 넘겨다보았다.

"벌거벗었어요?" 내가 물었다.

"네. 미안해요. 일하는 중이에요."

김과 나는 서로를 마주 보았다.

"고객의 전화가 오면 채팅을 시작해야 해요. 그래서 옷을 걸칠 시간이 없어요."

"어, 무슨 일인데요?"

"화상 채팅이에요." 그녀가 밝은 목소리로 말했다.

그녀는 자기 이름이 신서라고 했다. 남한으로 가려다가 쿤밍에서 체포되어 북한으로 강제 송환된 적이 있었다고 말했다. 쿤밍은 북한 사람들의 망명 신청을 받아 주는 동남아 국가로 가기 위해 경유하는 남서부의 도시다. 1년 후에 다시 탈출한 그녀는 남한으로 보내 줄 브로커에게 건넬 돈을 마련하기 위해서 이 일을 하고 있다고 했다.

"당신이 그 일을 선택했어요?"

"물론 아니죠." 그녀는 슬프게 웃었다. "탈북자를 돕는 브로커 대부분은 인신 매매범이에요. 그들은 우리를 신붓감이나 매춘부로 중국으로 데려오고 돈을 받지요. 내가 지금 하는 일도 일종의 매춘이겠지만 아주 새로운 형태에요. 진짜 매춘보다는 이게 낫겠다 싶었어요."

이미 내 의심은 모두 사라졌다. "나는 곧 서울로 갈 예정이에요. 성공하면 당신도 갈 수 있도록 도울게요." 그녀에게 말했다. 나는 이 여자를 돕기로 결심했다.

출발 날짜가 다가오자 상하이 푸동국제공항에서의 출국 절차에 대한 불안감이 점점 커졌다. 서울행 비행기를 예약한 나에게는 태국 비자밖에 없었다.

김이 말했다. "걱정되면 공항에 전화해서 물어봐."

전화를 받은 출입국 관리의 말은 모호했다. 나의 출국 심사 통과는 불가능하지 않지만 쉽지는 않아 보인다고 말했다.

"첫째로, 지도를 봐요. 누구라도 남쪽의 태국으로 가는 당신이 남한을 경유하려는 이유를 이해하기 어려울 겁니다. 둘째로 많은 조선족들이 서울로 가서는 불법 체류를 하며 돌아오지 않아요. 그건 두 나라 모두에 문제가 됩니다. 왜 이런 식으로 여행을 하려는지 우리에게 납득시켜야 합니다. 합당한 이유가 있다면 우리가 당신 여권에 스탬프를 찍어 줄 것이고 출국 심사를 통과할 수 있겠지요."

나는 공항에서의 심사 과정을 그려 보고 무슨 일이 일어날지를 예상하려 애쓰면서 답변할 말을 연습했다. 무슨 질문을 받을지 모르기 때문에 여권과 함께 상하이에서의 안정된 생활을 입증해 줄 운전 면허증, 신분증 등 다른 서류도 모두 가져가야겠다고 생각했다. 준비는 끝났다.

공항에 같이 온 김이 작별 인사를 했다. 우리는 같이 여행하면 오히려 일을 복잡하게 만들 위험이 있다고 판단했다. "서울에서 전화할게." 내가 말했다. 부정 탈까 염려하여 일이 잘못될 경우는 말하지 않았다. 몇 분 뒤에 나는 출국 심사대 앞에 섰다.

"태국으로 여행갑니까?" 심사대의 남자가 입을 오므리며 말했다.

"네."

"이상한 여행 방식이군요."

"무슨 말씀이신지?"

"왜 남한을 거쳐서 가려고 하지요? 당신의 비행기 표는 인천을 경유하여 태국으로 가도록 되어 있군요. 한참 우회하는 경로인데."

"남자 친구가 서울에 있어요. 남자 친구도 인천에서 방콕까지 같은 비행기를 예약했어요." 내가 말했다. "돌아올 때도 같은 경로로 올 거예요."

그는 손을 내밀었다. "신분증 좀 봅시다."

'의심하고 있어. 신분증이 가짜일지도 모른다고 생각할 거야.' 나는 모든 서류를 카운터에 올려놓았다. 그 서류들이 도움이 될 듯싶었다. 그가 서류들을 조사하는 동안에 서서 기다린 지도 벌써 10분이 지났고 내 뒤로 줄이 길어지고 있었다. 나는 두려웠지만 침착한 태도를 유지하려 애썼다. 영원처럼 느껴진 시간이 지난 후에 그는 여권에 스탬프를 찍고 나를 올려다보더니 다시 한 번 스탬프를 찍었다. 서류를 챙긴 나는 탑승 게이트로 향했다.

탑승하기 전에 한 시간을 기다려야 했다. 상하이의 날씨는 온화했지만 영하의 한국 날씨에 대비하여 패딩 코트를 입고 있었던 나는 불안감으로 땀을 흘렸다. 언제라도 데스크에 있는 관리가 나의 계획을 눈치챌 수 있다고 생각했다. 경찰이 나타나 나를 잡아서 끌고 갈 것이다. 초조한 눈길로 끊임없이 주위를 살폈다. 탑승이 시작되자 서둘러 앞으로 나갔다. 좌석에 앉은 후에도 경찰이 나타날까 봐 승강구에서 눈을 뗄 수 없었다. 마침내 승강구가 닫히고 비행기가 이륙을 위해서 움직이기 시작했다. 마치 타이어에서 공기가 빠지듯이 내 몸에서 스트레스가 빠져 나갔다. 나는 좌석에 머리를 기댔다.

그러나 곧 인천에서 일어날 일을 걱정하기 시작했다. 나에게는 입국 심사를 통과할 서류가 없었다. 여러 해 동안 숨어 있는 도망자였던 내가 이제 정체를 밝힐 순간이 다가왔다. 두려움이 물결처럼 밀려왔다.

불과 한 시간 후에 기장이 하강을 시작한다고 알렸다. 몇 분 후에 우리는 서울과 인천 상공을 날고 있었다. 심장이 요동치기 시작했다. 나는 흥분되면서도 큰 두려움을 느꼈다.

갑자기 사방으로 보이는 지평선 끝까지 뻗어나간 도시의 모습이 구름 사이로 내려다 보였다. 엄청나게 많은 모래 빛깔의 석순이 모여 있었고, 작은 자동차들이 그 사이로 끝없이 움직이는 게 보였다.

북한과 남한의 경계인 DMZ는 매우 좁다. 평양과 서울의 거리는 겨우 190킬로미터이다. 그러나 두 나라는 세계의 어떤 나라보다도 서로 멀리 떨어져 있다. 나는 어머니와 민호를 생각했다. 새해 첫날에 전화 통화를 했던 민호는 어머니가 병원에 있다는 걱정스러운 소식을 전했다. 집에서 심하게 데었다고 했다. 이 소식으로 죄책감과 상실감의 혼란스러운 느낌이 더욱 깊어졌다.

유압 장치 소리와 함께 착륙 바퀴가 내려갔다.

어머니를 다시 만날 수 있는 날이 올까?

3
부
——

**어둠 속으로의
여행**

37

웰컴 투
코리아

2008년 1월 4일, 나는 어디로 갈지 무엇을 할지도 모른 채 비행기에서 내리는 승객들을 따라갔다. 달리기 경주 같았다. 사람들은 바퀴 달린 수하물 가방을 끌고 최대한 빠른 속도로 걸었다. 화장실에 들르는 사람도 있었다. 그들도 나처럼 출입국 관리소에서 운명의 장벽과 마주 서기 전에 잠깐 시간을 벌려고 그러는 게 아닐까 하는 생각이 들었다.

　너무 오랫동안 서울에 도착만 하면 긴 여행이 끝난다고 생각했었다. 도착한 후에 무슨 일이 있을지는 별로 생각하지 않았다. 나는 불안한 마음으로 다른 사람들과 함께 종종걸음을 치고 있었다. 경유하는 여객은 출입국 관리 지역으로 들어오지 말라는 표지가 나왔다. 그냥 지나치면 내 비행기 표는 나를 방콕으로 데려갈 것이다. 불안감으로 뱃속이 울렁거렸다. 나는 숨을 깊게 들이쉬고 발걸음을 늦추면서 곧 벌어질 상황에 대처할 준비를 했다.

사람들은 입국 심사대 뒤에서 여러 갈래로 줄을 섰다. 나는 외국인을 위한 줄에 섰다. 한 사람당 1분 정도 걸리면서 줄이 앞으로 나아가 입국 심사관과 나 사이에는 다섯 명만이 남았다. 입이 마르고 손에서 땀이 났다. 입국 심사관에게 뭐라고 말해야 할지 알 수 없었다. 점점 커지는 불안감을 안고 심사관이 사람들을 주의 깊게 살피고, 여권을 스캔하고, 화면을 확인하는 모습을 지켜보았다. 4분 후에는 내 차례가 될 것이다. 뒤쪽이 떠들썩해서 돌아본 나는 다른 항공편으로 도착한 승객들 때문에 줄이 길어지고 있다는 것을 알았다. 다시 고개를 돌리니 줄이 조금 더 앞으로 나갔다. 이제 내 앞에는 세 사람밖에 없었다. 무대 공포증 같은 두려움과 당혹감을 느끼기 시작했다. 이제 두 사람. 내가 노란 선을 넘어서서 망명 신청자라고 말하면 공개적인 구경거리가 되겠지. 이제 한 사람 남았다.

나는 용기를 잃었다. 줄을 떠나 맨 뒤로 갔다. 숨을 돌리며 서 있는데 오른쪽에 있는 사무실이 눈에 들어왔다. 공항출입국관리사무소였다. 열린 문을 통해서 제복을 입은 직원들이 컴퓨터를 마주하고 있고, 그 앞에 세 사람이 앉아 있는 광경이 보였다. 여자 둘은 동남아시아인 같았고 남자 하나는 중국인처럼 보였다. 그들의 서류에 무언가 문제가 생겼다고 짐작했다.

이쪽이 입국 심사대보다 덜 당혹스러워 보였다. 사무실로 걸어 들어갔다. 나를 쳐다보는 사람은 아무도 없었다.

심장이 너무 빠르게 뛰기 시작해서 내 목소리가 마치 녹음된 테이프에서 나오는 것처럼 이상하게 들렸다. "나는 북한 사람입니다." 내가 말했다. "망명을 신청하고 싶습니다."

직원들이 모두 고개를 들어 나를 바라보았다. 그러고 나서 다시 컴퓨터 스크린으로 시선을 돌렸다. 순간 나는 너무 의아했다. 내가 이 나라의 적국에서 온 망명자인데, 나를 이상한 시선으로 쳐다보는 대신 완전한 무관심과 지친 태도 때문이었다.(몇 시간 후에서야 나는 그들이 왜 냉소적으로 행동했는지 완전히 공감했다.)

처음으로 쳐다보았던 직원이 미소를 보냈다.

"대한민국에 오신 걸 환영합니다." 그가 말했다. "조금만 기다려주세요."

그의 말 한마디가 너무 따뜻하게 느껴졌다. 상하이에서부터 서울로 오기까지 수도 없이 고민했던 모든 것이 약간은 보상 받는 기분이었다.

그는 같은 제복을 입은 남자 두 명과 짙은 색 스커트 정장을 한 여자한 명과 함께 돌아왔다. 소형 스캔 장치를 가지고 온 남자가 내 여권을 달라고 해서 스캔했다. 그들은 머리를 흔들더니 다시 여권을 스캔했다. 뭔가가 잘못되었다.

"정말 북한 사람입니까?" 여자가 말했다. 그녀는 남자 동료들에게 경어를 쓰지 않았다. 그래서 나는 그녀가 상급자이며 정보 요원이라고 생각했다.

"그렇습니다."

"당신의 여권과 비자는 진짜예요." 그녀가 말했다. "북한 사람들은 진짜 여권을 가지고 여기 오지 않아요. 가짜 여권을 쓰지요."

"진짜 여권이긴 하지만 진짜 신분은 아니에요. 나는 북한에서 왔습니다."

그녀가 나를 북한 사람 행세를 하여 남한의 시민권을 얻으려는 조선

293

족으로 생각한다는 것을 깨닫고 불안해졌다.

보통 탈북자들은 인천공항에 입국하고 나서는 소지했던 모든 서류들을 쓰레기통에 버리고 조사를 받는다는 사실을 나는 훨씬 나중에야 알게 되었다.

그때 나는 중국호구책, 중국 여권, 타이완 통행증, 중국 신분증, 상하이 거주증, 운전면허증 등 모든 서류를 소지하고 있었던 터라 국정원 직원은 나를 중국 조선족이라 확신했었다.

내 수하물 가방이 그녀의 눈길을 끌었다.

"이 쌤소나이트 가방도 진짜군요." 서양 상표를 읽을 수 없었던 나는 그녀가 내 가방에 대해 그렇게 말하는 이유를 이해하지 못했다. 튼튼해 보여서 산 가방이었다. 나중에 나는 남한 사람들이 브랜드에 매우 민감하다는 사실을 알게 되었다. 가짜를 가지고 다니는 사람은 외국인과 탈북자들뿐이었다. 그녀는 거짓말을 찾아내려는 것처럼 내 눈을 들여다보았다.

"지금 사실대로 말하세요." 장교 한 사람이 말했다. "아직 늦지 않았어요." 그의 말투는 반쯤은 위협적이고 반쯤은 우호적이었다.

"내 말은 사실입니다."

"일단 국가정보원의 조사를 받게 되면 돌이킬 수 없습니다. 당신이 중국인이라면 구금되었다가 중국으로 송환될 겁니다." 그가 말했다. 국가정보원(NIS)은 남한으로 온 탈북자들을 조사하는 기관이었다. 그리고 강제 송환을 당하면 중국에서 거액의 벌금을 물게 된다고 들었다. 중국 관리들이 나의 가짜 신분을 밝혀내고 북한으로 보낼 위험도 있었다. 이렇게 힘들게 남한에 왔는데 내 말을 믿지 않는다?

내가 엄청난 실수를 저지른 게 아닌가하는 겁이 났다.

남자는 말을 이었다. "지금 당장 사실을 말해요. 그러면 아무 문제없을 겁니다. 상하이로 돌아가게 해 줄게요."

"내 말은 사실입니다. 이름은 박민영이고요. 기꺼이 조사를 받겠습니다."

내게는 진실조차도 낯설고 미심쩍게 들렸다. 민영이라는 이름은 10년이 넘도록 쓰지 않았던 이름이었다.

"좋아요." 여자가 머리를 흔들었다. "당신이 내린 결정이니까."

나는 창문이 없는 방에 그녀와 단둘이 앉아서 두 시간 동안 질문을 받았고 그녀가 메모를 하는 모습을 지켜보았다.

끝났다고 생각했을 때 양복을 입고 넥타이는 매지 않은 남자 둘이 들어왔다. 그들은 더 나이가 들어 보였다. 한 사람은 40대, 머리가 희끗희끗한 다른 사람은 50대 같았다. 나는 여자가 인사하는 태도로 보아 그들이 상급자임을 알았다. 그녀는 방을 떠났다. 그들은 다시 처음부터 질문을 시작했다. 그들 역시 내가 북한 사람이라고 생각하지 않았다. 나이든 남자의 목소리에서는 공격적인 기미가 느껴졌다.

지치고 배가 고팠던 나는 질문의 요점을 놓치기 시작했다.

아이러니했다. 선양에 있을 때는 의심하는 경찰에게 내가 북한 사람이 아니고 중국인임을 확신시켜야 했다. 여기서는 그 반대를 위해서 애쓰고 있었다.

두 시간이 더 지나간 후에 그들은 나를 서울 중심부에 있는 국정원 조사 센터로 데려간다고 했다. 그들을 따라 측면 출구로 나가니 자동차와 운전수가 기다리고 있었다. 시간은 초저녁이 되어 어두웠다. 공항에서 다섯 시간을 보냈던 것이다. 자동차는 새 차 냄새가 나는 번쩍이는 민간 차량이었다. 나는 젊은 남자와 함께 뒷좌석에 앉았다. 우리는 공항 터미널 건물을 지나서 호박색 나트륨 가로등이 켜진 6차선 고속 도로로 들어섰다.

"서울로 가는 길입니다." 젊은 남자가 말했다. 나를 심문한 두 사람 중에 더 친절한 쪽이었다. 앞좌석에 탄 그의 동료는 아무 말도 하지 않았다. 공항에서 빠져나가는 처량 안에서 창밖을 보면서 나는 실감이 나지 않았다. 내가 그토록 그리던 대한민국의 도로를 지금 달리고 있다는 사실이 꿈만 같았다. 순간 눈물이 앞을 가렸다.

곧 내가 처한 상황을 평가해 보기 위해 애썼다. '나는 지금 감옥에 있지 않다. 그들은 나를 다시 비행기에 태우지도 않았다.' 이는 긍정적인 진전이었다. 이 같은 생각은 곧 더 불편한 생각으로 바뀌었다. 지금 내가 어떤 사람들과 같이 있는지를 고향의 친구들이 알게 된다면 무슨 생각을 할까? 북한에서 국정원을 부르는 이름인 안기부는 북한 사람들이 알기에 모든 도로 및 철도 참사, 건물 붕괴, 결함이 있는 제품, 공급 부족, 예기치 못한 화재의 배후에 있는 사악한 기관이었다. 북한에서는 많은 사람, 특히 고위직에 있는 사람들이 안기부를 도왔다는 혐의로 처형되었다.

"오늘 좀 바빴어요." 젊은 남자가 말했다. "오늘 우리는 두 번이나 공항에 온 겁니다. 당신의 비행기가 착륙하기 직전에 북한 사람 150명이 도착해서 지금 조사를 받고 있어요."

"몇 명이라고요?"

"150명입니다. 매주 태국에서 70명 정도, 몽골과 캄보디아에서도 비슷한 숫자가 옵니다."

중국에서 2008년 베이징 하계 올림픽을 앞두고 사회 정화의 일환으로 불법 체류자 단속이 대대적으로 벌어지는 바람에 사상 최대 규모의 탈북자들이 밀려오고 있다고 했다.

그때서야 비로서 나는 왜 출입국관리사무소 직원들이 나에게 아무 관심도 보이지 않았는지 이해할 수 있었다. 아마 쓰나미처럼 밀려오는 탈북자에 그들은 어쩌면 지쳤을지도 모른다.

우리는 고층 건물이 밀집한 여의도 근처에서 퇴근 시간이 되어 교통이 복잡한 한강변 도로를 지나고 있었다. 고개를 드니 TV 드라마에서 보았던 벽면 전체가 황금빛 유리로 빛나는 건물이 보였다. "63빌딩입니다." 국정원 요원이 말했다. "랜드마크지요. 63층입니다. 우리는 북한의 공격 목표가 될까 봐 너무 높은 건물을 지을 수 없어요."

너무도 밝은 빛. 너무나 풍요로운 뷰.

내가 채 500킬로미터도 떨어지지 않은 곳에서 자라날 때 이 같은 모든 일이 진행되고 있었다. 나는 지금 와 있는 곳에 대한 완전한 깨달음에 머리를 흔들었다. 너무도 흥분되어 잠시 숨을 쉬기가 어려울 지경이었다. 나는 분단된 나라의 다른 쪽에 와 있었다. 또 하나의 코리아였다. 나태하고 음울한 북한에 비하여 남한은 생기가 넘치고 현실적이었다. 모든 곳에서 보이는 에너지와 밝은 빛은 놀라웠다.

우리는 밋밋한 국정원 조사 센터 건물에 도착했다. 소리 없이 자동으로 열리는 거대한 철문 입구를 통과하면서 들떴던 마음이 사그라지기 시작했다. 요원의 말대로 '진짜 조사'가 곧 시작될 참이었다.

38

여자들

나는 서울에서의 첫날밤을 북한에서 온 30명 정도의 여자들과 함께 일반 수용실에서 보냈다. 수용실로 들어서는 순간 모두의 얼굴이 나를 향했다. 순간 이곳에서 지내기가 쉽지 않으리라는 짐작을 했다. 여자들 대부분은 나보다 나이가 많았다. 내가 입은 최신 유행의 상하이 패션을 쳐다보는 그들의 눈에서 분노가 보였다. 나는 공항에서 곧장 이곳으로 왔다. 그들은 마치 감옥에서 몇 년을 보낸 사람들 같았다. 한 여자는 느닷없이 내 옷을 달라고 했다.

나는 그들 중 약 20명이 실제로 감옥에 있다가 왔다는 사실을 알게 되었다. 중국을 가로질러 태국으로 가는 파란만장한 탈출 여행을 감행한 그들은 태국 경찰에 체포되어 감옥에 갇혔다가 남한 대사관으로 인계되었다. 이 같은 일을 겪으면서 여자들은 잔인해졌다. 말도 많고 탈도 많았기에 내가 그들에 대해서 속속들이 알게 되는 데는 시간이 얼마 걸리지 않았다. 태국 감옥에서는 100명을 수용할 수 있는 공간에 300명 정도의 여자들이 갇혀 있었다. 앉을 자리조차 없는 경우도 많았다. 좋은 자리를 얻기 위해서 돈을 낼 능력이 없는 신참자는 악취 나는 변소 옆에서 잠을 자야 했다. 신경이 극도로 예민해진 데다 처한 상황마저 열악한 상태였기 때문에 툭하면 싸움이 벌어졌다. 태국 당국자들이 매주 소수의 수감자만을 석방했기 때문에 몇 달씩 기다려야 했다. 임신부는 우선권이 주어지기 때문에 이를 이용하려고 태국으로 오는 동안에 고의로 임신한 잡년이라고 욕하는 고약한 여자들도 있었다. 그들의 이야기는 충격적이었다. 나는 탈북자가 일단 중국을 벗어나 다른 나라로 가게 되면 안전하게 망명 신청을 할 수 있다고 생각했었다. 그러나 여자들은 중국을 떠나는 순간부터 진짜 악몽이 시작되었다고 이야기했다. 몽고를 거쳐서 탈출한 몇 명은 예외였는데, 그들은 몽고 당국으로부터 부엌이 딸린 깨끗한 시설에 수용되는 좋은 대우를 받았다고 했다

국정원 경비원이 신체적 폭력은 범죄이며 남한 시민권을 얻는 과정을 저해할 수도 있다는 경고를 해야 할 정도로 이들에게는 폭력이 너무나 자연스러웠다. 경고에도 불구하고 수용실에서는 거의 매일같이 격렬한 싸움이 벌어졌다.

거의 모든 여자들이 나를 약골이자 사기꾼 정도로 생각했다. "너 같으면 절대로 태국에서 살아남지 못했을 거야." 그들은 이구동성으로 말했다. "너 북한 사람 아니지, 그렇지?"라고도 했다. "네 얼굴과 말투는 중국 사람이야." 나는 여자들이 멋대로 생각하도록 놓아두었지만(그들에게 설명할 필요는 없으니까) 그들의 태도에서 깊은 슬픔이 느껴졌다. 그들은 자유의 문턱에 서 있지만 창문의 쇠창살을 녹여 버릴 정도로 부정

적인 성향이 너무 강했다. 평생 동안 의무적으로 비판에 참여해야 하는 북한 사람들은 타인에 대한 부정적 성향이 몸에 배어 있었다.

종종 레즈비언이 대화의 주제가 되기도 했다. 몸과 몸이 부딪히는 습기 찬 태국의 감옥에서는 섹스를 포함한 모든 일이 공개적으로 일어난다고 했다.

우리 방에서 군림하던 여자는 덩치가 크고 억세 보였으며 군인처럼 머리를 짧게 잘랐다. 다른 여자들은 그녀를 깡패라고 불렀다. 그녀는 태국의 감옥에서도 도전하는 여자는 누구든지 신체적으로 공격하여 자신의 위치를 확보했다고들 말했다. 나는 그녀가 동성애자이며 여자 친구는 다른 수용실에 있다는 이야기를 들었다. 스스로 동성애자임을 인정한 그녀는 나에 대한 관심을 노골적으로 드러냈다.

북한에도 동성애자가 있다는 사실을 이곳에서 처음으로 알게 되었다. 지금 생각하면 내가 동성애를 전적으로 외국에서나 볼 수 있는 현상이거나 TV 드라마에만 나오는 이야기로 생각했다는 것을 인정하기가 당혹스럽다. 한 여자는 북한에서 동성애자는 노동 수용소로 보내지며, 혼자서 고통을 겪어야 하고, 가족에게조차 털어놓을 수 없다고 말해 주었다. 나는 그런 사실도 알지 못했다. 사실상 동성애 말고도 내가 북한에 대해 처음으로 알게 된 사실은 많았다. 나의 정치적 각성이 이제 막 시작된 참이었다.

나는 성가심을 피하려고 무뚝뚝한 태도를 취하고 말도 거의 하지 않았다. 유감스럽게도 이런 것이 깡패로부터 나를 보호하기에는 충분치 못했다. 북한에서 그녀의 삶이 얼마나 힘들었으며 어떤 고통을 겪어야 했는지를 상상할 수 있었다. 그렇더라도 그녀는 내가 수용실에 머무는 시간을 생지옥으로 만들었다. 나는 키가 158센티미터이고 몸무게는 45킬로그램에 불과했다. 덩치가 훨씬 큰 그녀는 한주먹으로 나를 때려 눕힐 수도 있었다. 처음에는 안전을 위해서 그녀와 친해지려고 했다. 그러나 날이 갈수록 가벼운 놀림에서 성적인 의도가 다분한 공격적인 조롱으로 변해갔다. "네가 잠들기 전에는 아무 짓도 하지 않을게." 경비원이 와서 그녀에게 자제하라고 두 차례 경고도 했다. 나는 그녀가 두려웠지만 절대로 그런 티를 보여서는 안 된다고 생각했다. 하지만 머지않아 그녀는 틈이 나는 대로 나를 집적대기 시작했다. 한국 문화에서는 손윗사람을 존중해야겠지만 그녀에게 맞설 때가 되었다고 마음먹었다. 나는 날마다 심해지는 그녀의 집적댐이 불안했지만 무관심을 가장한 가면 뒤에 불안한 마음을 숨겼다. 나이가 든 여자들조차도 그녀를 제지하는 사람은 아무도 없었다.

우리 중 젊은 축에 속하는 선미라는 여자가 있었다. 선미와 나는 일종의 우정을 나누게 되었다. 그녀는 중국에서 세 번 붙잡혔으며 그때마다 북한으로 송환되었고, 보위부에서 발길질을 당하고 곤봉으로 맞았다고 했다. 보위부원들은 중국에서 남한 사람이나 기독교인을 만난 일이 없는지 선미에게 되풀이해서 물었다.

"기독교인이 뭡니까?" 그녀는 반문했다고 했다. "나는 정말 몰랐어. 그러자 그들은 계속해서 나를 때렸지."

나는 문이 닫히거나 의자가 끌리는 작은 소리로도 선미를 그녀의 마음속에 있는 감옥으로 데려간다는 것을 알아챘다.

수용실에서 지낸 지 1주일이 되어 가던 어느 날 오후에 선미는 고대할 정도로 보고 싶던 TV 프로를 시청하고 있었다. 나는 책을 읽고 있었다. 방으로 들어온 깡패가 선미 바로 앞에 앉아서 TV 화면을 가로막더니 리모컨을 집어 들어 채널을 바꿨다.

마지막 결정타는 언제나 사소한 사건에서 비롯된다는 것은 기묘한 일이다.

고함치는 목소리가 들렸다. 내 목소리였다. 그때까지 입에 담아 본 적이 없었던 상스러운 말이 튀어나왔다. 손윗사람에게 불경한 태도로 말하는 것도 처음이었다. 지금까지도 그때 일은 비현실적으로 생각된다. 나는 일찍이 경험해 보지 못했던 극심한 분노를 느끼면서 생각해 낼 수 있는 가장 심한 욕설을 그녀에게 퍼부었다. 모든 여자들이 입을 딱 벌리며 놀라워했다.

깡패는 갑자기 움츠러드는 듯했다. 나는 숨이 가빠질 때까지 욕설을 멈추지 않았다. 이어지는 침묵 속에서 나의 헐떡이는 소리만이 들렸다.

가장 나이든 축의 여자 하나가 그녀에게 말했다. "이렇게 당해도 싸지. 젊은 사람에게 욕먹고 꼴좋다."

수용실에서 지낸 지 2주가 되었을 때 경비원이 나를 찾았다. 그는 특별 조사관의 대면 조사가 시작된다고 말했다. 나는 창문이 없는 독방에 수용되었다. 암울한 느낌이었지만 한편으로는 혼자 있게 되어서 안도감도 들었다. 방에는 목제 책상과 의자 두 개, 모직 담요와 작은 흰색 베개를 갖춘 철제 침대가 있었다. 방의 길이는 다섯 걸음, 폭은 네 걸음 정도였다. 전구가 흐릿한 빛을 비춰 줬고 한쪽 구석에는 나를 지켜보는 소형 감시 카메라가 있었다. 문은 잠겨 있었다. 화장실에 갈 때는 문 옆에 있는 전화기로 젊은 경비원에게 말하면 문을 열어 주었다.

둘째 날 아침에 양복 차림의 중년 남자가 들어와 나를 보더니 가지고 온 서류철을 살펴보고는 방을 나갔다. 그 남자는 1분 뒤에 다시 들어왔다.

"나이가 스물여덟 살입니까?"

"네."

"이름은 박민영이구요?"

"네."

"정말로 지금 나이가 스물여덟이란 말이지요?"

"그렇습니다."

그 남자는 나의 심문을 담당한 사람이었다. 나는 그가 내 나이를 재확인하면서 혼란스러워 하는 이유가 궁금했다. 모든 정보가 그의 서류철에 있는 것이 분명한데도.

그는 나에게 서류 두 장에 서명하도록 했다. 하나는 심문 과정에 관해 절대로 발설하지 않겠다는 서약서였고, 또 하나는 내가 거짓말을 하는 것으로 의심될 경우에 거짓말 탐지기 사용에 동의한다는 서류였다. 안기부에 대한 어린 시절의 두려움이 되살아나고 불안해졌다. 거짓말 탐지기 사용에는 고문이 포함될지도 모른다고 생각했다. 그는 내가 살아온 이야기를 가능한대로 상세하게 적어 내도록 했다. 자서전을 쓰듯이 두껍게 써 내는 사람도 있다고 했다. 내가 써낸 서류는 심문의 기초가 되었다. 내가 살았던 혜산 지역의 지도도 그리라고 했다. 나는 오랜 시간을 들여서 기억나는 대로 상세하게 지도를 그렸다.

"이 그네가 있는 놀이터가 당신이 다닌 초등학교에 있는 것이 맞나요?"

그는 내가 쓴 글의 내용을 국정원이 갖고 있는 혜산의 항공사진과 비교하고 있었다. 그는 종종 심문 도중에 말을 멈추고 고개를 약간 기울인 채로 마치 무언가를 찾아내려는 것처럼 내 눈 속 깊은 곳을 들여다보았다. 그럴 때면 불안해졌다. 별난 방식으로 추파를 던지는 게 아닌가하는 생각이 마음을 스쳤다. 여자들에게 태국의 감옥 이야기를 들은 뒤로는 무슨 일이 생겨도 놀라지 않을 것 같았다. 나는 무심한 표정을 지으려 애썼다. 그에게 어떤 빌미도 주고 싶지 않았다.

독방에서 1주일을 보냈다. 처음에는 조사관에게서 위협을 느꼈지만며칠이 지난 후에는 매일 아침 9시에 찾아오는 그를 기다리게 되었다.그는 내가 접촉할 수 있는 유일한 사람이었다. 어느 지루한 오후, 할 일이 없었던 나는 생각과 느낌을 몇 장의 종이에 옮겨 적으면서 한자 서예를 연습했다. 살풍경한 독방 벽의 강압적인 느낌을 묘사했고 방에는창문이 있어야 한다는 내 생각을 적었다. 그러고는 종이를 구겨 쓰레기통에 던져 넣었다. 다음 날 아침, 내 담당 조사관과 다른 두 명의 조사관이 내 방을 찾아왔다. "당신이 이걸 썼습니까?" 그가 물었다. 내가 구겨버린 종이를 들고 있었다.

내 쓰레기통까지 확인하는구나.

"무슨 내용인가요?"

"그저 생각과 느낌을 썼어요." 내가 말했다. "그래도 되나요?"

"네, 그렇습니다만……." 그가 놀라서 말했다. "나는 대학에서 중국어도 공부했습니다. 그래서 읽어 보려 했지요. 그저 왜 그런 걸 썼는지 궁금했습니다."

"할 일이 아무것도 없어서요."

다음 날 이른 아침에 심문관이 방문을 열고 들여다보았다.

"눈이 오는데. 보고 싶소?"

그는 화장실로 나를 데려가 창문을 열어 주고는 밖으로 나갔다. 날이 새기 직전이었다. 구름 밑으로 지평선을 따라 황금빛 햇살이 나타나기 시작했다. 어린 소녀 시절 이후로는 보지 못했던 거위 털 같은 눈송이가 내리고 있었다. 영하로 한참 내려간 기온이었다. 모든 건물이 환하게 불을 밝히고 있었고 도처에서 붉게 빛나는 십자가가 보였다. '병원이 아주 많구나.' 나는 그렇게 생각했다. (나중에 그것은 병원이 아니라 교회의 십자가라는 것을 알게 되었다. 북한이나 중국에서는 그런 표지를 본 적이 없었다.) 마법과도 같은 광경이었다. 오래전에 안주에서 천둥이 치던 날 검은 옷을 입은 여인이 비와 함께 내려오기를 기다리던 일을 생각했다. "그 여인의 치맛자락을 붙잡으면 너를 자기가 사는 곳으로 데려갈 거야." 아편 삼촌이 말했었다. 나는 그녀가 나를 다른 세계로 데려갈까 봐 두려워했었다. 이제 어떤 의미로는 그녀가 그렇게 한 셈이다. 지금 나는 다른 세계를 보고 있었다.

다음 날 심문관은 처음으로 내게 미소를 보였다. 심문이 끝났다고 말했다. "나는 당신이 북한 사람이라고 믿습니다."

"어떻게 알았어요?" 나는 활짝 웃었다. 이제는 그가 마치 몇 달 동안 알고 지낸 사람처럼 느껴졌다. "다른 여자들은 내가 중국인이라고 생각하는데."

그는 가볍게 손을 내저었다. "나는 14년 동안 사람들을 조사했어요." 그가 말했다.

"시간이 지나면 사람의 심리에 대한 감이 생기지요. 사람들이 거짓말을 할 때는 대개 알 수 있습니다."

"어떻게?"

"눈을 보면 알지요."

나는 얼굴이 붉어지는 것을 느꼈다. 그것으로 우리의 오랜 눈 맞춤이 설명되었다. 물론 그에게는 수작을 걸려던 의도가 전혀 없었던 것이다.

"하지만 여전히 당신은 특이한 경우요." 그가 말했다. "내가 14년 동안 만나 본 사람들 중에서 1퍼센트에 속해요."

1퍼센트?

"첫째, 당신은 내가 만난 사람 중에서 살던 곳에서 직접 비행기를 타고 이곳에 아주 쉽게 도착한 유일한 사람입니다. 둘째, 당신이 이리로 오는 데는 두 시간밖에 걸리지 않았고, 셋째로는 어떤 브로커에게도 돈을 주지 않았다는 점이지요. 내 말은 그런 뜻입니다. 그저 이리로 오는 비행기에 올라탔지요. 당신이 생각해 낸 아이디어였나요?"

"네."

"그렇다면 당신은 천재요."

이제 그는 말이 많고 친절한 태도로 바뀌어 있었다. "나는 처음부터 당신에 대한 심문이 순조롭게 진행되리라고 생각했어요. 자기 나이를 속이지 않았기 때문에. 북한 사람 대부분은 나이를 속입니다. 나이든 사람은 혜택을 받으려고 더 늙었다고 주장하고, 젊은 사람들은 더 어린 나이를 말하지요. 그런데 당신은 스스로 20대 후반이라고 밝혔습니다. 처음에 당신을 심문하러 오면서 30대 중반쯤으로 예상했는데 막상 만나 보니 당신은 스물한 살 정도밖에 안 돼 보였어요. 방을 잘못 찾았나 생각하고 나가서 다시 확인했지요. 스물한 살밖에 안 돼 보이는 여자가

20대 후반이라고 밝힌 이유가 뭐겠습니까? 정직하기 때문이지요. 그렇게 생각했습니다."

나는 미소를 지었지만 마음 한구석으로는 이런 것도 내가 놓친 부분이었다고 생각했다.

다음 날 아침에 나는 상쾌한 기분으로 잠에서 깨어났다. 11년 전에 삼촌과 숙모의 집에 도착했던 이후로 악몽을 꾸지 않고 잠을 이룬 것은 그때가 처음이었다. 하지만 나는 다른 탈북자들보다 몇 배나 긴 시간을 그곳에서 보내야 했다. 그 시간은 몇 달이나 더 걸렸다. 아마도 내가 북한 여자인지 아닌지에 대한 확신을 가지는 데 그만한 시간이 더 필요했었나 보다.

39

통합의
집

이른 아침에 다른 사람들과 함께 자동차로 두 시간 거리에 있는 경기도 안성으로 가는 버스에 올랐다. 따뜻하고 화창한 아침이었다. 낮 시간에 새 나라를 제대로 볼 수 있는 기회였다. 달리는 버스 안에서 서울 시내를 내다보면서 내가 3개월 전 인천공항에서 시내로 들어오던 그 시간이 떠올라 다시 한번 눈물이 울컥했다. 다시는 신분을 속이지 않아도 되는, 북송의 위험을 느끼지 않아도 되는, 도망자의 인생에서 처음으로 진짜 자유를 찾은 바로 그 '첫날'이었다.

마음속으로 "대한민국, 저를 받아 줘서 감사합니다."를 수도 없이 되뇌였다. 진정으로 나에게 또다시 내가 안길 수 있는 조국이 있음에 너무 감사했다.

앞으로 살아가는 동안 그 어떤 힘든 일이 있어도 초심을 잃지 않고, 오늘의 감사함을 잊지 않고 굳세게 살아가리라 다짐했다. 서울 남쪽의 전원 지역에 있는 하나원은 특별 교육 과정에 등록한 탈북자들에게 그들이 곧 합류하게 될 사회에 대해 가르쳐 주는 시설이다. 이곳에서 받는 3개월간의 교육이 없다면 대부분의 북한 사람들은 새로운 삶에 대처할 수 없을 것이다. 많은 사람이 알게 되듯이, 자신이 선택한 대로 자신의 삶을 만들어 나가는 진정한 자유라는 것은 두려운 존재가 될 수도 있다.

나는 매우 낙관적이었다. 이 아름다운 나라에서 반드시 성공하겠다고 스스로 다짐했다. 나는 이 나라가 자랑스럽게 생각하는 사람이 되고 싶었다. 남한이 나를 받아 줘서 진심으로 감사했다.

강의실, 기숙사, 진료소, 치과, 식당이 보안 담장으로 둘러싸인 하나원의 시설은 겉으로 보기에는 특별한 점이 없었다. 그러나 세계 어디에도 이와 같은 곳은 없을 것이다. 하나원은 두 개의 우주, 두 개의 한국 중간에 있는 집 같은 곳이었다. 심연을 건너온 사람들은 하나원에서 새로운 삶에 대한 적응을 시작한다. 이 같은 변화를 쉽게 받아들이는 사람은 거의 없었다.

우리는 간식을 사먹고 전화 카드를 살 수 있는 용돈을 지급받았다. 나는 즉시 김에게 전화를 걸었다. 남한에 도착한 후에 처음으로 허용된 전화였다. 내 목소리를 들은 그는 기쁨의 환호성을 질렀다. 소식도 없이 시간만 흐르니 그의 걱정이 깊어지던 참이었다.

"그들이 당신을 중국으로 돌려보냈다고 생각했어." 그가 말했다.

우리는 오랜 시간 대화를 나눴다. 그의 부드럽고 편안한 웃음소리에 내 마음은 부풀어 올랐다. 보고 싶은 마음이 간절했다.

다음에는 옥희에게 전화했다. 그녀는 페리선으로 도착하여 나보다 훨씬 빠르게 조사 절차를 마친 상태였다. 우리는 들뜬 대화를 나눴다. 그녀는 이미 서울에서 아파트를 구했으며 취업 면접을 앞두고 있다고 했다.

전화기를 내려놓은 나는 공중으로 뛰어오르고 싶었다. 불과 몇 주 후면 새로운 삶이 시작된다.

그 뒤에는 어머니와 약속해 두었던 시간에 혜산으로 전화를 걸었다. 어머니는 내게 민호에게 진지하게 사귀는 여자 친구가 생겼다는 소식을 들려주었다. 여자 친구의 이름은 윤지였다. 어머니는 그녀가 성분이 좋은 가족 출신이며 아주 예쁘다고 했다. 그녀의 부모도 민호를 매우 좋아한다고 했다. 이런 이야기를 들으면서 목이 메었다. 나는 민호가 사랑하는 여자를 결코 만나 볼 수 없을 것이다.

이곳 안성에 있는 시설은 여성 전용이었으며 나는 다른 네 명의 여자들과 한 방을 썼다. 국정원 수용실에 같이 있었던 공격적인 여자들이 매주 내가 버스에 탔는지를 확인하고 있다는 이야기를 들었다. 내가 중국인이라고 확신한 그들은 서로 내기를 걸었다고 했다. 그러나 다시 만나게 된 그들은 부드러워져 있었다. 나는 그들 중에 남겨두고 온 가족에 대한 죄책감이나 보위부에서 겪었던 끔찍한 기억에 시달리는 사람들이 있음을 알게 되었다. 그들의 내면에 있는 어두움은 미래에 대한 희망을 가릴 정도로 짙었다. 철저한 보안에도 불구하고 외부로부터 술을 구해와 마신 후 만취하는 바람에 아침 일과 때 직원들의 심한 질책을 받는 여자들도 있었다. 국정원 수용실보다 더 느슨한 환경이라 싸움도 자주 벌어졌다. 깡패도 있었지만 그녀는 나를 피했다.

나의 악몽은 멈췄다. 그러나 그동안 겪었던 시련들이 많은 탈북자들을 꿈속에서 괴롭히는 곳이 바로 이 피난처라는 사실은 기이한 일이었다. 곧 합류하게 될 치열한 경쟁의 구직 시장에 대한 두려움 때문에 신경 쇠약에 걸리거나 공황 발작을 일으키는 사람도 있었다. 하나원에는 그런 사람들을 돕기 위한 심리학자뿐 아니라 오래도록 방치되었던 만성적 질환을 치료하기 위한 의료진도 있었다.

이곳에 오는 많은 탈북자들이 낡은 사고방식을 떨쳐 버리지 못해 힘들어 했다. 이웃과 동료가 자신을 밀고하는 세상에서는 필수적이었던 피해망상이라는 생존 도구 때문에 그들은 아무도 믿지 못했다. 새로운 기술도 그들에게는 어려운 일이었다.

나는 민주주의, 우리의 권리, 법과 언론에 관한 수업에 참석했다. 우리는 은행 계좌를 개설하는 방법과 지하철을 이용하는 방법을 배웠다. 사기꾼을 조심하라는 경고도 받았다. 외부 강사들도 방문했다. 한 사람은 남한에서 빵집을 열어서 성공한 북한 여자였다. 그녀의 자신감은 나를 고무시켰다. 우리에게 가톨릭 신앙을 소개한 신부도 있었는데(남한으로 온 많은 탈북자가 기독교인이 된다.), 신부와 수녀들이 순결을 지키는 이유를 듣고 많은 여자들이 웃었다. 미스터 박이라는 친절한 경찰관은 구급차가 필요하거나 범죄를 신고해야 할 때처럼 긴급한 상황에서 우리가 어떻게 대처해야 하는지를 알려 주었다.

우리는 또한 특별한 역사 수업에도 참석했다. 하나원에 온 많은 탈북자에게는 처음으로 도그마가 없는 창문을 통해서 세상을 바라보는 것 같은 수업이었다. 탈북자 대부분의 역사 지식은 위대한 지도자와 경애하는 지도자의 삶에 관한 빛나는 전설이 거의 전부였다. 가장 받아들이기 힘든 이야기는 한국 전쟁에 대한 사실이었다. 탈북자들은 1950년 6월

25일에 갑작스런 공격을 감행하여 한국 전쟁을 일으킨 것이 남한이 아니고 북한이라는 이야기를 들었을 때 큰 혼란에 빠졌다. 많은 사람이 대뜸 큰 소리로 이의를 제기하기도 했다. 그들은 북한 사람 대부분이 믿고 있고, 국가적으로 가장 중요한 믿음이 고의적인 거짓말이었다는 사실을 받아들일 수 없었다. 북한이 속속들이 썩었다는 사실을 아는 사람들조차도 한국 전쟁에 관한 진실을 받아들이기 어려워했다. 그것은 해마다 6월 25일에 흘렸던 눈물, 10년간의 군 복무, 생산을 위해서 싸웠던 '속도전'이 모두 무의미한 일이었음을 뜻했다. 그들의 삶 전체가 부정당하는 셈이기도 했다.

매번 다르게 나오는 하루 세끼의 식사는 훌륭했고 모두 몸무게가 늘었다. 직원들은 먹고 싶은 대로 많이 먹으라고 말했다. 일단 이곳을 떠나면 그렇게 잘 먹기가 쉽지 않을 수도 있다고 했다. 실제로 강사들은 우리들에게 새로운 삶이 결코 쉽지 않다고 경고했다. 직업을 구하기가 어려울 수도 있다고 했다. 우리는 이런저런 청구서를 받게 되며 지불하지 못하면 빚을 지게 된다고 했다. 이것은 매일같이 정문 밖에서 기다리고 있는 브로커들에게 큰 빚을 지고 있는 사람들에게는 큰 걱정거리였다. 직원들의 말은 우리에게 행복하고 성공적인 미래로 가는 길이 굴곡지고 확실치 않다는 인상을 주었다. 나는 내심 "열심히 일하고 최선을 다하면 성공할 수 있다."라는 말을 듣고 싶었다. 그러나 그들은 우리의 지나친 기대를 억제하려 했고 이 같이 불확실성은 나를 불안하게 했다. 곧 나는 중국에서처럼 편법에 의지하여 살아갈 필요가 없게 될 것이다. 나 자신의 삶을 만들어 나갈 자유를 얻게 될 것이다. 그러나 다가

올 미래를 그려 보려 할 때마다 보이는 것은 명료하지 않고 소용돌이치는 안개였다. 그 속에는 어머니와 민호, 그리고 김이라는 해결되지 않은 문제가 숨어 있었다. 남한 정부는 북한 사람들이 모여 사는 빈민가가 생기는 것을 막기 위해 탈북자들을 전국 각지의 마을과 도시로 분산시켰다. 우리는 갈 곳을 선택할 수 없었다. 99퍼센트는 서울을 선호했지만 주택의 부족 때문에 소수만이 선택되었다. 우리 각자에게는 주거비용으로 1900만 원이 지급되었다.

나는 서울에서 살게 되기를 간절히 원했다. 서울은 일자리를 찾기에 가장 좋은 곳으로 생각되었으며 김이 사는 곳이었다. 나는 하나원에 있는 동안 매일같이 그를 생각했다. 수업 시간 중에도 그에 대한 몽상에 빠졌다. 강남에 있는 그의 아파트, 내가 그의 가족을 만나는 광경, 그의 멋진 친구들, 일요일 오전에 재즈 음악과 증권 시장 뉴스를 들으면서 에스프레소를 마시는 그의 모습을 상상해 보려 했다.

그러나 백 명 중에 열 명에게만 서울의 아파트가 배정된다는 사실을 알게 된 내 기분은 곤두박질쳤다. 열 명. 따라서 불공평하다는 항의를 피하기 위해 하나원에서는 상자에 든 번호표를 뽑는 투명한 방식의 추첨으로 서울로 보낼 사람들을 선정했다. 사람이 가득 찬 강당에서 직원 한 사람이 마치 게임쇼라도 하는 듯이 상자를 흔들고 번호표 열 장을 뽑았다. 그는 하나씩 번호를 불렀다. 126, 191, 78, 2, 45……. 당첨된 사람들은 팔을 치켜 올리고 행복한 환호성을 올리면서 친구들의 포옹을 받았다. 나는 반쯤만 듣고 있었다. 그곳에서 벌어지는 광경이 나를 의기소침하게 했다. 내가 서울이 아닌 어디로 보내질지를 상상해 보려 했다. 201, 176, 11. "11번, 누굽니까?"

서해안도 그렇게 나쁘지는 않다고 생각했다.

"11번, 나오세요."

안주 근처 해변에서 보냈던 여름날과 아버지가 달이 어떻게 밀물과 썰물을 만드는지 이야기해 주던 기억이 떠올랐다.

팔에 날카로운 통증이 느껴졌다. 옆에 있던 여자가 나를 쿡 찌른 것이었다. 그녀는 내 손에 있는 번호표를 가리키며 말했다. "11번, 당신이잖아요."

40

배움의
경주

미스터 박이 미소를 지으며 버스에서 내리는 나를 맞아 주었다. "제 이웃으로 오셨군요. 도와드리러 왔습니다." 미스터 박은 하나원에서 우리에게 개인 보안을 가르쳐 주었던 경찰관이었다. 40대 초반의 그는 경찰청 보안과 출신이었다. 침착하고 믿음직한 태도가 아버지를 떠올리게 했다. 그는 남한 신분증과 여권을 신청하기 위한 서류 작업뿐만 아니라 내가 새로 이사 온 동네에 적응할 수 있도록 여러 가지 도움을 주었다. 미스터 박은 내가 남한에서 만났던 가장 마음이 따뜻한 사람 중 하나였다.

새 집은 서울 금천구의 지하철 독산역에서 가까운 곳이었다. 세간살이가 없는 방 두 개짜리 작은 아파트였고 25층 중 13층이었다. 우리 집과 비슷비슷한 아파트 단지와 거리가 보였다. 그 뒤로는 큰 산이 있었다. 부유한 동네는 아니었다.

적십자 자원 봉사자들이 나를 아파트로 안내했다. 그들이 작별 인사를 하고 현관문이 금속성 소리와 함께 닫힌 후에 나는 혼자가 되었다. 숨어 있는 것이 아니라 자유로운 상태로. 오래도록 창문가에 서서 아래에서 오가는 사람들과 해가 서쪽으로 기울면서 건물들의 그림자가 길어지는 것을 지켜보았다. 내가 어찌할 바를 모르고 있음을 깨달았다. 나가서 매트리스와 텔레비전을 사와서 하루 종일 드라마를 시청할 수도 있었다. 빨랫감을 빨고 씻지 않은 접시가 쌓이도록 놔둘 수도 있었다. 이 자리에 서서 여름이 가을로 바뀌고 가을이 겨울로 바뀌는 광경을 기다릴 수도 있었다. 아무도 간섭하지 않을 것이었다. 자유는 더 이상 단순한 개념이 아니었다. 갑자기 나는 공황 상태에 빠졌다. 너무도 두렵고 불안해서 옥희에게 전화해서 하룻밤 그녀의 아파트에서 같이 지낼 수 있는지 물었다.

옥희는 나를 보고 크게 안도했다. 포옹을 나누고 이루어진 꿈을 서로 축하한 후 우리는 바닥에 앉아 라면을 먹었다. 서울에 도착한 후에 그녀가 겪은 경험담은 매우 심각했다. 나처럼 상하이에서 몇 년을 살았는데도 이곳의 삶은 옥희에게 쉽지 않았다. 그녀는 얼마 전에 있었던 취업 면접 이야기를 해 주었다. 면접 담당자는 회사의 결정을 전화로 알려 주겠다고 했다. 며칠이 지나도 전화가 오지 않자 회사로 전화를 건 옥희는 누군가를 직접적으로 거절하는 게 무례한 일이기 때문에 전화하지 못했다는 대답을 들었다.

북한 사람들은 김정일 자신이 장려하기도 했던 직설적인 화법에 자부심을 갖고 있다. 외국인들은 종종 북한 외교관의 무뚝뚝함에 놀라곤 한다. 옥희의 경험담은 두 한국의 문화가 서로 매우 다른 방향으로 갈

라져 나갔음을 알게 해 준 첫 번째 힌트였다. 더욱 심한 것이 남아 있었다. 나는 북과 남이 공유한다고 생각했던 언어와 가치들이 교류가 없는 상태나 마찬가지였던 60년이 넘는 분단 기간에 매우 다른 방향으로 진화해 나갔음을 알게 되었다. 우리는 더 이상 같은 나라 사람들이 아니었다.

다음 날 귀국한 김은 곧장 내 아파트로 왔다. 그를 본 나는 녹아내렸다. 6개월 만의 만남이었다. 우리는 오래도록 얼굴을 맞대고 포옹한 채로 서로 얼마나 보고 싶었는지 속삭이면서 서 있었다. 그의 손길, 체취, 잔잔한 목소리가 그리웠다. 그는 머리를 더 길게 길렀다. 가능한 일인지 모르겠으나 전보다 더 핸섬해진 것 같았다.

나중에 그는 나를 용산에 있는 큰 시네마 콤플렉스로 데려갔다. 극장에 들어가기 전에 간식을 사자면서 뭘 먹겠는지 물었다. 나는 카운터 위의 메뉴를 읽어 보았다. 한국말이었다. 그러나 한 마디도 이해할 수 없었다. 나초, 팝콘, 그리고 콜라가 무엇일까? 물론 나는 중국에서 이런 것들을 먹어 보았다. 그러나 한국어로 표기된 영어는 당황스러웠다. 머지않아 더 많은 것들을 알게 되었다. 나는 사람들이 '엘리베이터를 타고 아파트를 나와서 택시를 타고 미팅'에 갔다고 말할 때 당혹감을 느꼈다. 언어의 장벽을 느꼈을 때, 앞으로 이곳에서 살아갈 일이 막막했다. 하지만 배워야 했다. 실제로 나에게는 새로운 교육이 필요했다.

나는 어버이 수령이 모든 것을 제공해 주는 공산주의 국가에서 자랐다. 모든 인민의 가장 중요한 자질은 교육도 아니고, 심지어 열심히 일하는 능력도 아닌 충성심이었다. 사회적 지위는 가족의 성분에 따라 고정되었다. 남한에서도 사회적 지위가 매우 중요하지만 여기서는 물려받는 게 아니라 교육을 통해서 결정된다. 교육은 사람들을 평등하게 만들어 주는 훌륭한 수단이지만(부잣집 아이라도 학교 성적이 나쁘면 아무것도 할 수 없다.) 또한 사람들을 억압하는 존재이기도 하다. 선진국 중에서 남한 사람들이 가장 불행하다는 조사 결과가 나오는 이유 중 하나이기도 하다.

내가 만난 사람들 모두가 바닥으로 가라앉지 않기 위해 좋은 교육을 받으려고 필사적인 것처럼 보였다. 이 같은 운명을 피하려고 몰려드는 소동 끝에 고등학생의 80퍼센트가 대학에 진학한다. 케이팝 스타와 운동선수들까지도 나머지 20퍼센트로 취급받지 않으려고 대학 학위를 딴다. 어머니들은 아이의 경쟁력을 높이기 위해 유치원 때부터 과외 수업을 받게 한다. 압박이 너무 심해서 고문 받는 것 같은 학창 시절을 보내기도 한다. 대학을 졸업하는 사람이 너무 많기 때문에 좋은 직장에 취직하려면 유창한 영어 실력 같은 추가적인 자격이 필요하다. 이 모든 경쟁을 뚫고 현대, 삼성, LG 같은 남한의 일류 재벌 기업에 입사한 학생은 이른바 성공한 사람이 된다.

탈북자들은 북한에서 받은 교육이 선진 사회에서는 아무런 쓸모가 없기 때문에 당황한다.

학교로 돌아가기에는 너무 나이가 든 사람들은 하찮은 일자리를 찾을 수밖에 없다. 젊은 사람들은 자신이 한참 뒤쳐져 있고 자신감이 부족함을 알게 된다. 상하이에 있는 동안에도 어렴풋이 알고 있었지만 처음 몇 주 동안 서울에서 직면한 현실은 냉혹했다. 하나원 직원들의 새로운 삶이 '쉽지 않을 것'이라는 말이 무슨 의미인지를 알게 되었다. 대학 졸업장이 없으면 할 수 있는 일이 별로 없었다.

탈북자들이 대개 저임금의 낮은 직종에서 일하기 때문에 남한 사람들은 그들을 깔본다. 공공연하게 드러내는 일은 드물지만 겸손을 가장한 오만과 차별을 느낄 수 있다. 그래서 많은 탈북자가 일자리를 찾을 때 말투를 바꾸고 신분을 숨기려 애쓴다. 나는 이 같은 사실을 알고 깊은 상처를 받았다. 나는 중국에서 여러 해 동안 신분을 숨긴 채 살아야 했다. 여기에서도 신분을 감춰야 하나?

김의 도움에 힘입은 나의 적응 과정은 하나원에서 만났던 다른 탈북자들보다 순조로웠다. 그들 중에는 나중에 진저리를 치게 될 서비스 업종이나 블루칼라 업종의 일자리를 찾는 사람들도 많았다. 나는 그렇게 하고 싶지 않았다. 웨이트리스 일에는 신물이 났다.

하루 벌어 하루 먹는 틀에 박힌 삶을 살고 싶지 않았다. 방법을 찾는 데는 시간이 걸렸다. 몇 주 후에 나는 전산 세무회계사가 되기 위한 6개월 과정에 등록하기로 했다. 나는 숫자에 밝았으며, 이 같은 과정을 수료하는 것이 일자리를 얻는 데 유리하다고 생각했다. 동료 수강생들은 모두 여자였다. 나는 얼마 지나지 않아서 자신이 속한 사회에서 행복해지기가 남한 사람들에게도 얼마나 어려운 일인지 그들을 보면서 알게 되었다.

그들 중 다수가 취업에 실패하고 낙담하여 포기 상태에 있는 사람들이었다. 그들은 사소한 결함(너무 뚱뚱하거나 작은 키 같은)과 불운을 부풀리고 실패의 원인으로 여겼다. 나는 그들에게 동정심을 느낄 수밖에 없었다. 걱정거리가 없는 나라는 없다. 때로 그들의 푸념이 TV 멜로드라마의 줄거리처럼 들렸다.

김과 재회한 지 불과 몇 주 만에 나 자신도 로맨틱한 멜로드라마를 경험하기 시작했다. 김과 내가 상하이에서 살았을 때, 서로를 향한 우리의 감정이 너무도 강렬했기에 나는 우리의 결혼을 확신했다. 나는 그의 프러포즈를 기다렸다. 그러나 그는 2년 반이 지나도록 청혼하지 않았다. 이제는 그가 청혼하지 못한 이유를 나는 이해하게 되었다.

김은 한강 이남에 있는 부유하고 세련된 강남 지역에서 성장했다. 그의 집안은 강남 개발 붐이 일고 부동산 가격이 치솟았던 덕분에 큰돈을 벌어 백만장자가 되었다. 그는 고등 교육을 받았으며 부모도 명문 대학 출신이었다. 남한에서 교육은 매우 중요하지만 그 자체가 최종 목적은 아니다. 교육은 사회적 지위를 얻기 위한 수단이며, 사회적 지위는 모든 것이 하루아침에 뒤집힐 수 있다는 두려움에 대처하는 안전판이다. 겨우 한 사람의 일생에 해당하는 기간 만에 제3세계 수준에서 경제 규모 세계 14위의 국가로 성장한 남한에서는 굶주림과 불안정에 대한 기억이 여전히 남아 있었다. 다른 모든 일이 실패하더라도 사회적 지위가 있는 사람들에게는 기댈 수 있는 가족과 연줄이 남게 된다. 김의 친구들도 비슷한 배경 출신이었다. 그들 중에는 유명한 배우와 모델도 있었다. 그들과 밤 나들이를 나갔을 때 외제 고급 스포츠카를 타고 오는 내 또래의 여자들을 본 적도 있었다. 그들의 부모는 한국의 대기업에서 인상적인 직함을 갖고 있었다. 그런데 나에게는 가족, 직장, 학위, 돈 아무것도 없었다. 남한 사람들이 말하는 이른바 '빽'도 없었다.

그러나 나 자신을 안쓰럽게 생각하지는 않았다. 나는 북한 사람들과 비슷한 신념 체계를 공유했다. 가난한 삼촌은 성분이 좋은 집안에서 자랐지만 가족의 충고를 무시하고 집단 농장 여자와 결혼해서 사회의 바닥 계층으로 내려갔다. 김도 부모의 뜻을 거역하고 도망쳐 나와서 나와 결혼할 수도 있었다. 어쩌면 한두 해 정도는 행복하게 지낼 수도 있었으리라. 그러나 우리의 사랑은 점차 식을 것이며, 가족에게 실망을 안겼다는 사실은 우리가 살아가는 내내 그의 양심을 괴롭힐 수 있었다. 가난한 삼촌도 그랬을지 모르지만 나와의 결혼이 큰 실수였다는 결론을 그가 내릴 때까지 나와 함께하는 삶이 그를 지치게 할 수도 있다. 김은 나보다 먼저, 아마도 상하이에 있는 동안에도 이를 깨닫고 앞으로 나아갈 방법을 생각해 내려고 노력했다. "나는 당신이 대학에 가면 좋겠어." 멋진 친구들과 밤을 보낸 뒤에 나를 집에 데려다 주던 그가 말했다. "당신이 의사나 약사 시험에 합격하면 부모님이 정말 기뻐하실 거야."

나는 앞을 바라보면서 아무 말도 하지 않았다. 아직 그의 부모를 소개조차 받지 못했다.

그러나 나는 바로 다음 날 김이 한 말에 대해 조사해 보았다. 의과 대학은 학비가 비쌀 뿐만 아니라 가장 똑똑한 학생들만이 합격할 수 있었다. 더욱이 국정원에서 알려 준 것처럼 내가 고등학교를 졸업하지 않은 상태에서 북한을 떠났기 때문에 대학에 지원할 자격을 얻는 데만도 2년의 과정을 수료해야 했다. 김의 부모를 기쁘게 할 거대한 위업을 달성하려면 10년이 걸린다는 말이 된다.

2008년 여름, 나는 강남의 한 아파트에서 김과 다른 친구들 여럿과 함께 텔레비전으로 중계되는 베이징 하계올림픽 경기를 지켜보았다.

그들은 남한 선수가 승리할 때마다 인근 아파트의 모든 사람들과 마찬가지로 떠들썩한 환호성을 올렸다. 그 지역 모든 주민의 함성이 들려왔다. 그들은 한 목소리로 '우리나라', '대한민국'을 외쳤다. 나도 응원했지만 우리나라를 외칠 수는 없었다. 다른 사람들과 어울리고 싶었기 때문에 외쳐 보려고 애썼지만 가라앉은 내 마음에서는 그 말이 나오지 않았다.

내 마음은 북한을 응원하고 있었다. 북한이 금메달을 따는 광경이 자랑스러웠다. 그러나 환호할 수는 없었다. 북한은 적국이었다.

나는 저녁 식사를 같이 하자는 김의 제의를 거절하고 나의 작은 아파트로 돌아왔다. 우리 아파트 단지에서도 여전히 사람들의 환호성과 응원 소리가 들려 왔다. 그날의 경험은 나를 우울하게 만들었다. 그날 밤 나는 매트리스에 누운 채로 구름에 반사되어 빛나는 도시의 불빛을 보고 있었다. 진한 호박죽 색깔을 띤 서울의 하늘에서는 별이 잘 보이지 않았다. 혜산에서는 침실 창문으로 은하수를 볼 수 있었다.

올림픽은 나에게 본격적인 정체성의 위기를 불러일으켰다. 그 위기는 아마도 내가 김에 대해 느끼던 불안감, 그리고 부족한 교육 수준 때문에 이미 진행 중이었을 것이다.

나는 북한 사람인가? 북한은 내가 태어나고 자란 곳이다. 아니면 중국인인가? 나는 중국에서 성인이 되지 않았던가? 아니면 내가 남한 사람인가? 나는 여기 사람들과 같은 피를 나눈 같은 민족이다. 그러나 남한 신분증을 가졌다고 남한 사람인가? 여기 사람들은 북한 사람을 하인 같은 열등한 사람으로 취급한다.

나는 주변에 있는 모든 사람처럼 사회의 일원이 되고 싶었지만 내 나라라고 부를 수 있는 대상이 없었다. 당시 내게는 세상의 많은 사람들이 분열된 정체성을 가지고 있으며 그것은 중요하지 않다는 이야기를 해 줄 사람이 아무도 없었다.

마치 손때 묻은 책을 펼치듯이 내 마음은 다시 북한의 고향으로 돌아가는 쪽으로 돌아섰다. 그러나 이제 남한 국민이 된 내가 북으로 가는 것은 불법이었다. 북으로 가면 잘해야 남한을 거부한 사람 취급받으면서 선전에 내몰리게 되고(다시 북으로 돌아간 사람들은 이런 일을 겪는 경우가 많았다.), 최악의 경우에는 감옥에 갇히거나 총살될 것이다.

어머니는 내가 외롭고 불행하다는 사실을 알았을 것이다. 그러나 나는 어머니에게 부담을 주고 싶지 않았다. 어머니에게는 그렇지 않아도 걱정거리가 많았으니까. 내가 돈과 물품을 담은 자루 세 개를 보낸 것 때문에 무장한 군인들이 집을 수색한 이후로 어머니의 삶에는 구름이 끼었다. 그 사건으로 보위부의 주목을 받게 되었으며, 평양에서 일제 단속 지시가 내려올 때마다 오지의 산촌으로 추방될 사람들 명단에 올랐다. 어머니는 그때마다 명단에서 이름을 빼기 위해 조사관에게 거액의 뇌물을 주어야 했는데 이런 식으로 오래 버티기가 어렵겠다고 걱정했다.

딸이 남한으로 갔다는 사실을 알았다면 그들은 주저 없이 어머니와 민호를 체포했을 것이다.

어머니는 혜산에서 살기가 점점 더 힘들어진다고 했다. 굶주림도 다시 돌아왔다.

나는 절박함을 느끼기 시작했다. 이제 어머니도 남한으로 올 때가 된 것이 아닐까?

일요일마다 나는 어머니가 서울로 올 가능성을 조심스럽게 제기하기 시작했다.

"절대로 떠나지 않는다." 어머니는 늘 이렇게 대답하곤 했다.

나는 서서히 의기소침한 상태에서 벗어나고 있었다. 여기까지 오느라 온갖 위험을 무릅썼는데 이제 와서 삶을 포기할 수는 없었다. 하나원으로 가던 화창한 아침에 이 나라에서 성공해서 나를 자랑스럽게 여기도록 하겠다고 스스로 다짐했었다. 마음을 단단히 먹고 반드시 성공해야 했다. 실패는 있을 수 없었다.

매우 열심히 공부한 끝에 나는 회계사 자격을 취득했다. 한 법무 법인에서 월급 130만원의 일자리를 제안했다. 꽤 괜찮은 액수였다. 그러나 생각 끝에 제안을 거절했다. 학위 없이는 더 나은 일로 옮겨갈 수 없다고 생각했기 때문이었다.

나는 힘들다는 대학 입학시험을 생각하기 시작했다.

대학 입학 자격을 얻을 때 내 나이는 서른 살이 될 것이다. 대학을 졸업하면 서른네 살. 해낼 수 있을까? 네이버 지식인에 질문을 올렸다. 많은 댓글이 달렸다. "10년이나 젊은 사람들과 같이 공부하기가 힘들 겁니다." 한 사람은 말했다. "포기하고 직장을 구하세요." 다른 사람이 말했다. 가장 많은 댓글은 '결혼이 최선'이라는 내용이었다. 그들은 '너무 늦기 전에'라는 말을 추가하고 싶었을지도 모른다.

나를 격려해 준 사람은 미스터 박이었다. 그는 내가 성공하기를 진심으로 원했으며 그 길을 추구하도록 격려했다. 그러나 대학에 지원하기 전에 해야 할 일이 하나 더 있다고 생각했다. 새로운 이름이 필요했다.

나는 하나원에서 남한에 있다는 사실을 보위부가 알게 된 탈북자의 가족들이 고향에서 처벌받았다는 이야기를 들은 적이 있었다. 나는 탈북자 중에 평양에 보고하는 스파이가 있다고 거의 확신했다. 그래서 많은 탈북자들이 이름을 바꿨다. 이것이 이름을 바꾸는 유일한 동기는 아니었다. 행운을 부른다는 점쟁이의 말에 따라 이름을 바꾸는 사람들도 있었다.

내가 특별한 의미를 가진 새 이름을 얻고 싶다고 하자 미스터 박은 전문적으로 이름을 지어 주는 작명소를 소개해 주었다. 나는 작명소 여자에게 5만원을 내고 생년월일과 이름 두 글자를 말해 주었다.

"이 이름의 한 글자가 당신에게 불운을 가져왔어요." 여자가 차분하게 말했다.

나는 미소를 지을 수밖에 없었다. 오래전 어느 새벽에 반백이 된 점쟁이를 만나러 어머니와 함께 대천으로 가던 일이 생각났다. 작명소의 여자는 그 점쟁이보다 봐줄 만했다. 거품 파마를 한 중년 여자였는데 그녀가 눈을 감는 모습을 보자마자 익숙한 생각이 떠올랐다. 이 모든 것이 터무니없다는 생각. 그러면서도 그녀가 하는 말을 모두 믿고 싶었다.

그녀를 돕기로 했다.

"나는 항상 추위를 느꼈어요."

"옳지." 힌트를 포착한 그녀가 말했다. "당신은 양기보다 음기가 강하기 때문에 이름으로 몸을 따뜻하게 해 줘야 해요." 그녀는 다섯 개의 이름을 제시하고 하나를 고르라고 했다. 나는 현서를 선택했다.

"이 이름을 쓰면 강한 햇빛이 당신을 비춰 줄 거예요." 그녀는 경고했다. "이 이름은 너무 강해서 큰 행운을 가져다줄 수도 있지만 당신이 감당하지 못하면 큰 불운을 부를 수도 있어요. 그래서 이 이름이 가진 압도적인 양기와 균형을 잡기 위해서 별명을 같이 쓰면 좋겠네요."

나는 생각했다. '아니오. 더 이상의 이름은 필요 없어요. 현서면 됐어요.'

2009년 여름, 나는 새로운 이름으로 여러 군데 대학에 지원했다.

추가적인 자격을 얻기 위해 교과서를 펼쳐놓고 시작한 영어 공부는 지독하게 어려웠다. 어떤 대학이든 면접을 위해 나를 부르거나 입학시험을 치르려면 9월이나 10월까지 몇 주 동안을 기다려야 했다. 입학이 허가되면 몇 년 동안은 학기와 방학으로 나누어지는 예측 가능한 삶을 살게 될 것이다.

그러나 삶이 안정을 찾고 틀이 잡혔다고 느끼기 시작했을 때 나는 다시 심연 속으로 던져졌다.

41

2012년을
기다리며

"사람들이 지금은 굶주리고 있을지 몰라도……," 어머니는 자신 없는 목소리로 말꼬리를 흐렸다. "앞으로는 형편이 나아질 거야. 우리 모두 2012년을 기다리고 있어."

나는 신음 소리를 냈다. 2012년은 채 3년도 남지 않은 김일성의 탄생 100주년이었다. 당은 오랫동안 2012년이 되면 북한이 '강하고 번영하는 국가'가 된다고 선전해 왔다.

나는 아무것도 바뀌지 않으리라는 걸 알았지만 어머니는 어떻게 알 수 있었겠는가? 삶에 대해 불평할 수는 있었지만 어머니에게는 미래를 내다보는 시각이 없었고 여전히 북한 체제의 가치관을 간직하고 있었다. 많은 사람들은 김 씨 정권이 매우 나쁠 뿐만 아니라 크게 틀렸다는 사실을 북한 사람들이 받아들이기가 얼마나 어려운지 이해하기 힘들어한다. 여러 면에서 볼 때 북한에서 우리의 삶은 정상적이었다. 북한 사람들 또한 돈 문제를 걱정하고, 자식에게 기쁨을 얻고, 술을 지나치게 마시기도 하고, 성공하려고 조바심을 내기도 한다. 그들이 하지 않는 행동은 단 하나, 당의 말에 대한 의문 제기이다. 북한을 떠나 본 적이 없는 사람들에게는 비판적 사고방식이 없다. 이전의 정부, 다른 정책, 또는 외부 세계의 다른 사회 같은 비교 대상이 없기 때문이다. 그래서 어머니는 다른 사람 모두와 마찬가지로 2012년의 신비로운 새벽을 기다리고 있었다.

"엄마, 거기 형편이 점점 더 나빠진다고 했잖아. 절대로 다시 좋아지지는 않아." 내가 말했다. "잘 들어, 엄마. 여기서 북한에서 온 가족들을 많이 만났어. 보통 한 사람이 먼저 와서 나머지 가족을 데려올 수 있도록 주선해."

"탈출하려다 처형되는 사람들을 너무 많이 봤다." 어머니가 통명스럽게 말했다. "우리 때문에 민호가 감옥에 가는 것을 보고 싶지 않다. 이모와 삼촌들이 혜산비행장에서 처형되는 것도 원치 않고."

"하지만 엄마, 여기는 형편이 훨씬 더 좋아. 원하는 대로 무엇이든 가질 수 있고. 정부가 우리에게 주는 정착금도 많아."

"너는 행복하지 않다고 했잖아."

"그저 엄살을 좀 부렸던 거야."

나의 설득에 어머니의 완강했던 태도가 바뀌기 시작했다.

"엄마를 못 본 지도 12년이 다 돼. 20대가 다 지나가도록 엄마를 한 번도 보지 못했어. 결혼하고 자식도 낳고 싶지만 엄마가 영원히 우리를 볼 수 없다면 그게 다 무슨 소용이 있어? 지금 뭔가 하지 않으면 우리는 평생 동안 다시 만나지 못할 거야."

오랜 침묵이 흐르는 동안 나는 어머니가 조용히 울고 있음을 깨달았다. 어머니는 영원히 헤어진다는 생각을 견딜 수 없다고 말했다. 나는 서너 달 동안 설득의 강도를 높였다. "일단 18개월만 와 봐." 내가 말했다. "마음에 들지 않으면 언제든지 다시 고향으로 돌아가면 돼. 어렵지 않을 거야."

물론 거짓말이었지만 어머니에게 확신을 주기 위해서 필요한 거짓말이라고 생각했다. 우리가 다시 만나고 어머니가 위험에서 벗어나 자유롭게 살 수 있도록 하기 위한 거짓말이었다. 어머니는 이미 자신이 북한을 떠난 일이 전혀 없었던 것처럼 기록을 바꾸는 방법을 찾고 있었기 때문에 나는 이 같은 이야기를 계속했다.

하지만 어머니는 여전히 주저했다.

그런데 혜산에서 일어난 놀라운 사건이 어머니의 마음을 바꾸어 놓았다. 지역의 혜산청년동맹위원장 청년 동맹 비서이며 잘 알려진 당 고위 간부인 설정식의 얼굴이 인쇄된 수배 포스터가 시내 곳곳에 나붙었다. 곧 그가 남한으로 망명했다는 소문이 돌았다. 혜산 주민들은 크게 놀랐다. 어머니는 생각했다. '그 사람 같은 거물도 간다면 나라고 못 갈 이유가 없잖아?' 타이밍이 그보다 더 좋을 수는 없었다.

그 사건이 있은 뒤 일요일에 어머니는 말했다.

"결심했다. 갈게." 어머니는 보위부가 엿들을까 봐 모호한 표현을 썼다. 불안해하고 있었다. "안전할까?"

나는 너무나 기뻐서 소리를 지를 뻔했다. "내가 100퍼센트 안전하도록 할게." 중국의 주석 정도나 할 수 있는 약속이라는 것을 알면서도 나는 그렇게 말했다.

"네 동생은 가지 않을 거야."

이 말에 내 마음이 다시 내려앉았다. "하지만 민호도 와야 해. 둘이 같이 와야지. 혼자 남으면 너무 위험해."

"민호는 괜찮을 거야. 자기 사업이 있고 윤지와 결혼도 해야 하니까."

"결혼이라고?"

이것은 새로운 소식이었다. 민호가 하는 일은 나도 알고 있었다. 민호는 중국제 하오주나 성시의 오토바이를 밀수했으며 때로는 일본 고급 브랜드 오토바이도 취급했다. 여름에는 뗏목에 부품 상태로 분해한 오토바이를 싣고 강을 건넜고, 겨울에는 얼음 위로 오토바이를 몰고 왔다. 버는 돈의 10퍼센트와 담배, 중국산 맥주, 열대 과일 따위를 국경 경비원들에게 뇌물로 주었다. 민호는 꾀가 많고 세상 물정에 밝았다. 혜산에서 보낸 어린 시절의 기억은 기근이었고, 이것이 민호를 강하게 만들었다. 그러나 민호는 나처럼 고집이 셌다. 한번 어떻게 하기로 마음먹으면 생각을 바꾸게 만드는 게 쉽지 않았다.

나는 민호의 일이 잘 풀린 것을 기뻐해야 했다. 어머니의 말에 따르면 윤지는 믿을 수 없을 정도로 예뻤다. 그녀가 열여덟 살이 되었을 때는 김정일을 모시기 위한 기쁨조 후보에 뽑힐 정도였다. 그러나 윤지의 어머니는 딸을 데려가지 못하게 하려고 윤지에게 건강상의 문제가 있는 것처럼 가장했다.

민호는 엄마가 중국으로 갈 수 있게 돕겠지만 자기는 남겠다고 말했다. 윤지의 어머니가 보위부에서 일한다고 했다. 윤지의 가족에게는 우리의 비밀을 털어놓을 수 있었다.

나는 계획을 짜기 시작했다. 우선 나는 북한 관련 일을 하는 김 목사와 접촉했다. 김 목사가 이끄는 단체는 토요일마다 서울 인사동에서 북한의 인권 신장을 위한 시위를 벌이고 있었다. 서울에서 소란스러운 시위는 일상생활의 일부였다. 도심에 갈 때마다 정부 청사 앞에서 플래카드를 들고 있는 일인 시위자나 슬로건이 적힌 머리띠를 두르고 노래하면서 주먹을 치켜 올리는 노동자들을 볼 수 있었다. 나는 처음 그런 광경을 보았을 때, 남한 사람들이 체포나 공개 처형을 당하지 않고 자신의 불만을 소리 높여 외칠 수 있다는 사실에 놀랐다.

김 목사는 중국에 있는 연줄을 이용해서 북한 사람 수백 명의 탈출을 도왔다. 그는 탈북자들을 중국의 남서부에 있는 쿤밍을 거쳐서 국경 너머 베트남으로 인도하고, 거기서 남한 대사관으로 갈 수 있도록 도왔다.

중국을 가로지르는 여행은 3200킬로미터가 넘는 거리이며 1주일의 시간이 걸린다. 붙잡힐 경우에 북한으로 송환되기보다 자살을 택하기 위해 독약을 휴대하는 탈북자들이 있을 정도로 위험한 여행이다. 베이징에 있는 대사관과 중국 전역에 있는 영사관에서 탈북자들의 망명 신청을 받아들임으로써 중국과의 관계가 악화되는 것을 원치 않는 남한 당국은 중국 정부와 한통속이 되어 탈북자들을 멀리 했다. 설사 탈북자가 대사관 정문을 통과하더라도 장기간 기다려야 할 수도 있다. 중국 정부의 출국 허가가 나기까지 7년을 기다린 사람도 있었다.

나는 인사동 거리에서 토요일 집회에 참석한 김 목사를 만났다. 집회 참석자들이 앉아서 외치는 시끄러운 구호 소리 속에서 김 목사는 압록강을 건널 때는 어머니 혼자 해야 하지만 그 다음부터는 도울 수 있다고 말했다. 그렇게 하는 데는 4000달러의 비용이 필요했다. 아니면 어머니 스스로 중국을 가로질러 쿤밍까지 가고, 거기서부터 베트남의 남한 대사관까지 인도를 받을 수도 있었다. 거기에 드는 비용은 2000달러였다. 두 경우 모두 김 목사가 주선한 중국인 브로커의 도움을 받게 된다고 했다. 나는 감사를 표하고 김 목사의 전화번호를 받았지만 가슴이 철렁 내려앉는 느낌이었다.

브로커.

그날 저녁 아파트에서 김 목사의 말을 곰곰이 생각해 보았다. 그때 김이 전화해서 하루를 어떻게 보냈는지 물었다. 사실대로 이야기하려다가 마음을 바꿨다. 그는 이해하지 못할 것이다. 그는 평소에도 탈북은 미친 짓이나 마찬가지로 위험한 일이라고 말하곤 했으며, 내가 현 상태에 만족하지 못하는 이유도 궁금해 했었다. 그는 북한에 대해 거의 이해하지 못했다. 친구들도 마찬가지였다. 그들 대부분 북한에 대한 이야기는 고사하고 생각하는 것도 원치 않았다. 내가 북한을 언급할 때마다 그들의 눈에 셔터가 내려오는 것이 보이곤 했다. 그들에게 북한은 다락방에 있는 미치광이 삼촌과 같았다. 피하는 게 최선인 존재였다.

나는 김 목사에게 어떻게든 브로커를 쓰지 않은 방법이 있기를 바랐다. 그러나 인도주의적인 단체라 할지라도 현지에서는 불미스러운 사람들에게 의존해야 하다는 사실을 잘 알고 있었다. 돈을 위해서 법을 어기는 브로커들은 신뢰할 수 있거나 유쾌한 사람인 경우가 드물었다. 그들은 위험한 상황이 되면 고객을 경찰의 손이나 더 나쁜 상황에 남겨 두고 아침 안개처럼 사라졌다. 그런 일이 일어나 어머니가 북한으로 돌아가게 된다면 나 자신을 결코 용서할 수 없을 것이다. 나는 옥희와 의논한 끝에 여행의 마지막 부분, 즉 중국을 벗어날 때만 브로커를 쓰기로 했다.

내가 장백으로 가서 강둑에서 어머니를 만날 생각이었다. 나 자신이 중국을 가로질러 쿤밍으로 가는 여행길로 어머니를 인도할 계획이었다.

중국으로 출발하기 며칠 전, 나는 불안한 마음에 압구정에서 유명하다는 한 점집을 찾아갔다.

보살님은 나를 보더니 이번 중국 여행이 나에게 너무 위험하며 가족과의 결합이 이어질 운명은 아니라고 말해 주었다.

절대로 들어가지 말라고 충고했다. 단 5년 후에 다시 시도해도 좋다고 했다.

그 순간 나는 해머로 머리를 심하게 맞은 느낌이었다. 보살의 말에 따르면 우리 가족이 북한을 나오다가 북중 국경에서 잡히거나, 나와 함께 중국을 통과하는 중 우리 가족 모두 붙잡혀 북송되는 최악의 길이라고 말하는 것과 같았기 때문이다.

점집을 찾아간 걸 두고두고 후회했다. 차라리 모르고 떠났다면 마음이라도 가벼웠을텐데. 나는 이미 두려움에 떨고 있었다.

하지만 나는 점괘가 내 인생을 좌지우지할 수 없다는 것을 알고 있었다. 결국 내 인생은 내가 만드는 것이다. 나는 예정대로 중국으로 들어갈 것이다.

42

유령과
들개들의
도시

나는 전과 다름없이 떨리는 마음으로 초인종을 눌렀다. 갑자기 이 문 앞에서부터 내 모험이 시작되던 열일곱 살 때로 돌아간 것 같았다. 몸이 떨렸다. 중국 북부 지방의 날씨는 서울보다 훨씬 추웠다. 나는 후드가 달린 두꺼운 스웨터와 청바지를 입고 운동화를 신었으며 모든 소지품을 집어넣은 배낭을 메고 있었다.

누군가가 현관으로 다가와 걸쇠를 여는 소리가 들렸다.

"세상에나!" 숙모가 나를 위아래로 훑어보면서 말했다. "많이 변했구나. 마지막으로 봤을 때는 아직 소녀였는데." 숙모의 변모에 놀라기는 나도 마찬가지였다. 숙모는 마르고 구부정한 체구에 류머티즘으로 손가락이 부어오른 여인이 되어 있었다. 숙모를 보자마자 그동안 어머니는 얼마나 많이 늙었을까 하는 생각이 들었다.

숙모와 함께 아파트로 들어갔다. 숙모는 새로 꾸민 아파트 내부를 보여 주었다. 내가 머물던 방에는 아직도 기타가 남아 있었다. 삼촌은 업무차 출장을 갔다고 했다.

나는 삼촌에게 진 빚을 오랫동안 갚아 나가면서 연락을 유지했었다. 오래전에 근수와의 결혼을 피하려고 이곳에서 도망치면서 삼촌 내외에게 안겨 준 상처를 시간이 치유해 주었기를 바랐다. 근수가 결혼했다는 소식을 듣고 그를 위해서 다행한 일이라고 생각했었다. 근수의 결혼은 절대로 결혼하지 않겠다는 속죄의 결심에서 나를 풀어 주었다. 근수가 무서운 어머니에게 원하던 손주를 안겨 주었는지 궁금했다. 그러나 감히 물어볼 수 없었다.

숙모는 나를 따뜻하게 환영했다. 잊지는 않았겠지만 모든 것을 용서했음이 분명했다. 나는 숙모의 도움이 다시 필요했기 때문에 마음을 놓았다. 부탁하기 쉽지 않은 도움이었다.

"내 신분증?" 숙모는 깜짝 놀랐다.

나는 눈길을 내리깔았다. "2주일 안에 우편으로 돌려드릴게요."

내가 세운 계획이 성공하려면 어머니가 사용할 진짜 중국인 신분증이 필요했다. 설명을 들은 숙모는 웃었다. 숙모의 웃음이 고마웠다. "그럴 수밖에 없었겠구나."

계획이 빡빡했기 때문에 숙모 집에 오래 머물 수 없었다. 숙모의 신분증을 받은 나는 바로 떠나게 되어서 죄송하다고 말했다. 숙모는 고개를 흔들더니 내게 500위안을 주면서 세상의 모든 행운을 빌어 주었다. 나는 한 시간 후에 장백행 야간열차에 올랐다.

숙모의 신분증은 지갑 속에 조심스럽게 간직했다. 나에게는 브로커 수수료를 지불하고 여행 중의 숙식을 해결하기에 충분한 현금이 있었다. 상하이에서 저축했던 돈 중에 마지막으로 남은 액수였다. 나는 그 돈과 남한 정부가 주는 매달 35만원의 보조금으로 생활해 왔었다.

2009년 9월 말이었다. 모든 일이 잘 되면 2주일 후에 나는 서울로 돌아갈 것이다. 우려와 흥분이 뒤섞인 전율이 흘렀다. 사랑하는 엄마는 호치민시에 있는 남한 대사관에서 안전하게 망명을 신청하게 될 것이다. 그렇게 되면 2010학년도의 대학 입학을 위한 준비 시간이 아직도 충분히 남게 될 것이다.

경찰관인 미스터 박은 내게 극도로 조심하도록 주의를 주었다. "아무에게도 당신이 탈북자라는 말을 하지 말아요." 중국 경찰이 합법적인 남한 여권을 소지한 탈북자를 보위부에 넘긴 일도 있었다. 그래서 나는 선양의 출입국 심사를 통과하자마자 남한 여권을 숨겨놓고 예전에 쓰던 중국인 신분증을 꺼냈다. 그편이 더 안전할 것 같았다.

장백에 도착했을 때는 새벽 3시였다. 준비를 위해서 2성급 호텔을 잡았다. 민호가 어머니를 강 건너로 데려오면 민호가 혜산으로 돌아가기 전에 셋이서 며칠 동안 휴가를 보낼 계획이었다. 마침 중국의 국경절 연휴 기간이었다. 어쩌면 우리 가족 셋이서 함께 보내는 마지막 시간이 될 수도 있다는 불안감이 마음속 깊이 자리 잡고 있었다. 그래서 나는 이 마지막 며칠을 가족과 세상에서 제일 행복한 사람처럼 보내려고 노력했다. 중국인처럼 보이려면 북한제 물건을 버려야 하므로 두 사람을 위해 민호의 바지 몇 벌과 어머니를 위한 화려하고 좋은 옷 몇 벌을 샀다.

어느 곳이 숙소로 가장 안전할지 살피려고 장백 시내를 돌아다닌 끝에 나는 로비가 가장 널찍하고 드나들 때마다 접수 데스크 앞을 지나칠 필요가 없는 장백빈관호텔로 결정했다. 또한 그곳은 장백에서 가장 비싼 호텔이라 중국 경찰이나 보위부 요원이 탈출한 북한 사람이 머물 것이라고는 생각하지 못할 장소였다. 나는 다음 날 호텔에 체크인하고 더블베드 두 개가 있는 방을 잡았다.

민호는 계획을 확정했다. 다음 날 저녁 7시에서 8시 사이에 어머니를 데려오겠다고 했다. 강을 건너올 지점을 알려 주었다. 나도 아는 장소였다. 중국 쪽 강변에 폐가 한 채가 있는 곳이었다.

어머니는 용의주도하게 떠날 준비를 했다. 탈출하는 가족들이 대개 그렇듯이 모든 것을 남겨놓고 사라지면 당국에서 민호를 뒤쫓을 것이다. 그리고 집을 팔더라도 당국자들은 여전히 어머니가 어디로 갔는지 알고 싶어하므로로 어찌 되었든 민호는 심문을 받게 될 것이다. 이 같은 일을 예방하기 위해 어머니는 혜산시 당국자들에게 집을 팔고 함흥으로 이사 간다고 말했다. 그러나 함흥에 거주지를 등록하는 대신에 병원 의사에게 뇌물을 주고 나중에 사망 증명서와 장례식 관련 서류를 제출하도록 해 놓았다. 보위부가 조사하더라도 어머니가 함흥으로 가는 도중에 사망했다고 판단할 것이다.

나는 다음 날 저녁 6시 15분에 준비를 시작했다. 두려우면서도 기묘한 흥분으로 감각이 예민해지고 전신이 긴장되었다. 휴대폰을 무음으로 바꾸고 완전히 검은 색 옷을 입은 후에 어머니와 민호를 위한 새 옷을 준비해 침착하게 보이려 애쓰면서 호텔 로비를 걸어 나왔다. 밖에 나와 택시를 부른 나는 기사에게 도시의 끝에 있고 강에서 200미터 정도 떨어진 장소로 가자고 했다. 폐가는 그곳의 나지막한 집들이 늘어선 끝 쪽에 있었다. 나는 마당 밖 낡은 담장 밑에서 웅크린 채 기다렸다. 춥고, 축축하고, 동물의 배설물 냄새가 나는 곳이었다. 담장 너머로 건너편 강둑에서 북한 경비대원들이 순찰하는 모습을 훔쳐보았다. 나무 그늘이 나를 숨겨 줄 것이라 생각했다.

어두운 붉은색과 노란색이 섞인 채로 지는 해가 불길한 느낌을 주었다. 강 건너 혜산은 바위에서 파낸 도시처럼, 복잡한 묘지처럼 생명이 없는 곳으로 보였다. 유령과 들개만이 배회하는 곳 같았다. 나는 혜산에 대한 향수를 느끼지 못했다. 적대감뿐이었다. 감히 어머니를 내게 돌려주지 않기만 해 봐라.

얼음 같이 차가운 바람이 나뭇잎의 소용돌이를 일으키고 강을 가로지르는 물결을 만들었다. 그토록 긴장하고 흥분된 상태가 아니었다면 기다리기에 더 따뜻한 장소를 찾았을 것이다. 가만히 서 있기에는 너무 추웠다.

이제 머지않았다. 곧 엄마를 다시 만나게 된다. 이 같은 일이 실제로 일어나고 있다는 것을 믿기가 어려웠다.

민호는 어머니를 도와서 허리 깊이의 강을 건너고 중국 쪽 강둑에 있는 사다리로 올라오겠다고 말했었다. 강물이 지독하게 차가울 텐데.

나는 한 시간 동안 1분마다 시간을 확인했다.

8시가 되어도 어머니와 민호의 기척은 없었다. 새의 날카로운 지저귐이 나를 깜짝 놀라게 했다. 15분 후에는 재로 만든 듯한 어두운 밤이 드리워졌다. 강 건너로는 아무것도 볼 수 없었다. 혜산 시내는 정전이었다.

손과 발에 피가 돌지 않는 것 같았다. 시시각각 기온이 내려갔다. 이가 마주치는 게 추위 때문인지 공포 때문인지 알 수 없었다. 어머니와 민호는 대체 어디에 있는 거야?

또 한 시간이 지나갔다.

어둠 속에서 누군가가 고함치는 소리가 들렸다. "야!"

심장이 걷잡을 수 없이 요동치기 시작했다. 북한쪽 강변의 흙길을 따라 한 줄기 조명이 반사되고 있었다. 짝을 지은 국경 경비대원들이 다른 경비대원들과 마주치고 있었다. 그들은 2분마다 지나갔다. 그렇게 많은 경비대원을 본 적이 없었다. 그들은 나에게서 50미터밖에 떨어지지 않은 곳에 있었다. 그들이 나누는 대화를 들을 수 있었다.

한 경비대원이 끌고 있던 개가 내 쪽으로 머리를 돌리고 짖어 대자 다른 개 10여 마리도 따라 짖기 시작했다. 어느 날 아침에 보았던 얼음 위에 있는 핏자국에 대한 오래전 기억이 떠올랐다. 탈출에 실패한 사람들. 나는 양손으로 귀를 막았다. 개들이 짖기를 멈추지 않는다면…….

휴대폰의 진동이 울렸다.

다급하고 긴장된 민호의 목소리였다.

"문제가 생겼어."

43

불가능한
딜레마

민호는 빠르게 설명했다. 어머니와 강을 건너려는 순간에 직통으로 국경 경비대원과 마주쳤다고 했다. 다행하게도 민호의 사업을 도와주던 사람이었다. 경비대원은 민호에게 평양에 사는 고위층 가족이 오늘 밤에 탈출하려 한다는 첩보에 따라 대대적인 경계 태세가 발령되었으며, 강변을 따라 경비 병력이 추가되고 보위부 요원도 배치되었다고 알려주었다. 전 지역이 폐쇄된 상태였다. 이 와중에 또 한 명의 보위부 요원과 부딪혔다. 아는 사람이었다. 그는 민호에게 같이 잠복을 서자고 했다. 전 지역이 폐쇄된 상태였다.

민호는 해가 뜨기 직전에 어머니와 다시 시도하겠다고 했다.

나는 장백으로 돌아갔다. 시간은 자정이 되었다. 인적이 끊어진 도시에서 홀로 노출된 느낌이었다. 너무 긴장되어 잠을 잘 수 없었던 나는 심야에도 문을 여는 식당을 찾았다. 된장찌개 한 그릇을 주문하고 민호가 한 말을 생각하기 시작했다. 믿을 수가 없었다. 나는 어머니가 강을 건너는 시간을 연중 최악의 밤으로 골랐다고 생각했다. 침착하고 명확하게 생각하려 애썼다. 몇 시간 후면 모든 일이 잘 될 거야. 찌개를 다 먹을 수 없었다. 호텔로 돌아가 옷을 입은 채로 잠을 청해 보았다.

내가 잠깐 졸았던 것이 분명했다. 눈을 떠 보니 머리맡에 놓아둔 전화기의 진동음이 울리고 있었다.

"여섯 시에 건너갈게." 민호가 말했다. 나는 침대에서 뛰어내렸다. 몇 분 후에 택시 안에 있는 나에게 민호가 다시 전화를 걸어왔다. "건너왔어. 지금 폐가에 숨어 있어."

나는 뛸 듯이 기뻤다. 11년 9개월하고도 9일 동안 사랑하는 엄마를 보지 못했다. 이제 몇 분 후면 어머니를 볼 수 있었다. 택시 기사에게 기다려 달라고 말한 나는 강둑을 향해 거친 들을 뛰어갔다. 동쪽 하늘이 오리알 같은 희미한 푸른색으로 바뀌고 있었다. 그리고 50미터쯤 전방에 있는 폐가 옆에서 두 사람의 윤곽을 보았다. 땅에 엎드린 자세로 전진해서 나에게 다가오고 있었다.

나는 두 사람을 맞으러 달려갔지만 재회의 기쁨을 나눌 시간은 없었다. "가야 해." 내가 말했다.

우리는 강과 마을 사이에 노출되어 있었다. 동이 트면 중국 쪽 국경 경비대원들이 순찰을 시작할 것이다. 길에 세운 택시 안에서 우리를 보지 못했기를 바랐던 택시 기사가 차에서 내려 우리를 지켜보고 있었을지도 모르는 일이었다. 그가 우리를 신고할 수도 있었다.

두 사람을 위해 가져온 옷을 꺼냈다. "지금 입은 옷 위에 이걸 입어. 빨리." 옷을 입은 어머니와 민호를 택시로 데려갔다. "정상적으로 행동하고 말은 하지 마. 택시 기사는 엄마와 너를 이곳 주민이라고 생각할 거야."

우리는 택시를 탔다. 기사가 신고할 경우에 대비하여 다른 호텔로 가자고 했다. 우리는 택시 안에서 10분 동안 침묵을 지켰다. 내가 택시 요금을 지불했다. 팁을 주는 게 관행이 아니었지만 거스름돈을 요구하지 않았다. 우리는 택시가 멀어져 간 후에 장백빈관호텔로 걸어갔다. 너무 이른 시간이어서 거리에 사람이 없었다. 호텔 로비는 비어 있었고 혼자 있는 접수계원은 휴대폰에 정신이 팔려 있었다.

호텔 방으로 들어선 나는 등 뒤로 문을 닫았다. 잠시 동안 우리는 서로 쳐다만 보았다. 우리 세 사람이 마지막으로 같이 있었던 때로부터 반평생이 지나갔다. 아무도 말을 할 수 없었다. 그러다가 무너져 내린 어머니는 모든 긴장을 풀었다. 나는 어머니를 부둥켜안았다. 목이 메었다. 그토록 극단적인 기쁨과 슬픔을 동시에 느낀 적은 없었다. 어머니는 걷잡을 수 없이 울었다. 어머니의 어깨 너머로 보이는 민호의 얼굴도 몹시 슬퍼 보였다. 민호는 그 오랜 시간 동안 어머니와 슬픔을 같이 했었다. 얼마 후에 작별 인사를 하고 나면 다시는 어머니를 볼 수 없을지도 몰랐다. 우리는 물러서서 세월이 남겨놓은 변화된 얼굴들을 살피면서 서로를 쳐다보았다. 어머니는 무력하고 쇠약해 보였다. 내 마음에는 아직도 마지막으로 보았던 밤의 어머니 얼굴이 남아 있었다. 당시 42세였던 어머니는 가만히 앉아 있기가 어려울 정도로 에너지가 넘치는 여인이었다. 이제 54세가 된 어머니는 나이보다 훨씬 더 늙어 보였다. 내 기억보다 많이 말랐고 처진 입가에는 주름살이 생겼다.

두 사람 모두 달라졌다. 이제 민호는 장성한 남자였다. 어깨와 팔에서 힘이 느껴졌다. 갱들 때문에 짧게 끝났던 미스터 안의 집에서의 재회 이후로 8년이 흘렀다. 민호는 아버지가 그랬던 것처럼 감정을 억제하려 했지만 어머니의 비탄을 바라보는 눈에는 눈물이 가득했다. 어머니는 떨리는 손으로 내 얼굴을 만지고, 자기 얼굴을 만지고, 다시 내 얼굴을 만지고 있었다.

"엄마." 내가 말했다. 내 눈에서 걱정스러운 빛을 본 어머니는 말했다. "지난 열두 시간 동안에 12년은 늙은 것 같구나."

나는 웃음을 터뜨리며 다시 어머니를 껴안았다. 어머니는 항상 자신의 용모에 대해 농담을 했었다. 나는 갑자기 어머니가 속에 입은 옷이 얼음처럼 차갑고 축축하다는 것을 깨달았다.

뜨거운 샤워를 마친 두 사람은 한결 편안해진 모습이었지만 나는 다시 근심 모드로 돌아갔다. 우리는 안전하지 않았다. 계속 침착성을 유지하고 방심하지 말아야 했다. 이제 계획의 가장 위험한 부분이 기다리고 있었다.

"얼굴에 여드름이 왜 이렇게 많아?" 마치 전혀 시간이 흐르지 않은 것처럼 어머니가 말했다. 열일곱 살짜리 딸아이에게 할 만한 말이었다. 준비하느라 받은 스트레스 때문에 얼굴이 엉망이었다. "이럴 줄 알았으면 빙두를 가져올걸 그랬다." 빙두는 필로폰 결정이었다.

"아니야, 엄마."

"피부에 좋아. 물에 타서 얼굴에 바르면 금방 깨끗해진단다."

"나는 밤에 운전할 때 써." 민호가 말했다.

지금 두 사람과 언쟁을 해 봐야 소용없는 일이었다. 이 방에서 두 개의 서로 다른 세계가 충돌하고 있었다. 민호는 내가 준비한 새 청바지와 상의를 입었다. 핸섬해 보였다. 내 동생. 임박한 작별 인사를 생각하고 싶지 않았다.

모두가 지난밤에 잠을 자지 못했지만 잠자리에 들려는 사람은 아무도 없었다. 나는 어젯밤에 무슨 일이 있었는지 알고 싶었다. 강둑에서 국경 경비대원과 마주친 후에 어머니는 가까운 친구네 집으로 가서 기다렸다. 민호는 경비대원과 함께 몇 시간을 보낸 후에 윤지의 집으로 갔다. 민호는 결혼을 앞두고 윤지와 그녀의 부모와 함께 그들 집에 머물고 있었다. 결혼 준비가 진행 중이었지만 결혼식 날짜는 아직 잡히지 않았다.

"함께 있었어야지." 나는 두 사람을 보며 말했다.

"내가 엄마의 탈출을 돕고 있다는 것을 윤지가 알게 할 수 없었어." 민호가 말했다. 그들의 관계가 틀어지기라도 하는 날이면 이 같은 사실이 민호에게 치명적일 수도 있었다.

"우리가 어젯밤에 건너왔었다면 나는 윤지에게 그저 사업 때문에 여기에 왔고 하루 이틀 뒤에는 돌아간다고 전화할 참이었어. 오늘 새벽에 떠나올 때 윤지는 아직도 자고 있었지. 쪽지를 남겨 놓고 왔어."

동이 트기 직전에 민호와 어머니가 강둑으로 돌아와 보니 순찰 중인 경비대원 두 명이 있었다. 그들은 민호에게 동행한 여자가 누구냐고 물었다. 민호는 중국에서 사람을 만나려는 고객이며 곧 돌아올 것이라고 했다.

"나는 여자가 나에게 큰돈을 치렀기 때문에 돌아가면 그들에게도 무언가를 주겠다고 했지." 말을 잇기를 망설이는 민호의 눈에서 근심의

빛이 보였다. "이상한 일은 우리가 이야기하는 동안에 더 많은 경비대원이 나타난 거야. 그들은 길을 따라가면서 앞서 근무한 경비대원들과 교대하고 있었어. 순식간에 우리 이야기를 들으려고 발길을 멈춘 경비대원이 9명이 되었어. 여자와 강을 건너가지 말라고 나를 설득하려는 사람도 있었지. 그들은 나를 믿었지만 어머니가 누구인지는 몰랐으니까. 여자를 뒤에 남겨두라고 했지. 그래서 언쟁을 벌이느라 시간이 조금 지체되었어."

나는 민호에게 그들이 갈 때까지 기다렸어야 했다고 말했다.

"날이 밝기 시작했고 건너편 중국 경비대원들과 마주치고 싶지 않았어. 어쨌든 경비대원들 모두가 나를 알았으니까 큰 문제는 아니었지. 나는 그저 작별 인사를 하고 강을 건넜어."

아홉 명의 경비대원은 민호가 어머니의 손을 잡고 허리 깊이의 강물을 헤치면서 건너가는 모습을 지켜보았다.

아이러니도 보통 아이러니가 아니었다. 킥킥거리기 시작한 나는 멈출 수가 없었다. 국경을 넘는 것은 탈출을 꾀하는 사람들에게 가장 위험한 순간이다. 그런데 어머니와 동생은 강가에 늘어선 무장한 경비대원들의 전송을 받았다.

우리 세 사람은 울면서 웃었다.

다음 날 아침에 엘리베이터를 타고 내려가면서 어머니와 민호에게 아침 식사 중에 너무 큰 소리로 말하지 말라고 주의시켰다. 가끔 내가 중국말로 무언가를 말할 작정이었다. 그 밖에는 침묵을 지켜서 한국말로 주의를 끄는 일이 없도록 하려 했다. 민호가 사람들의 시선을 끌까 봐 걱정되었다. 민호는 호텔의 고객 중에서 가장 젊었다. 나머지 고객들은 중년이거나 노인이었다.

아침 식사를 마친 우리는 되도록이면 말을 적게 하면서 밖으로 나갔다. 장백에 한국어를 모국어로 쓰는 사람이 많기는 했지만 강한 북한 억양은 바로 눈에 띌 수 있었다. 나는 진열된 상품의 풍요함을 보여 주려고 두 사람을 시장으로 데려갔다. 그러고는 고급 북한식당에 가서 점심 식사를 했다. 이곳 역시 탈출한 북한 사람이 오리라고는 누구도 예상하지 못할 장소였다. 그리고 어머니와 민호를 잘 대접하고 싶었다. 민호가 곧 떠나기 전에 마지막으로 세 사람이 함께했던 멋진 기억을 남기고 싶었다.

호텔 방으로 돌아온 민호가 휴대폰을 켰다. 즉각 벨이 울렸다. 윤지였다.

그녀는 민호가 전화를 받자마자 고함치기 시작했다. 어머니와 나는 그녀의 말을 모두 들을 수 있었다. "지금 어디 있어? 같이 있는 년은 누구야?"

"왜 그래?"

"무슨 일이 벌어졌는지 알기나 해?"

"진정해. 무슨 일이야?"

"여기는 지금 난리가 났어. 당신을 건너가게 한 선임 경비대원이 집에 와 있어. 잔뜩 겁에 질린 상태야."

"왜?"

"누군가가 상관에게 당신이 어떤 여자를 데리고 건너갔다고 보고했나 봐. 그 지휘관은 당신이 즉시 여자를 데리고 돌아오면 괜찮을 거라고 했대. 그러나 혼자 돌아오면 큰 문제가 생길 거라고. 당신이 건너가도록 허락한 경비대원도 마찬가지고. 그들은 당신을 인신 매매범으로 고발할 거야." 민호는 믿기지 않는다는 듯이 눈을 치켜떴다. "그 경비대원이 여기 있어. 당신이 돌아오게 해 달라고 애원하고 있어. 지금 당장." 그녀가 말했다. "그리고 당신과 같이 건너간 여자는 대체 누구야?"

"친척을 방문하려는 여자야." 민호가 얼버무리고 당황해하는 목소리로 말했다.

"그러면 왜 그 여자를 데리고 돌아오지 못해?"

"큰돈을 냈거든."

"우리도 돈이 있어. 왜 그런 년 때문에 위험을 무릅써?"

"그런 말 하지 마."

"그 여자를 데려와." 윤지가 소리쳤다.

"나중에 다시 전화할게."

민호는 전화를 끊고 침대에 주저앉아 두 손에 얼굴을 파묻었다.

어머니와 나는 그들의 대화를 남김없이 들었다.

민호는 해결이 불가능한 인생 최악의 딜레마에 빠졌다. 돌아가야 했지만 어머니와 함께 갈 수는 없었다. 어머니와 함께 가면 그들은 어머니가 중국에서 무엇을 했는지 물을 것이다. 나를 만나려고 했다는 사실 말고 다른 대답은 있을 수 없었다. 혼자 돌아가면 인신 매매범으로 고발되어 심문을 받게 될 것이다. 보위부의 혹독한 심문을 견디지 못하고 곧 어머니의 탈북을 도왔다는 사실을 자백하게 될 것이다. 돌아올 수 없는 곳인 정치범 수용소로 보내지면 민호의 인생은 끝난다.

나는 창가로 가서 이마로 창문 유리를 두드렸다. 내가 그려 보았던

347

그 어떤 재난 시나리오에서도 이같이 복잡한 상황은 없었다. 우리는 몇 분 동안 아무 말 없이 각자의 생각에 잠겨 있었다.

침묵을 깬 사람은 나였다. "민호야, 네가 돌아가면 끔찍한 곤경에 빠진다." 내가 천천히 차분하게 말했다. 민호의 얼굴이 밀랍 인형처럼 보였다. 어머니는 아무 말도 하지 않았다.

"둘이 같이 돌아가면 더 나빠지고. 엄마는 너와 함께 돌아갈 수 없어. 유일한 선택은……, 돌아가지 않는 거야."

내 말이 방을 채웠다.

"네 친구 경비대원은 끝장이 날 거야. 그 사람에게는 매우 안된 일이라 생각해. 하지만 우리는 네 가족이야. 민호 너는 돌아갈 수 없어. 정말로. 너무 위험해. 우리와 함께 가야 해. 이런 상황은 계획에 없었지만 우리가 어떻게든 방법을 찾아내야지."

나는 선택의 여지가 없다는 것을 알았지만 결정은 민호가 내리도록 해야 했다. 두 가지 옵션 모두 대단히 위험했다. 민호는 불법 체류자 신분으로 중국을 가로지르는 여행을 해야 한다. 그리고 어머니와 함께할 여행 경비와 브로커에게 줄 수수료를 위해서 준비해 온 돈이 민호까지 데리고 여행하기에는 충분할 것 같지 않았다. 우리 세 사람이 성공할 수 있다는 확신이 없었다. 그러나 민호가 돌아가서 뻔뻔하게 밀고 나가면서 뇌물을 써서 곤경에서 벗어날 수 있다고 정말로 생각한다면 그것은 자신의 결정이어야 했다.

민호는 충격에 빠진 상태였다.

"돌아갈 수 없어." 민호가 조용히 말했다. "우리 모두 그걸 알아."

나는 민호와 어머니의 손을 모아 잡고 말했다. "우리는 함께 떠날 거야. 최선을 다해 보자."

민호의 휴대폰이 울렸다. 이번에도 윤지였다.

"돌아오는 중이야?" 그녀가 물었다.

"하루 더 있어야 해." 민호가 조용하게 말했다.

민호는 윤지에게 어떻게 이야기할지를 생각하기 위한 시간을 벌고 있었다. 그녀의 부모는 민호를 좋아했으며 도울 수 있는 연줄도 있었다. 그러나 민호가 딸을 버리고 도망친다고 생각하면 멀리 가지 못하도록 막을 힘도 있었다. 중국 당국은 중국에서 탈북자 추적을 위한 보위부의 활동을 허용했다.

"돌아와야 해." 그녀가 소리쳤다. 우리는 그녀의 울음소리를 들을 수 있었다. 윤지는 민호가 돌아오지 않으리라는 것을 눈치 챈 듯했다.

우리는 다음 날 아침에 가능한 대로 빨리 장백을 떠나기로 했다. 민호는 휴대폰을 켜기를 두려워했다. 전화를 켜자 몇 초 만에 벨이 울렸다. 윤지의 전화였다. 그녀는 전날보다 차분했다. 민호가 돌아오지 않을 것임을 느꼈다고 했다. 윤지의 부모도 방에 함께 있었다.

"말해 봐……. 당신과 같이 있는 여자. 정말 모르는 사람이야? 아니면 당신 어머니야? 진실을 말해줘."

"어머니야." 민호가 말했다. "누나가 데리러 왔어. 그게 내가 건너온 이유야."

그녀의 부모가 상황을 알아차린 것 같았다. 윤지는 다시 울기 시작했다.

"민호 씨, 제발 돌아와." 그녀는 애원하고 있었다. "당신은 쪽지를 남겼지만 나는 아주 갈 생각이라는 걸 알고 있었어. 어떻게 내가 잠든 사

349

이에 작별 인사도 없이 떠날 수 있어?"

어머니는 손으로 입을 막았다. 가슴이 찢어지는 것 같았다.

민호의 입술이 떨렸다. "제발 믿어 줘. 나는 돌아가려고 했어. 지금도 돌아가고 싶어. 하지만 엄마를 모시고 돌아갈 수는 없어. 그렇다면 어떻게 혼자 돌아갈 수 있겠어? 서랍에 있는 돈을 확인해 봐. 전부 그대로 있어. 아주 갈 작정이었다면 그 돈을 모두 남겨 두었겠어?"

"당신 말을 믿어." 그녀가 말했다. "돌아오기만 해."

"민호 군." 이번에는 근엄한 남자 목소리가 들렸다. 윤지의 아버지였다. "제발 돌아오게. 윤지를 위해서 부탁하네."

민호는 대답하지 않았다. 깊은숨을 몰아쉬고 있었다. 어릴 때, 무슨 일인가가 자신에게 일어나지 않기를 바라면서 민호가 지었던 표정이 지금 이 순간 그의 얼굴에서 보였다. 나는 민호의 손에서 전화기를 빼앗았다.

"저는 민호의 누납니다." 내 목소리가 매우 냉정하다는 걸 느끼면서 말했다.

"우리도 민호가 돌아가기를 바랍니다. 민호도 그렇고요. 민호는 지금 어떻게 해도 위험합니다. 하지만 지금 돌아가는 것이 더 위험한 선택이라는 현실을 부디 이해해 주세요."

"심각한 문제라는 것은 압니다." 그가 말했다. "그러나 우리가 무슨 수를 써서라도 문제를 해결하겠습니다."

"네. 감사합니다. 우리도 방법을 생각해 보겠습니다." 내가 말했다. "내일 다시 이야기 하시지요."

윤지가 히스테리에 가까운 울음을 터뜨리는 소리가 들렸다. 우리가 직면한 재난의 규모는 분명했다. 민호와 윤지는 서로 사랑하고 있었다.

전화를 끊은 나는 예상치 못했던 울음을 터뜨렸다. 기진맥진한 상태였다. 내내 침묵을 지키던 어머니를 쳐다보았다. 어머니가 느끼고 있을 죄책감을 겨우 짐작할 수 있었다. 어머니는 언제나 무슨 문제든지 해결할 수 있고, 우리 삶의 상황을 호전시키는 바위와 같은 존재였다. 이제 어머니는 우리가 재회한 지 불과 하루 만에 닥친 재앙 속에서 자식들이 몸부림치는 모습을 지켜볼 수밖에 없었다.

"샤워를 해야겠어." 민호가 말했다.

어머니는 내게 어리둥절한 눈길을 보냈다. 민호는 욕실에 들어가 문을 닫았다. 수도꼭지를 틀고 변기의 물을 내리는 소리가 들렸다. 그러고는 샤워기의 물소리가 들려왔다. 마주 쳐다보던 어머니와 나는 고개를 숙였다. 민호의 흐느끼는 소리를 들을 수 있었다. 듣고 있기가 고통스러웠다. 민호에게는 몸뚱이와 걸치고 있는 옷밖에 남은 게 없었다. 어머니와 누나가 해 줄 수 있는 일은 아무것도 없었다. 무슨 말을 해도 충분치 않아 보였다.

민호는 몇 분 후에 옷을 입고 수건으로 머리를 말리면서 욕실에서 나왔다. 약간의 평정심을 되찾은 것 같았다.

"그래서 누나, 계획이 뭐야?" 민호는 전화하면서도 나를 그렇게 불렀지만 직접 누나라는 말을 들으니 더 흐뭇했다.

"한 시간 안에 이 도시를 떠나자."

44

밤으로의
여행

어머니와 민호를 호텔 방에 남겨 놓고 버스표를 사러 정류소로 갔다. 번잡한 시내에서 나는 지나치는 사람 모두가 전화기를 꺼내서 보위부에 신고할 것 같은 불안감으로 속을 끓였다. 버스 정류소에 도착한 나는 불안감의 원인이 무엇이었는지를 깨달았다. 곳곳에 경찰이 있었다. 해군 제복을 입은 공안 요원, 짙은 녹색 제복을 입은 인민 무장 경찰. 무슨 일일까?

표를 사려고 하자 창구의 여자가 손을 내밀었다. "당신과 동행자들의 신분증을 주세요."

나는 깜짝 놀랐다. "신분증이요?"

"국경일이잖아요." 그녀가 단호하게 말했다.

경찰이 많이 보이는 이유를 깨달았다. 10월 1일이었다. 평범한 국경일도 아니었다. 중화인민공화국 건국 60주년을 맞는 2009년이었다. 이

날에는 경축 분위기를 저해하는 사태를 예방하기 위해 항상 경계 태세가 강화되었다. 게다가 60주년의 국경일은 너무도 특별한 날이어서 최고 수준의 경계가 펼쳐지고 있었다.

나는 믿기지 않은 심정으로 주위를 둘러보았다. 어머니가 강을 건너오는데 최악의 밤을 골랐을 뿐만 아니라 여행하기에도 10년 만에 최악의 시기를 선택했다고 생각했다.

"민호야. 장백에 있는 사람에게 신분증을 빌릴 수 있겠니? 누구든지."

민호는 거래처 몇 군데를 알아보겠다고 했다.

첫 번째는 중고 오토바이 가게를 운영하는 남자였다. 그는 우리를 보고 기름때 묻은 티셔츠에 손을 닦으며 가게 밖으로 나왔다.

"여기서 뭐 하는 거야? 이 여자는 누구고?" 그의 첫인사였다. 뚱뚱하지는 않았지만 구부정한 자세 때문에 배가 허리띠 위로 나와 있는 남자였다.

민호는 이틀 후로 다가온 한국의 명절을 맞아서 가족을 위한 추석 선물을 사러 왔다고 말했다. 나를 선양에서 온 사촌이라고 소개하고, 선양에 같이 가고 싶어서 신분증을 며칠 동안 빌려야 한다고 했다.

"신분증을 빌려 주었다가 너에게 문제가 생기면 나는 어떡하지?"

민호는 이 남자가 정직한 사람이지만 법을 위반하는 문제에 관해서는 타고난 겁쟁이라고 했었다.

"도둑맞았다고 신고하세요." 내가 말했다.

그는 뺨을 부풀리더니 천천히 고개를 저었다.

민호의 두 번째 거래처는 오토바이 부품을 취급하는 곳이었다. 턱수염이 듬성듬성 난 주인 남자는 우호적인 태도를 보였다. 우리는 그와 함께 점심 식사를 하면서 사정을 이야기했다.

"네가 붙잡히면 어떡하지?" 그가 담뱃불을 붙이면서 말했다.

"신분증을 분실했다고 신고하고 새로 신청하세요."

그는 웃음과 불안감이 뒤섞인 표정으로 담배 연기를 뱉어냈다. "경찰이 쫙 깔렸어. 모든 사람을 확인하고 있지." 나는 그가 거절하고 싶어 한다는 것을 알 수 있었다. 대신에 그는 말했다. "하루만 기다려. 생각해 볼게."

우리는 기다릴 수밖에 없었다. 나는 혹시 도움을 얻을 수 있을까 싶어 안 씨의 부인 집을 찾아갔다. 집은 판자로 막아서 닫혀 있었다. 그녀가 이사 갔다고 이웃 사람이 알려 주었다.

우리에게는 다른 옵션이 없었다. 두 번째 남자가 신분증을 빌려주지 않으면 아무런 방법도 없었다. 그동안 나는 비싼 호텔방을 하루 더 잡아야 했다.

눈을 감고 애타게 조상들의 도움을 간청하며 기도하던 절박한 구석으로 다시 몰린 느낌이었다. 그러나 나는 기적을 기대할 수 없었다. 우리의 곤경은 벗어날 가망이 없어 보였다.

다음 날 아침 식사를 하고 있을 때 부품 상인에게서 전화가 왔다.

"이런 짓을 하는 게 된통 겁이 나네. 하지만 그동안 내가 돈을 많이 벌도록 민호가 도와주었으니까. 자네에게 빚진 게 많지."

신분증을 손에 넣은 우리는 그 남자의 나이가 서른여덟 살인 것을 발견했다. 민호는 스물두 살이었고, 용모도 그 남자와 전혀 달랐다. 나는 모든 경찰이 그것을 확인하리라 생각했다. 그 신분증은 또한 내 것과 양식이 달랐다. 그의 것은 중국어와 한국어가 같이 표기된 신분증이었다.

부품 거래업자는 건국 60주년 경축일을 앞두고 경찰이 전국적인 사회 정화 캠페인을 벌이고 있다고 했다. 여행자들은 곳곳에서 검문소와 바리케이드를 마주쳐야 했다. 상황이 진정될 때까지 2주 정도 기다리는 게 현명한 방법이었지만 그러기에는 돈이 충분치 않았다. 우리는 움직여야 했다. 나는 어머니와 민호를 두렵게 만들고 싶지 않았다. 우리의 행운을 믿는다고 안심시켰다. 행운이 함께한다면 무슨 일이 있더라도 우리는 보호받을 것이다. 그렇지 않다면 우리가 할 수 있는 일은 아무것도 없었다.

버스 정류소에서 다음 날 오후 2시에 출발하는 160위안짜리 버스표 석 장을 샀다. 두 개의 통로와 석 줄의 침상이 있는 2층 버스였다. 나는 2층의 맨 뒤쪽 세 자리를 달라고 했다. 버스가 정지하고 경찰이 올라와 승객들의 신분증을 걷어갈 때 뒷자리에 있는 우리를 살피거나 신분증을 자세히 확인하지 않으리라는 바람에서였다.

버스는 정시에 출발했다. 우리의 장대한 여행이 시작되었다. 두려움으로 뱃속이 조여들었다. 그러나 희망도 느껴졌다. 민호의 신분증을 구한 것은 행운이 우리 쪽을 향하는 조짐이라고 생각했다. 우리는 압록강을 따라 남서쪽으로 장백을 빠져 나갔다. 선양까지 가는 첫 번째 여정은 약 400킬로미터였다. 산악 지방을 지나는 12시간의 여행이었다.

나는 카메라를 창문 쪽으로 들어 올렸다. 전날에도 혜산의 사진을 몇 장 찍었었다. 잠깐 스쳐가는 이 시간이 아마도 혜산을 보는 마지막 기회가 될 것이다. 강둑에 있는 우리 옛집의 높은 흰색 담장을 보니 슬프고 착잡한 생각이 들었다. 기근이 오기 전의 먼 옛날, 아버지가 우리와 함께 강물에 돌을 던져 물수제비를 뜨던 봄날이 생각났다. 그때 강 건너에 있는 세상은 광대하고 신비롭게 보였다. 버스는 북중 친선다리에 있는 세관 사무소를 통과했다. 나는 마지막으로 사진을 몇 장 더 찍었다. 그러나 출발한 지 채 5분도 지나지 않아서 버스가 속도를 늦추더니 정차했다.

우리는 무슨 일인지 보려고 통로로 몸을 기울였다. 쉬익 소리를 내며 유압식 승강구가 열렸다. 초록색 제복과 모자를 쓰고 자동 소총을 멘 군인이 올라왔다.

나는 창자가 꼬이는 느낌이 들었다.

민호 쪽의 창문 밖을 살펴보았다. 인민 무력부 경찰이 임시 검문소처럼 보이는 곳에 인원을 배치하고 있었다. 전방의 도로변에는 지프차들이 서 있었다.

병사는 통로를 따라 다가왔다. 신분증을 요구하지는 않고 승객들의 얼굴을 살피면서 눈을 확인하고 있었다. 왜지? 불안해하는 징후를 찾으려고? 수상해 보이는 사람을 찾으려고? 그때서야 나는 민호가 버스 승객 중 유일한 남자라는 사실을 깨달았다. 민호는 중국인처럼 보이지도 않았다. 늘 햇빛에 노출되었던 민호의 피부는 같은 또래의 중국 남자들보다 검었다. 북한 사람들은 자외선 차단제 같은 것을 알지 못했다. 나는 버스를 타기 전에 거리에서 햇빛을 가리도록 내 야구 모자를 민호에게 주었었다. 이제 민호는 야구 모자를 눈 위로 눌러 쓰고 자는 체하고 있었다.

병사는 승객들의 얼굴을 일일이 확인하며 천천히 다가왔다. 내 심장이 요동치는 소리가 들리는 것 같았다. 병사는 이제 승객의 절반 이상을 확인했다.

나는 깃발이 휘날리는 다리를 힐끗 보았다. 건너편에 북한 경비대원이 보였다.

병사가 코앞까지 다가왔다. 나와 눈길이 마주쳤다. 그러고 나서 민호를 보았다.

마치 슬로모션 같았다. 나는 침상에서 내려와 통로를 막았다. 손에 있는 금속성의 딱딱한 물체가 느껴졌다. 카메라였다. 아무 생각도 없이 카메라를 병사의 얼굴로 향하고 사진을 찍었다. 어쩌다 보니 플래시가 터졌다.

"이봐. 이봐요." 그가 말했다.

나는 몸을 돌려 카메라를 창문에 대고 검문소에 있는 무장 경찰의 사진을 찍기 시작했다.

그가 내 팔을 잡았다. "사진은 안 돼요."

"오." 나는 손을 입에 대면서 바보 같은 미소를 지었다. "미안해요. 제복이 너무 멋지게 보여서요."

그의 뒤에서 승객들 모두가 목을 빼고 돌아보았다.

"사진 촬영은 불법입니다. 당장 삭제하세요."

"아유." 내가 실망한 듯한 목소리로 말했다. "그냥 놔두면 안 될까요?"

"안 돼요. 자, 빨리."

다른 승객들은 모두 장백에 사는 사람들 같았다. 나는 어딘가 화려한 타지에서 온 여자처럼 보였다. 그들 모두 내가 대책 없는 여행자라고 생각한 것은 다행한 일이었다. 병사는 당황스럽고 짜증이 났다. 버스의 승객 모두가 자신을 지켜보고 있었다.

"여기 당신 사진이에요." 내가 말했다. 그의 표정은 창백하고 어이가 없어 보였다.

"보세요. 지금 지울게요."

병사는 돌아서더니 사람들의 시선을 피해서 서둘러 통로를 빠져 나 갔다. 그의 뒤로 자동문이 닫혔다.

나는 침상에 털썩 주저앉았다. 방금 무슨 일이 있었나? 마치 공연을 마치고 녹초가 되어 막 무대에서 내려온 배우처럼 현실로 돌아온 느낌 이었다. 우리는 3200킬로미터를 더 가야 했다. 이런 일이 몇 번이나 더 생길까?

우리는 선양까지 가는 동안에 침상에 누운 채로 아무 말도 하지 않았 다. 해가 지자 다른 승객들도 거친 담요를 덮고 잠이 들었다.

나는 어둠 속에서 끝없이 펼쳐지는 길을 따라 달리는 버스의 엔진 소 리를 들으며 깨어 있었다. 너무 불안해서 잠을 잘 수가 없었다. 내 마음 은 위험을 살피면서 버스보다 한참 앞서 달리고 있었다.

45

광활한
아시아의
하늘 아래

숙모는 어머니를 아파트로 데려와서 하루 이틀 정도 적응하도록 하라고 했으나 우리에게는 선양에서 허비할 시간이 없었다. 나는 여행의 다음 구간을 신중하게 생각했다. 여섯 시간밖에 안 걸리는 비행기로 쿤밍까지 가는 게 가장 빠르겠지만 불가능한 방법이었다. 공항에서는 우리의 신분증을 꼼꼼하게 확인할 것이 분명했다. 기차로 가면 꼬박 이틀이 걸리겠지만 직접 대면하며 확인하는 기차에서의 신분증 확인은 더 걱정스러웠다. 위험이 가장 덜한 방법은 버스였다. 나는 버스를 갈아타고 또 기다리는 시간들을 고려하면 쿤밍까지 가는 데 1주일이 걸릴 것으로 판단했다. 경찰의 검문도 많았지만 대개는 버스 승무원이 승객들의 신분증을 걷어서 경찰에게 넘겨주면 휴대한 장치로 확인하는 데 그치고 신분증 소지자와 일일이 대조하지는 않았다.

우리는 다시 마음을 다잡았다. 중국의 큰 성 여덟 곳을 통과하는 여정을 시작해야 했다.

장백을 떠날 때 부딪혔던 문제가 다시 발생하면 어머니와 민호는 귀가 먹고 말을 못 하는 사람이고 내가 가이드인 것처럼 가장하기로 했다. 절망적이고 미치광이 같으며 터무니없는 아이디어였지만 생각해낸 방법은 그것밖에 없었다.

여행의 다음 목적지는 황허강을 따라 선양에서 남서쪽으로 1400킬로미터 정도 떨어진 허난성의 성도 정저우였다. 버스로 18시간이 걸릴 여정이었다. 출발한 지 한 시간 만에 첫 번째 경찰 검문소를 만났다. 내가 바라던 대로 버스 승무원이 승객들에게서 걷은 신분증을 받은 경찰관은 확인을 위해 버스를 떠났다. 장백에서 오던 버스에서 곤경을 겪었을 때 나는 병사가 버스에 오르면서 뒤쪽을 살피는 모습을 보았다고 생각했다. 즉시 민호를 발견했을지도 몰랐다. 이번에는 가장 눈에 가장 띄는 앞자리에 앉기로 했다. 아무것도 숨길 게 없는 사람들처럼 보이기 위해서였다. 이번에도 2층에 자리를 잡았다. 민호가 창가에 앉고 내가 그 옆에 앉았으며 내 옆자리에는 다른 승객이 있었기 때문에 어머니는 뒷자리에 앉았다. 10분 후에 돌아온 경찰관은 신분증을 버스 기사에게 돌려주었다.

자동문이 닫히는 순간부터 우리는 다시 숨을 쉬기 시작했다. 위기를 벗어났다. 앞으로 목적지에 도착할 때까지 또다른 검문은 없을 것이라 여겼다.

우리 세 사람은 자유롭게 이야기하기 시작했다. 선양의 호텔에서 하룻밤 푹 자며 충분한 휴식을 취한 뒤였다. 그래서 수다를 떨고 웃고 간식을 먹었다. 버스는 만원이었다. 버스 승객 모두가 우리를 소수 민족 출신이거나 외국인이라고 짐작했을 것이다. 버스는 두 차례 고속 도로에 있는 휴게소에서 정차했고, 승객들은 다리를 펴고, 화장실에 가고, 식사를 하기 위해 버스에서 내렸다.

7-8시간 뒤에 버스가 다시 정차했다. 베이징 근처 어딘가를 달리던 이른 아침 시간이었다. 앞쪽에서 경찰차 지붕 위의 푸른 불빛이 회전하면서 번쩍였다. 버스 기사는 다시 우리의 신분증을 걷어서 경찰관에게 건넸다. 10분 뒤에 경찰관이 버스에 올라왔다. 손에 신분증 다발을 들고 있었다. 그는 버스 기사에게 갓길에 차를 세우고 실내등을 켜라고 했다.

나는 머리 위에서 나오는 에어컨 바람이 이마에 맺힌 땀방울을 차갑게 식히는 것을 느꼈다.

경찰관은 맨 위의 신분증을 보고 이름을 불렀다. 이름이 불린 승객은 통로로 나가 그에게 다가갔다.

"이름은?" 그가 말했다. "주소는? 어디로 갑니까? 여행의 목적은?" 승객이 마지막 질문에 대답하자 경찰관은 신분증을 돌려주었다.

지금 일어나고 있는 두려운 사태를 나는 깨달을 수 있었다. '중국어를 못 하는 불법 체류자를 찾고 있는 거야.'

나는 완전히 노출된 무력감을 느꼈다. 우리는 한국어로 나눈 활기찬 대화를 통해서 정체를 드러냈었다. 눈 밑의 근육이 경련을 일으키기 시작했다. 경련을 멈추려고 얼굴을 찡그려야 했다.

이제 우리는 끝장이다.

나는 어머니와 민호가 사태를 알아챘는지 보려고 돌아보았다. 민호는 싸구려 중국술을 몰래 홀짝이고 있었다. 역겨운 마오타이 냄새가 내 침상까지 풍겨왔다. 민호는 질문을 받게 되면 취한 척하겠다고 말했다. 조심스럽게 술병 뚜껑을 닫은 민호는 눈을 감았다. 입술을 꼭 닫고 있었다. 나는 어머니와 민호에게 말로 할 수 없을 정도로 미안한 마음이 들었다. 이것은 모두 내 잘못이다. 어머니와 민호는 지금 안전하게 고향에 있을 수도 있었다. 두 사람은 나의 이기심에 따른 대가를 치르고 있다.

민호의 전략은 성공하지 못했다.

"창수." 경찰관이 민호가 소지한 신분증의 이름을 불렀다. 그는 한국 이름을 중국어로 발음했다. 민호는 여전히 눈을 감고 있었다. 내가 할 수 있는 일은 아무것도 없었다.

경찰관이 다시 이름을 불렀다. 대답이 없었다. 그러자 그는 짜증을 내면서 세 번째로 이름을 불렀다. 나는 깨우는 척하면서 민호를 밀었다. 다른 승객들은 민호가 침상에서 내려오는 모습을 지켜보았다. 민호의 다리가 휘청거렸다. 민호는 마치 총살대 앞으로 나가는 것처럼 천천히 움직였다. 내 마음에는 민호를 위한 피가 흐르고 있었다.

우리 가족이 이 순간을 성공할 확률은 거의 없어 보였다. 만약에 우리가 지금 잡혀서 북한으로 송환된다면 우리 가족은 영원히 나올 수 없는 정치범 수용소로 끌려갈 것이다. 적국의 여권을 소지한 나는 공개총살로 생을 마감해야 할지도 모른다. 그 순간 나는 우리는 살아도 같이 살고, 죽어도 같이 죽어야 한다고 생각했다.

그러나 나는 브로커처럼 행동할 수는 없었다. 침상에 웅크려 창문 밖을 내다보면서 민호를 운명의 손에 맡겨둘 수는 없었다.

민호의 총알을 내가 받아야 한다.

"이름이 뭐요?" 경찰관이 민호에게 물었다. 민호는 그 앞에서 고개를 숙이고 무력하게 서 있었다. 아무 말도 하지 않았다. 경찰관은 신분증을 들여다보고 다시 민호를 보았다.

"귀가 먹은 벙어리예요." 내가 침상에서 내려오면서 중국어로 말했다.

"당신은 누구요?"

"제가 동행이에요." 내가 말했다. 그는 내 신분증을 찾았다.

"정말로 귀먹은 벙어리요?" 경찰관은 나와 민호의 신분증을 뽑아 들고 있었다. "당신 신분증은 중국어인데 이 사람 것은 외국어인데?"

"한국어예요." 내가 말했다. "북동 지역에 사는 한국계 중국인의 신분증은 두 가지 언어로 되어 있어요."

"이런 건 본 적이 없는데."

"그 여자 말이 맞아요." 버스 기사가 끼어들었다. 고개를 돌리니 기사가 초조한 티를 보이며 손목에 찬 시계를 두드렸다. "한국인 자치구의 신분증은 모두 그렇게 되어 있어요." 경찰관은 낯선 한글 때문에 신분증의 사진과 생년월일에 주목하지 못했다. 여전히 의심스러운 표정으로 민호를 바라보더니 신분증을 돌려주었다.

갑자기 내 뒤에서 원숭이처럼 끙끙대는 큰 소리가 나서 모두를 놀라게 했다. 어머니가 침상에서 기어 내려왔다. 어머니는 자신이 소리를 내고 있는지도 모르는 듯이 의미 없는 소리를 내면서 극도로 짜증이 났거나, 약 먹을 시간을 건너뛴 사람처럼 손을 흔들었다. 어머니의 연기에 깜짝 놀란 경찰관은 한 걸음 물러났다.

그는 거칠게 말했다. "또 있어?"

"이 분도 저와 동행이에요." 내가 말했다. "제가 두 사람을 안내하고 있어요."

"이 버스에 너무 많은 벙어리가 있잖아."

경찰관이 혼잣말로 중얼거렸다. 경찰관은 마지못해서 더 이상의 질문 없이 우리의 신분증을 돌려주었다. 버스에 탄 승객 모두가 이 기괴한 연극 한 토막을 지켜보고 있었다. 그들은 우리가 몇 시간 동안 수다를 떠는 것을 들었다. 너무 놀라서 말이 안 나왔을 수도 있지만 우리의 거짓말을 폭로한 사람은 아무도 없었다. 52명이 내가 저지른 범죄의 공모자가 되었는데 그들 모두 전혀 모르는 사람들이었다. 나는 아직도 그 버스에 있던 모든 승객에게 감사하고 있다. 진심으로!

1분 뒤에 버스는 다시 고속 도로를 달리고 있었다. 민호와 어머니는 방금 총살대의 손에서 벗어난 사람들 같았다. 나는 등 뒤에서 쳐다보는 승객들의 강렬한 시선을 느낄 수 있었다. 돌아서서 무언가 변명이나 감사의 말을 하고 싶었지만 너무도 당황하고 두려워서 엄두를 내지 못했다. 여행의 나머지 여정은 8시간이 걸렸다. 그동안 어머니와 민호는 한마디도 하지 않았다. 충격이 너무 커서 우리는 마치 진짜 벙어리라도된 마냥 침묵 속에 있었다.

늦은 오후에 정저우에 도착한 우리는 유명한 리강 주변의 카르스트 언덕을 보러 가는 관광객들 틈에 섞여서 광시성의 성도인 구이린으로 향했다. 우리는 24시간이 걸린 여행의 대부분을 졸면서 보냈다. 나는 가끔씩 커튼을 젖히고 끝없이 펼쳐진 낮은 언덕 위로 아시아의 광활한 하늘을 올려다보았다. 북동부의 추위는 멀리 뒤에 있었다. 우리는 중국의 아열대 지역으로 들어섰다. 서쪽으로 가면서 또 하루를 보낸 끝에 7일째 아침에 윈난성의 쿤밍에 도착했다.

목적의식과 흥분이 고조되는 것을 느꼈다. 우리는 중국의 국경에 아주 가까이 왔다. 자유로 가는 경계였다. 우리는 성공할 것이다. 해 낼 것이다.

김 목사가 소개한 브로커가 쿤밍의 버스 정류소에서 우리를 기다리고 있었다. 피부가 그을린 중년의 조선족 남자로 검은 청바지와 싸구려 가죽 재킷에 색안경을 쓰고 있었다. 미스터 팽이라고 자기소개를 했다. 처음 본 순간부터 인상이 좋지 않았다.

나는 고객이었고 서비스의 대가를 내는 사람이었는데도 처음 만난 순간부터 그는 우리가 자신에게 보내진 골칫거리이며, 자기가 호의를 베풀고 있다는 듯이 행동했다. 그는 어머니를 흘낏 보고는 고개를 흔들었다. 어머니는 한때 사회의 상류층이었으며 고위 군장교의 부인이었다. 그런데 이 작자의 눈에는 빈손으로 도망 길에 나선 노파에 불과했다. 그의 몸짓에서 경멸감이 보였고 말투는 더 심했다.

나는 한국인으로서 내가 대우받는 방식에 민감하다는 점을 인정해야겠다. 우리의 계층적 문화에서는 모든 사람이 내 위나 아래에 있다. 위계질서의 위쪽에 있는 사람에게는 누구에게나 높임말을 사용한다. 낯선 사람을 만났을 때는 그의 나이나 지위를 알게 될 때까지 높임말을 쓰면 안전하다. 그런데 이 남자는 아이들에게나 쓰는 말로 우리를 대하기 시작했다. 특히 민호를 무시했다.

"멍청이가 마냥 시간을 보내고 있구먼." 정류소의 화장실에 간 민호를 두고 그가 한 말이었다.

우리가 서울에 있었다면 면전에 대고 말조심하라고 했을 것이다. 그러나 나는 분노를 가라앉혔다. 감정이 우리의 목표에 방해가 되도록 할 수는 없었다. 우리가 처한 상황을 평정심과 침착한 태도를 가지고 통과해야 하는 또 하나의 검문소라고 생각하려 애썼다. 가족의 안전이 우선이었다.

미스터 팽의 한국어는 중국 억양이 너무 심해서 계속해서 다시 말해 주도록 청해야 했다. 그토록 엉망인 한국말은 들어 본 적이 없었다. 결국에는 중국어로 말해 달라고 했는데, 그러자 그는 더 짜증을 냈다.

한편 버스에서 내린 어머니와 민호는 답답한 습기와 휘발유 매연의 악취 때문에 상태가 좋지 않았다. 설상가상으로 선양에서 오는 동안 내내 고속 도로 식당에서 먹었던 기름진 음식이 탈을 내고 있었다. 두 사람의 몸은 그런 음식에 익숙지 않았다. 어머니와 민호는 위경련을 일으켰다. 그토록 근골이 실팍했던 민호는 바짝 긴장하고 있어야 할 여행의 막바지에 창백하고 무기력한 사람이 되어 있었다.

미스터 팽은 그날 밤 묵을 게스트하우스로 우리를 안내했다. 쓰레기가 널린 좁은 골목 양쪽으로 낡은 단층집들이 늘어서 있는 싸구려 숙소였다. 욕실의 전등을 켜자 작은 도마뱀들이 벽을 가로질러 달아났다. 수도꼭지에 양말을 씌워서 샤워기로 사용하고 있었다.

미스터 팽은 침대에 앉았다. 첫마디가 돈 이야기였다. 그는 방에서 담배를 피워도 괜찮겠는지 묻지도 않고 담뱃불을 붙였다.

나는 돈을 꺼냈다. 갱단과 브로커를 겪어 본 나는 절망의 기미를 보이거나 동정심에 호소하는 것이 최악의 행동이라는 사실을 알았다. 통제되고 관리가 가능한 상황인 것처럼 말을 꺼냈다.

"김 목사와 이번 일을 준비할 때 어머니만 데려오는 게 계획이었습니다. 그런데 문제가 생겨서 동생도 같이 오게 되었어요. 지금은 한 사람 분의 돈밖에 가진 게 없습니다."

"합의한 게 있는데."

"합의는 아직도 유효해요." 내가 말했다. "내가 서울로 돌아가는 즉시 김 목사에게 나머지 돈을 치르겠어요. 그분이 당신에게 송금하면 되지요."

그는 씩씩거리며 말했다. "그렇게는 안 되지, 꼬마 처녀."

"돼요. 내 남한 신분증을 당신에게 줄 테니까요." 나는 지갑에서 신분증을 꺼내서 그에게 건넸다. "이제 당신과 김 목사는 내가 누구인지, 어디 사는지를 정확히 아니까 돈을 내지 않을 수가 없어요. 나는 돈을 꼭 낼 거예요."

신분증은 그가 우리를 믿도록 할 수 있는 유일한 물건이었다.

그는 잠시 손에 든 신분증의 가치를 가늠해 보더니 재킷 주머니에 집어넣었다.

"내일 떠날 거야." 그가 어머니와 민호에게 고개를 끄덕이며 말했다. "아침 일찍 국경을 넘을 거야. 라오스로."

어디라고? "아니, 우리는 베트남으로 가기로 했어요."

"그럴 계획이었지. 그런데 이틀 전에 북한 사람들이 베트남에서 붙잡혀서 중국으로 송환되었어."

나는 어머니를 쳐다보았다. 어머니는 중국어를 몰랐지만 내 눈에 떠오른 경보를 볼 수 있었다.

"베트남 사람들은 당신들이 남한으로 가도록 허용했었지." 그가 말했다. "왜 상황이 변했는지는 모르지만 이제 그 루트는 안전하지 않아.

그런 위험을 무릅쓸 수는 없지. 목적지를 라오스로 바꿔야 해."

머리가 핑핑 돌았다. "라오스가 어디에 있어요?"

"베트남 옆에 있지. 여기서 거리는 마찬가지야. 일곱 시간 걸리지."

"안전한가요?"

"안전?" 그가 코웃음을 쳤다. "보장된 건 아무것도 없어. 그러나 우리는 오랫동안 이 일을 해 왔어. 당신들이 국경을 넘어 비엔티안으로 가도록 해 줄 수 있지." 그는 내 멍한 표정을 보았다. "라오스의 수도야. 당신 어머니와 동생을 그곳에 데려다 주겠어." 그는 마지막으로 담배를 한 모금 더 빨더니 오렌지색 불똥이 떨어지는 꽁초를 열려 있는 창문 밖으로 던졌다.

"그렇다면 나도 갈 거예요." 내가 말했다.

"아니, 당신은 못 가." 그는 마치 내가 자신의 사업 비밀을 훔치려는 사람이라도 되는 듯이 의혹에 찬 눈길로 나를 쏘아보았다.

"어머니와 동생을 두고 떠날 수 없어요. 내가 필요할 거예요."

"그들은 안전하게 안내를 받을 거야."

"어머니와 동생은 중국말도 못하고 북한 밖의 세상을 전혀 몰라요. 내가 같이 있어야 해요."

"너무 위험해. 당신은 골칫거리가 될 거야, 꼬마 처녀."

나는 주먹을 불끈 쥐었다. 다시 한 번 나를 그렇게 부른다면……

"우리가 하는 모든 일은 불법이야." 그가 말했다. "남한 여권을 가진 당신은 비자 없이 15일간 라오스에 들어갈 수 있어. 저들은 여권조차 없지." 그는 어머니와 민호에게 가벼운 손짓을 했다. "저들과 함께 있다가 붙잡히면 불법 체류자를 도운 혐의로 체포돼. 당신이 브로커라고 생각하고 감옥에 처넣겠지. 당신은 거기에서 아무에게도 도움이 되지 않아. 남한에서 저들을 맞을 준비나 해."

"나는 중국 신분증으로 여행할 수 있어요." 내가 말했다.

말이 나간 순간 좋은 생각이 아니라는 것을 알았다.

그는 내 마음을 읽은 듯했다. "그래서, 뭐가 잘못 되면 남한으로 송환되기를 원해? 아니면 중국으로? 중국인들이 당신도 탈북자라는 것을 알게 되면……."

그 생각이 허공에 뜬 채로 남아 있었다.

그의 말이 옳았다. 더 할 말이 없었다.

지난 1주일 내내 가족의 유일한 생명선은 나였다. 이제는 통제권이 내 손을 떠났다. 내가 절대로 신뢰할 수 없는 사람의 손에 어머니와 민호를 맡겨야 했다.

새벽인데도 벌써 대기가 습했고 낯선 새들이 지저귀는 소리가 시끄러웠다. 골목에서는 쓰레기 썩는 냄새가 났다. 떠날 준비를 하는 데는 몇 분밖에 걸리지 않았다. 작은 가방 하나만 가져가기로 한 어머니는 겨울옷을 내게 주었다. 나는 밖에 나가서 어머니와 민호를 위한 위생용품을 사 왔다. 지갑에 돈이 얼마나 남았는지 확인했다. 남은 돈은 얼마 안 되었고 서울로 가는 비행기 표도 사야 했다.

나는 그들과 함께 버스 정류소로 갔다. 민호에게 1000위안을 주었다. 내 남한 휴대폰 번호를 민호와 어머니에게 적어 주고 외우라고 했다.

우리는 작별 인사를 나눴다. 두 사람의 손을 놓고 싶지 않았던 나에게 민호는 활짝 웃으면서 말했다. "누나, 잘 될 거야."

버스가 모퉁이를 돌아 시야에서 사라질 때까지 지켜보았다. 부디 안전하기를. 주사위가 다시 구르고 있었다. 이제 모든 것이 운명에 달렸다.

나는 쿤밍에 남아서 민호의 전화를 기다렸다. 저녁때 전화가 왔다. 별 탈 없이 국경에 도착했으며 다음 날 새벽에 미스터 팽이 경비대원에게 뇌물을 주고 국경을 넘을 것이라고 했다. 새벽 5시에 민호가 다시 전화했다.

"라오스에 왔어."

따뜻한 봄바람 같은 안도감이 전신에 퍼져 나갔다. 여행의 끝이 시야에 들어왔다. 지난 며칠 동안 신경이 팽팽하게 곤두서 있었다. 이제 몸에서 긴장이 빠져나가면서 너무 지쳐서 움직이기도 힘들 지경이었다.

우체국을 찾아서 빌린 신분증 두 개를 우편으로 부쳤다. 그리고 망설이다가 서울에 있는 김에게 전화를 걸었다. 1주일이 넘도록 그와 통화하지 않았으며 내가 하려는 일에 대해서 아무것도 말해 주지 않았었다. 그의 걱정스러운 문자 메시지에도 나는 응답하지 않았다. 그러나 내가 어디에 있는지를 말했을 때 김의 반응은 상심보다 충격이 더 큰 것 같았다.

"어디라고?"

그가 참석하고 있던 회의장이 조용해지는 게 전화기 너머로 들렸다. 내가 한 일과 내 가족이 지금 라오스에서 남한 대사관으로 향하고 있다고 간략히 설명했다.

충격을 받은 김은 한동안 말이 없었다. 마침내 그가 말했다. "할 말이 없군." 그러고는 부드러운 웃음소리가 들렸다. "빨리 돌아와." 그는 내가 미쳤다고 생각했다고 말했지만 그의 목소리에는 감탄의 느낌이 있었다. "나중에 이야기를 빠짐없이 들어야겠어."

    택시 뒷좌석에 앉은 나는 어려운 임무를 완수했다는 만족감을 느꼈다. 한시라도 빨리 쿤밍의 매연과 습기에서 벗어나고 싶었다. 택시가 공항터미널로 접근할 때쯤 전화벨이 울렸다. 미스터 팽이었다. 동체의 녹슨 자국이 보일 정도로 낮게 머리 위로 날아가는 비행기의 굉음 때문에 처음에는 그의 말이 잘 들리지 않았다. 문제라는 말만 겨우 들을 수 있었다. 가슴이 철렁 내려앉았다.

"문제요?"

나는 전화기를 귀에 댄 채 택시 기사의 뒤통수를 응시했다.

"그들이 경찰에 체포됐어."

46

라오스에서
길을
잃다

눈을 질끈 감았다. 나에게 이런 일이 일어날 수는 없다.

"무슨 경찰? 중국?"

"라오스 경찰."

"어디서? 언제?"

"모르겠어."

"모른다고요?" 내 언성이 높아졌다. "그들은 지금 어디에 있고, 당신은 어떻게 할 거예요?"

"내가 할 수 있는 일은 아무것도 없어, 꼬마 처녀." 그가 씩씩거렸다. "그들은 검문소에서 경찰에 붙잡혔어. 우리가 구해 낼 수도 있었는데 당신이 충분한 돈을 주지 않았어."

"합의한 대로 50퍼센트를 줬잖아요?"

"우리는 경찰과 검문소 경비대원 한 명과 협력 관계에 있어. 100퍼센트 전부 냈다면 그들에게 돈을 주고 풀어 주도록 할 수 있었겠지만 당신은 그러지 않았지."

분노를 억누르기 위해 무진 애를 써야 했다. 분노는 생각에 방해가 될 뿐이었으며 나는 생각해야 했다.

"알았어요. 좋아요. 지금 그들이 어디 있을 것 같아요?"

"아마 루앙 남타에 있을 거야."

"루앙 남타?" 도대체 거기가 어디지?

"국경에서 40킬로미터쯤 떨어진 첫 번째 도시야."

통화를 끝낸 나는 양손에 얼굴을 묻었다.

이틀 전까지만 해도 나는 라오스라는 나라가 있다는 사실도 알지 못했다. 그런 나라 이름을 들어 본 적이 없었다. 아니면 듣고도 잊었을 수도 있다. 라오스는 아직도 공산 국가였으며 지금까지 남아 있는 몇 안 되는 북한의 동맹국 중 하나였다. 공식 국명이 '라오인민민주공화국'인 라오스는 해마다 경애하는 지도자의 생일을 축하했으며 이것이 언론에 보도되었다. 평양 당국은 김정일이 전 세계적으로 사랑과 찬양을 받는다는 것을 과시하기 위해 이 같은 외교적 의례를 헤드라인 뉴스로 삼았다.

라오스. 어떤 나라인지 상상조차 할 수 없었다. 그저 중국의 한쪽 끝에 있는, 어머니와 동생을 삼켜 버린 어두운 곳이었다. 택시가 정차했다. 여행 가방을 끌고 가는 사람들이 보였다.

몸에서 힘이 남김없이 빠져나갔다. 나는 태어나서 처음으로 인간이 엄청난 충격을 받으면 몸안의 모든 세포와 근육이 표현할 수 없을 정도로 무자비한 통증을 느낀다는 것을 처음 느꼈다. 나는 마치 하루종일 곤봉으로 두들겨맞은 사람처럼 온몸이 아파왔다. 내 목소리는 가냘팠다. "미안하지만 버스터미널로 가주세요."

"공항이라고 했잖아요?" 택시 기사가 놀라서 말했다.

"알아요. 하지만 이제는 라오스로 가야 해요."

고개를 돌린 기사는 버스 정류소가 아니라 정신 병원으로 가야 하는 게 아닌가 하는 눈길로 나를 살펴보았다.

"알았습니다." 그는 천천히 말하더니 다시 차의 시동을 걸었다.

민호에게 전화를 걸었지만 전화기의 배터리가 방전되었거나 아니면 경찰이 전화를 압수했는지 받지 않았다. '이제 어떻게 민호와 연락하지?' 어떻게든 내 힘으로 민호와 어머니를 찾아내야 했다. 버스 정류소에 도착한 나는 너무 힘이 빠져서 배낭을 드는 것조차 어려울 지경이었다. 내 몸이 자꾸 땅속으로 꺼져들어 가는 것 같았다. 겨울옷을 모두 꺼내서 택시 기사에게 주었다. 그는 감사해 하면서도 이상하다는 눈길로 나를 보았다.

다음 날 정오에 중국의 마지막 정류소에서 여행이 끝났다. 어머니와 동생은 24시간 전에 이곳에 도착했었다. 나는 저녁 식사를 곁들인 오랜 버스 여행 끝에 기력을 되찾기 시작했다. 길을 물은 다음에 배낭을 메고 라오스 쪽으로 걸어갔다.

중국의 출입국 관리소는 열대 나무가 산재한 낮은 언덕으로 둘러싸인 현대식 건물 안에 있었다. 맑고 푸른 하늘은 상하이나 서울에서 보았던 하늘보다 아름다웠다. 거대한 흰 구름이 영원성을 느끼게 하면서 언덕 위를 지나고 있었다.

내 앞에 커다란 라오스산이 나타났다. 불과 몇 시간 전에 나의 엄마와 동생이 넘었을 이 산을 보면서, 그들이 지금은 어디에 있는지, 나의 사랑하는 가족을 다시 한번 만날 날이 올 수 있는지도 의심됐다. 어쩌면 그들의 영혼이 이 산 속 어딘가에 흩어져 있을 수도. 나는 세상이 너무 불공평하다고 생각했다. 그리고 그런 이 세상이 너무 싫어졌다.

20명 정도 되는 사람이 여권에 스탬프를 받으려고 줄을 서 있었다. 몇 명은 배낭여행을 즐기고 있는 서양인이었다. 나는 그들을 부러운 마음으로 쳐다보았다. 그들은 법과 인권의 보호를 받고 관광청의 환영을 받는 다른 세계에서 사는 사람들이었다. 내가 살았던 비밀경찰, 가짜 신분증, 저질 브로커가 판을 치는 곳에서는 상상도 할 수 없는 세계였다.

특별히 눈에 띄는 백인 남자 하나가 그들과 떨어진 곳에 서 있었다. 60대 초반이었고, 체격이 건장했으며 다른 사람들을 내려다볼 정도로 키가 컸다. 북한의 아이들이 드물게 마주치는 서양인을 빤히 바라보도록 만드는 핑크색 피부와 모래 빛깔 머리칼을 가진 남자였다. 홀로 여행하는 사람은 그와 나뿐인 것 같았다.

우리는 국경을 넘었다. 현대화된 중국과의 차이는 극명했다. 라오스의 출입국 관리소는 진흙 빛깔의 낮은 건물이었다. 한눈에도 이곳이 가난한 나라라는 생각이 들게 만들었다. 우리는 털털거리는 26인승 버스에 올랐다. 역시 버스를 탄 키 큰 백인은 나무 의자 사이로 불편하게 다리를 접었다. 나는 언덕이 많은 시골길을 달리는 고물 버스 안에서 흔들리면서 다시 맑은 청록색 하늘을 응시했다. 푸른 하늘은 활엽수와 고무나무 같은 초목을 더욱 무성하게 보이도록 했다. 곳곳에 사탕수수 밭이 있었고, 하늘을 덮은 나무 숲 아래에는 거대한 자주색 히비스쿠스와 황금색 재스민 같은 야생화가 널려 있었다. 더 편안한 마음 상태였다면 그런 풍경이 그렇게 예리하게 눈에 띄지 않았을 것이다. 그러나 고뇌하던 나는 이 모든 광경을 거부된 아름다움으로 느꼈다. 나에게는 이런 광경을 즐길 수 있는 기회가 없을 것이다.

라오스는 남북한을 합쳐 놓은 것보다 면적이 약간 크며, 길이가 1000킬로미터 정도로 폭보다 훨씬 긴 나라이다. 육지로 둘러싸인 가난한 나라이며 주변에는 중국, 베트남, 태국, 버마, 캄보디아처럼 더 잘 알려진 나라들이 있다. 나는 이 나라의 북쪽 끝으로 들어와서 남쪽을 향하고 있었다.

루앙 남타까지 가는 데 한 시간이 걸렸다. 키가 큰 백인 남자와 다른 서너 명도 나와 함께 버스에서 내렸다.

루앙 남타는 같은 이름을 가진 성의 성도였다. 시장을 돌아다니거나 호스텔 베란다에서 쉬고 있는 서양인이 많이 보였다. 경찰서와 게스트하우스 한두 곳을 제외하면 건물은 모두 단층이었고 거리마다 전신선이 교차하는 도시였다. 도움을 줄 현지인을 찾으려고 길을 물어 중국 식당을 찾아갔다. 식당 주인은 땅딸막하고 친절한 남자였다. "어제 체포된 북한 사람들을 찾고 있어요." 나는 그에게 미소를 보였다. "도와주시면 매일 여기서 저녁 식사를 할게요." 그는 웃었다. "음, 이민국 사무소부터 찾아가 보시죠." 그가 말했다. "거기에 유치장이 있어요." 그는 곧바로 나를 스쿠터 뒤에 태워 그곳에 데려다 주겠다고 제안했다. 자기 이름은 인이라고 했다. 이민국 사무소는 문이 닫혔고 사람은 없어 보였다. 나는 사무소 밖에 서서 고개를 젖히고 소리쳤다. "엄마! 민호야! 나야!" 아무 대답도 없었다. "경찰서로 가 봅시다." 식당 주인이 말했다.

우리 얘기를 들은 경찰은 고개를 흔들었다. 북한 사람은 아무도 없다고 했다. 마지막으로 찾아간 곳은 꽤 멀리 떨어진 곳에 있는 감옥이었다. 경찰관은 우리에게 그 감옥은 진짜 범죄자들을 위한 곳이라고 말해 주었다. 내 가족이 그곳에 있을 것 같지는 않았다. 감옥은 높은 토담으로 둘러싸인 단층 건물이었다.

나는 다시 가능한 대로 크게 소리쳤다. "엄마! 민호야! 나야!"

정문 밖에는 비번인 경비원들이 여자들과 함께 앉아 있었다. 그들은 제복 재킷을 벗어놓고 병에 든 맥주를 마시면서 웃고 있었다. "여기에 북한 사람은 없어요." 그들이 말했다. "마약상과 살인자뿐이지요." 그들은 나 같은 사람이 찾아올 만한 곳이 아니라고 덧붙였다.

아열대 지역에는 어둠이 빨리 내린다. 인은 내가 혼자서 길을 걷는 게 위험하다면서 게스트하우스로 데려다 주겠다고 했다. 나는 그에게 감사하면서 괜찮다고 말했다. 이제 지푸라기 같은 희망에도 매달려야 했다. 어머니와 민호가 탈출하여 주변을 배회하고 있을 가능성도 있다고 생각했다. 도시의 불빛이 가까워지면서 교통량이 늘어났다. 내게 라오스 말로 소리치고 휘파람을 불어대는 운전기사들의 삼륜 택시 툭툭이 몇 대가 내 옆에서 먼지 구름을 피워 올리며 배기가스를 뿜어댔다. 나는 눈에 띄는 모든 사람의 얼굴을 살피면서 몇 시간 동안 걸어다녔다.

금요일 밤이었다. 이제 주말이 지나야 탐색을 재개할 수 있다. 이 도시에 머무는 수밖에 다른 방도가 없었다.

월요일 아침에 곧장 이민국 사무소로 갔다. 녹색 제복을 입은 남자들이 바깥에 있는 벤치에 앉아 있었다. 무기력함 속에 가라앉은 있는 곳 같았다. 곧바로 여기에서는 그 어떤 일도 빠르게 진행되지 않으리라는 것을 느꼈다. 그들은 의심스러운 눈길로 나를 쳐다보았다. 나는 북한 사람 두 명을 돕기 위해 남한에서 온 자원 봉사자라고 자기소개를 했다. 그들에게 여권과 비자를 보여 주었다.

아무도 반응이 없었다. 나는 그들이 내 말을 이해하지 못했다고 생각했다.

그러더니 한 사람이 말했다. 중국어로 "맞아요."라고 하면서 손으로 얼굴에 붙은 파리를 때렸다. "국경에서 붙잡힌 북한 사람 두 명이 여기로 끌려 왔어요."

47

무슨 일이
있더라도

마침내 가닥이 잡히기 시작했다. "그들을 볼 수 있을까요?"

"공식 요청을 해야지요. 경찰서에서." 그 남자가 말했다. "우리가 서류 작업을 끝내기 전에는 요청해 봐야 소용도 없고."

이들의 태도를 보니 서류 작업이 빨리 진행될 기미는 전혀 없었다. 그러나 어쨌든 나는 마침내 익숙한 상황을 맞게 되었다.

그후 1주일 동안 경찰서와 이민국 사무소 사이를 왕복하면서 보냈다. 관리들과 안면을 트고 친분을 쌓으려 했다. 어머니라면 매력, 설득, 현금을 가지고 이 같은 상황에서 어떻게 대처했을까 생각해 보려 애썼다. 나는 그들에게 친밀한 태도를 보였다. 아첨도 했다. 그들의 이름과 사소한 약점들을 기억했다. 그들이 아침에 처음 보는 얼굴이 내가 되도록 아침 일찍 누구보다 먼저 이민국 사무소로 가서 밖에 있는 벤치에 앉아 기다렸다. 나는 모두에게 줄 담배를 준비해 갔다. 그렇게 하지 않고 그저 앉아서 이름이 불리기만 기다린다면 여기서 몇 주 또는 몇 달을 보낼 것 같았다. 이곳에서는 몇 분이면 처리할 수 있는 행정 업무가 몇 시간 또는 며칠로 늘어날 수도 있었다. 후덥지근한 오후가 모든 사람의 생기를 앗아갔다. 그러나 나는 날마다 목표에 조금씩 다가가고 있다고 느꼈다,

이민국 관리들은 가장 비싼 담배인 말보로 레드를 달라고 직접 말했다. 내가 말이 통하는 사람이라는 것을 알게 되고 관계가 형성되자 그들의 부패는 노골적으로 변했다. 내가 방문할 때마다 그들은 현금 인출기에서 돈을 얼마나 뽑아왔는지 물었다.

"100달러요." 내가 말하곤 했다. 또는 "50달러밖에 못 찾았어요."

그들은 손가락을 튕기며 돈을 보자고 했다. 그러면 나는 라오스 통화인 킵 다발을 넘겨주었고 그들은 절반 정도, 때로는 그 이상을 챙긴 후에 나머지를 돌려주었다.

며칠 동안 이런 식으로 갈취를 당하고 숙식비용을 지출한 끝에 가진 돈이 거의 다 떨어지게 되었다. 서울에 있는 김에게 가장 하기 싫었던 전화를 할 수밖에 없었다. 그는 즉시 돈을 부쳐 주었다. 나는 감사해 하면서 이것이 빌리는 돈임을 분명히 했다. 선양에 있는 삼촌에게 갚았듯이 그의 돈도 갚을 생각이었다.

오전에 이민국을 방문하고 나면 오후에는 할 일이 별로 없었던 나는 태국과 서양 음식을 제공하는 서구식 카페에 앉아 책을 읽으면서 시간을 보냈다. 약간의 영어를 기억하기는 했으나 메뉴를 읽을 수 없었기에 가까운 자리에 있는 손님이 먹는 음식을 가리키며 웨이터에게 물었다.

"누들." 그가 영어 단어를 써서 말했다.

나는 매일같이 국수를 먹었다. 1주일이 지난 후에는 다른 음식이 먹고 싶어서 김에게 전화를 걸어 밥을 뜻하는 영어 단어를 물어보았다.

"라이스." 그가 말했다.

"라이스." 내가 되풀이했다.

"라이스 lice 가 아니고 라이스 rice 야."

"알았어요. 라이스 lice."

매일같이 점심은 커피하우스에서, 저녁은 인의 중국 식당에서 먹었다. 지출을 줄이기 위해 아침 식사를 건너뛰기 시작했다. 그러면서 어머니와 동생과의 연대감을 느꼈다. 그들이 무엇을 먹는지 양은 얼마나 적은지 감히 상상할 수도 없었다. 어느 오후에 나는 커피하우스에서 키가 큰 모래 빛깔 머리칼의 남자를 다시 보았다. 햇볕에 노출된 피부가 짙은 핑크색으로 바뀌어 있었다. 거인처럼 천천히 지나가다가 나와 눈길이 마주친 그는 가볍게 인사를 했고 나는 미소를 보냈다.

일주일 후에 배가 초록색 제복 위로 튀어나온 덩치가 크고 게으른 이민국 사무소장이 나를 북한 사람 두 명이 갇혀 있는 곳으로 데려다 주겠다고 했다. 엄청난 안도감이 느껴졌다.

우리는 그의 차를 탔다. 그가 말했다. "돈을 얼마나 가져왔소?"

지갑에 있는 돈을 보여 주었다. 그는 세어 보지도 않고 절반 정도를 가져갔다. 수수료라든지 비용이라는 핑계도 없었다. 지금 생각하면 이같이 도시의 고위 관리 한 사람이 별 일 아니라는 듯이 뻔뻔스럽게 저질렀던 강도짓에 화가 나지만 당시에는 그렇지 않았다. 내 마음에는 가족을 만나야 한다는 외골수 전략밖에 없었다. '무슨 일이 있더라도.' 나는 생각했다. '무슨 짓이라도 할 것이다. 사람은 본래 이기적이고 자기 자신과 가족만을 돌본다. 나라고 다를 게 무엇인가?'

놀랍게도 우리는 내가 첫날 찾아왔을 때 밖에서 맥주를 마시며 무관심한 태도로 북한 사람은 없다고 했던 사람들이 있던 감옥에 도착했다. 엄마와 민호가 정말로 이곳에 있다는 사실을 알았다면 밖에서 걱정밖에 할 게 없더라도 나는 매일같이 찾아왔을 것이다. 벽 너머로 "엄마! 민호야! 걱정하지 마. 내가 무슨 수를 찾아서라도 살려낼 테니까."라고 소리쳤을 것이다. 매일 오후에 이민국 사무소에서 이곳으로 와서 땅거미가 깔리고 매미 울음소리가 밤공기를 채울 때까지 앉아 있었을 것이다.

간수들은 나에게 여자들이 갇혀 있는 구역에서 어머니를 만날 수는 있지만 남자들 구역에 있는 민호는 만날 수 없다고 말했다. 그들은 토담으로 둘러싸인 마당을 지나 크고 검은 문으로 나를 데려갔다. 자물쇠를 열자 삐걱대는 금속성과 함께 문이 옆으로 열렸다. 그 뒤에 어머니가 홀로 서 있었다.

어머니는 잠시 이상하고 아득한 표정으로 나를 응시했다. 나는 어머니의 모습에 큰 충격을 받았다. 그동안 훨씬 더 수척해졌고 머리칼이 기름기로 뭉쳐 있었다. 웬일인지 한 손을 엉덩이에 대고 기묘하게 몸을 기울인 자세였다.

어머니는 느닷없이 내게로 달려와 내 몸을 팔로 감싸 안으며 흐느끼기 시작했다. 쿤밍에서 마지막으로 보았을 때 입었던 옷과 슬리퍼 차림 그대로였다.

"네가 가 버린 줄 알았어." 어머니는 울었다. "다시는 너를 못 볼 줄 알았지. 조금 전에는 여기에 서 있는 너를 보면서 허상이라고 생각했어. 꿈을 꾸는가 싶어서 아플 때까지 옆구리를 꼬집었다."

어머니가 나를 이상하게 쳐다보았던 것은 당연한 일이었다.

어머니는 압록강을 건너온 후에도 그랬듯이 정말로 나인지 확인하려고 손으로 내 얼굴을 만졌다.

어머니를 껴안은 나도 눈물을 흘렸지만 억지로 울음을 멈췄다. 손바닥으로 눈물을 닦아 내면서 침착해지려고 애썼다. 간수들이 내가 어머니의 딸이라는 사실을 알게 되어 일을 복잡하게 만들고 싶지 않았다.

나는 어머니와 함께 교도소 마당에 앉았다. 어머니는 외국인 여성을 위한 감방에 갇혀 있었다. 그곳에 갇힌 지 10년이 된 중국 여자도 있다고 했다. 그 여자는 가족의 사진을 벽에 걸어놓고 있었다. 감방에는 깨끗한 물이 없었다. 매일 배급되는 더러운 물로 마시고 씻어야 했다. 며칠 전에는 간수들이 태국인 남자 죄수를 때려죽이는 소리를 들었다고 했다. 어머니와 같은 감방에 있었던 그 남자의 아내는 끊임없이 울부짖었다.

"생지옥이야." 어머니가 말했다. "고향을 떠나지 말았어야 했어."

더러운 변소, 여자들의 폭력, 공공연한 섹스, 살인적일 정도로 미흡한 위생 시설 같은, 지금까지 지워 버렸던 이미지들이 내 마음에 밀려들었다.

어머니에게 할 말이 없었지만 이제 와서 다시 돌아갈 수는 없었다. 쿤밍에서 어머니에게 주었던 돈은 경찰이 모두 빼앗아갔다. 나는 간수들이 보지 않는 사이에 어머니에게 음식을 사먹을 수 있도록 현지 돈을 조금 주었다.

어머니를 만나고 돌아온 나는 지체 없이 비엔티안에 있는 남한 대사관에 전화를 걸었다.

"당신 혼자 여기 머물면 위험합니다." 영사가 말했다. "대사관이 문제를 해결하도록 맡겨놓고 지금 라오스를 떠나세요."

고무적인 이야기로 들렸다. "그들을 구해 내는 데 얼마나 걸릴까요?"

"유감스럽지만 원칙대로 해야 합니다. 지름길은 없습니다. 우리가 정보 요청서를 제출하고 방문 허가를 요청할 것입니다. 물론 그 모든 절차에는 시간이······."

"얼마나 걸릴까요?"

"5-6개월 정도."

나는 손으로 머리를 감싸 쥐었다. 그러나 놀라지는 않았다. 이 나라 관료주의의 나태한 무관심을 내 눈으로 보았기 때문이었다.

나는 도저히 어머니와 민호를 그런 곳에 내버려 둘 수 없었다.

감옥의 통역이 내 쪽으로 고개를 돌렸다. "5000달러." 그가 간단히 말했다.

나는 입을 딱 벌렸다. 통역과 교도소장을 쳐다보았다. 팔꿈치를 책상에 올려놓은 교도소장은 손가락을 튕기고 있었다. 눈도 깜짝하지 않았다. 천천히 돌아가는 선풍기 때문에 흐트러지는 머리칼을 주기적으로 쓸어 올리고 있었다.

"불가능해요." 내가 말했다.

교도소장은 어깨를 으쓱했다. "미국 달러로." 그렇게 말하고는 손으로 알아서 하라는 동작을 취했다.

그 후 며칠 동안 나는 교도소장에게 줄 선물과 뇌물을 가지고 아침 일찍 교도소를 찾았다. 다시 친밀한 관계를 형성하고 있었다. 통역은 내가 매우 운이 좋다고 했다. 2년 전까지만 해도 라오스 당국은 탈북자 모두를 강제 송환했다고 말했다. 정책이 바뀐 것은 국제적인 비난이 높아진 후였다.

"지금은 그저 벌금만 물리지요." 그가 말했다.

나는 서서히 벌금 액수를 낮출 수 있었다. 마침내 한 사람당 700달러로 타협이 되었다. 교도소 마당에서 어머니를 면회할 때마다 교도소장은 아무리 적은 금액이라도 내가 가진 돈의 절반을 챙겼다. 나는 그늘진 곳에 앉아서 어머니에게 친척 상황을 알려 주곤 했다. 내가 돈을 마련하려 애쓰는 이야기를 하자 어머니는 작고 더러운 플라스틱 통을 건넸다. 통 안에는 앞서 내가 준 돈이 들어 있었다. 어머니는 마실 물을 사기 위해서 조금 쓴 것 외에는 돈을 쓰지 않았다.

700달러는 아마도 공식적인 벌금으로 보였지만 내가 마련하기에는 여전히 벅찬 금액이었다. 김이 보내 준 돈도 거의 다 쓰고 없었다. 설상가상으로 다음 번 방문 때 어머니는 후줄근한 행색의 여자 세 명을 데려왔다. 한 달 전에 붙잡힌 탈북자들이었다. 나이든 여자 하나와 중년의 모녀였다. 어머니는 그들에 대한 연민에 압도당했다. 내가 그들도 도와주기를 원했다. 나는 놀라서 그들을 바라만 보았다. 하지만 결국 나는 그들을 돕게 될 것임을 직감했다. 그들은 신체의 은밀한 부분에 숨겼던 돈을 모두 나에게 건넸다. 합해서 1500달러였다. 우리에게 필요한 총액에는 한참 못 미치는 액수였다. 게다가 15일간 유효한 비자 기간도 끝나가고 있었다. 때마침 루앙 남타의 비자 사무소를 운영하는 여자 두 명이 내 여권을 가지고 수도인 비엔티안으로 가서 비자를 연장해 줄 수 있다고 말했다. 하지만 하루 뒤면 비자가 만료되므로 비행기를 타고 가야 한다고 말했다. 결국 수백 달러에 달하는 그들의 항공료와 비용을 내가 지불해야 했다.

나는 멍한 채로 걸어서 커피하우스로 돌아왔다. 모든 것을 빼앗긴 상태에서 잡혀 있는 가족의 몸값을 요구받는 느낌이 들었다. 창가에 있는 의자에 털썩 주저앉아 생각을 정리해 보려고 했다. 그러나 아무리 생각해도 막다른 골목이었다. 아무런 방안이 없었고 어떻게 해야 할지도 알 수 없었다.

눈을 감았다. 누가 듣건 말건 조상의 혼령들에게 탄원을 시작하려는 찰나에 아주 키가 큰 남자가 시야를 가로막고 영어로 말을 걸었다. 나는 그를 올려다보았다. 모래 빛 머리칼 틈으로 햇빛이 반짝였다.

"여행자인가요?" 그가 말했다.

48

낯선 사람들이
베푼 친절

키 큰 백인 남자는 '여행자'라는 단어를 썼다. 어렴풋이 짐작은 갔으나 그의 질문을 정확하게 이해할 수 없었다. 그동안 커피하우스의 웨이터들과 안면을 트게 된 나는 영어와 중국어를 할 수 있는 웨이터를 불렀다. 그가 우리의 말을 통역했다.

"사람들 대부분은 하루나 이틀 정도만 머물지요." 키 큰 남자가 말했다. "당신은 나처럼 여러 주 동안 여기 있군요. 사업차 왔나요? 그저 궁금해서 물어보는 겁니다."

백인이 나에게 말을 건 것은 이번이 처음이었다. 그의 눈은 옅은 푸른색이었고 다듬어진 모래 빛깔 턱수염에는 회색이 섞이기 시작했다. 그가 나보다 더 수줍어하는 것 같았다. 영어로 대화를 나누기는 어려웠다. 단어를 생각해 낼 수 없었다. 나는 그에게 손짓을 하고 휴대폰의 한영 번역 기능을 켰다.

우리는 서서히 그리고 당황스러운 웃음과 중단을 되풀이하면서 대화를 이어나갔다. 나는 그에게 라오스에 불법 입국했다는 이유로 지금 감옥에 갇혀 있는 다섯 명의 탈북자를 도우려는 남한의 자원 봉사자라고 말했다. 매우 놀란 것 같았던 그의 눈에서 고통의 빛이 보였다. 단어를 추가로 검색하여 라오스 정부가 거액의 벌금을 요구하고 있다고 말했다.

"얼마나?" 그가 물었다.

"한 사람당 700달러. 미국 돈으로요."

그는 턱수염을 긁으며 잠시 거리 쪽을 바라보았다. 그러더니 여기서 잠시 기다리라고 하는 듯한 손짓을 했다. 전화를 걸어야겠다는 제스처도 했다. 그는 카페의 반대쪽 구석으로 가서 전화를 걸더니 몇 분 후에 돌아왔다. 그리고 내 평생에 상상조차 하지 못했던 일이 일어났다. 그가 내 휴대폰을 두드려 문자를 입력했다.

한국말로 다음과 같은 내용이었다. '방금 호주에 있는 친구에게 전화했어요. 의논한 끝에 당신을 돕기로 했습니다.'

방어 심리가 고개를 들었다. 어째서? 왜 이 백인 남자가 만나 본 적도 없는 한국인들의 문제에 갑자기 관심을 가지는 거지?

나는 단서를 찾으려고 그의 얼굴을 살폈다. 그의 동기가 성적인 것은 아니라고 생각했다. 그랬다면 그의 눈에서 알아볼 수 있었을 것이다. 나는 생각했다. '아마도 결국 지키지는 못하겠지만 나를 위로하려는 말을 하려나 보다.' 괜한 희망을 품어서는 안 된다고 자신에게 타일렀다.

"감사합니다." 내가 영어로 말했다. 그는 나의 의심을 알아챈 듯했다.

그가 내 휴대폰을 다시 두드렸다. '태국 여행 중에 북한 여자 두 명을

만났습니다. 그들의 이야기가 내게 큰 감동을 주었지요.'

그는 다시 여기서 기다리라는 손짓을 했다.

나는 그가 길을 건너 현금 지급기로 걸어가는 모습을 지켜보았다. 그는 두툼한 녹색 지폐 다발을 들고 돌아왔다. 놀랍게도 그는 수백 달러의 미국 돈을 내 손에 쥐어 주었다. '이건 벌금의 일부입니다. 나머지는 내일 찾을게요.'

내가 꿈을 꾸고 있는 것일까? 나는 방금 무슨 일이 일어났는지를 이해하려 애쓰면서 동시에 감사의 말을 전해야 한다고 생각했다.

휴대폰과 웨이터 통역의 도움으로 그는 자신이 2년 동안 동남아시아를 둘러보는 여행 중이라고 설명했다. 내일 태국으로 떠날 예정이었지만, 내가 원한다면 기꺼이 남아서 도울 것이며 감옥에도 같이 가 주겠다고 했다.

"물론입니다." 마침내 그의 말을 이해한 내가 말했다.

이 같은 친절과 타인을 위한 배려에 항복할 수밖에 없었다. 다음에 든 생각은 이 인상적인 남자와 함께 가면 혼자서 교도소장을 대면하지 않아도 된다는 것이었다.

"좋습니다." 그가 말했다. "내가 묵고 있는 게스트하우스로 옮기면 어떨까요? 거기서는 대화하기가 더 쉬울 겁니다. 내일 아침에 같이 감옥으로 가지요." 그는 자신의 선의를 내가 오해하지 않도록 매우 조심스럽게 말했다.

나는 말없이 고개를 끄덕였다.

"괜찮으시면 나중에 저녁 식사를 함께 하지요." 그가 말했다. "가방을 챙겨 오세요."

"네." 내가 멍한 상태로 말했다.

그가 손을 내밀었다. "내 이름은 딕 스톨프입니다. 호주의 퍼스에서 왔고요."

나는 그와 악수를 했다. 그때까지 그의 이름조차 묻지 않았다. 돌아서 걸어가려는 그를 불러 세웠다. 더듬거리는 영어로 말했다. "왜 나를 도와주세요?"

"나는 당신을 돕는 게 아닙니다." 그가 당황한 듯한 미소를 보였다. "북한 사람들을 돕는 겁니다."

나는 그의 뒷모습을 지켜보았다.

밖으로 나오자 놀라운 일이 일어났다. 내가 거부당한다고 느꼈던 이 나라의 모든 잠겨 있던 아름다움이 갑자기 열렸다. 나무에서 나는 재스민 향기를 맡을 수 있었다. 태양과 웅장한 흰 구름도 나에게 축하를 보내고 있는 것 같았다. 방금 온 세상이 바뀌었다.

딕의 게스트하우스는 내가 머물던 곳보다 훨씬 좋았다. 그는 이미 베푼 친절에 더해서 예상치도 못했지만 나의 숙박비까지 내 주었다. 나처럼 가장 작은 일에도 먼저 비용을 계산하면서 평생을 살아온 사람에게 그 같은 관대함을 받아들이기는 쉽지 않았다. 내가 할 수 있었던 것은 감사하다는 말이 전부였다. 그는 단 한 번도 그 어떤 반대급부를 요구하지 않았다. 평생을 살면서 어떠한 연관성이나 채무 관계가 없는데도 그토록 사심 없이 관대함을 베푸는 사람을 경험해 본 적이 없었다. 만약 우리가 라오스에서 만난 혜산 출신의 외로운 북한인 두 명이었거나 노인들의 무리 속에 있는 젊은이 두 명이었다면 그 같은 충동을 이해할 수 있었을 것이다. 그러나 딕의 친절은 나이, 인종, 언어와 무관했다. 돈이 별로 중요한 문제가 아닐 정도로 부자일지도 모른다는 생각이 들었지만 나중에야 그가 부자가 아니라는 사실을 알게 되었다.

저녁 식사 자리에는 딕 외에도 다섯 사람이 더 합석했다. 50대의 독일인 커플, 다큐멘터리 영화를 제작하는 중년의 중국 여성, 젊은 태국 여자와 그녀의 독일인 남자 친구였다. 모두가 영어로 대화를 나눴다. 대화를 이해하기가 매우 힘들었지만 신경 쓰지 않았다. 혼자가 아니라는 사실에 말로 표현할 수 없는 안도감을 느꼈다. 영어를 배워야겠다는 결심도 했다. 영어는 세계의 공용어였다. 나는 서울을 떠나 온 이후 처음으로 웃을 수 있었다.

딕과 나는 감옥에 가기 위해 스쿠터를 빌렸다. 우리는 과일, 음식, 그리고 담요를 챙겼다.

그는 감옥에 있는 여자가 내 어머니이고, 남자는 내 동생이며, 나 자신도 북한 사람이라는 사실을 알지 못했다. 그러나 설사 그가 알았더라도 아무것도 달라질 것은 없었다. 나는 딕에게 내 신분에 관한 진실을 털어놓고 싶었다. 그는 진실을 알 자격이 있었다. 그러나 북한 사람으로서의 가면은 너무도 오래된 습관이어서 벗어 던지기가 어려웠다.

나는 그가 스쿠터를 모는 동안 그를 붙잡고 있었다. 그는 중간에 현금 지급기에서 멈추어 벌금의 나머지 액수를 인출했다.

인간의 본성에 관한 나의 가장 기본적인 가정이 뒤집혔다. 북한에서 나는 어머니에게 가족 외의 사람을 신뢰하는 것은 위험하다고 배웠다. 중국에서는 10대 시절부터 살아남기 위해 신분을 감추는 거짓말을 하면서 교활함에 의지해 살았다. 선양에서는 단 한 번 사람들을 믿었다가 경찰의 심문을 받았다. 나는 인간이란 이기적이고 천박한 존재라고 생각해 왔고, 실제로 자신의 이익을 위해 타인의 삶을 파괴하면서 만족하는 나쁜 사람들이 많다는 사실도 알고 있었다. 다른 인간에 의해서 가축처럼 인신매매된 사람들도 있었다. 나는 그 같은 세상에 익숙했다. 평생을 살면서 사심 없는 친절을 경험한 적이 너무 드물어서 그런 일이 있을 경우 생생하게 기억에 남겼으며 정말 이상한 행동이라고 생각하곤 했었다. 딕의 행동은 나의 삶을 바꿔 놓았다. 그는 나에게 선함 말고는 다른 이유 없이 인간이 타인을 돕고, 냉담함이 표준이 아니라 오히려 특이함이 되는 세계가 있다는 것을 보여 주었다. 딕은 마치 가족이나 오랜 친구인 것처럼 나를 대했다. 지금까지도 나는 그의 동기를 완전히 이해하지 못한다. 그러나 그를 만난 날부터 나에게 세상은 덜 냉소적인 곳이 되었다. 나도 다른 사람들에게 따뜻함을 느끼기 시작했다. 자연스러운 것 같았지만 이전에는 한 번도 경험해 보지 못한 느낌이었다.

김 목사는 비엔티안으로 가는 길에 있는 수많은 검문소를 주의하라고 경고했다. 자동차로 비엔티안까지 가는 데는 18시간이 걸리며, 다시 감옥에 갇히거나, 벌금을 맞을 위험이 있을 정도로 독립적으로 통치되는 세 개의 성을 통과해야 했다. 그는 경찰차를 고용해 비엔티안까지 가라고 조언했다. 좋은 생각 같았다. 제복을 입은 이민 경찰이 우리를 데려간다면 보호받을 수 있을 것이다.

이민 경찰 책임자는 그렇게 하는 것이 가능하다면서 터무니없는 금액을 요구했다. 나는 돈이 없다고 호소하여 내 가족과 다른 북한 사람 세 명까지 합해서 여섯 명에 대해 1인당 150달러로 요구액을 깎았다. 그러나 여전히 돈이 충분치 않았다.

다시 한 번 딕이 돈을 치러 주었다.

* * *

경찰은 딕이 우리와 함께 비엔티안으로 갈 수 없다고 했다. 딕은 자기가 함께 있으면 우리를 보호하는 데 도움이 된다고 생각해서 같이 가겠다고 주장했지만 그들은 요지부동이었다. 결국 다음 날 아침에 딕은 스쿠터를 빌려서 경찰차를 따라 교도소로 왔다. 신형 토요타인 경찰차는 최소한 편안하기는 했다.

나는 밖으로 인도된 다섯 명의 죄수 중에서 몇 주 만에 처음으로 민호를 보았다. 매우 창백한 민호의 얼굴에는 여드름이 가득했다. 그러나 나를 본 민호는 마치 아무것도 불만이 없다는 듯이 활짝 웃었다. '용감한 내 동생.' 나는 생각했다. 용감한 남자의 누나라는 사실이 자랑스러웠다.

이제는 일행 모두 딕이 누구이며 어떤 일을 해 주었는지 알고 있었다. 그들은 차례로 딕의 손을 잡고 아직도 믿기 어려운 감사의 마음으로 고개를 숙였다.

나이 든 부인은 가까스로 영어로 말했다. "정말 고맙습니다."

경찰차가 시동을 걸고 출발 준비를 마쳤다.

딕은 태국으로 간다고 했다. 그는 자신의 전화번호와 이메일 주소를 적어 주고 마지막으로 깜짝 놀랄 만한 선물을 주었다. 집으로 돌아갈 비행기 표를 살 돈이었다. "이 돈은 나보다 당신에게 더 필요해요." 그는 내가 제대로 감사 인사를 하기도 전에 작별 인사를 했다. 스쿠터에 다리를 걸치고 떠나가면서 소리쳤다. "내가 필요하면 연락해요."

나의 천사는 나타났던 것만큼이나 갑작스럽게 사라졌다.

우리 여섯 명은 고위 경찰관 한 명, 감옥의 통역, 운전을 맡은 경찰관과 함께 비엔티안으로 출발했다. 합의한 대로 비엔티엔으로 가는 동안에 그들 세 명의 식사비용을 내가 부담해야 했다. 우리가 점심과 저녁 식사를 위해서 멈추었을 때 그들은 게걸스럽게 먹어 댔다.

김 목사가 경고한 대로 비엔티안으로 가는 길에는 검문소가 많았다. 그러나 우리가 탄 경찰차는 매번 무사히 통과하여 엄청난 안도감을 안겨 주었다. 우리는 마호가니 나무와 작고 그림 같은 마을이 있는 구릉지역을 통과했다. 차의 창문은 바람이 들어오도록 열려 있었으며 모두가 자유의 냄새를 맡으면서 숨을 깊이 들이쉬었다.

민호는 내가 쿤밍에서 작별 인사를 한 후 무슨 일이 있었는지 말해 주었다. 미스터 팽은 그들을 국경 근처의 언덕 아래로 인도했다. "내가 데려다 줄 수 있는 곳은 여기까지야." 그가 말했다. "국경은 언덕 너머에 있어." 민호는 그가 알려 주는 방향을 주의 깊게 들었다. "똑바로 계속 가면 작은 빈집이 나와. 안에 남자가 있을 텐데 그 사람을 따라가면 돼."

캄캄한 어둠 속에 갑자기 홀로 남겨진 어머니와 민호는 충격을 받았다. 그들은 언덕을 오르기 시작했다. 지형은 곧 무성한 정글로 바뀌었고 보슬비가 내리기 시작했다. 대단히 미끄러웠고 따라갈 수 있는 길도 없었다. 손이 긁히고 피가 날 때까지 나뭇가지와 덩굴을 붙잡고 몸을 끌

어울려야 했다. 칠흑 같은 어둠 속에서 가고 있는 방향도 모른 채, 두 사람은 이제 언덕이 아니라 산처럼 보이는 곳에서 위쪽으로 똑바로 나아가려 애썼다. 어머니에게는 너무도 벅찬 일이었다. 민호가 없었다면 길을 잃고 죽었을 것이라고 어머니가 말했다.

몇 시간 후에 산의 반대편으로 거의 다 내려간 두 사람 앞의 어둠 속에서 형체 하나가 나타났다. 풀숲에 웅크리고 있던 남자가 일어서 길을 막았다. 민호는 그의 제복에서 반짝이는 배지를 볼 수 있었다. 그는 한 손을 들어 돈을 의미하듯이 손가락을 비볐다. 그러고는 수갑 찬 두 손을 흉내 내는 몸짓을 했다. 돈을 주지 않으면 체포하겠다는 뜻이었다.

민호는 내가 준 돈을 나누어 다른 주머니에 넣어 두었다. 300위안을 꺼냈다. "노." 그 남자가 영어로 말했다. 민호는 500위안을 더 주었다. 그 남자는 미소를 지으며 그들을 놓아주었다.

잠시 후에 기적과도 같이 두 사람은 브로커가 말했던 빈집을 찾았다. 무성한 숲속에 숨어있는 집이었다. 정말로 한 남자가 기다리고 있었다. 그는 어머니와 민호에게 자라는 몸짓을 하더니 판지를 펼쳐 깔고 거기에 누웠다. 두 사람은 그가 잠자는 모습을 지켜보았다. 어머니는 그가 가난해 보인다고 생각했다.

날이 새자 그는 어머니와 민호를 툭툭에 태워 버스 정류장으로 데려갔다. 버스 하나를 가리키며 타라고 했다. 같이 탈 줄 알았던 그 남자는 사라졌다. 다시 한 번 둘만 남겨진 어머니와 민호는 자신들이 어디로 가는지도 알 수 없었다.

"브로커의 동료가 분명히 버스를 타고 있겠지." 민호는 어머니를 안심시키려 애쓰며 말했다. "필요한 때가 되면 나타나겠지."

사실은 브로커의 동료인 경찰관은 다음번 검문소에서 기다릴 예정이었다. 그러나 계획에 차질이 생기는 바람에 버스가 도착했을 때 그는 검문소에 없었다. 체포되어 수갑을 찬 어머니와 민호는 경찰차에 태워졌다. 그런 일을 이제야 알게 돼 차라리 다행이었다. 수갑을 찬 엄마의 모습은 생각만 해도 견디기 어려웠을 것이다. 민호는 간수들을 도와 죄수들을 통제하는 갱단에게 감옥에서 남은 돈을 빼앗겼다.

우리는 이른 아침에 비엔티안에 도착했다. 내가 상상했던 수도의 모습은 아니었다. 고층 건물이 늘어선 모습은 찾아볼 수 없었다. 거의 전부가 무성한 열대 수목 사이에 있는 나지막한 건물이었다. 건물보다 녹지가 많아 보였다. 깃발을 게양한 관공서처럼 보이는 큰 건물들이 모여 있고 초목이 무성한 거리로 들어섰다. 나는 이곳이 대사관 구역이라고 생각했다. 남한 국기를 찾으려고 전방을 주시했다.

우리는 라오스어로 표기된 현판이 있는 건물 앞에 멈추었다. 남한 국기는 보이지 않았다.

"여기가 어디죠?" 내가 통역에게 물었다.

"비엔티안 이민국입니다." 그가 대답했다. "내립시다."

즉각 경계심이 들었다. "왜요?"

"그저 절차입니다. 오후에 남한 대사관에서 사람이 올 겁니다." 교도소장과 거래하는 과정에서 나는 통역과 친밀한 관계가 되었고 서서히 그의 동정심을 얻게 되었다. 그는 다른 사람들보다 점잖고 정직해 보였다. 나는 그가 고위 경찰관과 오랜 대화를 나누는 것을 지켜보았다. 통역은 우리가 곧장 남한 대사관으로 갈 것이라고 말했었다. 그는 고위 경찰관의 말이 마음에 들지 않는 것 같았다.

"무슨 일이죠?" 내가 말했다.

"걱정하지 말고 내리세요."

가방을 챙겨 밴에서 내린 우리는 이민국 건물 2층으로 인도되었다. 가방을 구석에 두고 앉아서 말없이 기다렸다. 불안한 느낌이 들었다. 잠시 후에 이민국 관리가 들어오더니 내 이름을 불렀다. "따라 오세요."

나는 어머니와 민호에게 잠시 후에 돌아오겠다고 말했다. 북한 여자 한 사람은 내게 세면도구를 사다 달라고 부탁했다.

"그저 몇 가지 질문이 있을 뿐입니다." 복도를 걸어가면서 관리가 말했다.

"일행과 헤어지고 싶지 않아요."

"괜찮아요. 내가 당신을 다시 데려다 줄 겁니다."

그는 나를 에어컨이 가동되는 회의실로 인도했다. 녹색 제복을 입은 관리 네 명이 기다리고 있었다. 이민국장으로 소개된 사람은 립스틱을 칠한 40대 중반의 여자였다. 그녀의 견장에는 금빛별이 있었다. 그녀가 라오스 말로 입을 열었다. 제복을 입은 관리 하나가 중국어로 통역했다.

"우리가 왜 당신을 심문하는지 압니까?" 그녀가 냉담하게 말했다.

"모릅니다."

"당신이 범죄자이기 때문이오."

49

셔틀
외교

입을 열었으나 말이 나오지 않았다. 처음 든 생각은 이것이 터무니없는 오해거나 아니면 내가 방을 잘못 찾아왔다는 것이었다.

나는 앉아 있는 관리들을 둘러보았다. 모두가 나를 지켜보고 있었다.

"내가 왜 범죄자입니까?"

"당신과 일행인 북한 사람들은 불법으로 우리나라에 입국했습니다." 그녀가 말했다. "그들은 범죄자들이오. 당신은 그들을 도왔고."

이 건물에 멈추었을 때부터, 망명 신청 전에 다시 한 번 우리에게 바가지를 씌우려는 시도가 예상되었기에 분노가 끓어오르기 시작했었다. 결국 가족을 범죄자로 매도하는 말을 들었을 때 나의 분노는 폭발했다.

나는 소리쳤다. "범죄자라고요? 그들은 범죄자가 아닙니다! 그들이 사람을 죽였습니까? 강도질을 했나요? 이 나라에서 강도를 많이 만났지만 그들은 모두 경찰이었습니다! 이 사람들은 망명을 신청하려는 난

민입니다."

여자는 냉정함을 잃지 않았다.

"그들은 불법으로 여기 왔습니다. 그런 사실을 간과할 수는 없어요. 당신은 그들을 도왔고."

나는 평정심을 되찾으려 애썼으나 여전히 분노를 억누를 수 없었다. "내가 라오스에 온 것은 이번이 처음입니다. 그저 그들이 망명 신청을 할 수 있도록 돕고 있을 뿐이고요. 직업적으로 하는 일도 아니에요. 나는 브로커가 아닙니다."

두려움이 위장을 찌르는 느낌이 들었다. 방금 분노를 폭발시키면서 '가족'이라는 말을 했던가? 확실치 않았다. 이제 와서야 나는 경찰관 미스터 박이 어머니와 민호가 내 가족이라는 사실을 아무에게도 말하지 말라고 했던 것을 기억했다. 이 여자가 나 또한 북한 사람이라는 사실을 깨달으면 남한 여권의 보호를 잃게 될 것이다.

"당신이 여기 처음 왔다는 것은 알아요." 그녀가 말했다. "그러나 당신은 여전히 범죄자입니다."

내 마음이 혼란스럽지 않았다면 그동안 겪은 라오스의 관료주의에 비추어 볼 때 아마도 벌금을 부과할 만한 혐의를 내가 인정하기를 그녀가 내심 바랐다고 짐작했을 것이다. 그러나 내가 범죄자들을 도운 범죄자라는 혐의를 인정하지 않았기 때문에 벌금 문제로 이야기를 이어 나가지 못했다. 내가 분명하게 그녀를 짜증나게 했다는 것도 도움이 되지 못했다.

"당신은 감옥에 갈 수도 있어요."

"나는 자원 봉사자일 뿐입니다." 내가 휴대폰을 꺼내면서 말했다. "남한 대사관에 전화 하겠어요."

"아무에게도 전화할 수 없습니다."

그녀는 관리 한 사람에게 손짓했다. 그가 내게로 와서 휴대폰을 빼앗았다.

"여기는 라오스요." 그녀가 말했다. "여기서 당신네 대사관은 아무 힘도 없어요."

휴대폰을 빼앗은 관리가 여권도 빼앗아 갔다. 내줄 수밖에 없었다.

여자는 다른 관리들과 잠시 라오스말로 대화를 나눈 뒤에 말했다. "일단은 가도 좋습니다. 내일 아침에 와요. 다시 이야기합시다."

나는 일행이 기다리던 방으로 돌아갔다. 그들은 그곳에 없었다. 내 가방 말고는 모든 가방이 보이지 않았다. 곧바로 회의실로 돌아갔다.

나는 다시 소리치고 있었다. "그들을 어디로 보냈죠?"

"호텔로 갔소." 중국말을 하는 관리가 말했다. 여자 상사는 내게 등을 돌리고 있었다. "지금 당신이 할 수 있는 일은 아무것도 없어요."

아래층으로 내려오니 건물 로비에 아무도 없었다. 점심시간이었다. 사람이 없는 접수 데스크 양쪽으로 긴 복도가 이어져 있었다. 근처에 아무도 없기에 한쪽 복도로 들어서 방마다 일일이 들여다보았다. 다른 쪽 복도 끝에는 철문이 달린 감방이 줄지어 있었다. 하나 빼고는 모두 닫혀 있었다. 문이 열린 감방을 들여다보았다. 춥고 축축한 콘크리트 냄새가 났다. 벽은 검은 곰팡이로 얼룩졌고 천장은 똑바로 서기가 불가능할 정도로 낮았다. 가축우리 같았다. 설마 이런 곳에 있지는 않겠지? 닫힌 문들 뒤에서는 아무 소리도 나지 않았다.

2층에서 들을까 봐 염려되어 '엄마! 민호야!'라고 소리칠 수도 없었다.

밖으로 나오자 찌는 듯이 더운 거리에는 사람이 별로 없었다. 손님을 기다리는 오토바이 택시를 발견하고 영어와 몸짓을 섞어서 기사에게 남한 대사관으로 데려다 달라고 했다. 몇 분 후에 남한 국기가 보이는 대사관에 도착했지만 정문 경비원은 점심시간이 지난 후에 다시 오라고 했다.

앉아서 쉴만한 곳을 찾으며 거리를 따라 내려갔다. 플라타너스 그늘 밑은 조금 시원했다. 그때 바로 왼쪽 길 건너편에 다시 쳐다보게 만드는 깃발이 눈에 띄었다. 불과 몇 미터 거리를 두고 북한대사관이 보였다.

나는 그날 두 번째로 터무니없는 상황에 빠진 느낌이 들었다. 동독과 서독은 이미 오래전에 다시 통일되었다. 북과 남의 베트남도 마찬가지였다. 왜 지구상에서 유일하게 우리 민족만이 역사 속으로 사라진 기이한 분단의 고통을 겪어야 하는가? 왜 내 가족이 우리를 환영하지 않는 이 머나먼 나라에서 분단의 대가를 치러야 하는가? 나는 그 두 깃발 사이의 거리에 내 삶 전체가 가로놓여 있다는 생각을 하면서 인적이 없는 거리에 말없이 서 있었다.

"환영합니다." 영사가 말했다. "여기 오는 한국인 여행자는 많지 않아요." 그는 나를 회의실로 안내했다.

나는 다섯 사람을 데리고 루앙 남타에서 왔으며 그들이 지금 비엔티안 이민국에 구금되어 있다고 설명했다. "우리는 곧바로 여기로 올 줄 알았어요."

"예." 그는 안경 밑의 콧잔등을 문질렀다. "루앙 남타의 이민국 사무소에서 북한 사람 다섯 명이 오고 있다는 통보를 받았습니다. 그런데 당신은 그들과 무슨 관계지요?"

"한 달 전에 영사님께 전화했었습니다. 기억하세요? 내 가족이 루앙 남타의 감옥에 갇혀 있다고 말했지요. 영사님은 대사관에서 문제를 처리할 테니 나보고 떠나라고 했습니다."

"아, 예." 그는 약간 놀란 듯한 눈길을 보냈다. "떠나지 않았나요? 이렇게까지 해내실 줄은 상상도 못했습니다. 그것도 혼자서? 한 달 사이에? 정말 놀랍습니다."

그것은 아이가 그린 그림에 관심을 보이려 애쓰면서 지루해하는 삼촌의 말처럼 들렸다.

"대사관 직원이 오후에 이민국에 온다고 들었습니다." 내가 말했다. "다음 단계는 뭐죠?"

그는 사과한다는 듯이 희미한 미소를 지었다. "우리 마음대로 갈 수는 없습니다. 그들이 부를 때까지 기다려야 해요."

"하지만 그들은 다섯 명의 북한 사람을 억류하고 있습니다. 내 여권과 휴대폰도 빼앗았어요. 그들에게 그럴 권한이 있나요?"

"우리는 여기서 힘이 없습니다. 그들에게 이래라저래라 할 수 없어요. 하지만 일이 어떻게 돌아가는지 알아볼 수는 있을 겁니다."

이 여행의 고비 고비에서 내가 희망을 보았다고 생각할 때마다 실망이 굳건하게 앞길을 가로막았다. 나는 떠나려고 일어서면서 어머니에게 들었던 이야기를 해 주었다. 며칠 전에 붙잡힌 북한 사람 열두 명이 어머니와 민호가 떠나기 직전에 루앙 남타 교도소로 끌려 왔다는 이야기였다.

"물론 벌써 알고 있겠지요."

"아니, 몰랐습니다." 그는 마치 황당하지만 사실인 이야기를 들은 것처럼 말했다. "알아봐야겠군요."

나는 얼마나 많은 북한 사람들이 이 남자가 무언가 해 주기를 기다리면서 이 나라의 감옥에 갇혀 있는지 궁금해졌다.

다음 날 아침에 하급 외교관 한 사람이 비엔티안 이민국을 찾아가는 나와 동행했다. 지나고 나서 보니까 좋은 생각이 아니었다. 그날의 회동은 양국 간의 정상 회담이 열린 듯한 분위기였다. 회의는 국기가 늘어선 넓은 회의실에서 열렸다. 번쩍이는 긴 탁자 너머에 여자 책임자를 포함하여 제복을 입은 관리 다섯 명이 앉아 있었다.

그녀는 라오스 말로 회의를 진행했으며 내가 불법적인 외국인을 도운 범죄를 저질렀다는 입장에서 한 치도 물러서지 않았다. 1300달러의 법정 벌금을 물지 않으면 감옥에 가게 될 것이라고도 했다.

"그 여자는 정말로 당신에게 화가 났습니다." 외교관이 나에게 속삭였다. "당신이 극도로 무례하다고 했어요."

나는 전술적 실수를 저질렀음을 깨달았다. 외교관을 데려옴으로써 문제 전체를 한 단계 격상시켰던 것이다.

이민국 관리들에게 지갑을 보여 주면서 나의 곤경을 설명했다. 서울로 돌아가기 위한 항공료가 충분치 않다는 걸 알고 딕이 주었던 800달러가 남아 있었다. 여자는 남은 돈 전부를 받고 여권과 휴대폰을 돌려주었다.

"다시는 이런 식으로 우리나라에 오지 말아요." 그녀가 말했다. "그때는 브로커로 투옥될 겁니다. 하지만……." 그녀는 내가 지금까지 본 것

중에서 가장 무성의한 미소를 지으며 말했다. "관광객으로는 와도 좋습니다."

그녀의 뺨을 때리고 싶었다.

"당신의 비자를 24시간 연장했어요." 그녀가 말했다. "내일 이 시간 이후에도 여기 있으면 우리가 당신을 체포할 겁니다. 알았어요?"

"지금 당장이라도 당신네 나라를 떠나고 싶습니다." 내가 말했다. "하지만 비행기 표를 살 돈이 남지 않았어요."

그녀는 입을 꼭 다물었다. '내 알 바 아니야.'라는 듯이.

건물을 나오면서 남한 외교관은 어머니와 민호, 그리고 나머지 북한 사람 세 명이 다음 날에 대사관으로 인계될 것이라고 나를 안심시켰다. 그 뒤에는 모두 서울로 갈 수 있을 것이다. 그는 며칠이면 된다고 했다.

사람은 믿고 싶은 것만 믿는 경향이 있다는 말이 있다. 나야말로 그의 말을 믿고 싶었다. 너무도 반가운 이야기였다. 나는 그에게 진심으로 감사했다. 물론 추가적인 질문을 통해서 그의 말이 사실인지를 확인했어야 했지만 나에게는 당면한 걱정거리가 있었다.

"여기를 떠날 비행기 표를 살 돈이 남지 않았어요. 대사관에서 돈을 좀 빌려줄 수 있을까요?"

그는 자동차에 오르면서 유감스럽게도 돈을 빌려주는 것은 대사관의 정책이 아니라고 말했다.

나는 어리석게도 그에게 다시 한 번 감사를 표했다. 나는 가족의 시련이 거의 끝나가는 상황에 너무 감사해서 몇 분 동안 홀로 길거리에 서 있은 뒤에야 내가 무일푼이고 갈 곳도 없으면서도 그가 자동차를 몰고 사라졌다는 사실을 깨달았다. 나중에 국제법에 따라 대사관이 자국민을 보호할 의무가 있다는 사실을 알게 되었을 때, 나는 비엔티안에 있는 남한 대사관의 태도를 이해하기가 매우 어려웠다.

나는 어찌할 바를 몰랐다. 길거리에서 잠을 자야 할지도 모른다고 생각했다. 휴대폰을 켜자 바로 벨이 울렸다. 딕이었다. 그가 신과 같은 존재로 느껴지기 시작했다. 서툰 영어로 상황을 설명하자 그는 돈을 더 보내겠다고 했으나 나는 아니라고 했다. 그는 이미 너무 많은 것을 베풀어 주었다. 나 스스로 방도를 찾아야 했다.

나는 한동안 거리를 배회했으나 김에게 도움을 청하는 것밖에 다른 방도가 없음을 알고 있었다. 딕에게 도움을 요청하는 것보다도 하기 힘든 일이었다. 궁핍하고 절망적인 나의 처지를 그가 알게 되는 것을 내 자존심이 원치 않았다. 우리 사이에 가로 놓인 신분의 간극을 확인시켜 주는 일이었다. 그에게 혐오감을 주게 되지 않을까 두려웠다. 나는 돈을 송금해 준 그에게 다시 한 번 빌리는 것이며 한 푼도 남김없이 갚겠다고 말했다. 나는 이날 태어나 처음으로 공원의 벤치에서 잤다. 숙소에 투숙할 돈이 없었기 때문이다.

다음 날 아침에 나는 라오스를 떠났다.

12월 첫 주였다. 아열대의 라오스에서 맑고 추운 날씨의 서울로 돌아왔다. 하늘은 푸르고 높았으며 아파트 창문 안쪽에 깃털 같은 성에가 낄 정도로 공기가 차가웠다. 즉시 옷을 사야 했다. 내 겨울옷은 쿤밍에서 어리둥절한 택시 기사에게 모두 주었다.

그날 저녁에 김의 아파트에서 그의 니트 스웨터를 입고, 커피를 마시고, 재즈 음악을 들으면서 그동안의 이야기를 했다. 갑작스럽게 안락하고 안전한 다른 우주로 돌아와서 이 우주를 떠난 일이 없는 김이 내가 겪은 일들을 이해하려 애쓰는 모습을 보니 현실이 아닌 듯한 느낌이 들었다. 김은 연속된 재난과 그것을 극복하도록 해 준 뜻밖의 행운에 관한 이야기에 머리를 흔들면서 오랜 시간 침묵을 지켰다. 그는 딕 스톨프에게 크게 감명 받았다.

"그런 사람을 만나다니" 그가 말했다. "그런 순간에, 그런 곳에서? 믿을 수 없는 이야기로군. 넌 정말 운이 좋은 여자야."

"오빠가 있었던 것도 행운이었어." 내가 말했다.

우리가 듣던 재즈 음반이 끝났다. 침묵이 방안을 채웠다.

예상보다 훨씬 더 오래인 두 달 동안 떠나 있었기 때문에 대학 입학 시험과 면접을 보지 못했다. 1년 후에야 다시 지원할 수 있었다. 나는 전혀 신경 쓰지 않았다. 어머니와 민호가 서울에서의 삶에 적응하도록 돕는 것만으로도 너무 바쁠 것이라고 생각했다.

돌아온 다음 날 비에티안의 남한 대사관으로 전화를 걸었다. 원하는 서비스에 해당하는 이런저런 버튼을 누르라고 영어로 말하는 자동 응답기가 대답했다. 하루 종일 시도했지만 사람과는 통화할 수 없었다. 다음 날도 그 다음 날도 마찬가지였다. 그러나 크게 걱정하지 않았다. 오늘이라도 어머니와 민호가 도착할 수 있다고 기대했으며 그들이 일단 NIS의 조사 절차를 통과하면 그들과 한동안 연락할 수 없다는 걸 알고 있었다. 그렇더라도 비엔티안의 외교관으로부터 확인을 받았으면 했다.

3주 동안 아무런 소식을 듣지 못한 나는 불안했다. 김은 라오스에서는 모든 일이 빨리 진행되지 않는 게 정상이라며 나를 안심시키려 했다. 마침내 4주 후에 내 휴대폰에 알 수 없는 번호의 전화가 걸려왔다. 라오스의 국가코드인 856이 붙은 번호였다. 들려오는 목소리가 아주 희미했다.

"누나?"

"민호니?"

"그래, 나야."

"아직도 대사관에 있니?"

"이거 빌린 전화야. 끊고 다시 걸어줄래?"

민호는 왜 속삭이고 있을까? 곧바로 다시 전화를 걸었다. 벨이 한 번 울리기도 전에 민호가 전화를 받았다.

"나 지금 폰통 교도소에 있어."

50

자유를 위한
오랜
기다림

아파트가 내 주위로 빙빙 돌아가는 것 같았다. 전화기를 너무 꼭 움켜 쥐는 바람에 손톱이 손바닥을 파고들었다.

"뭐라고?"

"외국인을 가두는 곳이야." 민호가 말했다. "루앙 남타의 감옥보다 훨 씬 커."

나는 다시 암흑 속으로 곧장 내던져지는 악몽에 빠져들었다. 입술이 떨리기 시작했다. 그러나 동생의 목소리는 침착했다. 마치 새로 입학한 학교를 설명하는 것 같았다.

"여기는 백인도 있고, 흑인도 있어. 현지인만 없어."

"전화는 누구 거니?"

"여기 있는 중국인 친구에게 빌린 거야." 민호가 속삭였다. "전화 소 지는 규칙 위반이야."

나는 손에 얼굴을 묻었다. "왜, 도대체 왜, 네가 남한 대사관에 있지 않은 거니? 다음 날 너를 데려오겠다고 그들이 말했는데."

"대사관? 대사관 사람은 본 적이 없어."

민호는 내가 이민국을 떠난 후에 관리들이 자신과 어머니, 다른 일행을 1층에 있는 감방으로 끌고 갔다고 설명했다. 그렇다면 그들은 복도 끝에 있었던 곰팡이 핀 콘크리트 감방에 갇혀 있었던 것이다. 며칠 후에 그들은 폰통 교도소로 옮겨졌다. 어머니도 그곳의 여성 구역에 갇혀 있었다. 민호는 몇 주 동안 햇빛을 보지 못해서 피부가 아주 하얘졌다고 했다. 그럼에도 목소리는 쾌활했다. 나는 신체적 불편과 어려움을 견디는 민호의 능력에 감탄했다.

"여기에는 남한 사람도 두 명 있어. 한 사람은 필로폰을 판 죄로 5년형을 살고 있어. 또 한 사람은 라오스에서 사업상의 문제가 생겼나 봐. 우리가 북한에서 왔다는 이야기를 듣고 자기들 돈으로 외부 음식을 사 주고 엄마와 다른 사람들을 위해서 여자 감방에도 보내 주었어. 그들은 여기 있은 지 오래되었지만 나를 격려해 주었어. 걱정 말라고 하더라고. 많은 북한 사람이 절차를 거쳐서 남한 대사관으로 보내진다고 했어. 그게 정상적인 절차래. 누나. 걱정하지 마. 우리는 괜찮을 거야."

민호와 중국인 친구는 영국과 가나에서 온 두 사람과 같은 감방에 있다고 했다. 영국 남자는 대마초를 소지한 혐의로 장기형을 살고 있었다. 이름이 존인 그는 매우 친절하다고 했다.

"이거 알아, 누나? 나 영어를 배우고 있어!"

그 말에 참았던 눈물이 터져 나왔다. 나는 눈물과 콧물이 흘러내리도록 울었다. 눈물을 흘리면서 간신히 말했다. "네가 여기 오면 영어로 대화할 수 있겠구나."

민호는 감방에 갇힌 처지에도 불구하고 자신만의 독특한 방식으로 새로운 세계의 발견을 즐기고 있었다. '가장 밑바닥에서 시작하기.' 나는 동생이 너무도 자랑스러웠다. 민호는 몇 달 또는 몇 년 동안 감옥에 갇힐 수 있는 처지에서도 의기소침하지 않았다. 자기 삶의 다음 단계인 미래를 바라보고 있었다.

이제 최소한 왜 그 참사관이 황급히 차를 몰아 사라진 이유를 이해하게 되었다. 그는 내 가족이 하루 이틀 안에 나올 수 있다는 의도적인 거짓말을 했다. 통상적 절차를 알고 있었지만 내가 떠나지 않으면 더 많은 문제를 일으킨다고 생각했던 것이다. 하지만 시련이 머지않아 해피 엔딩으로 끝나기를 기대할 수 있는 이유도 있었다. 이제 생각해 보니 라오스 이민국의 책임자인 여자가 나에게 화를 냈을 때조차도 어머니와 민호가 북한 대사관에 넘겨지거나 중국으로 송환된다는 그 어떤 암시도 없었다.

어머니와 민호는 비엔티안의 폰통 교도소에서 두 달을 더 머문 후에 민호의 감방 친구들이 예상한 대로 남한 대사관에 인계되었다. 두 사람은 대사관의 보호 시설에서 다시 3개월을 보내면서 라오스 정부가 탈북자들에게 느려터지게 내 주는 출국 허가를 기다리고 있었다.

마침내 내가 라오스에서 돌아온 지 6개월도 더 지난 2010년 늦은 봄에 나는 서울의 국정원에서 온 전화를 받았다. 전화를 건 요원은 최근에 도착하여 조사를 받고 있는 탈북자 중에 내 어머니와 동생이라고 주장하는 사람이 있다고 말했다.

그 말을 듣는 순간 풀려 버린 긴장감과 요원의 진지한 말투 때문에 터져 나온 웃음을 멈출 수 없었다. 나는 그에게 사과하려 했다. 고맙게도 그가 말했다.

"천천히 하세요. 많이 안심되시겠죠."

어머니와 민호가 도착했다.

이제 끝났다.

51

작은 기적의
연속

망명을 신청한 탈북자 중 간첩이 발견된 이후로 새로 시행된 법에 따라 가족에 대한 국정원의 조사는 내가 받을 때보다 오랜 시간이 걸렸다. 어머니와 민호는 석 달간 심문을 받은 후에 하나원으로 옮겨져 다시 석 달을 보냈다. 두 사람과 함께 라오스에 억류되었던 여자들도 같이 도착했다. 안타깝게도 그 모든 우여곡절 끝에 여기까지 온 나이든 여자는 암으로 세상을 떠났다.

어머니와 동생이 하나원에서 나오기를 기다리던 중에 상하이에서 노트북 화면에 알몸으로 나타났던 상냥한 화상 채팅녀 신서의 느닷없는 연락을 받았다. 연락하려 애썼지만 바뀐 내 이름 때문에 찾기가 힘들었다고 했다. 내가 한국에 온 지 얼마 지나지 않아서 그녀도 서울에 왔다는 말에 나는 흥분했다. 집으로 오라고 했다. 그러나 문을 열었을 때 현관에 서 있는 여자는 비디오 채팅에서 본 여자가 아닌 낯선 사람이었다. 함정일지도 모른다는 생각이 마음을 스쳤다. 우리 중에 보위부의 스파이나 암살자가 있다는 소문이 탈북자 사회에 돌고 있었다.

그녀는 혼란스러워하는 나를 재미있어 했다. "나야, 신서." 손뼉을 치며 웃었다.

나는 그녀의 목소리를 알아들었다. 그녀는 눈, 이마, 코, 입술, 가슴 등 전면적인 성형 수술을 받는데 2만 달러를 썼다고 설명했다. 그녀의 변모가 마음에 들지 않았던 남한의 남자 친구는 관계를 끊었다고 했다.

내가 가족을 북한에서 데려온 이야기를 하자 그녀의 눈에서 빛이 사라졌다. 아무 말 없이 생각에 잠겨 있었다. 그녀도 나처럼 거의 육체적인 고통을 느낄 정도로 가족을 그리워했다. 자기도 가족을 데려오고 싶지만 거기에 따를 위험이 두렵다고 했다. 그녀는 나보다 훨씬 더 심한 고통을 겪었다. 많은 북한 여자들처럼 신서는 탈북을 도와줄 브로커로 가장한 인신매매범의 손에 떨어졌다. 그녀는 자신이 가난한 중국 농부의 신부가 아니라 성인 비디오 채팅 업자에게 팔린 게 그나마 다행이었다고 생각했다. 나는 근수와의 결혼이 18세의 나이로 내 인생이 맞이한 최악의 일이라고 생각했던 때를 떠올리면서 얼굴이 붉어졌다.

어머니와 민호가 하나원에서 나오기 1주일 전에 김과 오래 미뤄두었던 대화를 나누기로 했다. 더 이상 미루고 싶지 않았다. 나는 곧 가족과 함께하게 된다. 새로운 삶이 시작될 참이었고 김이 그 삶의 일부가 되지 못할 것을 알았다. 그간의 경험은 나를 현실주의자로 만들었다. 그가 부모의 뜻을 거역하고 나와 결혼하기를 바라는 로맨틱한 바보가 되고 싶지 않았고 기대하지도 않았다. 그는 가족을 실망시키는 일은 할 사람이 아니었다. 잃어버린 사랑을 애타게 그리워하는 삶은 TV 드라마에나 어울리지 나에게는 맞지 않았다. 이제 어머니와 민호가 새로운 삶에 적응하도록 돕는 것이 나에게 가장 중요한 일이었다. 앞으로 나아가야 했다.

"우리에게 미래가 있다고 생각되지 않아." 내가 말했다. 그는 내 어조에서 그날 저녁에 아파트를 찾아온 이유를 짐작한 것 같았다.

길고 무거운 침묵 끝에 그가 말했다. "나도 알아. 당신 말이 맞아. 우리 가족을 설득하기는 어려울 거야."

우리는 한동안 소파에 앉아 도시의 소음을 들으며 서로 쳐다보고만 있었다. 그렇게 큰 슬픔을 느끼리라고는 미처 예상하지 못했다. 정말로 안타까운 일이었다. 우리는 서로 정말 많이 사랑하고 존중했다. 체육관에서 돌아온 그는 몸매가 드러나는 운동복을 입고 있었다. 아름답고 친절한 남자였다. 그러나 나와 마찬가지로 그의 미래는 자신의 과거, 자신의 가족과 밀접하게 연결되어 있었다. 그것은 분리된 운명을 의미했다.

"그렇다면 할 말이 별로 남지 않았네." 울지 않으려면 이 대화를 빨리 끝내야 했다.

"그래." 그가 말했다.

나는 그에게 따뜻한 미소를 보였다. "친구로서 헤어져."

그와 포옹을 나눈 뒤, 무너져 내리는 모습을 보이기 전에 나는 아파트를 떠났다.

이틀 뒤에 나는 지하철 계단 꼭대기에서 어머니와 민호를 초조하게 기다리고 있었다. 장백에서 우리의 드라마가 시작된 지 거의 1년이 흘렀고, 라오스에서 두 사람을 마지막으로 본 지 9개월이 지난 2010년 8월이었다. 나는 어머니와 동생의 모습이 보이자 계단을 뛰어 내려가 두 사람을 부둥켜안았다. 마침내 두 사람은 자유로운 대한민국 국민이 되었다. 다만, 어머니와 민호가 '자유'에 얼마나 잘 대처할지가 나의 걱정거리였다.

"너는 2주일이면 모두 끝난다고 했었지." 어머니의 첫마디였다. "이렇게 길고 고생스러운 여행이 될 줄 알았다면 네 말을 들었을 것 같지 않구나."

"어쨌든 지금 우리 모두 여기 있잖아." 내가 말했다. "중요한 건 그거야. 민호야. 네 모습을 봐. 마지막으로 보았을 때는 너무 말랐었는데 지금은 너무 뚱뚱해."

실제로 민호는 훨씬 더 건강해 보였다.

"천만에." 활짝 웃는 민호의 얼굴에서 아버지의 모습이 보였다.

"배가 고파. 뭐 좀 먹자."

어머니와 민호는 주변의 모든 것을 살폈다. 지하철은 우리 가족을 시청 근처의 붐비는 지역에 내려놓았다. 두 사람의 감각은 세계에서 가장 현대적인 도시의 모습과 소리에 사로잡혀 있었다. 서울은 주목을 끌기 위해 경쟁하는 네온사인과 고객을 유혹하는 광고판으로 빛나는 도시다. 북한 사람 그 누구도 상상할 수 없을 정도로 많은 자동차가 거리를 메우고 있다. 사방으로 오가는 사람도 많았다. 어머니에게 이들은 말은 알아들을 수 있지만 패션, 태도, 자신들 틈에 섞여 탈 없이 살아가는 수많은 외국인에 대한 무관심 같은 것을 이해하기 어려운 현대인들이었다. 어머니는 모든 곳에서 활기와 번영의 모습을 보았다.

나는 옥희를 불러내 설렁탕집으로 갔다.

"많이 먹어, 엄마." 내가 말했다. 어머니의 연약해 보이는 모습이 걱정스러웠다. 하나원을 나온 어머니가 편안하고 건강한 모습이기를 기대했었다.

"거기 있는 동안 스트레스가 너무 심해서 잘 먹지도 못했어." 어머니가 말했다.

우리는 식당이 문을 닫을 때까지 마음껏 수다를 떨었다. 내내 어머니와 민호의 손을 잡고 있었던 나는 너무나 행복했다. 10년도 넘게 이 같은 광경을 상상했었다.

어머니가 자유세계에서 보낸 처음 며칠은 작은 기적의 연속이었다. 어머니는 따라가려고 애를 썼다. 길거리 음식을 파는 가판대가 몰려 있는 동대문에서 내가 돈을 찾은 현금 인출기를 본 어머니는 얼어붙었다. "알 수 없는 일이구나." 어머니는 체구가 아주 작은 직원이 그 기계 속의 작은 공간에 웅크린 채 빠른 속도로 돈을 세고 있다고 생각했다. "창문도 없이 거기 갇혀 있다니 불쌍하기도 하지."

"엄마." 나는 웃음을 터뜨렸다. "이건 기계야."

내가 준 교통카드도 어머니를 혼란에 빠뜨렸다. 우리가 버스를 타고 내가 일러준 대로 어머니가 카드를 판독기에 대자 "환승입니다"라는 여자 목소리의 기계음이 나왔다. 요금이 이미 치러졌다는 뜻이었다.

"대답해야 하니?" 어머니가 큰 소리로 물었다.

나중에 어머니는 거리에서 보이는 아이들이 남한의 사회주의 청년단 비슷한 단체의 소속인지를 물었다.

"아니, 왜 그런 말을 해?"

"서로 이렇게 경례를 하잖니." 어머니는 손바닥을 들어 보였다.

"엄마, 그건 하이파이브라는 거야."

저녁 식사 후에 산책을 나갔던 어느 날 저녁에 어머니는 말했다. "전부 허튼 소리는 아니었구나."

"뭐 말이야, 엄마?"

"이 모든 자동차와 불빛. 불법 남한 TV 드라마에서 보긴 했지만 언제나 선전이라고 생각했지. 도시의 모든 자동차를 드라마 촬영하는 거리에 모아 놓았다고." 어머니는 머리를 흔들었다. "정말 놀랍구나."

52

죽을 각오가
됐어

나는 그해 2010년 9월에 대학교의 입학 허가를 받아 이듬해 봄에 중국어 및 영어 학부 과정을 시작할 예정이었다. 민호는 자신의 아파트를 얻었다. 어머니는 나의 학업을 지원하기 위해 일거리를 찾았다. 혜산의 정부 관청에서 일했던 특권적인 경력이 서울에서는 아무 소용이 없었기 때문에 작은 모텔에서 청소부로 일하게 되었다. 어머니는 모텔에서 숙식을 제공받았고 매달 하루 정도 일을 쉬었다. 나이가 들고 고된 육체노동에 견디지 못했던 어머니는 일을 시작한 지 몇 주 만에 침대 시트를 갈다가 척추 디스크가 어긋나면서 고통 속에 쓰러졌고 얼마 후에 수술을 받아야 했다.

남한에서의 새로운 삶을 위한 어머니의 용감한 시도가 흔들리기 시작했다. 민호 역시 마찬가지였다.

남한에 있는 북한 사람 2만 7000명이 떠나온 삶에는 두 부류가 있다. 박해와 굶주림이 전부였던 비참한 삶과 그리 나쁘지 않았던 괜찮은 삶이 그것이다. 첫 번째 부류의 사람들은 빠르게 적응한다. 새로운 삶이 아무리 힘들더라도 떠나온 삶보다는 낫기 때문이다. 그러나 두 번째 부류의 사람들에게는 서울에서의 생활이 훨씬 더 벅찼다. 그들은 흔히 자신이 남겨놓고 온, 국가가 중요한 일을 대신 결정해 주고 치열한 경쟁 속에서 살아갈 필요가 없는 단순하고 질서 정연한 삶을 그리워했다.

혜산을 떠나기 전에 자신이 사망한 것으로 서류 처리를 해 두었던 어머니는 그래도 돌아갈 수도 있다는 생각에서 키다리 이모에게 돈을 맡겨놓고 왔다. 형제자매가 너무도 그리웠던 어머니는 일을 끝내고 나면 밤마다 울었다. 아편 삼촌에 관한 오래된 이야기, 가난한 삼촌의 고난, 예쁜이 이모의 사업 수완 같은 이야기들을 끊임없이 회상하기 시작했다. 그러더니 결국 어느 날 밤에 말을 꺼냈다.

"고향으로 돌아가고 싶다."

"엄마." 내가 가장 두려워했던 말이었다. "안 돼. 그들이 어떻게 할지 알잖아."

"나는 죽을 각오가 됐어." 태연하게 허공을 응시하면서 어머니가 말했다. "죽더라도 고향에서 죽고 싶다."

"그런 말 하지 마."

"나는 햇빛을 보지도 못한다." 겨울이어서 어머니가 일을 위해서 일어날 때와 일을 마칠 때는 어두웠다. "이러려고 내가 여기 왔니? 여기서는 아무 의미도 미래도 없어."

우리는 몇 달 동안 이 같은 대화를 이런저런 식으로 되풀이했다. 어머니는 내가 탈북을 설득한 것이 잘못이었다고 비난한 적은 한 번도 없었지만 나는 끔찍한 실수를 저질렀다고 느끼기 시작했다. 우리는 목숨을 건 엄청난 위험을 감수하고 막대한 비용과 노력을 들인 끝에 함께 모일 수 있었다. 그러나 나의 좋은 의도에도 불구하고 어머니는 지금 비참한 상태였다. 어머니는 끔찍한 딜레마에 직면했다. 고향으로 돌아가기를 갈망했지만 그렇게 되면 다시 나와 헤어져야 했다.

처음에는 인내심을 가지라고 어머니를 격려했다. 이곳의 삶에 적응하는 일이 쉽지는 않겠지만 결국에는 성공할 것이라고 말했다. 그저 시간이 좀 더 필요할 뿐이었다. 그러나 북에서 죽고 싶다는 말이 나오기 시작하자 나는 어머니의 뜻을 무시할 수 없었다.

나는 무거운 마음으로 진정으로 돌아가길 원한다면 안전하게 돌아갈 수 있도록 돕겠다고 어머니에게 말했다. 몇 주 동안 거기에 따를 위험을 저울질해 보았다. 그 모든 역경을 헤쳐 나온 후에 이제는 어머니를 다시 북한으로 돌아갈 수 있도록 인도하기 위한 방법을 찾으려 애쓰고 있다는 사실이 믿어지지 않았다. 그러나 어머니가 결심을 굳혔다면 달리 무슨 선택이 있겠는가?

북으로 돌아가는 여행은 서울로 오던 우리의 긴 여행처럼 힘들지는 않아 보였다. 남한 관광객 신분으로 손쉽게 장백의 북중 국경으로 갈 수 있고, 거기서 어머니를 데리고 강을 건널 브로커를 고용할 수 있을 것이다. 그러나 어머니가 돌아가서 그간의 행적을 들키지 않을 수 있다는 확신, 정말로 절대적인 확신이 있어야 했다.

나는 잠을 이루지 못한 채 침대에 누워 베이지색 서울 하늘을 올려다보았다. 정말로 이 일을 해야 할까?

"엄마." 다음 날 나는 말했다. "중국에 있었다는 사실을 그들이 알게 되면 엄마를 체포해서 두들겨 팰 거야. 게다가 여기에 왔었다는 것도 알게 되면……." 그 다음은 말할 필요가 없었다. 우리 모두 어머니의 운명이 어떻게 될지 알고 있었다. 어머니의 눈을 들여다보았다.

"엄마의 계획이 어떻게 성공할 거라고 생각해?"

"성공할 거야." 어머니가 말했다. "기록을 다루는 관청의 누구에게 뇌물을 주어야 할지 정확하게 알고 있는데 괜찮은 사람이야. 그러고는 예쁜이 이모가 나를 다른 도시로 이사하도록 도와주겠지. 내가 떠났었다는 사실을 알 사람은 아무도 없을 거야."

그로서 이야기는 끝난 것 같았다. 민호는 몹시 불만스러워했다. 민호도 엄마만큼이나 고향을 그리워했다. 자신도 적응에 어려움을 겪던 민호는 엄마까지 잃기를 원치 않았다.

나는 그 다음 주에 어머니의 여행을 준비하기 시작했다. 그러나 날짜와 세부 사항을 의논하려 하자 어머니는 내면적 갈등에 사로잡힌 것처럼 말수가 적어졌다.

한편으로 나는 민호에게 대학에 가도록 설득하려 애썼다. 민호는 안절부절못하고 불만에 가득 찬 상태였다. 민호가 범죄에 빠질까 봐 나는 두려웠다. 밀수는 북한에서도 불법이긴 했지만 경찰이 고개를 끄덕이며 눈감아 주고 비공식적으로 사회적 인정을 받는 사업이었다. 그러나 남한 사회에서는 그런 일이 허용되지 않았다. 민호는 대학에 간다는 생각을 두려워했다. 내가 대학 이야기를 꺼낼 때마다 풀이 죽는 것 같았다. 민호가 북한에서 받은 교육은 아무 소용이 없었기 때문에 또래의 학생들보다 여러 해 뒤쳐질 수밖에 없었다. 나는 1년 동안 잘 생각해 보라고 했다.

이미 건설 현장에서 일자리를 얻었던 민호는 특유의 근성을 발휘하여 열심히 일한 덕분에 몇 주 만에 팀 리더로 승진했다. 그러나 민호는 6개월 뒤에 일을 그만두었다. 대학에 가겠다고 했다. 민호의 말에 크게 기쁘고 안도했던 나에게 곧바로 더 좋은 소식이 이어졌다.

"돌아가지 않으련다." 어느 날 아침 어머니가 느닷없이 말했다.

나는 어머니의 마음이 흔들리고 있다고 짐작했었고, 그런 생각이 뿌리를 내리기를 바라면서 조용히 기다리고 있었다.

"너와 네 동생이 너무 보고 싶을 것 같아." 어머니가 말했다. "돌아가면 이모와 삼촌, 조카들은 만날 수 있겠지만 너희가 너무 그리워서 더 고통스러울 것 같구나."

그날 밤 어머니는 내 아파트에 머물렀다. 다음 날 어머니가 일하러 간 후에 나는 비통한 눈물을 흘렸다. 어머니를 남은 인생 동안에 상실감과 회한을 느껴야 하는 처지에 빠뜨렸다는 생각이 안도감을 퇴색시켰다. 어머니에게 이렇게 만든 게 바로 나라는 사실을 절실하게 깨달았다. 나는 분명히 그들을 위해서 남한으로 데려오는 옳은 일을 했음에도, 정말 그 길이 우리 가족에게 옳은 선택이었는지는 아직도 헷갈린다.

어머니와 민호가 서울에서 자유롭게 살게 된 지도 9개월이 지난 2011년 봄이 찾아왔다. 두 사람 모두 새로운 삶에 정착하고 현실에 적응하기 시작했다고 생각될 무렵에 우리를 다시 한 번 갈라놓을 뻔했던 또 한 편의 드라마가 펼쳐졌다.

그동안 민호는 약혼녀인 윤지와 다시 연락을 취했고 정기적으로 전화 통화를 하고 있었다. 그녀를 포기하지 않았던 민호는 많은 대화를 통해서 남한으로 오도록 설득하려 애썼으며, 브로커들과 함께 그녀를 중국으로 데리고 나오기 위한 복잡한 준비를 진행하고 있었다. 나는 민호를 말리지 않았다. 그런 일에 따르는 위험을 잘 알고 있었지만 민호의 결심은 확고했다.

민호는 여권을 신청하고 중국 방문 비자를 얻은 후에 윤지를 데리러 중국으로 갔다. 그러나 민호가 장백에 도착했을 때 윤지가 마음을 바꿨다. 그녀는 부모에게 문제를 안겨 주기를 원치 않는다고 했다.

며칠 후 내가 대학에 처음 등교한 날 민호가 전화를 걸어 왔다. 화창하고 아름다운 봄날이었다. 내 학과가 있는 건물을 찾으려고 지도를 들여다보면서 캠퍼스를 가로지르던 중이었다.

"나 지금 장백에 있어." 꿈속에 있는 것처럼 민호의 목소리가 이상하게 들렸다. "강 건너 혜산을 바라보고 있어."

"그렇게 가까이 가면 안 돼. 누가 너를 알아볼지도 모르잖아."

"누나, 이 말하기가 정말 미안한데, 나 돌아갈 거야."

"하나도 재미없다."

"오늘 머리를 깎고, 청바지도 버리고, 북한 사람처럼 보이는 바지를 샀어."

혈관의 피가 얼어붙는 것 같았다. "뭐라고? 언제?"

"지금. 지금 강을 건너 돌아갈 거야."

나는 소리쳤다. "민호야, 그러면 안 돼."

"윤지의 어머니가 모든 일을 처리해 주기로 했어. 내가 떠난 일이 전혀 없는 것처럼 처리될 거야."

나는 생각을 집중하려 애썼다. 민호를 막아야 했다. 엄청난 긴장감이 느껴졌다.

"민호야, 내 말 들어 봐. 한 번 건너가면 다시는 돌아올 수 없어. 그걸 생각해."

"서울에서는 미래가 없어." 민호가 말했다. "대학을 감당할 수 있을지도 모르겠어. 혜산에서는 윤지와 결혼할 수 있고 돈을 버는 방법도 알고 있지."

"너는 여기 온 지 얼마 되지 않았고 아직도 두려우니까 확신을 갖지 못하고 있어. 하지만 한두 해 지나면 괜찮을 거야."

민호는 말이 없었고, 무슨 일이 일어나지 않기를 바랄 때의 버릇인 숨을 들이쉬는 소리가 들렸다.

"민호야, 너는 내 동생이야. 이제 다시 너를 잃을 수는 없어. 너는 우리 가족의 유일한 남자야. 엄마를 생각해 봐. 엄마는 어떻게 되겠어? 우리는 지옥 같은 여행을 했고 그 여행은 아직 끝나지 않았어. 어렵겠지만 극복할 수 있어. 너와 나는 아직 젊잖아. 무슨 일이든 할 수 있어. 여기까지 오는 데 얼마나 힘들었는지 생각해 봐. 하지만 우리는 해냈어. 그걸 내던져버리겠다는 거야?"

"윤지는 어떻게 하고?" 나지막하고 슬픔에 찬 목소리로 민호가 말했다.

우리 세 사람 모두가 직면한 딜레마였다. 어떤 결정을 내리든 사랑하는 누군가와 영원히 이별해야 했다.

"윤지는 괜찮을 거야." 나는 이 일의 배경에는 남한에서 자신에게 관심을 두는 여자를 아무도 찾지 못할 것이라는 민호의 두려움이 깔려 있을지도 모른다고 생각하면서 단호하게 말했다. "여기도 여자는 많아. 누나에게 친구들이 있어. 소개해 줄게. 그들은 네가 나의 영웅이라는 것을 알고 있어."

"어쩌면."

"아니면 우리가 함께 미국에 갈 수도 있지. 학위를 따고 미국으로 가는 거야. 한국에는 불확실성이 있지만 미국은 자유의 나라야."

"미국이라고? 도대체 내가 왜 거길 가?"

"민호야, 우리는 무슨 일이든 할 수 있어. 어디든지 갈 수 있고. 우리는 자유인이야. 마음만 먹으면 할 수 있어."

나는 어떤 설득을 해서라도 민호를 서울로 귀국하는 비행기에 태워야 한다고 생각했다. 우리는 이 같은 대화를 한 시간이 넘도록 계속했다. 민호가 서서히 현실로 돌아왔다. 나는 그동안 내내 수다를 떨고 자전거를 밀면서 옆으로 지나가는 학생들 속에서 사각 정원을 맴돌고 있었다.

"언제나 혜산의 강변길을 생각했어." 민호가 말했다. "내가 하는 일을 알고 있었던 때가 그리워."

"알아."

"하지만 누나 말이 맞아. 돌아갈게. 다시 해 볼게."

민호가 전화를 끊었다. 나는 벤치를 찾아 주저앉았다. 온몸이 떨리고 있었다. 추락하는 비행기를 간신히 되돌린 조종사 같은 심정이었다.

53

자유로운
정신의
아름다움

가족이 도착한 지 얼마 지나지 않아서 옥희가 나에게 탈북자들의 영어 실력을 돕는 PSCORE People for Successful Corean REuniification(한국의 성공적인 통일을 바라는 사람들)라는 단체를 소개해 줬다. 그곳에서 나는 영어 스피킹 훈련을 하면서 PSCOR의 직원인 상희 언니와 많은 시간을 같이 보내게 되었다. 그녀의 영어 실력은 매우 훌륭했다. 나는 그런 그녀가 좋았다. 어느날 그녀와 나는 불금을 보내기 위해 한국의 대학생들에게 인기 있고, 흥겨운 음악이 울려 나오는 술집과 클럽들이 있는 홍대 근처에서 식사를 했다. 도착해 보니 젊은 서양인 세 명도 있었다. 저녁 식사 자리에서 나는 서양인 한 사람 옆에 앉게 되었다. 라오스에서 딕 스톨프를 만난 이래로 나의 서양인에 대한 관심이 훨씬 더 커졌다. 서양인 중에 딕처럼 놀라운 사람이 소수에 불과하더라도 그런 사람들을 더 만나고 싶었다. 그리고 옆에 앉았던 남자의 멋진 모습에 반했다는 사실도 고백해야겠다. 금발과 갈색 눈을 가진 그는 친절하고 겸손한 태도를 보였다. 나이는 20대 중반쯤으로 보였다.

브라이언이라고 자신을 소개한 그는 내가 어디 출신인지를 물었다.

"혜산이라는 도시." 나는 마치 누구나 혜산이 어디인지를 알 것이라는 투로 말하고 그가 턱을 긁는 모습을 재미있게 지켜보았다.

"혜산, 혜산." 그가 중얼거렸다. 그는 혜산이 지도상에서 어디에 있는지 생각해 내려 애썼다. "이상하군요. 나는 이 나라를 꽤 잘 아는데."

"혜산은 북한에 있어요." 내가 말했다. "중국 가까이."

그는 놀란 표정으로 나를 돌아보았다. "농담이겠죠." 나는 그가 처음으로 만난 북한 사람이었다.

그 남자는 위스콘신에서 왔다고 했다. 멍한 내 표정을 보더니 그가 덧붙였다. "미국의."

우리는 그날 저녁 나머지 시간에 깊은 대화를 나눴다. 나는 그가 모든 것에 대해 매우 개방적이고 정직해서 놀랐다. 그의 말에는 교활함이나 얼버무림 같은 게 없었다. 방어적이거나 자신의 신분을 의식하는 태도도 없었다. 나는 이 낯선 사람에게 완전한 편안함을 느꼈다.

"당신은 몇 살인가요?" 그가 웃으면서 되물었다.

"스물다섯." 즉각적이고 반사적인 거짓말이 튀어 나왔다. 나는 순간적으로 모든 손익을 계산하는 냉소적인 모드로 돌아갔었다. 오랜 동안 신분에 대해 거짓말을 하던 습관에서 나온 것이기도 했다. 나는 그에게 더 매력적으로 보이도록 몇 년을 깎았다. 우리가 다시 만나리라는 상상도 못했고 죄의식도 느끼지 않았다.

예상하지 못했던 일은 브라이언이 내게 전화를 해 주었고 데이트를 시작했으며, 몇 달 동안 만난 후에는 진지한 관계가 시작되었다는 것이다. 작은 거짓말이 이제는 중요한 문제가 되었다. 나는 견딜 수 없을 때까지 그에게 진실을 털어놓는 것을 미루었다. 그러나 문제를 극복해야 했다.

"브라이언, 사과할 일이 있어." 어느 날 함께 거리를 걸어가면서 내가 말했다. "당신에게 거짓말을 했어. 나는 스물다섯 살이 아니야. 서른 살이야."

"오." 그는 어리둥절한 표정으로 나를 보았다. "상관없어. 하지만 당신이 언제나 나에게 정직해도 된다는 사실을 알았으면 해. 나는 당신을 심판하지 않을 테니까."

브라이언은 내게 유머러스하면서도 비판적인 자세로 그 어떤 일도 당연한 것으로 받아들이지 않는 자유로운 지성을 처음으로 보여 준 사람이었다. 덕분에 나도 이전과 다른 사고방식을 갖게 되었다. 그는 더 넓은 세계가 북한의 고통에 관심을 갖고 있으며 또한 잘 알고 있다는 사실을 깨닫도록 해 주었다. 그의 태도는 나에게 탈북자를 깔보는 남한 사람들의 편견(미국이었다면 결코 없었을)에 맞설 수 있는 용기를 주었다. 내가 아는 탈북자 대부분은 낮은 사회적 지위가 드러나는 게 두려워서 자신의 신분을 숨겼다. 그러나 내가 신분을 숨긴다면 나는 사람도 아니었다. 안전하게 가족과 함께 있는 지금 나에게는 숨길 게 없었다.

그러나 브라이언은 또한 예상치 못했던 문제를 나에게 안겨 주었다. 내가 맞서야 했던 것은 남한 사람들의 편견만이 아니었다. 일부 탈북자들의 편견 또한 바꿔야 했으며, 그중에는 나와 아주 가까운 사람들도 있었다.

어머니와 민호는 내가 누군가와 로맨틱한 관계를 시작했다고 짐작했다. 두 사람은 그 남자를 만나고 싶어 했으며, 내가 이런 저런 변명을 늘어놓으면서 이름조차 알려 주지 않는 이유를 궁금해 했다. 어느 날 나는 그들도 이제 알아야 할 때가 되었다고 생각했다. 결국 충격 요법이 최선이라는 결론을 내렸다.

그리하여 한 식당에서 브라이언을 소개받은 어머니와 민호는 북한의 선전에서 매도되던 양키 늑대와 마주 앉게 되었다. 우리는 말없이 앉아 있었다. 여느 때 같으면 모범적인 예절을 보여 주었을 어머니는 그를 보고 입을 딱 벌렸다. 어머니와 동생은 충격을 받았고 불쾌해 보였다. 그들이 무슨 생각을 하는지 알 수 있었다. 북한에서 흔히 들을 수 있는 말이 있다. "늑대가 양이 될 수 없듯이 미 제국주의자들은 탐욕스러운 본성을 바꿀 수 없다." 내가 통역을 했다. 짧고 고통스러웠던 저녁 식사가 끝난 후에 브라이언은 예의를 갖추는 한도 안에서 최대한 빨리 자리를 떴다. 어머니는 혼잣말을 계속 되풀이 했다. "내가 너무 오래 살았나 보다. 살다 살다 미국놈이랑 같이 밥을 먹는 날이 오다니."

나중에 민호는 처음 본 순간부터 브라이언이 싫었다고 했다. 그는 미국 놈이었다. 미국의 개자식.

나는 어머니와 동생을 불쾌하게 만든 것을 미안하게 생각하지 않았다. 브라이언은 그들의 경멸을 받을 이유가 없었으며 오히려 점잖고 친절했던 그에게 미안했다. 그러나 어머니나 민호와 말다툼을 해 보았자 소용이 없다는 것도 알고 있었다. 그들은 북한을 떠난 지 몇 달밖에 되지 않은 사람들이었다. 신념 중에는 하룻밤 사이에 바뀔 수 없는 것이 있다.

나는 서서히 탈북자들을 변호하고 북한의 인권 침해를 고발하는 공개적 발언을 시작했다. 그 시작은 영국대사관에서 열린 행사에서 했던 3분가량의 발언이었다. 내 인생에서 큰 전환점이 되었다. 다음날 〈월스 리트저널〉에 나에 대한 이야기가 실리면서 세상에 서서히 알려지기 시작했다. 나중에는 탈북자들이 초라하고 불쌍한 사람들이라는 일반적 인식을 바꿔 준 종편 TV의 예능 프로그램 '이제 만나러 갑니다'의 초창기 멤버로 출연하기도 했다.

나는 인권에 관해 깊이 생각하기 시작했다. 북한에서 압제자와 피해자의 구별이 불분명하게 된 중요한 이유 중 하나는 북한 사람 누구에게도 인권에 관한 개념이 없기 때문이었다. 자신의 권리가 침해당하고 있다거나 자신이 타인의 권리를 침해하고 있다는 것을 알려면 우선 자신에게 그런 권리가 있다는 사실과 그것이 어떤 권리인지부터 알아야 한다. 그러나 비교 대상으로 삼을 다른 세계에 관한 정보가 없는 북한에서는 그런 인식이 존재할 수 없다. 이는 또한 대부분의 탈북자가 자유를 갈망해서가 아니라 굶주림이나 고통 때문에 북한을 탈출하게 되는 이유이기도 하다. 중국에 숨어 있는 많은 탈북자는 남한으로 간다는 생각조차 하기를 주저한다. 그들은 그런 행동이 조국과 위대한 지도자의 유산에 대한 배신이라고 생각한다. 북한 주민들에게 자신의 권리, 개인의 자유와 민주주의에 관한 인식이 생긴다면 평양의 정권은 끝장이 날 수밖에 없다. 통치자 김정일 단 한 사람만이 완전한 인권을 누리고 있다는 사실을 사람들이 깨닫게 될 것이다. 그는 북한에서 사상의 자유, 발언의 자유, 이동의 자유, 고문당하지 않고 투옥되지 않고 재판 없이 처형되지 않을 자유와 최고의 의료 혜택과 식량을 제공받을 권리를 누리는 유일한 인물이다.

공교롭게도 내가 이 같은 생각을 하고 있던 시기에 그 어느 탈북자도 예상하지 못했던 일이 일어났다.

2011년 12월 17일 저녁에 어머니와 내가 TV를 보고 있을 때 지도자 김정일의 사망을 알리는 뉴스가 나왔다. 제정신이 아닌 듯한 북한의 뉴스 앵커는 인민의 대의를 위해 평생을 헌신한 김정일이 "과도한 정신적·육체적 중압감" 때문에 개인 전용 열차에서 사망했다고 말했다.

충격에 빠진 나는 어머니를 돌아보았다. 우리는 환호성을 질렀다. 어머니는 손바닥을 들어 올려 나와 하이파이브를 했다. 바로 옥희의 전화가 왔다. 우리는 축하하고 싶었다. 그리고 바로 남한 친구에게 전화해서 아직 결혼하지 말고 기다리라고까지 말했다. 북한에 가서 예쁜 내 친구를 그에게 소개해 주겠다고. 순진하게도 북한에 곧 엄청난 변화가 일어날 것이라고 생각했다.

우리는 김정일의 사망 소식이 믿어지지 않았다. 그의 나이는 70세에 불과했다. 우리 모두 김정일이 최소한 10년은 더 살겠다고 생각했었다. 평양에는 그의 장수를 위한 과학연구소까지 있었다. 김정일에게는 세계 최고 수준의 건강관리와 음식이 제공되었다. 그가 먹는 쌀 한 톨까지 결점이 없는지 검사를 거쳤다. 그러나 며칠 후에 북한 주민들이 냉혹한 독재자를 위해 강요된 울부짖음을 쏟아 내는 모습을 보면서 우리의 들떴던 기분은 사그라졌다. 김정일은 한국 역사상 최악의 사건 중 하나였던 대기근을 완화시키기 위한 업적이 거의 없을 정도로 형편없는 통치자였다. 그러나 자신의 관점에서 보면 큰 성공을 거둔 사람이기도 했다. 그는 절대 권력을 누렸고, 평화롭게 죽었으며, 막내아들인 김정은에게 권력을 넘겨주었다.

브라이언은 내 삶을 안정시켰다. 나는 평온함을 느꼈고 덜 산만해졌다. 공부에 집중했으며 학업, 특히 영어에 자신감을 갖기 시작했다. 탈북자들을 대변하는 발언을 계속하던 나에게 상상할 수도 없는 일이 일어났다. 전 세계적인 인재 발굴 과정을 통해 테드 컨퍼런스TED Conference의 초청 연사로 선택되었던 것이다. TED는 기술Technology, 교육Education, 디자인Design을 의미하며 폭 넓은 청중에게 흥미로운 아이디어를 전파하기 위한 컨퍼런스를 매년 개최한다. 그리고 테드는 세계적으로 괄목할만한 역할을 하는 세계적인 리더들이 모두 섰던 무대였다. 나는 많은 청중 앞에서 내 이야기를 하기 위해 2013년 2월에 캘리포니아로 날아갔다.

놀랍게도 나의 강연은 전 세계 사람들로부터 엄청나게 긍정적인 반응을 얻었다. 가장 고무적인 몇몇 메시지는 내가 사랑하지만 또한 극심한 고난을 안겨 주었던 중국에서 왔다. 많은 사람들이 북한과 공모하여 탈북자들을 사냥하는 자국 정부에 대해 부끄럽게 생각하는 마음을 전했다. 반역자라거나 더 심한 말로 비난하는 메시지도 받았다. 브라이언은 웃어넘기면서 나도 똑같이 대응하면 어떻겠느냐고 했다.

2014년 4월, 나는 북한의 수용소에서 살아남은 사람과 함께 UN의 북한 인권 청문회에서 증언하기 위해 뉴욕으로 초청받았다. 위원회 증언 후에 북한의 반인륜적 범죄에 대한 국제적 비난 여론이 높아지자 북한의 정권도 마침내 나를 주목하게 되었다. 북한의 중앙통신은 흉내 내기 어려운 독특한 말투로 다음과 같이 주장했다. "언젠가는 전 세계가 이들이 범죄자임을 알게 될 것이다. 서방은 이 같은 테러리스트들을 초청하여 증언하도록 했다는 사실을 깨닫고 부끄러움을 느끼게 될 것이다."

나는 그 같은 허풍 뒤에 있는 북한 정권의 두려움을 느꼈다. 독재 체제는 강하고 단합된 것처럼 보일 수 있지만 언제나 겉모습보다 약하다. 활발한 토론과 논쟁이 가능한 민주주의와는 달리 독재 체제는 단 한 사람의 변덕에 좌우된다. 독재자는 유일하게 자신에게만 허용되는 진실과 공포에 의존하여 통치하기 때문이다. 그렇더라도 나는 김정은의 독재 체제가 조만간 붕괴될 정도로 허술하다고는 생각하지 않았다. 유명한 북한학자인 러시아의 안드레이 란코프의 말처럼 권력을 유지하기 위해서라면 사람을 얼마든지 죽일 용의가 있는 정권은 매우 오랫동안 존속할 수 있다.

그렇다면 이 같은 고통은 언제 끝날까? 통일이 되면 끝난다고 말하는 한국인들도 있을 것이다. 분단된 지 60년도 더 지난 시점에서 통일은 휴전선 양쪽에 있는 우리 모두의 공통된 꿈이며 생활수준 향상의 획기적인 분기점이 될 수 있다. 하지만 남한에는 통일된 미래에 대해 두려움을 느끼는 사람이 많다. 그렇다고 손을 놓고 통일된 새로운 한국의 기적을 기다리고만 있을 수는 없다. 그렇게 한다면 헤어진 가족의 자손들은 낯선 타인으로 만나게 될 것이다. 북과 남의 주민들에게 가족 휴가를 같이 보내거나, 조카의 결혼식 참석 같은 최소한의 교류가 허용된다면 언젠가 이루어질 통일이 덜 혼란스러울 수 있을 것이다. 탈출을 위하여 모든 위험을 무릅쓴 탈북자 자신들이 남겨놓고 온 사람들과 최소한 영원히 헤어지는 게 아니라는 확신을 주어야 한다. 또한 전 세계의 많은 사람들이 그들을 지지하고 성공을 기원하고 있으며 경계를 통과하고 있는 사람들이 자신들뿐만은 아니라는 믿음을 줄 수 있어야 한다.

이 같은 일들을 겪으면서 내 이름이 널리 알려지자 어머니는 더 이상 나와 브라이언의 관계를 무시할 수 없게 되었다. 그는 나에게 너무도 많은 도움을 주었다. 더욱이 내가 받게 된 관심은 어머니와 민호의 태도도 변화시켰다. 두 사람은 나를 통해서 삶에 대한 좀 더 국제적인 시각을 가질 수 있게 되었다. 어머니와 민호는 서서히 자신을 북한의 양강도라는 좁은 지역에서 쫓겨난 사람이 아니라 더 넓은 세계의 시민으로 인식하기 시작했다.

그렇지만 어머니가 받아들여야 할 중요한 다음 단계가 있었다. 내가 소식을 전했을 때 어머니는 꽤 오랫동안 침묵을 지켰다.

"엄마, 브라이언이 나에게 청혼했어. 엄마의 축복이 내게는 정말로 큰 의미가 있어."

자유는
공짜가 아니다
Freedom is not Free

연결된 세계에 사는 사람으로서 믿기 힘든 일이지만 나는 라오스를 떠난 직후에 딕 스톨프와 연락이 끊어졌다. 내가 사용하던 이메일 서버가 폐쇄되면서 주소도 모두 사라졌다. 나는 호주의 여러 신문사에 편지를 보냈다. 신문에 실린 편지를 보고 딕이 연락해 올 수도 있다는 바람에서였다. 그리고 내 편지는 여러 신문사에 실리기도 했다. 마침내 편지함에 이메일이 들어온 것은 TED 강연 이후로 내 이름이 널리 알려진 뒤였다. "현서, 당신입니까?" 딕은 편지를 받는 사람이 나라고 확신하지 못했다. 내가 북한 사람이라는 것을 전혀 몰랐기 때문이다. 'SBS Insight'라는 뉴스 프로그램에서 우리의 사연을 듣고 내가 호주로 가서 딕을 만나 감사할 수 있도록 주선해 주었다. 재회 장소에는 여러 대의 TV 카메라가 대기하고 있었고, 우리 둘의 만남은 생방송으로 중계되었다. 어느 때 같았으면 사람들 앞에 나서는 압박감 때문에 내 얼굴에 북한 사람의 가면이 단단히 씌워졌을 것이다. 그러나 딕의 키 큰 모습과 예전에 루앙 남타의 커피하우스에서 보았던 때와 다름없는 부드럽고 친절한 미소를 본 순간 나는 그를 얼싸안고 눈물을 흘렸다.

나는 나의 가면이 완전히 벗겨지는 날은 절대로 오지 않을 것이라고 생각한다. 가끔 사소한 일이 나를 갑옷을 두른 생존 모드로 돌려세운 적도 있었고, 사람들이 나에게 열린 마음을 기대할 때 얼음처럼 차가워진 적도 있다. 탈북자들이 출연하는 남한의 TV 쇼에서는 모든 여성 출연자들의 사연에 눈물바다가 되곤 한다. 그러나 나는 아니었다. 나는 아직도 자기혐오의 감정에서 벗어나지 못하고 있다. 여러 해 전 중국에 머물던 어느 시점부터 나 자신이 싫어졌다. 가족을 남겨 두고 떠나온 이래로 스스로 자격이 없다고 생각하여 생일을 축하한 적이 한 번도 없었다. 나는 항상 불만족스러웠다. 무언가를 성취하는 즉시 더 잘하지 못했고 다음 단계를 성취하지 못한 나 자신에게 불만을 느끼곤 한다.

나는 주어진 것에 감사하고 미소를 잃지 않기 위해 노력한다. 최근에 경찰관 미스터 박의 다정한 격려에 힘입어 대학을 졸업했다. 결국 대학에 다니게 된 민호는 영어로 말할 수 있게 되었으며 요즈음에는 브라이언과 가장 가까운 친구가 되었다. 이제는 두 사람 모두 처음 만났던 저녁 식사 자리 이야기를 하면서 웃는다. 그 이야기는 여러 면에서 정치적으로 형성된 오해들을 상징했다.

그리고 어머니, 놀라운 나의 엄마는 우는 일이 줄었다. 때로는, 특히 브라이언이 한국말로 무언가 엉뚱한 말을 할 때는 미소를 보이기도 한다. 북에 남겨 두고 온 삼촌과 이모들은 여전히 어머니의 꿈에 나타난다. 어머니는 나를 위해서 강해지려고 애쓰지만 아직도 밤에 숨죽여 우는 소리를 듣게 될 때도 있다.

아마도 어머니의 여정에서 가장 주목할 만한 단계는 미국 중서부에 있는 브라이언의 집안 결혼식에 초대받은 우리가 같이 가자고 말했을 때였을 것이다. 우리의 제안에 대해 어머니는 반대도 불평도 하지 않아서 나를 놀라게 했다.

그래서 우리는 양키 제국주의자 짐승들의 본산인 미국으로 갔다. 60년 전에 미군의 눈을 피해 당원증을 굴뚝에 숨기고, 평생 동안 당원증에 줄을 매어 목에 걸고 살았던 어머니의 어머니인 내 외할머니가 만약 시카고의 존 핸콕 센터 100층에서 경치에 감탄하고, 미국 식당에 앉아 미국 음식을 고르는 어머니의 모습을 보았다면 분명 자신의 눈을 의심했을 것이다. 또한 브라이언과 나도 그랬듯이, 웨이트리스에게 커피를 더 달라고 영어로 청하고, 콧노래를 부르면서 햇빛이 비치는 초고층 빌딩의 협곡을 바라보며 완벽하게 편안해 하는 어머니의 모습에 경악했을 것이 분명하다.

사람들이 내 나이를 물으면 나는 열 살이라고 대답한다. 그럴 때면 모두들 나를 의아한 눈길로 쳐다본다. 열 살은 나의 자유나이freedom age다. 내가 대한민국에 입국한 나이다.

나는 겉으로는 멀쩡해 보여도 마음속에는 많은 상처의 흔적들이 트랙터 바퀴가 할퀴고 지나간 자리처럼 깊게 자리하고 있다.

지금 내가 누리는 이 자유를 얻기 위해 나는 너무도 큰 대가를 치러야 했다. 내가 사랑했던 가족과 12년간 생이별을 했을 뿐 아니라 이모들과 삼촌들 그리고 나의 친구 모두를 잃어야 했다. 나는 북한에서 지냈던 18년간의 생활들을 아직도 생생히 기억한다. 이별의 아픔은 나와 함께 늘 낮은 구름처럼 내 안에 떠다니는 듯하다.

자유를 찾은 지금도 나는 내 안에 있는 지독한 트라우마와 끊임없이 싸우는 중이다.

길을 걷다 도로가에 서 있는 경찰차를 보면 마치 나를 잡으러 온 것 같아 심장이 쿵 하고 내려앉는다. 수년간 중국에서 겪었던 아찔한 순간들, 가족과 함께 목숨 걸고 중국을 탈출하던 그날의 기억들이 너무나 생생해서 아직도 경찰차 존재 자체가 두렵다.

또한 아직도 공항 출입국 관리사무소를 통과할 때마다 가슴이 콩알만 해진다. 이미 대한민국 국민의 한 사람으로 합법적인 여권을 소지하고 있음에도 불구하고, 긴박한 영화의 한 장면처럼 상하이 푸둥공항을 빠져나오던 그 순간이 떠올라 나도 모르게 손에 땀을 쥐게 된다.

나는 아직도 밤하늘에 떠 있는 보름달을 잘 못 본다. 안 본다고 해야 맞는 표현일 듯하다.

사람들은 밤하늘에 떠 있는 아름다운 보름달을 보면서 다양한 미사여구를 쏟아내지만 나는 달을 보면 나도 모르게 마음이 움츠러든다. 달을 보면서 엄마를 생각하며, 달을 향해 울었던 중국에서의 아픈 기억들이 떠오르기 때문이다.

내 자서전을 읽은 독자들과 기자들이 내게 던졌던 수많은 질문 중에 기억에 남는 세 가지가 있다.

첫 번째, 그들은 역경 속에서도 포기하지 않고 오늘날의 이현서를 만든 원동력strength이 무엇이냐고 묻는다. 나도 고달프다고 느낄 때마다 삶을 포기하고 싶어 극단적인 방법을 떠올린 적도 많았다. 하지만 나만 포기하지 않으면 언젠가는 가족과 만날 수 있으리라는 바람이 나를 이끌어왔다. 나에겐 가족이 내 인생의 전부였고, 힘이었다. 결국 나는 그것을 이루어냈다.

두 번째, 만약 타임머신을 타고 국경을 건너던 열여덟 살 그때 그 순간으로 되돌아간다면 같은 선택을 내릴지 하는 물음이다. 나 또한 스스로에게 수백 번 던졌던 질문이기도 하다.

내 대답은 "no"이다. 아마 그들은 나에게 어떤 특별한 대답이 나올 것을 기대했을지도 모르겠다. 하지만 그들은 가족과 생이별하고 그들의 생사조차 알 수 없는 상태에서 보내는 시간이 얼마나 지옥 같은지 절대 이해할 수 없을 것이다. 아직도 한국에 입국한 4만 명에 가까운 탈북자 중 대부분은 북에 두고 온 가족을 매일 그리워하며 아파하며 살아간다. 나는 늦게라도 가족을 만날 수 있었으니 참 운이 좋은 여자이다. 나는 지극히 평범한 삶을 원한다. 고향에 가고 싶을 때 언제라도 갈 수 있으며, 가족과 함께 생일을 축하하고, 민족의 대이동을 겪으면서라도 다 같이 즐기는 명절, 대한민국 국민 모두가 누리는 그런 삶을 말이다. 다시 열여덟 살로 돌아갈 수 있다면 나는 절대 국경을 혼자 건너지 않을 것이다. 가족과 함께 지옥을 탈출하는 방법을 모색할 것이다.

마지막으로 그들은 지금 내가 누리고 있는 이 자유에 대해 어떻게 생각하는지 물어본다. 그때마다 나는 자유라는 거창한 단어에 걸맞은 대답을 해야 한다고 생각하지만, 정작 입 밖으로 나오는 말은 너무나 단순하다. 그저 '카페에서 마시는 커피 한잔'이라고 말한다. 나는 서울 한

복판에 있는 단골 카페 창가에 앉아 커피를 마시며 푸른 하늘을 바라볼 때마다 이루 말할 수 없는 행복감과 자유를 느낀다. 지난 18년간 남조선 괴뢰도당들이라고 외쳤던 우리의 반쪽 땅인 남한에서, 그것도 남한의 심장인 서울에서 여유롭게 앉아 커피를 마시는 시간들이 아직도 꿈만 같고 그래서 행복하다. 지금 누리고 있는 이 자유가 사라질까봐 두려울 때도 있다. 제발 영원하기를 바랄 뿐이다.

2018년 1월 어느 날, 미국에서부터 온 전화 한 통을 받았다. 2월 2일 트럼프 대통령과의 면담을 위해 백악관으로 올 수 있겠냐는 전화였다. 그 순간 나는 그들에게 "yes"라는 답을 줄 수 없었다. 하루 정도 생각할 시간을 달라고 부탁했다.

나는 TED 강연 이후, 헤아릴 수 없을 만큼 수많은 나라들을 다니면서 북한의 실상을 알렸고, 많은 나라의 정상들과 세계적인 리더들을 만났다. 하지만 북한 핵 문제 이슈가 국제적으로 최고조로 달리던 그 겨울, 백악관으로부터 초대를 받을 줄은 꿈에도 생각하지 못했기 때문에 전화를 받았을 땐 너무 놀랐다. 내가 트럼프 대통령과의 면담을 망설였던 이유는 그 만남이 전 세계에 알려짐으로써 북한에 있는 내 친척들이 더 위험해질 수도 있다는 두려움 때문이었다.

그때 이미 나는 북한의 '예쁜 이모'로부터 북한 정권이 드디어 나의 북한 뿌리를 알아냈으며, 북한 보위부가 직접 함흥에 있는 이모 집에 찾아와 내가 국제사회에서 하고 있는 일들을 털어놓았다는 사실을 알고 있었다. 그들은 예쁜 이모를 통해 앞으로 공화국을 비방·중상하는 말 대신 공화국에 대한 좋은 이야기를 해달라고 전해 왔다. 나는 그때 북한의 가족들이 나로 인해 위험에 빠졌음을 직감했다. 의아했던 부분은 내가 알아왔던 반인륜적인 북한 정권이 우리 친척들에겐 그렇게 무자비하지 않았다는 점이다. 북한 보위부의 태도가 경고라기보다는 부탁에 가깝다는 착각이 들 정도였다. 아직도 그들의 태도는 미스터리로 남아 있다.

24시간의 긴 고민 끝에, 나는 백악관에 가기로 결심했다. 마지막으로 한번 더 북한 주민들을 위해서 내가 해야 할 일, 옳은 일을 하고 싶었다. 그리고 트럼프 대통령과의 면담을 끝으로 6년간의 북한 인권 활동을 마무리하며 은퇴하고 싶었다. 나는 정신적으로 휴식이 절실히 필요했기 때문이다.

백악관에서 내 자서전을 선물 받은 트럼프 대통령은《The Girl with Seven Names》는 참 예쁜 제목이라며 꼭 읽어보겠다고 기념 촬영하는 그 순간에도 여러 번 강조했다. 물론 나는 그가 내 책을 읽을 거라는 기대는 하지 않는다. 하지만 그와의 만남과 말만으로도 나에게는 충분한 의미가 있었다.

이 책의 영어판을 출간한 지 벌써 6년이 흘렀다. 한국의 독자들에게 나와 우리 가족이 겪었던 이야기를 TV 프로그램이나 유튜브가 아닌 글로써 담담히 남기고 싶었다. 책을 통해 짧다면 짧은 나의 자유를 향한 여정을 정리함과 동시에, 내 안에 잠재해 있는 트라우마를 정면으로 직시하고 치유할 수 있으리라 믿기 때문이다.

현재 나는 '북한대학원대학교'에서 북한학을 공부하고 있다. 북한의 현실은 체험으로 잘 알지만 이론적으로 많이 부족하기에 그 부분을 채우기 위해서, 그리고 좀 더 국제적이며 중심적인 시각을 가지기 위해서다. 지금 나는 내 인생에서 또 다른 선택의 길을 가고 있다. 중국어나 영어보다 우리말이 제일 어렵다는 사실을 매일 체감하며 오늘도 나는 열공 중이다.

마지막으로 내가 한국에 도착한 이후 꼭 하고 싶었던 이야기다. 오늘의 내가 있게 한 가장 중요한 일이다. 이 책을 빌려서 대한민국의 모든 크리스천에게 진심으로 감사의 말을 전하고 싶다. 탈북민들이 한국 입국시 3개월간 반드시 거쳐야 하는 '하나원'에서 지내는 동안 나는 주말이 오기를 간절히 기다렸다. 주일이면 어김없이 천주교나 기독교 등의 종교단체에서 나온 자원봉사자들이 공연을 했을 뿐 아니라 우리에게 많은 간식을 가져다주었기 때문이다. 그때 그들이 건넸던 떡이 진짜 맛있었다. 하나님에 대해서는 잘 몰랐지만 나는 그들의 조건 없는 친절이 좋았다. 하나원을 나와서 나의 첫 거주지로 옮기던 날, 수저 한 벌 없던 텅 빈 집안이 낯설고 무서웠지만, 교회(영락교회)에서 선물로 보내 준 포근한 이부자리세트 덕분에 그나마 따뜻한 첫날을 보낼 수 있었다. 내가 한국사회에 첫 발을 디딘 순간 나에게 가장 먼저 따뜻한 손길을 건넸던 분들이 바로 크리스천이었다.

북한 조선노동당은 미제국주의자들이 우리나라를 침략하기 위한 도구로 종교를 이용해 왔으며, 오늘날도 그들은 종교를 전파하며 우리 공화국을 분쇄하기 위해 악의적으로 계획하고 있다고 말하곤 했다. 미국 선교사 청광수 사건은 북한 주민 누구나 다 아는 유명한 일이다. 배고팠던 북한 어린이가 교회 사과밭의 사과 한 알을 훔쳐 먹은 걸 알게 된 미국 선교사가 아이를 나무에 매달아 놓고, 이마에 산acid으로 '도둑놈' 이라고 새겼다는 잔인한 내용이다. 이 일을 듣고 분개하지 않은 사람은 아무도 없었다. 그렇게 우리의 머릿속에 크리스천은 악인으로 자리잡았다. 그렇게 세뇌 당했던 탈북민들이 수많은 선교사들에 의해 중국을 통해 제 3국으로 구출되고 있다. 내가 오늘 이렇게 남한에 무사히 정착하게 된 것도 크리스천들의 도움이 컸다. 서른이 된 나이에 대학교에 들어가면서, 아르바이트로 생활비를 벌면서 공부를 하는 대다수의 대학생들과 달리 전공수업을 따라가는 것마저 쉽지 않았다. 운 좋게 받았던 교회 장학금과 사적으로 장학금을 주신 크리스천들의 도움이 없었다면 나는 아마도 학업을 마치기가 어려웠거나, 좋은 성적으로 대학·대학원을 졸업하기 힘들었을 것이다.

꼭 성공해서, 언젠가는 그들에게 받았던 도움을, 도움이 필요한 다른 이들에게 되돌려줄 수 있는 사람으로 성장하고 싶다는 하나의 목표를 안고, 오늘도 그 목표를 향해 달리고 있다.